Corrado Falcone
Am Abgrund

Leben, wo andere Urlaub machen: Damit lockt der Winzersohn Thomas Schwarz seine Frau Sonja nach Südtirol, weil er das Weingut der Familie übernehmen will. Doch Sonja merkt schnell, dass die Postkartenidylle trügt. Als Provinzpolizistin in Bozen muss sie sich nicht mit Falschparkern und Weinpanschern herumschlagen, sondern mit Mord und Totschlag, Drogenschmuggel und der Mafia.

Aber es gibt noch mehr zu tun: Die Leiche eines vor siebzehn Jahren verschwundenen Mädchens taucht auf und ausgerechnet Sonjas eigener Ehemann Thomas gerät unter Mordverdacht. Sonja ist fest entschlossen, den Fall schonungslos aufzuklären, doch dabei ist die kämpferische Frau Commissario auf sich allein gestellt. Nicht nur ihr Kollege Jonas Kerschbaumer, sondern auch der neue Vorgesetzte Matteo Zanchetti halten ihren Mann Thomas für den Täter.

DER BOZEN KRIMI ①

AM ABGRUND

CORRADO FALCONE

BAND 2

Das Erste

Mit freundlicher Unterstützung der Kulturabteilung der Südtiroler Landesregierung

AUTONOME PROVINCIA
PROVINZ AUTONOMA
BOZEN DI BOLZANO
SÜDTIROL ALTO ADIGE
Deutsche Kultur

Der Bozen-Krimi:
Band 1: Herz-Jesu-Blut
Band 2: Am Abgrund

Edition Raetia, Bozen 2017
1. Auflage
ISBN 978-88-7283-597-5
ISBN E-Book: 978-88-7283-624-8

Grafisches Konzept: Typoplus, Frangart
Druckvorstufe: Typoplus, Frangart
Lektorat: Josef Rabl, Helene Dorner
Cover: Philipp Putzer, Farbfabrik

Anregungen an info@raetia.com
Unser gesamtes Programm finden Sie unter www.raetia.com

Eins

Die Septembersonne lag längst hinter ihr, hinter dem Bergmassiv des Schlerns, und das Blau des Himmels auch, so weit entfernt bereits, dass nicht einmal mehr das Bild im Rückspiegel ihres roten Porsches an das gute Wetter erinnerte. Hinter Bruneck fiel ihr Blick nur noch auf die Nässe, die aus den Wiesen und Wäldern des Pustertals dampfte und sich mit dem Regen, der wie ein alter Bergsteiger von den Dolomiten herunterkam, verband. In ihrer Nase breitete sich der stockige Geruch der Feuchtigkeit mit ihren Aromen von Pilzen und Früchten, von Tannen- und Fichtennadeln aus. Die Erinnerung an ihre Jugend, die unerwartet auflebte, schob sie schnell zur Seite. Während sie die Scheinwerfer einschaltete, fielen rechts und links zwei Falten von ihren Mundwinkeln zum Kinn. Das etwas zu dick aufgetragene Make-up bildete feine Risse. Es war ihr nicht ganz gelungen, die Anspannung zu überschminken. Angetrieben von der Angst, zu spät zu dem entscheidenden Treffen zu kommen, klebte sie beim Fahren fast an der Windschutzscheibe, den Oberkörper über das Lenkrad gekrümmt, den in einen Manolo-Blahnik-Schuh gehüllten rechten Fuß auf dem Gaspedal, die Hände um das Steuer gekrampft. Gasgeben und Bremsen wechselten sich übergangslos ab. Obwohl sie für gewöhnlich einen ausgeglichenen Fahrstil pflegte, fuhr sie ungewohnt ruppig. Die letzten Wochen hatten viel Energie, Klugheit und Mut erfordert, denn sie ging ein großes, vielleicht sogar zu großes Risiko ein. Doch einen anderen Ausweg sah sie nicht mehr, wenn sie ihr Leben retten wollte.

Hätte sie hin und wieder in den Rückspiegel geschaut, wäre ihr vielleicht aufgefallen, dass sie ein alter, etwas verbeulter Volvo verfolgte, der einst silbern geglänzt haben dürfte. Doch sie war gedanklich mit anderem beschäftigt. Nicht nur die Zeit, sondern auch ein unschönes Erlebnis, das sie in dem Augenblick hatte, als sie aufbrechen wollte, saß ihr im Nacken. Immer wieder kämpfte sie gegen das erniedrigende Gefühl an, verraten worden zu sein. Wie konnte er ihr das nur antun? Aber er tat es ihr ja immer wieder an und besserte sich nicht, tausend Schwüre geschworen und allesamt wieder gebrochen – geschenkt, aber ausgerechnet heute, wo es doch um so viel ging, für sie beide. All die Jahre hatte sie die Verletzungen als Teil ihrer Abmachung hingenommen, ohne sich zu beschweren, sowohl das Wegschauen als auch das diskrete Hinter-ihm-Aufräumen. Er hatte dafür Geld und Einfluss in die Ehe eingebracht. Um Liebe, dachte sie plötzlich, um Liebe war es eigentlich nie gegangen. Sie lachte bitter auf. Um Sexualität, um Erotik, zumindest in den ersten Jahren, bis ihr Körper immer fraulicher wurde und das Mädchenhafte verlor. Aber Liebe? Sie hatte nur Spott für die Frauen übrig, die in jungen Jahren ihre Körper verschenkten für ein so unklares und flüchtiges Gefühl, anstatt ihn als Kapitalanlage zu nutzen, um sich ein *angenehmes Leben* zu sichern. Immer öfter stellte sich ihr in letzter Zeit die Frage, ob sie wirklich ein *angenehmes Leben* führte, im Luxus zwar, doch bei Licht besehen auch leer. Sie trat das Gaspedal durch, um an der nächsten Kurve wieder abzubremsen, nein, leer war ihr Leben nicht, nicht vergeudet, wenn ihr der große Coup gelänge. Jetzt ging es die Serpentinen hoch auf den Berg. Ein Blick auf die Uhr am

Armaturenbrett verriet ihr allerdings, dass sie in dieser Sekunde schon oberhalb des Toblacher Sees und unterhalb der Goswand hätte sein müssen, wo bereits Hermann Bichler, der einflussreiche Chef des Südtiroler Umweltvereins, auf sie warten sollte. Ihn zu versetzen konnte sie sich nicht leisten. Wie mühsam war es doch gewesen, ihn zu bewegen, sich mit ihr zu treffen. Himmel nicht, aber die ganze Hölle hatte sie dafür in Bewegung gesetzt. Sie hatte nicht einmal seine Handynummer, um ihre kleine Verspätung anzukündigen.

Zwischen der Tachonadel und dem Uhrzeiger tobte ein stiller, aber erbitterter Wettkampf. Wieder sah sie vor ihrem geistigen Auge den weißbeblusten Rücken des sechzehnjährigen Mädchens, das im Hotel zur Kellnerin ausgebildet wurde und, was so gar nicht zu ihrer Ausbildung gehörte, auf dem Schoß ihres Mannes ritt, der auf einem schwarzen Stuhl mit reichlich Schnitzwerk saß, den Rücken an die Lehne gepresst. Er hatte die Augen geschlossen und Schweiß perlte von seiner Stirn, während er leise stöhnte. Das Auf und Ab des Mädchens hatte in seiner einförmigen Mechanik etwas Tristes. Sie hatte die Tür hinter sich zugeknallt und ihn mit ihrem Blick durchbohrt, während er die Augen aufschlug, die verschleiert und verhangen waren. Sie kannte seine Sucht nach Sex mit jungen Mädchen, das hatte ihm letztlich das Landtagsmandat gekostet und ihn gezwungen, aus dem Wahlkampf um den einflussreichen Posten des Bozner Bürgermeisters auszusteigen. Verärgert darüber, gestört zu werden, fuhr er sie an: „Ich dachte, du bist schon weg!", dann strich er dem Mädchen über die Wange: „Mach weiter, Mandy", und schloss wieder die Augen. Ihre Wangen glühten von der Ohrfeige, die sie eben erhalten hatte. Und als ob das nicht alles schlimm genug gewesen wäre, machte Mandy weiter, als ob sie nicht mehr im Zimmer, als ob sie Luft wäre

… und durch das Bild des auf dem Schoß ihres Mannes hüpfenden Mädchens hindurch, das sich auflöste, sah sie plötzlich ein Auto, das ihr in der Haarnadelkurve entgegenkam, und blickte in die schreckgeweiteten Augen einer noch jungen Frau, drückte mit ihrem rechten Fuß die Bremse ganz durch, lenkte nach links zur Bergwand, und wusste doch, dass es dafür bereits zu spät war … Sie hörte nur noch das Quietschen der Bremsen und einen Schrei, der ihr Schrei gewesen sein könnte, aber nicht musste …

Zwei

Zur selben Zeit betrat Sonja Schwarz das Büro und stieß auf Jonas Kerschbaumer, der aus dem Dienstzimmer des Capos stolperte. Das schlechte Gewissen stand ihm deutlich ins Gesicht geschrieben. Die Augen sehnten sich nach Schlaf, die verwuschelten Haare nach einem Kamm und an Kinn und Wangen leuchteten Bartstoppeln im einfallenden Licht der tiefstehenden Sonne. Kurz darauf nahm sie den aufdringlichen Geruch von Alkohol wahr, der von ihm ausging.

„Ich soll nach Hause gehen und meinen Rausch ausschlafen, hat der Capo befohlen", sagte er unbeteiligt.

„Der Suff macht deinen Bruder auch nicht wieder lebendig", hörte sie sich schroff entgegnen und wusste, wie wenig Sätze dieser Art, die so patent klangen, in Wirklichkeit halfen. Jonas ließ sich erschöpft auf seinen Stuhl fallen, der kurz nachfederte, und schaute sie aus waidwunden Augen an. „Manchmal bin ich sogar froh, dass er tot ist. Wie geht man denn um mit einem Bruder, der drei Mädchen getötet hat?"

„Jonas, dafür kann keiner was, keiner außer Ludwig!"

„Hätte ich ihn aufgehalten, wenn ich es gewusst hätte? Hätte ich ihn angezeigt, ihn verhaftet, die Waffe auf ihn gerichtet? Aus Notwehr geschossen? Wäre ich Polizist oder Bruder gewesen?"

„Du hättest das Richtige getan!"

„So? Hätte ich? Habe ich mich genügend um meinen Bruder gekümmert? Klar, der Ludwig hat mich nie an sich rangelassen. Warum, Sonja?"

„Du hattest die Position, die er gern gehabt hätte." Jonas schüttelte nur den Kopf und stand auf. Das, was in seinem Herzen vorging, war mit Worten nicht zu lindern und mit Logik nicht zu erklären. Er schaute unschlüssig um sich, als hätte er vergessen, was er jetzt tun sollte.

„Hör auf zu trinken!", sagte sie fast flehend. Der junge Polizist brummte nur, als wollte er sich ihre Ratschläge verbitten, doch dann zog er seine Brieftasche aus der Hosentasche und entnahm ihr ein Foto, das er Sonja wie ein Beweisstück präsentierte. Auf dem Bild entdeckte sie ein neues, schickes Mountainbike. „Wenn mir etwas hilft, dann das hier. Ich trainiere für die Südtiroler Downhill-Meisterschaft." Vollkommen überrascht starrte ihn Sonja an.

„Keine Sorge. Es war nur, weil ich auf dem Friedhof war. Ich wollte der Evelyn Blumen bringen … und dann schaute ich noch beim Ludwig vorbei. Nun liegen sie beide wenige Meter voneinander entfernt. Auf demselben Friedhof. Ein Irrsinn ist das. Gott muss sich auf einer Bergwanderung verirrt haben. Er war jedenfalls nicht da, als er gebraucht wurde", spottete er zynisch und schüttelte wieder den Kopf. Als könne er es immer noch nicht verstehen, und es gelang ihm tatsächlich nicht, sich die Katastrophe zu erklären, die seine Familie, die ihn ereilt hatte. „Wie konnte der Ludwig die Evelyn totmachen? Sie war doch ein Engel …"

Engel kann man nicht töten, widersprach sie innerlich, begriff dann aber, dass er genau das gemeint hatte. Irgendetwas stimmte mit der Welt nicht, wenn Engel starben. Sonja schaute mit diesem deprimierenden Gedanken ihrem Kollegen hinterher, der aus dem Büro trottete, den Kopf zwischen die Schultern gezogen. In einem ersten Reflex wollte sie zum Telefon greifen, um sich in Frankfurt in ihrer alten Dienststelle zu erkundigen, ob sie im Fall des getöteten Mädchens weitergekommen waren, entschied sich aber dagegen, denn sie musste wirklich nicht alles Elend dieser Welt um sich versammeln. Aus seinem Büro kam derweil Matteo mit tadellosen Bluejeans und einer schicken schwarzen Lederjacke über einem weißen Baumwollhemd. Bei ihrem Anblick heiterte sich sein verdrossener Gesichtsausdruck auf. „Principessa!" Dann verzog er ironisch die Mundwinkel: „Ich muss erst mal mein Büro lüften, wenn ich nicht betrunken werden will."

Sonja nickte. „Ich habe Jonas noch getroffen."

Matteos Miene wurde plötzlich sehr ernst. „Sollten wir uns Sorgen um ihn machen?"

Sie schüttelte den Kopf. „Nicht um Jonas. Um seinen Vater. Er redet wenig und schon gar nicht darüber. Frisst seinen Kummer in sich hinein. Geht Peter zum Psychologen?"

„Ja, aber dort schweigt er nur und sitzt pflichtschuldig seine Zeit ab."

Sonja zog die Augen zu einem Schlitz zusammen, dann kam ihr eine Idee. „Ich rede mal mit Capo Burger. Die beiden kennen sich schon so lange. Vor dem kann er sich nicht verkriechen."

„Perfetto. Und Burger kann sicher in seinem Ruhestand eine Abwechslung gebrauchen."

Sie wollte ihm gerade sagen, dass sie heute früher gehen würde, weil sie mit ihrer Tochter verabredet war, als das Telefon klingelte. Matteo ging ran, meldete sich und hörte zu, während sein Gesicht wieder die professionelle Undurchdringlichkeit annahm, die er bevorzugte, wenn es um Dienstliches ging. „Wir sind unterwegs." Sonja warf ihm einen fragenden Blick zu. „Unfall mit Fahrerflucht", sagte er im Gehen und sie folgte ihm. Kurz darauf brausten sie auch schon in Matteos Audi TT los. Er fuhr wie immer zu schnell. Sie blickte auf sein scharfes Profil, das ein düsterer Zug umspielte.

„Was bedrückt dich, Matteo?" Der Capo wollte erst einen Scherz machen, doch dann sprach er von seiner Sorge, dass sich die Mafia in Bozen ausbreitete.

„Ach du mit deinem Rossi, der scheint ja dein Hobby zu werden", winkte sie ab.

„Er ist der Brückenfuß."

Lachen ihrerseits, verunsicherter Blick seinerseits. „Sagt man nicht so?"

„Brückenkopf heißt es."

„Für die Mafia ist er eher der Fuß nach Südtirol, nicht der Kopf. Der sitzt in Neapel oder in Bari, da blicke ich noch nicht richtig durch. Sonja, wenn die erst richtig Fuß gefasst haben, ihre Verbindungen, ein Netzwerk aufgebaut haben, ist es zu spät. Die Mafia ist wie ein Krebsgeschwür, zu spät behandelt, und man kann nichts mehr dagegen tun."

Sie schaute ihn prüfend von der Seite an. „Vermisst du sie?"

„Wen?"

„Die Mafia. Ich habe das Gefühl, dass du Rossi überschätzt. Ein kleiner Gauner, aber meinst du wirklich, er ist der Mann, der die Mafia hier etablieren kann? Als Pate von Bozen?"

„Ich hoffe, Sonja, dass ich übertreibe. Eine gesunde Paranoia ist besser als tödliche Sorglosigkeit." Sie konnte nicht ahnen, dass Commissario Capo Matteo Zanchetti ein Geschlagener war, dass er seine ganze Arbeit als fortgesetzte Niederlage im Kampf gegen die Mafia begriff, als ein einziges großes Rückzugsgefecht. Wie sollte er auch in einer Gesellschaft siegen können, die immer mafiöser wurde?

Eine gute Stunde später standen sie am Fuß des Bergmassivs unterhalb der Serpentinen. Vor der Absperrung standen ein Fahrzeug der Gemeindepolizei und ein Notarztwagen, dahinter gab ein zerbeulter Fiat Panda, der offensichtlich die Böschung heruntergestürzt war, einen mitleiderregenden Anblick ab. Ein paar Meter weiter lag ein menschlicher Körper auf einer wasserdichten Plane, die ihn vor der Nässe des Wiesenbodens schützte. Er wirkte unwirklich auf dem Stück Plastik, wie eine misslungene Werbeaktion.

Als sie auf den Gemeindepolizisten zugingen, hörten sie den Motor eines weiteren Autos, Sonja und Matteo blickten sich um und entdeckten den schwarzen Wagen eines Bestatters. Und es regnete Bindfäden. Dass der Regen ihre hellblaue Bluse aufweichen würde, daran dachte sie jetzt nicht. Mit diesem Wetter hatte sie nicht gerechnet. Aber sie hatte auch nicht geahnt, heute noch zur Goswand fahren zu müssen. Matteo hob routiniert das Absperrband hoch, unter dem sie in gebückter Haltung hindurchging, gefolgt vom Capo. Vor ihnen lag eine Frau, Ende zwanzig, mit streng geschnittenem Gesicht, eine herbe Schönheit. Stirn und Haare waren blutverklebt.

„Schädelbasisbruch", erläuterte der Arzt, der sich ihnen zugewandt hatte.

„Danke", sagte Matteo knapp. „Kripo Bozen. Commissario Schwarz, und ich bin Commissario Capo Matteo Zanchetti."

„Stand die Frau unter Drogen, unter Alkohol? Ein Diabetesschock oder ein anaphylaktischer Schock?", fragte Sonja routiniert.

„Außer Drogen kann ich alles ausschließen. Was Drogen betrifft, wäre ein Screening erforderlich."

„Heidi Grüner muss sich die Frau ansehen", entschied Zanchetti.

„Eines kann ich aber mit Bestimmtheit sagen: Sie könnte noch leben, wenn rechtzeitig Hilfe eingetroffen wäre."

„Umso wichtiger, dass Heidi die Tote untersucht", bekräftigte Sonja, die die Leiche professionell musterte, die abgetragenen Jeans, das billige T-Shirt, die ausgelatschten Sneakers. Passte zum Auto, das in Deutschland vom TÜV wohl nicht mehr zugelassen worden wäre. Abgefahrene Reifenprofile, angerostete Karosserie. Nach dem Zustand der tragenden Teile wollte sie lieber nicht fragen. Reich wirkte die junge Frau jedenfalls nicht.

Ein Gemeindepolizist trat neben den Arzt und salutierte nachlässig, ein baumlanger Kerl, dessen Pferdegesicht von Sommersprossen übersät war. Sonja schätzte ihn auf Mitte zwanzig.

„Agente Scelto Korn."

„Wie kommen Sie auf Fahrerflucht, Agente Scelto?", fragte der Capo den Gemeindepolizisten. Der Regen ließ nach, doch dafür kam ein empfindlich kühler Wind auf. Korn wies mit dem Kopf nach oben. „Schauen Sie sich den Unfallort an. Ein zweites Fahrzeug war am Unfall beteiligt. Doch von dem Fahrer ging keine Meldung ein. Wir haben den Panda zufällig entdeckt."

„Und Sie sind sich ganz sicher, dass es ein zweites Auto gab?", vergewisserte sich Sonja noch einmal.

„Ja. Der Drecksack von Fahrer …"

„Oder Fahrerin."

„… hat sie von der Straße gedrängt und ist einfach weitergefahren. Die Spurensicherung ist bereits am Arbeiten."

„Perfetto", lobte Zanchetti. „Der Fiat muss ebenfalls auf Spuren des Unfallgegners untersucht werden."

„Kennen Sie die Tote?", fragte Sonja, die einen Kummer auf dem Gesicht des jungen Polizisten wahrnahm.

„Wie sollte ich sie nicht kennen? Hier kennt doch jeder jeden. Das ist die Kutzner Anna, die jetzt Sonnleitner heißt. Sie arbeitet im Hotel als Zimmermädchen."

„Woher kennen Sie Anna Sonnleitner?"

„Wissens, i bin aus Niederdorf. Und die Kutzner Anna, die jetzt Sonnleitner heißt, wohnte in der Nachbarschaft, dort, wo ihre Mutter heute noch lebt, bis sie den Andi Sonnleitner geheiratet hat und mit ihm nach Toblach gegangen ist. Wir haben die gleiche Schule besucht."

„Kannten Sie die Anna näher?"

„Nein, ich bin drei Jahre jünger, das macht in der Schule viel aus."

„Was wollte sie auf der Bergstraße, wenn sie im Hotel arbeitet?", fragte Sonja, die auf ihrem Smartphone die Umgebung des Unfallorts auf einer Karte betrachtete.

Der Polizist zuckte mit den Achseln.

„Noch was?", drängte Matteo, dessen Gedanken schon wieder um Rossi kreisten. Vielleicht hatte Sonja recht und die Mafia wuchs sich wirklich langsam zu einer fixen Idee in seinem Kopf aus.

Als der Gemeindepolizist nur den Kopf schüttelte, befahl ihm der Capo, ihnen die genaue Unfallstätte zu zeigen. Er wollte nur schnell nach Bozen zurück, um die Unterlagen über Rossi durchzusehen, die ihm ein alter Freund, der bei der Direzione Investigativa Antimafia in Rom arbeitete, gemailt hatte. Sie kannten sich von der gemeinsamen Arbeit in Bari.

Der Agente Scelto führte sie zu seinem Auto, dann fuhren sie die Serpentinen hinauf und vor Sonjas Augen öffnete sich das einzigartige Panorama des Toblacher Sees, über dem eine dichte schwarzblaue Wolkendecke hing. Sie wirkte, als könnte sie jeden Moment herabfallen und wie ein Leichentuch alles unter sich bedecken, den See, die Hotels, das ganze Tal. Viel zu schön, um hier zu sterben, dachte sie, als ob Schönheit vor dem Tod bewahren könnte. Schließlich hielten sie vor einer scharfen Kurve, stiegen aus, gingen an der Absperrung, die ein weiterer Gemeindepolizist, dem Korn zunickte, sicherte, vorbei und umrundeten sie. Hier oben war es deutlich windiger. Sie fröstelte etwas in ihrer nassen Bluse und dachte nur, hoffentlich hole ich mir keine Erkältung. Als ob Matteo ihre Gedanken erraten hätte, legte er ihr seine Lederjacke über die Schultern. Sie warf ihm ein so dankbares wie flüchtiges Lächeln zu. Mit einem Blick auf die Bremsspuren wurde Sonja der Hergang klar. „Anna Sonnleitner kam aus den Bergen, da bog um die Kurve ein zweites Fahrzeug, das noch versuchte zu bremsen, wie Anna auch, und schob es über die Straßenkante, sodass der Fiat den Hang hinunterstürzte."

Matteo nickte zustimmend. „Es war eine schwere Karosse, ein Audi, Mercedes, BMW."

„Ja, ein SUV oder ein teurer Sportwagen, wie der TT oder ein Porsche. Ein Auto mit guter Straßenhaftung eben."

„Jedenfalls hat sich der Fahrer oder die Fahrerin nicht um den Unfall gekümmert. Ist einfach weitergefahren."

„Was den Fahrer zum Täter macht. Fahrerflucht mit Todesfolge."

„Auf alle Fälle scheint der Täter etwas zu verbergen zu haben, ein Geheimnis, das er mit der Polizei nicht teilen möchte. Dein Fall, Sonja", entschied der Capo.

Nachdem Sonja mit der Gemeindepolizei, der Spurensicherung und dem Bestatter, der die Leiche nach Bozen in die Gerichtsmedizin bringen sollte, das weitere Vorgehen abgestimmt hatte, fuhren Matteo und sie zur Steinwaldalm, die von den Sonnleitners bewirtschaftet wurde. In Sonjas Kopf hakte sich die Frage fest, was der Fahrerflüchtige zu verbergen hatte. Doch spekulieren half nichts.

Agente Scelto Korn hatte Sonja anhand der Karte, die sie nun auf den Knien hatte, den Weg zur Steinwaldalm erklärt und mit einem Bleistiftkreuz in der Karte die Stelle eingezeichnet, an der sie sich befand.

Drei

Im Grunde konnte Charlotte Keller mit sich zufrieden sein. Sie war ihren prallen Briefumschlag, in dem sich 250 Zweihunderteuroscheine befanden, losgeworden. Bichler hatte ihn wie nebenbei, als befände sich in dem Kuvert nur die überflüssige Einladung zur Eröffnung eines Supermarkts, in die innere Brusttasche seines Trachtenjankers gesteckt. Im Gegenzug händigte er ihr mit eisiger Miene das Bewilligungsschreiben aus. „Danken Sie mir damit, dass Sie mich nicht mehr kontaktieren, auch nicht über Dritte, mich weder anrufen noch einladen. Erwähnen Sie nicht einmal meinen Namen."

„Wie Sie wünschen", antwortete sie mit der glatten Freundlichkeit der routinierten Geschäftsfrau. Man merkte es ihm an, dass ihm diese Begegnung einiges abnötigte, sie ihm zutiefst unangenehm war und er sie deshalb so kurz wie möglich halten wollte. Er nickte ihr noch knapp zu, dann stiefelte er zu seinem Mercedes, während Charlotte das Bewilligungsschreiben prüfte. Die Anspannung fiel von ihr ab und sie atmete befreit auf. Glück, so fühlte sich Glück an, eine Droge, die alle Zellen flutete. Nun war alles rechtens, sie hatten die Genehmigung, mitten im Naturschutzgebiet ein Hotel zu errichten. Ein exquisites würde es werden, für Gäste, die für den Luxus und die einzigartige Lage bezahlen wollten und bezahlen konnten. Zehrende Verhandlungen krönte der hart erarbeitete Erfolg. Wie hatte ihr davor gegraut, als gewöhnliche Hotelbesitzerin, die einen letztlich aussichtslosen Kampf gegen die großen Ketten zu bestehen hatte, alt zu werden und am Ende doch verkaufen zu müssen. Doch diese Genehmigung erlaubte ihr den Einstieg in die Welt der wirklich Reichen, des Jetsets. Wenn ihr Mann schon nicht Bürgermeister von Bozen wurde und sogar das Landtagsmandat wegen der Affäre um Evelyn Kronstadt niederlegen hatte müssen, hielt sie nun das Ticket in der Hand, zur ersten Hotelierin Südtirols aufzusteigen und eben auf andere Weise in der ersten Liga mitzuspielen. Wofür hatte sie denn sonst die vielen Liebschaften ihres Mannes all die Jahren nicht nur ertragen, sondern ihn immer wieder aus heiklen Situationen gerettet, in die er regelmäßig gestolpert war, wenn nicht dafür, Mittelpunkt der Südtiroler Gesellschaft zu werden, schließlich ganz oben anzukommen.

Als sie in ihren Porsche stieg, erinnerte sie die Beule am Kotflügel an den Unfall. Sie fluchte über die Frau in dem Fiat Panda. Wieso musste sie ihr auch in der Kurve entgegenkommen? Wenn das Hotel erst gebaut werden würde, dann durften diese Straße nur noch Hotelgäste, Lieferanten und Angestellte benutzen. Das Aufkommen eines leichten Schuldgefühls darüber, dass sie sich nicht um die junge Frau gekümmert hatte und einfach weitergefahren war, erstickte sie mit dem Blick auf den Toblacher See, den eines Tages auch ihre Gäste haben würden, wenn sie auf der Veranda Tee oder Kaffee oder einen Drink serviert bekämen. Das Projekt war einfach zu groß dafür, dass sie sich in Nebensächlichkeiten verhedderte. Der kleinen Gucci-Handtasche entnahm sie ihr Smartphone, tippte die Kurzwahltaste ihres Mannes ein und dachte sarkastisch, dass er ja nun mit der Kleinen längst fertig sein dürfte. Und richtig, kurz darauf hatte sie ihn am Telefon.

„Es hat alles super geklappt, Stefan. Ich hatte nur einen Unfall, um den ich mich nicht kümmern konnte. Besser, es weiß niemand davon. Ich bin auch nicht gesehen worden. Kennst du eine diskrete Werkstatt?" Ihr Mann wirkte ausgesprochen aufgeräumt. Er versprach, sie gleich zurückzurufen. Als sie ihr Handy wieder einsteckte, spürte sie einen kleinen Schmerz darüber, dass er weder über den Unfall etwas wissen wollte noch darüber, wie es ihr ging. Charlotte flüchtete vor der Tristesse ihrer Beziehung in die Vorstellung, wie ihr Hotel einmal aussehen sollte. Diesen Genuss hatte sie sich verdient. Sie musste den Unfall aus dem Kopf bekommen, denn jetzt ging es um weit mehr als um einen gerammten Fiat Panda, jetzt drehte sich alles nur noch um den lukrativsten Hotelbau in Südtirol, um eine Überraschung, und der Zeitpunkt, zu dem sie mit ihrem Projekt an die Öffentlichkeit ging, wollte gut überlegt sein, da mit Protesten von Umweltschützern zu rechnen war. Der Fanfarenton, der anschwoll, rief sie an ihr Handy. Ihr Mann teilte ihr mit, dass sie zum Autohaus Gstaller fahren und nach Jockel Gstaller fragen sollte, der ein alter Freund von ihm sei und das Problem diskret lösen würde. Sie dankte ihm, dann fuhr sie los, doch kurz vor der Kurve trat sie auf die Bremse, als sie die Absperrung der Polizei entdeckte, legte den Rückwärtsgang ein und rollte zurück hinter die nächste Serpentine. Sie merkte nicht einmal, dass sie dabei die Luft anhielt. Hinter der Kurve wendete sie, suchte in ihrem Navi eine alternative Strecke, die sie auch fand, auch wenn sie sich als ein besserer gepflasterter Waldweg herausstellte. Das Polizeiaufgebot hatte sie erschreckt, denn es deutete darauf hin, dass der Unfall eine größere Sache war, als sie gedacht hatte. Doch mit dem Schicksal wollte sie sich nicht belasten. Sie würde deshalb nicht nur den Schaden an ihrem Wagen beheben, sondern auch die Reifen wechseln lassen.

Dann schüttelte sie den Gedanken an den Unfall ab, niemand würde auf den Gedanken kommen, dass sie hier entlanggefahren war, denn ihr Treffen mit Bichler hatte unter strengster Geheimhaltung stattgefunden und Bichler besaß fünfzigtausend Gründe, darüber nicht zu sprechen. Nein, das Missgeschick musste sie wirklich nicht beunruhigen, zumal sie spürte, dass ihre Hände das ganz große Rad zu greifen bekamen, das sie unbedingt drehen wollte. Und plötzlich ging ein Lächeln über ihre Lippen. Es fühlte sich doch gut an, Charlotte Keller zu sein, tausendmal besser als Charly Niedermeier.

Vier

Kurz nach Toblach bog Matteo auf einen besseren Forstweg, der sie unterhalb des Haunoldmassivs entlangführte. Von dort ging es ins Gebirge hinein, vorbei an der Riese-Haunold-Hütte ins Untertal. Der Gedanke an das Gespräch, das ihnen bevorstand, erstickte jeden Genuss, der beim Anblick der Wiesen und des Walds rechts und links von der Straße unweigerlich aufkam. Unterhalb des Haunoldköpfls hatten sie den Eindruck, vom Nichts verschlungen zu werden, denn der Forstweg wurde immer schmaler. Wenden und Umkehren waren nicht mehr möglich. Gelegentlich fuhren sie über Wurzeln und Matteo ließ nur noch einen Singsang von sich hören, der aus einem endlosen *mamma mia mamma mia mamma mia* bestand. Hin und wieder schepperten dicke Regentropfen, die sich auf den Blättern der Bäume gesammelt hatten, auf das Dach des Autos, auf die Windschutzscheibe und die Motorhaube. Er bereute zutiefst, nicht den Dienstwagen, sondern seinen tiefer liegenden Audi TT genommen zu haben, und befürchtete, zu guter Letzt stecken zu bleiben. Einmal warf ihm Sonja einen flüchtigen Blick zu und beschloss, das während dieser Fahrt besser zu unterlassen: Er wirkte blass, die Nase wurde lang und spitz. Noch nie hatte sie ihn so leiden gesehen, als ob jeder Stoß nicht von den Stoßdämpfern des Sportwagens, sondern von seinem Herzen abgefangen werden müsste. Vor einer mittelgroßen Almhütte hielten sie an. Sonja sprang raus und hielt beherzt auf einen Mann in Lederhose und weißem Hemd zu, der gerade aus der Hütte trat.

„Grüß Gott. Bin ich auf der Steinwaldalm?"

Der Mann schüttelte den Kopf. „Essen können Sie auch hier."

„Bedaure. Ich muss zur Steinwaldalm."

„Wie Sie wollen", antwortete der Mann ungerührt. „Sie müssen die Straße …"

„Straße?", fragte Sonja ironisch.

„Den Almweg zurück und vorn an der kleinen Kreuzung, wo es nur nach rechts oder links geht, links abbiegen. Was auch immer geschieht, bleiben Sie auf diesem Weg, er führt Sie zur Steinwaldalm."

„Danke. Nächstes Mal kommen wir zu Ihnen."

„Isch recht." In diesem Moment trat eine Familie, Mutter, Vater, zwei Kinder, in zünftiger Wanderkleidung mit Rucksäcken aus der Tür.

„Danke, es war toll bei Ihnen."

„Besonders der Kaiserschmarrn", schwärmte der schätzungsweise dreizehnjährige Sohn.

Sonja schmunzelte wehmütig, dann saß sie bereits wieder neben Matteo und dirigierte ihn. Der Weg schlängelte sich den Berghang entlang, bis er schließlich zu einer kleinen Almhütte führte. Sonja nickte und Matteo lenkte den Audi auf den Parkplatz rechts neben der zweistöckigen Hütte. Sie stiegen aus und schauten sich über das Dach des Autos kurz tief in die Augen, denn jetzt kam das Schwerste; auch wenn sie Übung darin besaßen, ließ es sie dennoch nicht kalt, Angehörigen die Nachricht vom Tod des Vaters, der Mutter, des Bruders, der Schwester oder des Kindes zu überbringen, zumal es sich immer, wenn sie es taten, um keinen natürlichen Tod handelte, sondern um eine Unordnung, die in die

Welt gekommen war, um ein Verbrechen, mit einem Wort, um eine menschliche Katastrophe. Und ihre Ermittlungen verfolgten auch das Ziel, den Hinterbliebenen die Möglichkeit zu geben, den Verlust zu verarbeiten.

Unterhalb der Alm breitete sich eine Wiese in sanfter Hanglage aus, auf der Kühe weideten. Links von der Hütte stand ein kleiner Stall mit einem Zaun davor. Vor der Hütte standen drei lange Tische, von nicht minder langen Bänken eingefasst. Allerdings trieften sie vor Nässe. Über der geschwungenen schwarzen Klinke war ein Fenster in die Tür gelassen, das aus vier bunten Gläsern bestand. Matteo ließ ihr den Vortritt und das, argwöhnte sie, würde er weiter tun, denn wie hatte er vorhin so schön gesagt: „Dein Fall, Sonja."

Ein drahtiger junger Mann im Alter von Anna Sonnleitner mit gebräuntem Gesicht, einer Hakennase und verwegenen blaugrünen Augen servierte in der Stube gerade zwei Wanderern Wasser, Wein und ein Speckbrettl. Ein jungenhafter Charme ging von ihm aus. Neben der Tür zur Küche gab es eine Holztheke, davor standen sieben Tische, von denen vier besetzt waren. Jetzt fiel sein Blick auf die Ankömmlinge.

„Griaß enk, hockts enk nieder. Ich bin glei bei enk."

„Herr Sonnleitner?"

„Ja", der amtliche Ton irritierte ihn.

„Wir würden gern mit Ihnen reden."

Sein Gesicht wurde frostig. „Dann gehen wir am besten raus." Sonnleitner öffnete die Tür und stellte sich neben die Hütte, um auf seine Wiese und seine Kühe zu schauen. Das beruhigte ihn. Sonja und Matteo folgten ihm.

„Seids vom Finanzamt?", fragte er, ohne sie anzuschauen.

„Nein, Kripo Bozen, ich bin Commissario Schwarz, das ist mein Kollege Matteo Zanchetti." Überrascht wandte er sich ihnen zu. Er sagte nichts, dafür brüllten seine erstaunten Augen die Frage: „Kripo?"

„Herr Sonnleitner, Ihre Frau …."

„Holt gerade die Kinder ab."

„Nein, leider nicht. Es tut mir leid, Ihnen mitteilen zu müssen, dass sie tödlich verunglückt ist."

„Ihr Deppen wollts mich über die Wiesen jagen. Zeigts mal eure Ausweise her." Sonja holte ihren Dienstausweis heraus und hielt ihn dem Mann hin, doch der schaute nicht drauf, sondern ließ sich auf seinen Hosenboden fallen und saß nun mit ausgestreckten Beinen wie ein etwas zu groß geratener Dreijähriger auf dem schlammigen Boden. Sonja beugte sich zu ihm hinunter.

„Wer ist denn in der Küche?"

„Meine Mutter", antwortete der Wirt tonlos.

„Ich geh zu ihr", sagte Matteo.

Er starrte nur kopfschüttelnd vor sich hin, der Sonnleitner Andi. Und es war nicht ganz klar, ob er es nicht verstehen konnte oder nicht verstehen wollte, dass seine Frau umgekommen war. „Wie … sie ist doch eine gute Autofahrerin? Viel besser als ich."

„Der beste Fahrer hätte da nichts ausrichten können. Unterhalb der Goswand ist ein Auto in einer Kurve in den Wagen Ihrer Frau gefahren und hat ihn von der Straße geschoben."

„In den Abgrund", entfuhr es ihm tonlos. Er sah sie immer noch nicht an und stierte weiter geradeaus. Er wirkte, als kannte er die Stelle und hatte sie jetzt vor seinem geistigen Auge. „Wieso Kripo, wenn's ein Unfall war?"

„Der Unfallgegner hat Fahrerflucht begangen. Hätte er den Unfall gemeldet, hätte Ihre Frau gerettet werden können."

„Das Schwein!"

„Wir kriegen ihn!"

Sonnleitner bedachte sie mit einem langen Blick. „Tun Sie das?"

„Warum war Ihre Frau in den Bergen?"

„Sie arbeitet halbtags im Hotel, weil die Alm noch nicht genügend abwirft. Und dann ist da noch der Kredit. Und die Steuern. Und der ganze Scheiß! Nach der Arbeit holt sie die Kinder von der Schule. Den Hermann und die Dorothea. Aber dienstags hat der Hermann etwas länger und die Doro kann in den Hort gehen, da nutzt die Anna gern die Zeit, um Beeren und Pilze zu sammeln. Deswegen war sie auf dem verfluchten Weg."

„Sie sollten aufstehen."

„Aufstehen?" Die Frage klang so, als ob ihm gar nicht bewusst war, dass er saß.

„Ja."

Sonnleitner erhob sich mechanisch. „Es war immer unser Traum, so eine Hütte zu bewirtschaften. Schon in der Schule, im Studium, wir kennen uns doch schon ein Leben lang, seit der neunten Klasse … ich meine, wir waren doch füreinander bestimmt …" Als ob sich etwas gelöst hatte, ein Damm gebrochen war, schossen jetzt Tränen aus seinen Augen und er trommelte mit beiden Fäusten gegen die Hüttenwand. Dann ließ er die Fäuste sinken, die er aber immer noch geballt hielt.

„Hatte Ihre Frau Feinde?"

„Feinde?"

„Wir müssen in alle Richtungen ermitteln."

„Die Anna doch nicht!"

„Und Sie?" Er schüttelte nur den Kopf. „Bis auf das Finanzamt wüsste ich keinen."

„Wie sind Sie an die Hütte gekommen?"

Und da erzählte ihr Sonnleitner, dass er ökologischen Landbau studiert und dann beim Südtiroler Umweltverband ein Praktikum absolviert hatte. Eines Tages hatte ihn der Vorsitzende des Verbands, Hermann Bichler, auf die Almhütte hingewiesen, die ökologisch und mit Produkten aus der eigenen Produktion und von Biobauern aus der Umgebung bewirtschaftet werden sollte. „Er half uns beim Kredit. Besorgte sogar noch eine kleine Förderung. Ist ein guter Typ, der Bichler Hermann. Aber die Alm, das war unser Traum, und so haben wir zugegriffen, auch wenn wir dafür hart arbeiten müssen. Aber es geht, meine Mutter hilft und sogar die Kinder packen mit an." Er griff sich an den Kopf. „Die Kinder, ich muss ja die Kinder abholen."

„Kann Ihre Mutter Auto fahren?" Sonnleitner nickte. „Dann fährt am besten sie und Sie kümmern sich um die Gäste. The show must go on. Sie hätte es nicht anders gewollt."

„Woher wissen Sie das? Sie haben die Anna doch gar nicht gekannt." Er schüttelte den Kopf, doch dann schaute er sie plötzlich mit großen Augen an, in denen die Panik wuchs: „Wie soll ich das den Kindern sagen?"

„Ich weiß es nicht, Herr Sonnleitner."

„Wie sagt man Kindern, dass sie keine Mutter mehr haben?"

„Ich weiß es nicht." Sonja griff in ihre Jackentasche und holte eine Visitenkarte heraus. „Rufen Sie an, jederzeit, wenn Sie mir noch etwas sagen wollen, wenn Sie das Bedürfnis verspüren, wenn ich Ihnen helfen kann. Rufen Sie an. Ich kriege den Schuft, verlassen Sie sich drauf!"

Aus der Tür trat eine kleine dralle Frau mit weißen, wilden Haaren, die sie zu einem Dutt hochgesteckt hatte. Andi

Sonnleitner und sie schauten sich einen Moment in die Augen, dann rief sie ihm harsch zu: „Die Gäste warten, die einen wollen zahlen, die anderen noch Wein. Ich hol die Kinder." Sonnleitner nickte und ging mechanisch wie eine Gliederpuppe von fremder Hand geführt in die Wirtschaft zurück, vorbei an Matteo, ohne ihn anzusehen, während seine Mutter sich in den Suzuki setzte und losfuhr.

Zwischen Matteo und Sonja herrschte Stille, schweigend gingen sie zum Auto und brachen auf. Sonja war nicht in der Lage, etwas zu sagen, und auch Matteo verspürte keine Lust auf ein Gespräch. Ihr kam in den Sinn, was Jonas heute Morgen gesagt hatte: Gott muss sich wohl auf einer Bergwanderung verirrt haben und fehlte dann, als man ihn am nötigsten brauchte. Stumm starrte sie aus dem Fenster und ließ die Landschaft an sich vorbeifliegen. Sie dachte an die Tochter und an den Sohn und an den Vater, der nun mit allem allein zurechtkommen musste. Manchmal war das Schicksal ein mieser Schurke.

Fünf

Noch schien in Bozen die Sonne, aber den Himmel überzogen so gemächlich wie unaufhaltsam weißgraue Wolken und ein Lüftchen kam auf, das die Gelassenheit der Siesta zu stören begann. Laura, vor sich einen Latte Macchiato, warf einen prüfenden Blick schräg nach oben und einen missmutigen auf ihre Uhr. Sie saß vor den Kolonnaden eines roten Hauses am Walther-von-der-Vogelweide-Platz am Tisch eines Cafés, das sich so weit auf den Platz vorwagte, wie es gerade noch von der Polizei toleriert wurde, angelte das Handy aus ihrer Hosentasche und wählte die Nummer ihrer Mutter, wobei sie die Mundwinkel nach unten verzog. Die Außenplätze des Cafés waren ausnahmslos besetzt. Sollte es zu regnen beginnen, würde sich das bald ändern, einige sehr vorsichtige oder vorausschauende Gäste zogen bereits ins Innere um, um sich drinnen die besten Plätze zu sichern.

Wieder erreichte Laura nur die Mailbox, was ihren Ärger erhöhte. Sie verzichtete darauf, die fünfte Ansage zu machen, und steckte resigniert das Handy wieder ein. Als sie aufschaute, stand ihre Mutter gehetzt vor ihr. Am liebsten hätte sie Laura in diesem Moment umarmt, und zugleich fühlte sie sich schuldig für das Glück, das sie mit ihrer Familie besaß.

„Mann, Mama, weißt du, wie lange ich hier schon auf dich warte!", stöhnte Laura mit unüberhörbarem Vorwurf in der Stimme.

Sonja setzte sich ihrer Tochter gegenüber. „Tut mir leid."

„Mir auch", patzte sie weiter, zumal sie ja nicht zum ersten Mal warten musste. Das Mädchen beschloss, ihre Mutter zappeln zu lassen, so schnell wollte sie ihr nicht vergeben. Es sollte sie etwas kosten.

„Einen Espresso doppio", bestellte Sonja bei dem smarten Kellner, der auf sie zusteuerte. Dann wandte sie sich wieder ihrer Tochter zu. „Ich kann nichts dafür."

„Stimmt, schuld bin ich."

„Nein, natürlich nicht, aber ich auch nicht!" Sonja schaute ihre Tochter versöhnlich an und streckte die rechte Hand nach ihr aus, doch Laura zog ihre ruckartig und schmollend zurück.

„Ach ja. Auch nicht dafür, dass du nicht einmal dein Handy offen hattest? Das macht man so, dafür hat man ein Handy, dass man den anderen informieren kann, wenn man sich verspätet. Soll in normalen Familien so sein." Laura lief zur großen Form auf und sie genoss es, ihren ganzen Ärger zu entladen. „Weißt du überhaupt, wie oft ich draufgequatscht habe?"

Sonja griff nach ihrem Handy: „Stimmt, ich habe vergessen, es wieder anzustellen." Ihr kam der Streit so überflüssig vor. Sie hatten einander doch.

„Warum lässt du es dann nicht einfach an, wenn du schon so vergesslich bist?", häufte Laura Vorwurf auf Vorwurf und schaute ihre Mutter mit großen, anklagenden Augen an. Damit überschritt sie eindeutig eine Grenze. Sonja kniff die Augen zusammen. „Weißt du was, Fräulein, jetzt, in diesem Augenblick, wird ein Vater seinem elfjährigen Sohn und seiner achtjährigen Tochter mitteilen müssen, dass ihre Mutter nicht mehr lebt, weil ihr Unfallgegner nicht die Polizei und die Rettung verständigt hat und sie einfach verbluten ließ! Wie soll er das seinen Kindern beibringen, wo er doch selbst nicht weiß, wie er damit umgehen soll, wo es ihm doch selbst das Herz zerreißt! Zumindest wollte ich nicht durch einen Handyanruf dabei gestört werden, als ich dem armen Mann die Nachricht vom Tod seiner Frau überbringen musste. Verstehst du das wenigstens?" Laura sackte wie von einem Schlag in die Magengrube getroffen in sich zusammen. Sonja konnte ihrer Tochter das schlechte Gewissen ansehen, das sich in ihr ausbreitete. Da tat es ihr leid, dass sie so heftig reagiert hatte. Laura konnte ja nichts dafür und sie hatte sie entgegen ihrer Verabredung tatsächlich warten und im Ungewissen gelassen.

„Entschuldige. Das war unfair."

„Mh", antwortete Laura mit einer Träne im Auge.

„Das konntest du ja nicht wissen. Komm, wir trinken jetzt den Kaffee aus und dann suchen wir ein Geburtstagsgeschenk für deinen Vater." Sie schnitt das ratloseste Gesicht von der Welt, zumindest hätte sie damit gute Chancen besessen, ins Guinnessbuch der Rekorde aufgenommen zu werden. „Was schenkt man einem Mann bloß zum Vierzigsten? So kurz vor der Midlife-Crisis?"

Die Ironie ihrer Mutter zauberte Laura ein Lächeln auf die Lippen. „Wir werden schon etwas finden."

„Etwas?"

„Quatsch, natürlich das ultimative Geschenk für den Mann ab vierzig."

Doch die Suche gestaltete sich schwieriger, als Mutter und Tochter gedacht hatten. Nach zwei Stunden, in denen sie sich durch unzählige Bekleidungsgeschäfte, durch einen Buch- und CD-Laden, durch kleine Galerien gekämpft und nichts gefunden hatten, auf das sie sich einigen konnten, blieben sie auf der Gasse stehen und schauten sich ratlos an. Sonja sah nachdenklich zu einem Weingeschäft hinüber und Lauras Blick folgte dem ihrer Mutter.

„Kaufen wir ihm doch eine Flasche Wein", meinte Laura sarkastisch.

„Oder zwei", stimmte Sonja in den Sarkasmus ihrer Tochter ein. Doch dann stieß sie ihre Tochter in einer jähen Eingebung an: „Komm", und steuerte auf die Tür des Geschäfts zu.

„Das ist nicht dein Ernst", stöhnte Laura, die das Ganze bis jetzt für einen Scherz gehalten hatte, und folgte unwillig ihrer Mutter.

„Nein, aber meine Ernestine", meinte die nur verschmitzt, öffnete die Tür und trat ein. Laura verdrehte die Augen und dachte nur: O Gott, wie peinlich. Zum Glück entdeckte sie keinen Mitschüler oder jemanden, den sie kannte.

Der Händler, rund und strahlend wie ein Baby, lächelte die beiden Frauen so professionell wie aufgeräumt an. Er trug ein weiß-rot kariertes Hemd und Lederknickerbocker. Sonja verkniff sich das Lachen, das sie bestürmte, als ihr plötzlich einfiel, dass man die von einem Haarkranz umschlossene Glatze in ihrer Kindheit respektlos *Glatze mit Vorgarten* genannt hatte.

„Womit kann ich den Damen helfen? Falls Sie einen Prosecco wünschen, empfehle ich Ihnen, lieber einen guten Winzersekt zu nehmen." Seine Stimme klang etwas hoch, aber samtig, sodass Sonja vermutete, dass er die Stimmbänder mit der gleichen Lotion einrieb wie Gesicht und Glatze. Der Händler glänzte, wie sie bald schon merken sollten, tatsächlich in wirklich jeder Beziehung.

„Mein Mann ist Winzer", entgegnete sie.

„Bedaure, ich habe meine Lieferanten", wies der Händler sie fast ein wenig traurig ab.

„Keine Sorge, wir wollen Ihnen nichts verkaufen. Wir suchen ein Geschenk zu seinem vierzigsten Geburtstag." Einen Moment verharrte der Händler in einer kleinen Ratlosigkeit. „Ihm einen Wein zu schenken, könnte er auch als Kritik an seinen Kreationen auffassen."

„Deshalb denken wir auch nicht an Wein."

„Aber er ist leidenschaftlicher Winzer?" Sonja nickte, das Gesicht des Händlers hellte sich nicht nur auf, sondern es wirkte sogar verschmitzt. „Ich glaube, ich habe etwas für Sie." Der Händler entschuldigte sich und entschwand ins Hinterzimmer. Nach gut fünf Minuten kehrte er mit frohem Pfannkuchengesicht zurück.

„In der Tat habe ich etwas für einen passionierten Winzer. Zwei zweihundert Jahre alte Fässer aus slawonischer Eiche." Nach dieser Eröffnung lachte er Mutter und Tochter Bewunderung erheischend an. Doch die wetteiferten um die Tiefe der Ratlosigkeit, in die sie versanken.

„Fässer?", stieß Laura schließlich hervor, als würde ihr in der Wüste eine Gießkanne angeboten.

„Nicht einfach nur Fässer, junge Dame, Geschichte, die Sie trinken können. Damit stellen Sie einen außergewöhnlichen Wein her. So etwas bekommen Sie wirklich selten."

„Was soll es denn kosten?", fragte Sonja.

„Das ist es ja, nur fünfhundert Euro."

Sonja nickte. „Aber mein Mann muss sich die Fässer vorher ansehen!"

„Natürlich. Kein Problem, er wird sie lieben."

„Okay, dann fahre ich mit ihm und dem Geld in der Tasche zu Ihnen, er überprüft die Fässer und wenn alles in Ordnung ist, bezahle ich und das Geschäft ist gemacht."

„Perfekt. Allerdings müssen Sie nach Entiklar, zwischen Kurtatsch und Margreid, fahren, zum Weingut Halderer.

Ihren Namen hätte ich noch gern gewusst, damit wir die beiden Fässer reservieren können und ich Sie avisiere."

„Schwarz."

„Ah, Sie sind die Frau vom Schwarz Thomas. Dann kann ich Ihnen versichern, so wie ich Ihren Mann kenne, haben Sie das schönste Geschenk ausgewählt, das Sie für ihn finden können."

Der Händler schrieb Adresse und Telefonnummer des Weinguts auf, dann begleitete er sie zum Ausgang, verabschiedete sich, nicht ohne darauf hinzuweisen, dass ab nächstem Jahr auch Weine ihres Mannes im Geschäft vertreten sein würden.

„Wie lautet Ihr Vorname, gnädige Frau?"

„Sonja."

„Und Ihrer, junge Dame?"

„Laura."

„Dann soll er den Wein *Sonja e Laura* nennen. Und wenn er mir den exklusiv zum Vertrieb gibt, dann drücke ich den Preis für das Fass auf 450 Euro."

„So soll es sein!", willigte Sonja ein.

Als sie auf der Straße standen, fiel Laura ihrer Mutter um den Hals. „Das hast du toll gemacht. Hattest du das eigentlich von Anfang an vorgehabt?"

„Nein, aber hin und wieder hilft es, einfach den Ball ins Rollen zu bringen und zu schauen, wo er hinläuft."

Kaum dass sie ausgesprochen hatte, klingelte das Handy und Laura verdrehte die Augen, was ihr bei der vielen Übung, die sie darin hatte, malerisch gelang. Doch ihre Mutter zog nur die Schultern hoch, während sie nach dem Handy griff.

„Du wolltest doch, dass ich das Handy anlasse", sagte sie zu ihrer Tochter, dann ging sie ran.

„Ja? Schwarz." Die technisch verzerrte Stimme eines Mannes informierte sie, dass die Fahrerin, die den Unfall in Toblach verursacht hatte und dann geflohen war, eine alte Bekannte von ihm wäre, nämlich Charlotte Keller. Dann legte der Mann auf. Obwohl Sonja wusste, dass der Anrufer seine Nummer unterdrückt hatte, schaute sie auf das Display und fand ihre Vermutung bestätigt. Wahrscheinlich hatte er sie ohnehin von einem Prepaidhandy angerufen.

„Was ist los?", fragte Laura, der die Veränderung im Gesicht ihrer Mutter nicht entgangen war.

„Ein anonymer Anruf, den ich nicht einordnen kann." Was sollte Charlotte Keller in Toblach, wo sie ihr Hotel doch in der Nähe des Kalterer Sees führte? Auf der Strecke ging es in die Berge. Und warum rief der Zeuge anonym an? Vielleicht eine Falle? Schließlich hatte ihr Charlotte Keller Rache geschworen, denn ihre Ermittlungen hatten letztendlich dazu geführt, dass ihr Mann zurücktreten musste.

So beschloss sie, sich mit Matteo zu beraten, ehe sie etwas unternahm, denn die Angelegenheit war zumindest heikel.

Sechs

Zur selben Stunde, in der Sonja mit Mann, Tochter und Schwiegermutter frühstückte und Thomas von der Ernte schwärmte, die den Hof aus den Schulden katapultieren würde, nahm Jonas Kerschbaumer liebevoll das Mountainbike aus dem Wagen, setzte den Helm auf, verriegelte die Türen und radelte langsam zum Start der Downhillstrecke. Dort hielt er inne. Sein Blick fiel auf das Schild, das den Verlauf der Route zeigte und die Fahrer ermahnte, aus Gründen des Naturschutzes nicht von der freigegebenen Strecke abzuweichen. Er wusste, dass hier im Frühjahr die Südtiroler Downhill-Meisterschaft ausgetragen werden würde. Auch wenn Jonas sich auf keinen vorderen Platz, schon gar nicht auf einen Sieg Hoffnungen zu machen brauchte, reichte es für ihn erst einmal, dabei zu sein, Wettkampflust zu schnuppern in dem Sport, der ihn aus Trauer, Verzweiflung und Lethargie riss, in die ihn Ludwigs Morde und schließlich der Tod des Bruders getrieben hatten.

Mit allen Poren nahm er die Natur in sich auf, ihre Schönheit, ihre Erhabenheit, und fühlte in diesem Moment Glück. Hatte es gestern noch geregnet, stand heute Morgen die Sonne bereits am Himmel, nicht allzu hoch, wie zu dieser Jahreszeit üblich, aber dafür warm wie eine Umarmung, und ließ die Tautropfen auf den Halmen der Gräser und auf den Blättern glitzern, als wären es zahllose kleine Diamanten.

Einem Ritual folgend prüfte er penibel die Bremsen, die Schaltung, den Sitz des Helms, der Sonnenbrille und der Handschuhe. Jonas genoss den ausführlichen Sicherheitscheck in der Vorfreude darauf, die neue Strecke auszuprobieren, und sog mit beiden Nasenflügeln den erdigen Geruch des Waldes ein. Doch als er gerade starten wollte, raste ein Mountainbiker in einer schwarzen Ledermontur, mit schwarzem Helm und einem schwarzen Bike in halsbrecherisch hoher Geschwindigkeit so dicht an ihm vorbei, dass sie sich beinahe berührten und Jonas erschrak. „Was soll das, Black Beauty", brüllte er ihm in einem Anfall von Wut hinterher, schüttelte dann aber den Kopf und atmete noch einmal tief ein, um sich nicht die Stimmung verderben zu lassen und wieder ganz eins mit sich und der bevorstehenden Fahrt zu werden. Kaum hatte er Gelassenheit und Freude zurückgewonnen, drang eine kurzatmige, aber wütende Stimme an sein Ohr: „Ihr machts mit eurem Scheiß die ganze Natur kaputt." Die Stimme besaß Scheren und Schneiden. Lauter Irre heute Morgen unterwegs, dachte Jonas resigniert.

Er drehte sich um und entdeckte einen vom Aufstieg außer Atem gekommenen jungen Mann mit schwarzen Haaren, Fransenbart und roten Pickeln im Gesicht. Was wollte dieser Ökoajatollah bloß von ihm? Schweiß perlte von dessen Stirn und die kleinen schwarzen Augen, die ihn an einen Spitz erinnerten, glänzten vor Hass. Es ärgerte Jonas, dass ihm die Vorfreude auf diese Tour so beharrlich verdorben werden sollte, erst durch den rabiaten Sportsfreund, dann durch den Naturschutzmessias, sodass er ihn nur anblaffte: „Die Strecke ist zugelassen."

Das machte den Naturschützer nur noch zorniger, der jetzt unmittelbar vor Jonas stand und dessen Körper geballte und kaum noch zur beherrschende Aggressivität ausstrahlte. „Meinst du, die Pflanzen und Tiere wissen das?", zischte er.

„Bin ich Jesus? Wächst mir Gras aus der Tasche oder Moos aus den Ohren? Woher soll ich wissen, was die Pflanzen und Tiere wissen?"

„Arschloch! Eure Meisterschaften könnt ihr euch gepflegt an die Kniescheibe nageln, die werden wir schon zu verhindern wissen!"

Jonas wollte mit dem Tier- und Pflanzenschützer nicht weiter streiten. Es lohnte nicht, denn der Fransenbart hatte sich mit seinen Argumenten in einer Feste höherer Moral eingeigelt. Jonas hob sein Fahrrad am Lenker nach rechts, dann fuhr er an dem Aktivisten vorbei. Er konnte es nicht fassen, als ein Stein an ihm vorbeiflog, den der Naturschützer in seiner Wut nach ihm geworfen hatte. Eigentlich hätte er umkehren müssen und den Mann wegen versuchter Körperverletzung verhaften, aber er hatte keine Lust darauf. Statt zu trainieren hätte er nur viel Papier zu beschreiben und am Ende würde der Steinewerfer behaupten, er habe absichtlich vorbeigeworfen.

Wie man es nahm, der Beginn war definitiv verdorben! Jetzt half nur noch, den Körper brutal anzutreiben, um alles Denken abzustellen. Das war es auch, was er an diesem Sport so liebte, er forderte die ganze Kraft und Aufmerksamkeit und ließ keinerlei Möglichkeit, seinen Gedanken zu folgen und mit Erinnerungen zu kämpfen. So trieb er sich an, um die ihm maximal mögliche Beschleunigung zu erreichen.

Er genoss es, seinen Körper zu fühlen, die Anstrengung seiner Muskeln, seiner Bronchien, und schließlich das Rauschen des Blutes zu hören. Der schmale Trail führte Jonas vom Hügel nach unten tief in den Wald hinein, in einem Tempo, das bald zu schnell für seine Fähigkeiten war. Und umso tiefer er in den Wald kam, umso dichter die Kurven aufeinanderfolgten, er seinen ganzen Körper einsetzen musste, in die Pedale treten, bremsen, wieder antreten, umso mehr verdrängte das rasende Herz, das er bis in die Schläfen hörte, jeden Gedanken, auch seinen Ärger. Mountainbike und Fahrer verschmolzen zu einer Einheit. Dort, wo der Trail nicht aus Wurzeln und Steinen, sondern aus lockerem Boden bestand, hatten ihn unzählige Reifenspuren durchzogen wie Striemen eines mit einer neunschwänzigen Katze ausgepeitschten Rückens. Vor ihm stieg eine natürliche Rampe an, die er leichtsinnig mit ungedrosseltem Tempo anging, um schließlich mit dem Rad durch die Luft zu fliegen – ein ungeheures Gefühl. Sein ganzer Körper bestand nur noch aus Adrenalin, kein Gedanke mehr, keine Erinnerung, keine Idee, kein Ludwig und keine Evelyn vor seinem geistigen Auge, keine Befürchtung mehr, weit mehr als alle Freuden dieser Welt, nur noch pures Adrenalin, dem teuersten Stoff der Welt, er könnte süchtig danach werden. Kurz vor dem Aufsetzen blitzte etwas in seinen Augen auf. Instinktiv stieg er so stark auf die Bremse, dass sich das Hinterrad wegdrehte, er im Bruchteil einer Sekunde um sein Gleichgewicht rang, dabei ein Stoßgebet gen Himmel sandte, nicht ins Schleudern zu geraten, und schließlich gerade noch so quer zum Weg und haarscharf parallel zu einem Holzbrett zum Stehen kam. Was er sah, jagte ihm einen ungeheuren Schreck ein, denn er begriff, dass ein sehr fähiger Schutzengel seine Hände über ihn gehalten hatte. Der Bruchteil einer Sekunde hatte über Tod und Leben entschieden. Hätte er das Hindernis nicht rechtzeitig entdeckt, wäre das Mountainbike nicht mehr davor zum Stehen gekommen.

Quer über den Trail lag eine Planke, durch die jemand große Nägel getrieben hatte. Die perfekte Falle, dachte

Jonas, denn diese Stahlspitzen würden jeden Reifen zerfetzen. Im entscheidenden Moment war ein Lichtschein auf den Stahl gefallen und dessen Blinken hatte den jungen Polizisten gewarnt. Er atmete schwer aus, dann schaute er betreten zu Boden: Vielleicht existierte Gott ja doch, denn wer hätte sonst in der höchsten Not diesen Lichtstrahl gesandt.

Jonas lehnte das Mountainbike an einen Baum, um sich die Falle näher anzusehen. Mit seinem Handy machte er mehrere Fotos, bevor er sie nach rechts an den Rand des Trails schob, damit sie niemanden mehr gefährden konnte. Als er sich wieder aufrichtete, fiel sein Blick auf die Felswand, die unterhalb der Kurve abfiel. Trail und Fels trennte eine steinerne Rinne, wie wenn sich hier ein Bergbach sein Bett gegraben hatte. Und dort gewahrte Jonas auch den schwarzgekleideten Fahrer, seltsam verdreht in der Felsrinne und zudem in sein Bike verhakt. Jonas stieg pochenden Herzens zu ihm hinunter. Vorsichtig klappte er das Visier des Helms auf. Tote blaue Augen aus einem Jungengesicht starrten ihn an. Er griff nach dessen Gelenk, um den Puls zu fühlen, doch es überraschte ihn nicht, dass er nicht einmal ein schwaches Zeichen bemerkte. Er hielt ihm sein Handydisplay vor Mund und Nase, doch es beschlug nicht.

Der junge Mountainbiker war der erste Tote, den Commissario Jonas Kerschbaumer nach der Leiche seines Bruders sah. Es ging wieder los. Ein Toter löscht den anderen aus. So seltsam es auch anmuten mochte, doch Jonas Kerschbaumer fühlte, dass er wieder im Job zurück war. Alltag. Aus dem toten Bruder begann allmählich ein Fall zu werden, den abzuschließen ihm eines Tages gelingen würde. Der Polizist erhob sich und rief seinen Vorgesetzten an.

Sieben

Der Anruf platzte in Sonjas Beratung mit dem Capo hinein. Mit einem Blick auf das Display ging er ran, grüßte kurz, dann hörte er Jonas zu.

„Okay, bleib vor Ort. Ich informiere Gemeindepolizei, Spurensicherung und Heidi Grüner. Sonja ist schon auf dem Weg zu dir!" Dann legte er auf und zog damit Sonjas fragenden Blick auf sich.

„Wohin bin ich schon unterwegs?"

„Toter Radfahrer auf der Downhillstrecke vom Piz de Plaies! Fahr hin, ich statte in der Zeit Charlotte Keller einen Besuch ab", erklärte Matteo Zanchetti. Sonjas Gesicht drückte nur Ratlosigkeit aus: „Piz de Plaies, wo um alles in der Welt liegt das denn?"

Matteo zuckte nur mit den Achseln. „Schau ins Navi. Oder besser, du nimmst Peter Kerschbaumer mit, der kennt die kürzesten Wege."

Zehn Minuten später saß sie neben dem alten Polizisten, der entgegen seines Temperaments mehr als zügig fuhr.

„Willst du Matteo Konkurrenz machen?", stichelte Sonja.

„Ich hab dem Jungen immer wieder gesagt, dass er die Finger von dem Downhillkram lassen soll", schimpfte er sichtlich erregt.

„Es hilft ihm", wandte Sonja ein.

„Hilft es ihm auch, wenn er tot ist?" Peter Kerschbaumer hatte sich verändert, er war nach dem Tod seines Sohnes sichtlich gealtert. Die Konturen seines Gesichts wurden scharfkantiger. Auch hatte er abgenommen, aber nicht in gutem Maße. Es war der Kummer, der an ihm fraß.

„Hast du Capo Burger getroffen?"

„Noch nicht, wir sehen uns morgen zur privaten Psychotherapie. Fein ausgedacht, Sonja", brummte Kerschbaumer in einer Art, die Sonja nicht verriet, wie er darüber dachte.

„Ach Peter, der Mensch muss reden."

Sie spürte bei ihm die Andeutung eines Lächelns. „Auch wenn er Polizist ist?"

„Dann erst recht."

Nach einer knappen Stunde Fahrt, in der jeder weitere Versuch eines Gesprächs an Kerschbaumers Einsilbigkeit zerschellte, jagten sie bereits die Serpentinen hinter St. Vigil zum Piz de Plaies hinauf. Der alte Polizist lenkte das Fahrzeug auf einen kleinen Parkplatz, auf dem bereits ein Wagen der Gemeindepolizei, der Carabinieri und das Auto seines Sohnes standen. Ohne auf Sonja zu warten, stieg Kerschbaumer senior aus und rannte zur Strecke. Der Gemeindepolizist hielt ihn nicht auf, weil er die Uniform sah. So schnell hatte Sonja ihn noch nie gesehen. Sie hingegen zog es vor, den Ausweis zu zeigen und sich kurz informieren zu lassen, dann folgte sie ihrem Kollegen, allerdings im normalen Tempo. Sie hatte keinen Grund zur Eile. Eigentlich schade, dachte sie unterwegs, dass ein so schöner Pfad für Wanderer zum Sicherheitsrisiko wurde angesichts des Tempos, mit dem die Radfahrer die Strecke herunterrasten. Der sich zwischen Bäumen schlängelnde Pfad strahlte etwas Mystisches aus. Eine verborgene Welt voller verstecktem Leben. Das beharrliche Klopfen eines Spechts heiterte sie auf. Die bunten Blätter glühten im Licht der Septembersonne. Das Gefühl von Reife und Ernte breitete sich in ihr aus und sie verstand angesichts dieses Paradiessteiges den Konflikt zwischen Radfahrern und Wanderern und ertappte sich dabei, dass ihre Sympathie den Wanderern zuneigte.

Unterhalb der Rampe angekommen, warf sie einen Blick auf die mit Nägeln gespickte Planke. Und schüttelte den Kopf. Das ging eindeutig zu weit.

„Da hat einer ganze Arbeit geleistet", kommentierte ein Carabiniere.

„Vor allem steckt da sehr viel Hass drin", sagte sie mehr zu sich als zu dem Polizisten, nickte ihm noch einmal zu, bevor sie vorsichtig zur Felsrinne hinunterkletterte, denn Moos und Blätter waren nach dem Regen glatt, nur um in einen Streit zwischen Kerschbaumer senior und Kerschbaumer junior zu geraten.

„Sieh es endlich ein, ich will dich doch nicht auch noch verlieren!", flehte Peter Kerschbaumer seinen Sohn an, der sich abwandte.

„Können die Herren ihre Meinungsverschiedenheit nach Dienstschluss austragen? Wir befinden uns nämlich an einem Tatort!", herrschte Sonja die beiden Männer an und befahl dann: „Peter, du schaust mal, wo Heidi Grüner bleibt! Komm nicht ohne sie zurück!" Grummelnd zog der Polizist ab. Endlich konnte sie sich in Ruhe der Leiche widmen.

„Der Reifen platzte …", versuchte Sonja den Unfallhergang zu rekonstruieren.

„… er kam ins Schleudern und stürzte mit dem Rad in die trockene Rinne und gegen den Felsen …"

„… und brach sich bei der Gelegenheit vermutlich das Genick." Mit einem Blick auf die Mountainbikermontur, die ihr Kollege trug, verstand sie plötzlich die Erregung seines Vaters. „Es hätte auch dich treffen können."

Jonas atmete schwer aus. „Hätte es auch beinah. Ich habe die Falle noch im letzten Moment wahrgenommen. Sag es aber nicht meinem Vater, der bekäme einen Herzkasper." Dann schüttelte er lachend den Kopf. „Weil ein Sonnenstrahl von den Stahlnägeln reflektiert wurde und weil ich wohl nicht so schnell war wie er."

„Woher weißt du das?"

„Als ich losfahren wollte, ist er rücksichtslos an mir vorbeigeschossen. Er fuhr sehr aggressiv."

„Macht ihr das nicht alle?"

„Ja, nein, bei ihm war es aber weit über das übliche Maß hinaus."

„Wissen wir, wer der tote junge Mann ist?"

„Ja, der Gemeindepolizist da oben kennt ihn. Johann Falkenstein, zweiundzwanzig Jahre alt, führt nach dem Tod seines Vaters den Berghof der Familie."

„Teure Ausrüstung für einen jungen Bergbauern."

„Könnt ich mir nicht leisten", kommentierte Jonas kleinlaut. „Das ist die Ausrüstung eines Profis in Spitzenqualität, übrigens auch das Rad."

„Vielleicht hat er ja einen Sponsor."

„Hand her!", befahl Heidi Grüners energische Stimme in Sonjas Rücken. Sie wandte sich um. Die Pathologin, den schweren Arztkoffer in der rechten Hand, stützte sich mit der linken auf Peter Kerschbaumers Hand.

„Was du auch immer für Tatorte auswählst", stöhnte die Gerichtsmedizinerin außer Atem. Dann kniete sie sich auch schon zu dem toten Radfahrer und begann ihn zu untersuchen. „Wer von euch vermutet hat, dass der junge Mann sich das Genick gebrochen hat, hat die Todesursache erraten. Welche Blessuren er noch erlitten hat, ob andere Substanzen im Körper eine Rolle spielten, kann ich erst sagen, wenn ich ihn auf meinem Tisch hatte." Sie richtete sich auf und nahm Sonja in den Blick. „Ihr sorgt gut für mich. Gestern die junge Frau, heute der junge Mann. Ihr solltet jetzt mal eine Pause einlegen, sonst komme ich nicht hinterher und ganz Südtirol ist bald entvölkert." Weil sie keine Antwort auf ihr Lamento erwartete, musterte sie die Leiche und die Umgebung noch einmal ausführlich. „Das ist sehr ungewöhnlich!"

„Was?", fragten Sonja und Jonas gleichzeitig.

„Dass jemand im Schleudern und Stürzen sich weiter an seinem Rad festhält."

„Der Reflex des Downhillers, die Hoffnung, wieder mit den Rädern aufzukommen und weiterzufahren", erklärte Jonas.

Heidi maß ihn mit einem langen Blick. „Der Reflex hat ihm mindestens einen Bruch, wenn nicht zwei eingebracht, von den Prellungen gar nicht zu reden. Aber diese Schmerzen dürften ihn kaum gekümmert haben, er war höchstwahrscheinlich sofort tot."

„Hätte er den Sturz auch überleben können?", fragte Sonja.

„Das können dir nur die Forensiker sagen. Ich tippe mal, wenn er langsamer gewesen wäre oder das Rad losgelassen und sich wie ein Judoka abgerollt hätte, möglicherweise. Aber ich weiß nicht, wie schnell das alles vor sich gegangen ist."

„Die Geschwindigkeit ist also das Problem", fasste Sonja für sich zusammen.

„Das sage ich dir doch immer. Ihr seid zu schnell", belehrte Peter Kerschbaumer seinen Sohn.

„Vater!"

„Das ist russisches Roulette, was du spielst, Jonas!"

„Herrscht denn jetzt mal Ruhe!", brüllte Sonja los.

„Herrschaftszeiten!", fluchte sie. Dann befahl sie Peter

Kerschbaumer, sich um die Tatortsicherung und den Abtransport der Leiche zu kümmern und natürlich die Arbeit der Forensik zu begleiten. „Ich will alles über das Brett und die Nägel wissen, alles, verstehst du, Peter, wo der Baum für das Brett gefällt und die Nägel gegossen worden sind. Außerdem interessiert mich, welche Geschwindigkeit der Junge draufhatte. Klar?!"

„Klar, Frau Commissario", vor Schreck knallte der alte Polizist sogar die Hacken zusammen, was im Waldboden einigermaßen komisch wirkte.

„Und wir benachrichtigen die Familie Falkenstein", sagte sie zu Jonas.

Eine Dreiviertelstunde später näherten sie sich dem Falkensteinhof, der unterhalb Ennebergs Richtung Bruneck lag. Der Weg führte über einen sanften Hügel, vorbei an drei in feurigem Rot stehenden Ahornbäumen, die eine Laune der Natur in vertrautem Spalier nebeneinander gedeihen ließ, als wären sie drei Schwestern oder eine Mutter mit ihren beiden Töchtern, die sich entschlossen hatten, ihr Leben hier miteinander zu verbringen. Der dunkle Holzzaun, der den Hof einfriedete, benötigte zwar einen neuen Anstrich, doch fehlte keine der Latten. Das große Bauernhaus, das auf der rechten Seite in die Stallungen überging, wirkte dunkel und einschüchternd. Auf der Bergwiese rechter Hand entdeckte Sonja eine Frau und zwei Mädchen, die Heu auf einen Karren luden. Wie die drei Ahornbäume, schoss es ihr durch den Kopf. Nun hatte auch eines der Mädchen das sich nähernde Auto bemerkt und die beiden anderen darauf hingewiesen. Sie unterbrachen ihre Arbeit, kamen den Hang herunter, führten aber den Karren mit sich. So erreichten sie zur gleichen Zeit den Hof. Die Frau wirkte verhärmt. Sonja schätzte sie auf fünfzig, sollte aber später erfahren, dass sie erst Anfang vierzig war. Die beiden Mädchen befanden sich im Teenageralter. Die Bäuerin, deren Haare ordentlich unter dem Kopftuch verschwanden, schaute Sonja und Jonas, die aus dem Wagen stiegen, misstrauisch an. Sie spürte sofort, dass sie keine Touristen vor sich hatte.

„Frau Falkenstein?", fragte Sonja.

Die Frau nickte kaum wahrnehmbar. „Seids vom Sportverband wegen der Anmeldung zur Meisterschaft, dann müssts später wiederkommen, mein Sohn trainiert gerade. Oder ihr fahrts zur Strecke hinauf."

„Wir sind von der Kripo, Commissario Schwarz, das ist mein Kollege Commissario Kerschbaumer. Können wir mit Ihnen reden?" Magdalena Falkenstein maß Jonas, der noch seine Radmontur trug, mit einem langen, skeptischen Blick. Aber was ging es sie an, wie närrisch die Leute heutzutage herumliefen. Ohne ein Wort zu sagen, wandte sich die Bäuerin ab und schlurfte ins Haus, gefolgt von ihren Töchtern. Sonja und Jonas schauten einander an, dann folgten sie ihnen. Durch eine Art kleinen Flur, in dem Galoschen und ein Paar Männerstiefel standen, traten sie in den Hauptraum.

Sonja brauchte einen Moment, bis sich ihre Augen an den Dämmer gewöhnt hatten, der zum Haus zu gehören schien wie die Schindeln auf dem Dach. Die Mitte des Zimmers beherrschte ein derber, rechteckiger Holztisch, um ihn herum standen fünf Stühle. An der gegenüberliegenden Wand hing ein großes Kruzifix. Reinlich, aber ärmlich. Oder nur bedürfnislos? Sonja war sich da nicht sicher.

„Holts unseren Gästen etwas zu trinken", wies die Mutter ihre Töchter an. Man hörte ihrem brüchigen Timbre an, dass sie nicht viel sprach. Die beiden Mädchen verschwanden auf ihren Holzpantinen wortlos in die Küche und kamen mit einem irdenen Krug und fünf Becher gleichen Materials und gleicher Farbe zurück. Das Klappern der Pantinen auf den Bohlen klang trist. Während die Ältere die Trinkgefäße verteilte, schenkte die Jüngere Milch ein. Dann setzten sie sich still dazu. Unnahbar, dachte Sonja, die Töchter wirkten unnahbar hinter ihren verschlossenen Mienen, die ein stilles Einvernehmen mit dem Walten des Schicksals andeuteten.

„Meine Töchter, Gertrud und Maria", sagte Magdalena Falkenstein wie nebenbei. Dann wies sie auf die Becher: „Ich hoffe, Ihnen schmeckt die Gottesgabe." Jonas, tatsächlich durstig vom Fahren, griff nach dem Becher, da traf ihn der missbilligende Blick der Bäuerin: „Wir beten erst!" Sie faltete die Hände zum Gebet, wie es auch ihre Töchter taten. „Komm, Herr Jesus, sei unser Gast und segne, was du uns bescheret hast. Amen."

„Amen", sagte Gertrud.

„Amen", sagte Maria.

„Amen", sagte Jonas.

Sonja schaute etwas irritiert, dann trank sie wie die anderen auch. Die frische, schwere, süße Milch schmeckte nach den Kräutern der Wiese. Sie wischte sich den Milchschaum ab und wandte sich der Bäuerin zu. „Die Milch schmeckt wirklich gut."

„Danke, aber deswegen sind Sie nicht gekommen."

„Nein", sagte Sonja und blickte auffordernd zu Jonas. Der fühlte sich überrumpelt, legte die Hände vor sich auf die abgescheuerten Bohlen des Tisches und sagte: „Es tut mir leid, Ihnen mitteilen zu müssen, dass ich Ihren Sohn vorhin tot auf der Downhillstrecke gefunden habe."

Magdalena Falkenstein bekreuzigte sich, dann betete sie das Vaterunser, in das ihre Töchter einstimmten. Sonja wurde das Gefühl nicht los, dass sich die Bäuerin dahinter versteckte. Nach dem Gebet bekreuzigte sie sich erneut und wandte sich wieder den Polizisten zu. „Was ist denn passiert? Hatte er einen Unfall?"

„Jemand hat eine Falle gebaut, in die Ihr Sohn gefahren ist und die dann den tödlichen Unfall verursacht hat."

„Wer sollte denn meinem Sohn eine Falle stellen?" Magdalena Falkenstein schüttelte den Kopf. Sie sah jetzt aus, als ob sie die Welt nicht mehr verstünde.

„Wir wissen noch nicht, ob die Falle für Ihren Sohn konkret oder allgemein für die Mountainbiker errichtet wurde." Magdalena Falkenstein nickte stumm.

„Hatte Ihr Sohn Feinde?", hakte Sonja nach.

„Er hat den Feind, den wir alle haben, den bösen Teufel", sagte sie fest.

„Wisst ihr etwas von anderen Feinden?", wandte sich Sonja an die Mädchen, deren verhaltener Gleichmut ihr auffiel und auch, dass sie sich unter dem Tisch an den Händen hielten.

„Und wenn, hätte er uns nichts gesagt, der Johann", antwortete Gertrud kühl.

„Wie war denn euer Verhältnis?" Sonja wunderte sich über die Gefasstheit der Mädchen.

„Der Johann hat die Stelle von meinem verstorbenen Mann, vom Martin, eingenommen als Ernährer der Familie", antwortete die Mutter anstatt der Töchter.

„Das weiß ich schon", wies Sonja die Mutter zurecht und richtete ihren erwartungsvollen Blick auf die beiden Mädchen.

„Er ist unser großer Bruder", sagte Gertrud.

„Er interessiert sich nicht für Mädchenkram", ergänzte Maria.

„Wofür hat er sich denn interessiert, der Johann?"

„Fürs Siegen", warf Gertrud schmallippig hin.

„Wie fürs Siegen?"

„Er wollte immer der Erste sein."

„Auch bei der Südtiroler Downhill-Meisterschaft?", hakte Sonja nach.

„Dafür trainiert er doch ständig!", sagte Maria ohne Häme oder Hass, aber so, als ob es sich um einen Fremden handelte.

„Johann wird Erster, davon ist er fest überzeugt. Was anderes kommt für ihn nicht in Frage."

„War er denn mit jemandem zerstritten? Wisst ihr da was?" Die Mädchen schüttelten den Kopf. Sonja schaute zur Mutter hinüber, die sich an dem Gespräch nicht beteiligt hatte. Ihre Gedanken bewegten sich bereits in eine andere Richtung.

„Was ist mit Ihnen, Frau Falkenstein?", fragte sie sanft. Die Bäuerin schaute sie aus großen ratlosen Augen an. „Wer soll denn jetzt den Hof weiterführen?"

„Hatte der Johann regelmäßige Trainingszeiten?", vermied es Sonja, über Dinge zu reden, die weder den Ermittlungen weiterhalfen, noch sie in irgendeiner Weise zu beeinflussen vermochten.

„Nein, wie es sich halt so ausging mit der Arbeit", sagte die Mutter wie nebenbei, dann fasste sie sich: „Wann kann ich den Bub denn beerdigen? Wo er schon nicht die Letzte Ölung bekommen hat, soll er wenigstens ein christliches Begräbnis haben, bevor der Teufel nach ihm greift."

„Sobald die Rechtsmedizin ihn freigegeben hat, Frau Falkenstein", antwortete Sonja sachlich und kühl, denn sie ahnte schon, was jetzt kommen würde.

„Ihr wollts ihn also aufschneiden. Wozu, wenn ihr doch die Todesursache wisst?"

„Weil uns das helfen kann, den Täter zu überführen, Frau Falkenstein. Damit Sie, aber auch Ihr Sohn seinen Frieden finden kann."

„Der Herrgott wird entscheiden, ob und wie mein Sohn seinen Frieden findet. Wir haben da nicht reinzureden. Verstehen Sie das?" Und es klang wie ein Rauswurf. Sonja nahm aus ihrem Portemonnaie zwei Karten und reichte eine der Mutter, die andere der älteren Tochter, die sie auf etwa siebzehn schätzte, während sie die jüngere für vierzehn oder fünfzehn hielt. „Falls Ihnen oder euch noch etwas einfällt, ruft mich an."

Als sie wegfuhren, fiel ihr Blick wieder auf die Ahornbäume. Er machte sie traurig. Um auf andere Gedanken zu kommen, wandte sie sich an Jonas: „Du kannst ja beten."

„Ja, das lernt man in den Bergen."

„Und glauben?"

„Das nicht."

Acht

An der Klinke zum Konferenzraum *Bozen* hing ein Schild: „Bitte nicht stören!" In dem Saal saßen um den langen Besprechungstisch Charlotte Keller, ihr Mann und der Architekt Pier Paolo Fragolino, ein aristokratisch wirkender Mann von Anfang sechzig, der einen schwarzen Hugo-Boss-Anzug mit nicht minder schwarz, aber samtglänzendem Edel-T-Shirt trug und sehr auf seine Figur achtete. Die schlohweißen Haare, mit denen ein Coiffeur Locken und Wellen in atemberaubender Lässigkeit und Vielzahl gezaubert hatte, kontrastierten perfekt mit der zurückhaltenden Solariumbräune seines Teints. Der Architekt hasste die plebejische Übertreibung beim Bräunen, die dazugehörigen Rolex-Uhren und Goldkettchen, die für ihn nur einen höchst bedauerlichen Plebejer-Geschmack verrieten. Auf einer ausgerollten Skizze lag eine Zeichnung des Hotels, das ganz im Jugendstil entworfen war und gleichzeitig von Thomas Manns *Zauberberg* und Tolkiens *Bruchtal* inspiriert zu sein schien.

„Perfekt", strahlte Charlotte und fühlte beim Anblick der Aquarellskizze ein nie gekanntes Glück. Dieses Hotel würde nicht seinesgleichen auf der Welt haben. „Maestro, es ist göttlich."

Der Architekt nahm die Huldigung routiniert entgegen, als hätte er auch mit nichts anderem gerechnet. Ein Klopfen an der Tür riss Charlotte aus dem Genuss der Betrachtung.

Gereizt rief sie: „Herein!" Einer der Rezeptionisten stand etwas unglücklich in der Tür.

„Sergio, Sie wissen, dass wir nicht gestört werden wollen." Sergio schnitt ein unglückliches Gesicht. „Ich bitte um Entschuldigung, aber jemand, den ich nicht abweisen kann, möchte Sie sprechen", versuchte es der Rezeptionist unterwürfig.

„Und wer ist das?", fuhr Charlotte ihn ungeduldig an.

„Commissario Capo Zanchetti."

Charlotte verdrehte die Augen, atmete tief ein und raunte dem Architekten zu: „Man bezahlt einen Haufen Steuern dafür, ständig belästigt zu werden." Der Architekt nickte mit gleichgültigem Gesicht. Was gingen ihn diese Leute und ihre Querelen an? Man sollte wenigstens genügend Takt aufbringen, ihn damit zu verschonen.

„Ich bin sofort zurück, Maestro", entschuldigte sie sich mit einer leichten Enttäuschung, nicht genügend Unterstützung bei dem Architekten gefunden zu haben, wo sie ihn doch fürstlich entlohnte.

„Ich begleite dich", entschied Stefan Keller, der aus irgendeinem Grund den Architekten nicht mochte und keinen Wert darauf legte, zum Small Talk mit Pier Paolo Fragolino verdonnert zu sein. Außerdem sagte ihm sein siebter Sinn, dass Charlotte seiner Unterstützung möglicherweise bedurfte. Und so fragte er mit einer ans Boshafte grenzenden Freundlichkeit den Architekten: „Was darf ich Ihnen bringen lassen? Einen Espresso, einen Cocktail, einen Martini?"

„Keinen Alkohol, bitte", replizierte der Architekt verächtlich. „Nein danke, ich benötige nichts, nichts außer Ihrer schnellen Rückkehr. Meine Zeit, Sie verstehen, ist kostbar."

„Dessen können Sie gewiss sein", antwortete Charlotte und verließ den Saal mit ihrem Mann im Gefolge. Der

Architekt stöhnte leise auf, Plebejer, Neureiche, die einem Genie wie ihm die Zeit stahlen. Hätte damals nicht dieser völlig unbegabte Aldo Rossi aus Mailand den großen Auftrag aus Berlin erhalten, sondern er, dann müsste er sich jetzt nicht mit Leuten wie den Kellers abgeben, dachte er gereizt.

„Wie gefällt dir das Projekt?", fragte Charlotte ihren Mann, während sie die große Freitreppe hinuntergingen.

„Besser als der Preis", antwortete er schmallippig.

„Kein Grund zur Sorge, lass mich nur machen." Stefan Keller beschlich das Gefühl, dass er wesentlich ruhiger schlief, wenn er so wenig wie möglich über die Finanzierung des Projekts wusste, und beschloss deshalb, keine Fragen zu stellen. Jetzt galt es erst mal, den lästigen Polizisten loszuwerden.

In einem der roten Clubsessel im Foyer hatte es sich Matteo Zanchetti bequem gemacht. Wie ein Pauschaltourist, dachte Charlotte abfällig. Aber damit würde sie sich nicht mehr herumschlagen müssen, wenn das neue Hotel erst eröffnet würde. Als Matteo die beiden Kellers auf sich zukommen sah, stand er auf.

„Da ich ein ehrlicher Mensch bin, sage ich nicht, dass ich mich freue, Sie zu sehen", nickte Stefan Keller dem Polizisten kühl zu.

„Sind Sie gekommen, um sich für das zu entschuldigen, was Sie uns angetan haben?", setzte Charlotte Keller hinzu.

„Ich muss Sie fragen, Frau Keller, wo waren Sie gestern gegen elf Uhr?"

„Zu Hause. Im Hotel. Sie war bei mir. Wir haben über die Frühjahrsangebote für unsere Gäste gesprochen."

„Sie waren nicht zufällig in Toblach?"

„Ich war weder zufällig noch beabsichtigt in Toblach, weil ich hier war. Mein Mann sagte es Ihnen bereits. Was soll ich auch in Toblach? Und nachdem das geklärt ist, frage ich Sie, was Sie uns diesmal wieder anhängen wollen. Ihr Kreuzzug gegen uns hat schon manische Züge. Finden Sie nicht? Sagen Sie das Ihrer Frau Schwarz. Wir lassen uns das Mobbing nicht länger gefallen. Ich schalte einen Anwalt ein. Das Mindeste, was Sie zu erwarten haben, ist eine Dienstaufsichtsbeschwerde."

„Auf einer Bergstraße unterhalb der Goswand wurde ein Auto bei einem Unfall von der Straße geschoben. Das Auto fiel den Abhang hinunter, die Autofahrerin wurde schwer verletzt. Hätte sie sofort Hilfe bekommen, hätte sie gerettet werden können, aber der Unfallgegner beging Fahrerflucht und so verblutete sie, eine junge Frau, Mutter von zwei Kindern, acht und elf Jahre alt."

Der Schlag in die Magengrube saß. Jetzt nur nicht die Contenance verlieren und einzig und allein an das Hotel denken, nur darum geht es, rang sie mit sich. Es war nur ein Unfall, ein Unfall, wie so viele geschehen, davon würde sie sich nicht ihre Zukunft zerstören lassen, nicht das große Projekt, nicht ihr Davos-Projekt, wie sie es heimlich nannte. Und während sie unter maskenhaftem Gesicht um Fassung kämpfte, sprang routiniert ihr Mann ein, ganz der alerte Politiker, auch wenn er jetzt ein Ex-Politiker war. Das Handwerk verlernt man nicht.

„Das tut uns wirklich sehr leid für die junge Frau und natürlich auch für die Kinder! Aber umso mehr bestürzt es uns, dass Sie diese Tragödie für Ihren Rachefeldzug gegen uns benutzen. Sie instrumentalisieren den Tod der armen Frau und das traurige Los der Kinder. Ich werde mich dagegen verwahren! Das lasse ich Ihnen nicht durchgehen."

„Wie kommen Sie eigentlich auf uns?", fragte Charlotte Keller scharf, die ihre Mitte wiedergefunden hatte.

„Ein anonymer Anrufer hat uns mitgeteilt, dass er Sie zur fraglichen Stunde in Toblach gesehen hat."

„Und der anonyme Anrufer hieß nicht zufällig Sonja Schwarz?", hakte Stefan Keller seinerseits scharf nach.

„Nein, aber wir ermitteln in alle Richtungen."

„Wirklich in alle?", fragte Charlotte Keller maliziös.

„Darf ich Ihren Wagen sehen?"

„Natürlich dürfen Sie, wenn Sie einen Gerichtsbeschluss haben!", schloss Stefan Keller und ließ Matteo grußlos stehen. Charlotte folgte ihrem Mann.

„Wer kann dich gesehen haben?", raunte ihr Stefan zu, während sie die Freitreppe wieder hochschritten, um in den Konferenzsaal zurückzukehren.

„Keine Ahnung, aber der Anrufer hat was zu verbergen, wenn er anonym bleiben will. Also keine Gefahr!"

„Ich rufe gleich mal in der Werkstatt an, die sollen eine Nachtschicht einlegen, damit wir deinen Porsche morgen wieder zurückhaben."

Eine Mutter mit Kindern also, dachte Charlotte. Was hatte die überhaupt auf der Straße zu suchen? Der kam mindestens die gleiche Schuld am Unfall zu wie ihr. Und dass sie die Karre mit ihrem Porsche von der Straße geschoben haben sollte, daran fehlte ihr jede Erinnerung. Nein, sie würde mit Francesco Rossi sprechen müssen, jemand wollte ihr etwas in die Schuhe schieben und dieser Jemand hieß Sonja Schwarz. Aber war es denn klug, mit Rossi zu reden, sie würde sich der Mafia nur noch mehr ausliefern. Sie brauchte die Mafia, ja, aber sie wollte sie auch wieder loswerden, sobald sie ihre Kredite bedient hatte. Sie wusste, dass sie sich mit dem Teufel eingelassen hatte, aber anders ging es nicht, da konnte sie nicht über eine Fiat-Panda-Fahrerin nachdenken, die zur falschen Zeit am falschen Ort gewesen war. Freilich spielte sie ein großes Spiel, aber sie zweifelte nicht im Geringsten daran, dass sie auch das Zeug dafür besaß. Wer, wenn nicht sie?

„Hier dürfte es sein", sagte Jonas und parkte unmittelbar vor einem sechsgeschossigen Mietshaus mit Flachdach, dessen gelber Putz von Wind und Wetter, Abgasen und Ruß angegraut war. Sonja hatte den Hauptsitz der Initiative BRUDER WALD, die sich gegen den Downhilltrail Piz de Plaies und vor allem gegen die Ausrichtung der Südtiroler Meisterschaften engagierte, und dem jener Umweltschützer, der Jonas Kerschbaumer einen Stein hinterhergeworfen hatte, angehörte, in der Turiner Straße in Bozen ausfindig gemacht. Das Ladengeschäft, in dem die Initiative Unterkunft gefunden hatte, war mit Plakaten und Flyern übersät.

Sonja öffnete die Tür und trat gefolgt von Jonas in einen großen Raum, der offensichtlich als Vortragsraum – mit Klappstühlen, deren Reihen zu einem Whiteboard ausgerichtet waren – genutzt wurde. Nur an der rechten Wand standen fast verschämt zwei Schreibtische mit Computer, Drucker, Kopierer, Scanner und zwei Telefonen. Eine Ladenklingel verriet ihr Eintreten und aus einem hinteren Raum trat der Fransenbart, mit dem Jonas bereits am Morgen eine unangenehme Begegnung gehabt hatte. Er stutzte, denn er erkannte den Downhiller vom Morgen sofort wieder, was auch nicht allzu schwer war, da Jonas noch immer seine Bikerkluft trug.

„Hast du dir Verstärkung geholt", höhnte der Umweltschützer, der anscheinend beschlossen hatte, dass Angriff die beste Verteidigung war. Sonja zeigte ihm ungerührt den Dienstausweis. „Commissario Schwarz, das ist mein Kollege Commissario Kerschbaumer."

Für den Bruchteil einer Sekunde verschlug dem Fransenbart der Schreck die Sprache. „Ich lass mir nichts in die Schuhe schieben!"

„Niemand will Ihnen etwas in die Schuhe schieben, Herr … Wie heißen Sie überhaupt?"

„Anton Pischl. Mehr sage ich nicht ohne Anwalt!"

„Warum haben Sie denn so eine Angst vor uns?", fragte Sonja.

„Weil die Lobbygruppen der Downhiller sehr einflussreich sind. Ein Reichensport! Die haben ihre Anwälte und Abgeordneten", sagte Anton Pischl und man konnte ihm die verhaltene Wut ansehen. „Während deren Kriegskasse überläuft, können wir uns nicht einmal das Nötigste leisten. Kein Wunder, wenn wir als Spinner dastehen."

„Dann machen Sie nicht noch einen Anwalt reich, sondern reden einfach mit uns."

Anton Pischl dachte kurz nach, dann bot er den beiden Polizisten einen Platz an, drehte einen Klappstuhl um und setzte sich ihnen gegenüber rittlings darauf.

„Heute Morgen unweit der Stelle, an der Sie mit Commissario Kerschbaumer in einen Streit gerieten, wurde ein anderer Downhiller namens Johann Falkenstein tot aufgefunden. Er ist in eine Nagelfalle gerast, ins Schleudern geraten und hat sich das Genick gebrochen."

Pischl sprang auf, sein schwarzer Bart wirkte um das entfärbte Gesicht wie Ebenholz. „Damit habe ich nichts zu tun."

„Setzen Sie sich wieder. Wir befragen Sie als Zeugen, wir verhören Sie nicht als Verdächtigen. Verstehen Sie den Unterschied, Herr Pischl?"

Der Fransenbart nickte und nahm erneut Platz auf dem Klappstuhl. Doch er fühlte sich unbehaglich. Mit beiden Händen stützte er sich links und rechts von der Sitzfläche ab. „Sie haben doch gesehen, dass ich aus der entgegengesetzten Richtung gekommen bin. Ich war noch gar nicht im Wald", wandte er sich in seiner Not an Jonas Kerschbaumer, der in seiner Montur wie Pischls ärgster Feind gekleidet war.

„Das muss nichts heißen, Sie könnten schon im Wald gewesen sein, bevor ich am Trail war."

Pischl lachte trocken auf und schüttelte den Kopf. Der Bart verstärkte noch den Hohn in seinem Lächeln, als wollte er sagen, wusste ich doch gleich, dass ich kein Recht bekommen werde, dass man mir keine Gerechtigkeit widerfahren lässt. Er hatte sich so fest in seinen Klischees verbunkert, dass sie inzwischen wie sich selbst erfüllende Prophezeiungen funktionierten.

„Ja, aber Sie können auch erst in dem Moment angekommen sein", stellte Sonja nüchtern fest. „Erzählen Sie uns doch erst einmal, warum Sie überhaupt dort waren."

„Ich wollte nachdenken."

„Ich dachte, Weitwurf mit Steinen üben", bemerkte Jonas zynisch.

„War dumm von mir, tut mir leid, aber wenn man dauernd nur den ewigen Scheiß hört, wie die Strecke ist doch zugelassen, was gehen mich die Tiere und Pflanzen an, dann wird man schon mal wütend."

„Und wenn man wütend wird …", begann Jonas den Naturschützer in die Enge zu treiben, wurde aber von Sonja gebremst. „Ich will meine Frage beantwortet haben, bevor wir vom Hölzchen aufs Stöckchen kommen!"

Jonas ärgerte sich über den Schuss vor den Bug. Dass der Fransenbart schuldig war, lag für ihn auf der Hand. Eindeutiger ging's nimmer.

„Wir haben wenig Geld und wenig Leute. Da braucht es viel Fantasie, wenn man die Meisterschaften verhindern und den Trail wieder zum Naturschutzgebiet machen möchte."

„Was ist mit dem Umweltbund?"

„Sitzt auf zwei Rössern! Auf der einen Seite setzt er sich für den Erhalt der Umwelt ein, auf der anderen muss er auch für den Tourismus eintreten, von dem viele leben. Klar versuchen die so etwas wie sanften Tourismus durchzusetzen, aber Downhill und Mountainbiken liegen voll im Trend und machen Südtirol für Extremsportler attraktiv. Und die sind für gewöhnlich gut betucht. Rücksichtslos im Job, rücksichtslos zur Natur, von der sie glauben, dass sie eigens für sie erschaffen wurde. Leute mit unnatürlich aufgeblasenem Ego!"

„Sie suchten also Inspiration. Warum sind Sie meinem Kollegen nicht gefolgt?"

„Bin ich."

„Dann haben Sie also die Falle und den Verunglückten gesehen?"

„Ja, deshalb habe ich ja auch keine Flugblätter ausgelegt."

„Warum haben Sie nicht geholfen?"

„Was sollte ich noch tun, ich habe Ihren Kollegen gesehen, der telefoniert hat." Sonja beobachtete ihn sehr aufmerksam. Er wand sich mit seinem Oberkörper, als wäre er eine Schlange. „Und ich hatte Angst, dass man uns die Falle anhängt."

Jonas Kerschbaumer schüttelte über die Begriffsstutzigkeit seiner Kollegin den Kopf. „Die Fallen passen euch doch ausgezeichnet ins Konzept, um die Meisterschaften zu verhindern, wo ihr schon kein Geld für Kampagnen habt!", fuhr Jonas den Fransenbart an.

„Wir wollen überzeugen, nicht töten!"

„Der Stein hätte mich fast getötet, nicht überzeugt. Vielleicht solltet ihr ein wenig vorsichtiger bei der Wahl eurer Argumente sein!"

Sonja erhob sich. „Ist Ihnen im Wald irgendetwas aufgefallen?"

„Nein."

„Haben Sie außer meinem Kollegen noch jemanden gesehen?"

„Nein."

Inzwischen hatte sich auch Jonas erhoben und blickte auf den Umweltschützer von oben herab. „Ich brauche eine Liste von allen Mitgliedern und Sympathisanten Ihres Vereins."

Nachdem Anton Pischl versprochen hatte, ihnen die Liste am nächsten Tag zu faxen, nickte Sonja ihm zu und ging zur Tür, während Joans wie angewurzelt stehen blieb.

„Kommst du?", rief sie ihm ungeduldig zu. Widerwillig riss er sich los und folgte ihr. Auf der Straße konnte er jedoch nicht länger an sich halten. „Warum nehmen wir den nicht mit? In maximal drei Stunden haben wir sein Geständnis."

„Weil wir noch zu wenig wissen."

„Was willst du noch wissen? Der hasst Mountainbiker wie die Pest. Wir sind für den Schwerstkriminelle. Ich habe keinen Zweifel, dass der die Falle gebaut hat."

„Was weißt du über Johann Falkenstein?" Die Frage überraschte ihn, sodass er schwieg.

„Eben. So, und jetzt fahr mich zum Revier. Ich will wissen, was bei den Kellers rausgekommen ist." Verärgert gab Jonas Gas.

Zehn

„Wenn sie unschuldig wäre, hätte sie dir breit grinsend ihren Wagen gezeigt", sagte Sonja nachdenklich, nachdem Matteo von seinem Besuch bei den Kellers berichtet hatte. Er hob die Hände und holte sich einen Espresso, den er genüsslich schlürfte.

„Aber wir werden uns den Wagen dennoch anschauen – dann eben mit Beschluss."

„Hab ihn schon beantragt, aber …"

„Ich weiß." Sie lächelten einander an, weil ihnen bewusst war, dass die Untersuchung von Charlotte Kellers Porsche nur aus einem einzigen Grund geschah, aus Trotz, und sie beide in gleicher Weise kindisch reagierten, denn wenn es Spuren gab, dann hatten die Kellers sie bereits beseitigen lassen.

„Bist du mit Rossi weitergekommen?"

„Wenn ich das Material, das mir gemailt wurde, ausdrucken würde, läge da wohl ein Stapel von tausend Seiten."

„Ach, dann doch so wenig", sagte sie mit ironischem Lächeln.

„Nur leider nichts direkt von ihm. Der feine Herr hat eine weiße Weste. Alles bloß Geschichten aus seinem Umfeld." Sonja wusste, was das hieß: dass Francesco Rossi polizeilich nicht aufgefallen war und die Akten sich mit Vorgängen und Straftaten befassten, die in seinem näheren und weiteren Umfeld geschehen waren, die man nicht mit ihm in Verbindung bringen konnte, solange man keine direkte

Verbindung gefunden hatte. Sich durch diesen Aktenberg zu wühlen war nicht nur reine Fleißarbeit, sondern mit hoher Wahrscheinlichkeit auch erfolglos. Aber, was macht man, wenn man nichts hat oder das, was man hat, nicht beweisen kann.

„Mach nicht mehr so lange", sagte sie in einer Mischung aus Respekt und Mitgefühl.

„Du weißt doch, ich habe eine feuchte Wohnung", erwiderte er mit einer gewissen Anzüglichkeit in der Stimme, die sie mit einem drohenden Zeigefinger beantwortete. Ihr gefiel seine Art zu flirten, obwohl sie hin und wieder an die Grenze erinnern musste, wenn er, kühn geworden, im Begriff war, sie zu übertreten. Das gehörte zum Spiel, genau genommen war es die Würze darin.

„Ich fahre morgen nach St. Vigil und höre mich ein wenig im Ort um", sagte sie noch.

Sie liebte es, mit dem Wagen durch den Morgennebel zu gleiten, der sich in den Tälern nur langsam auflöste. In seinen Schwaden zerfloss auch die Zeit und die Welt verlor ihre Konturen. Jedenfalls stand sie gegen 9.30 Uhr in der Gebr.-Baur-Straße in Toblach vor der Mittelschule und stapfte über die seitliche Treppe auf das Eingangspodest des zweigeschossigen Flachbaus aus Glas und Beton. Sie öffnete einen Flügel der Glastür, orientierte sich im Foyer, um in das Direktionszimmer zu gelangen, das sich im zweiten Stock am Ende des Ganges befand. Die Mitte-fünfzig-jährige Direktorin, dunkelblond, etwas füllig, mit beachtlicher, geradezu klassisch zu nennender Nase wirkte überfordert.

„Scusi, aber die Schulsekretärin ist krank. Wie kann sie mir das nur antun?", stöhnte sie Mitleid heischend auf Italienisch.

„Ich bin Commissario Schwarz, wir haben telefoniert", erklärte Sonja in ihrem gelinde gesagt auffälligen Italienisch.

„Ich weiß, ich weiß", ging die Direktorin überganslos ins Deutsche über. Sie bat sie in ihr kleines Büro, das der überbordende Schreibtisch beherrschte und vor dem sich die kleine Sitzecke, die drei Stühle um ein rundes Tischchen bildeten, geradezu bescheiden ausnahm.

„Einen Kaffee?"

„Danke, ich komme gerade vom Frühstück. Erzählen Sie mir was vom Johann Falkenstein."

Sie schüttelte den Kopf, als wollte sie das alles nicht wahrhaben. „Dass der Johann tot ist? Die arme Mutter. Erst der Mann, dann der Sohn. Heilige Jungfrau Maria, die Frau ist wirklich vom Pech verfolgt. Dabei ist sie so fromm und ordentlich. Ja, der Johann ist hier zur Schule gegangen, dann hat er nach Bruneck ans Oberschulzentrum gewechselt, wie es bei uns halt üblich ist. Da kann ich Ihnen nichts drüber sagen. Der Johann, ja." Sie zündete sich eine Zigarette an, zog den Rauch tief ein, um ihn sehr langsam wieder auszuatmen. „Der Johann, ja, ein verschlossener, in sich gekehrter Knabe."

„Hatte er Freunde?"

„Freunde? Der Johann? Vielleicht den Kappler Luigi." Sie lächelte. „Luigi, ja, der hat eine italienische Mutter aus dem Veneto. Der wurde auch oft gehänselt, wie der Johann. Hm, Luis haben die anderen ihn genannt, verstehen Sie, nicht Luigi, sondern Luis."

„Wo finde ich denn den Luigi Kappler?"

„Der ist Koch im Parkhotel. Na ja, als halber Italiener!"

„Warum haben die Mitschüler den Johann gehänselt?"

„Weil er seine Sachen *auftragen* musste, die häufig gestopft und genäht waren. Weil er ängstlich war, sich nicht behaupten konnte. Es ist wie bei uns Erwachsenen auch. Es gibt Kinder, die spüren, wenn ein anderes verängstigt ist, die klassischen Opfersignale aussendet, das wird dann ausgenutzt."

Sonja versuchte vergebens, das eingeschüchterte Kind mit dem dominanten jungen Mann, der um jeden Preis siegen wollte, zusammenzubringen.

„Geht die Maria Falkenstein auch hier zur Schule?"

„Ja, aber sie ist heute nicht gekommen. Die Mutter wird sie wegen des Trauerfalls zu Hause gelassen haben. Man bedenke, der eigene Bruder!"

In der Fachoberschule in Bruneck erfuhr Sonja wenig über Johann Falkenstein, außer, dass er ein paar Verweise bekommen hatte, weil er sich mit anderen Jungen geschlagen und dabei Grenzen überschritten hatte.

„Der Johann kannte keine Grenzen!", sagte ihr der ehemalige Klassenlehrer, aus dem immer noch die Abneigung sprach, die er gegen den Schüler empfunden hatte.

Sonja beschloss, Luigi Kappler zu besuchen.

Das Hotel, in dem der Koch arbeitete, lag mit seinem Park malerisch an der Dolomitenstraße mit Blick auf die Berge. Sonja hatte sich an der Rezeption kaum nach ihm erkundigt und im Korbsessel im Wintergarten Platz genommen, da setzte sich auch schon ein junger, schlanker Mann zu ihr.

„Luigi Kappler", stellte er sich artig vor.

„Sind Sie geflogen?"

„Nein, nur in Eile, wir bereiten gerade das Mittagessen vor. Wie kann ich Ihnen helfen?" Sonja sah in ein offenes, rundes Gesicht, das im Gegensatz zum schlanken Körper etwas pausbäckig war und mit seinen dicken schwarzen

Locken an die Köpfe von Barockengeln erinnerte. Der hatte nicht einmal den Schatten eines Grundes zu einem schlechten Gewissen, erkannte sie auf den ersten Blick.

„Es geht um Johann Falkenstein."

Das Gesicht des Kochs trübte sich etwas ein. „Der arme Hans. Ich hab davon schon gehört. Schrecklich, das Ganze."

„Hatten Sie noch Kontakt zueinander?"

„Als wir von der Mittelschule ins *istituto tecnico* wechselten, waren wir wohl noch so etwas wie Freunde."

„So etwas *wie?*" Sonjas Gesicht bildete ein einziges Fragezeichen.

„Mit Hans konnte man nicht wirklich befreundet sein. Er kam schon ziemlich abgearbeitet zur Schule, meistens auf den letzten Drücker, da er noch die Tiere versorgen musste. Er lud kein Kind zu seinem Geburtstag ein und wurde demzufolge nicht eingeladen. Nach der Schule musste er sehen, dass er schnell nach Hause kam." Der Koch schüttelte plötzlich von einer Erinnerung überfallen den Kopf. „Einmal hatten wir nach dem Unterricht noch kurz Murmeln gespielt, das heißt, wir wollten nur kurz spielen, es hat aber so viel Spaß gemacht, dass wir die Zeit vergessen haben ..." Kappler brach plötzlich mitten im Satz ab.

„Und?"

„Am nächsten Tag kam Hans mit einem großen Veilchen in die Schule. Ich hab heute noch ein schlechtes Gewissen, dass ich ihn zum Spielen überredet habe."

„Wie alt waren Sie damals?"

„Zehn, elf vielleicht."

„Und in der Oberstufe?"

„War es vorbei mit der Freundschaft. Eigentlich hatte uns ja nur verbunden, dass wir beide Außenseiter waren, jeder auf seine Art. Verstehen Sie. Aber in der Oberstufe, in der neuen Klasse, wurde ich respektiert und der Hans gefürchtet."

„Gefürchtet?" Sonja wunderte sich über die merkwürdige Beschreibung.

„Irgendetwas war mit ihm im Sommer passiert. Der Hans begann zu trainieren. Er ließ sich von keinem mehr etwas bieten. Und wollte im Sportunterricht und in allen Wettkämpfen der Erste sein. Immer, wenn er nicht siegte, hatte der eine Laune, dass man ihm lieber aus dem Weg ging."

„Aber warum? Wie ist es dazu gekommen?"

„Ich kann es Ihnen nicht sagen, plötzlich war es so. Vielleicht ging die Veränderung auch langsam vor sich, ich weiß es nicht, denn in meiner Erinnerung geschah es wie gesagt *plötzlich*. Von einem Tag auf den anderen!" Der Koch schaute an ihr vorbei durch die Tür zur Uhr, die über der Rezeption hing.

„Oh, ich muss wieder in die Küche."

„Eine Frage noch, hatte der Hans Feinde oder Freunde?" Luigi Kappler antwortete im Aufstehen mit einem freundlichen Lächeln auf den Lippen. „Freunde, nein. Feinde auch nicht, aber den Pischl Anton, den konnte er auf den Tod nicht leiden. Auch so ein Verbohrter."

„Meinen Sie Anton Pischl, den Naturschützer?"

Luigi lachte. „Ja, genau den!"

Elf

Anton Pischl also, dachte sie auf der Rückfahrt. Davon hatte er nichts erwähnt, dass er das Opfer gut kannte. Sie telefonierte mit Peter Kerschbaumer und erfuhr, dass die Nägel schon ein paar Jahre alt waren und das Brett auch. Jonas, mit dem sie anschließend via Handy sprach, hatte inzwischen die Angestellten vom Grandhotel befragt, aber alle beschrieben Anna Sonnleitner als fröhlich, zuverlässig und bescheiden. Sie wurde von allen gemocht. Sie erschien stets pünktlich und machte korrekt Feierabend. Ihre Kollegen waren dabei, für die Familie zu sammeln, einige Gäste, zumeist Stammgäste, und die Hotelleitung beteiligten sich an der Kollekte.

Einer Eingebung folgend wendete sie den Wagen und fuhr zur Steinwaldalm. Als sie die Wirtschaft betrat, bemerkte sie, dass die Alm voller Gäste war, die von Andi Sonnleitner freundlich und herzlich bewirtet wurden. Auch wenn er keine Wahl hatte, auch wenn er die Arbeit nutzte, um nicht in die Trauer abzurutschen und in die Tiefe des Selbstmitleids zu stürzen, wonach ihm war, bewunderte sie ihn dennoch dafür, dass er den Betrieb aufrechterhielt. Aber in seinen Augen entdeckte sie die Trauer, an seinen hängenden Schultern die Last, die er trug.

„Ich komme sofort", rief er ihr zu, servierte die Marende, die frische Buttermilch, dann folgte er Sonja hinaus. Sie blickten wieder auf die Wiese, auf der eine ältere Frau mit den beiden Kindern saß und ihnen etwas vorlas.

„Annas Mutter, die sich um die Kinder kümmert, während ich mit meiner Mutter die Wirtschaft am Laufen halte. Wie das alles gehen soll, weiß ich noch nicht." Er wischte sich mit dem rechten Ärmel über die Augen.

„So geht es weiter: Schritt für Schritt", sagte sie leise.

Er nickte.

„Im Hotel sammeln sie für euch."

„Ja, Anna war sehr beliebt."

„Brauchen Sie Hilfe? Sie müssen die Hinterbliebenenrente, die Waisenrente …" Sonja hob die Hände. „Ich erteile Ihnen Ratschläge und weiß selber nicht, wie das in Südtirol alles heißt und was es da gibt."

„Und seien Sie froh, wenn Sie das auch niemals erfahren müssen. Ich wäre … Aber deswegen sind Sie nicht gekommen. Gibt es denn etwas Neues?"

„Wir kommen voran", log Sonja, die zwar eine Spur hatte, aber gerade hier nicht weiterkam. Zumal sie die wichtigste Frage nicht beantworten konnte, nämlich was Charlotte Keller hier in der Gegend gewollt hatte.

„Kennen Sie eine Charlotte Keller?"

Andi Sonnleitner schaute sie verdutzt an. „Charlotte Keller? Nie gehört."

„Wirklich nicht?"

„Warum sollte ich?"

„Ihr Mann war Landtagsabgeordneter und Bürgermeisterkandidat für Bozen."

„Ich interessiere mich nicht für Politik. Im Landtag hockt doch sowieso nur ein Gauner auf dem anderen."

„Seine Geschichte und sein Rücktritt gingen durch die Zeitungen."

„Ich lese auch keine Zeitungen. Ich will mir den Dreck nicht antun. Kennen Sie Henry David Thoreau?" Sonja schüttelte den Kopf. „Der Mann zog sich aus der Zivilisation in die Wälder zurück, weil er erkannt hatte, dass die Mühen des Menschen auf einem Irrtum beruhen, denn das meiste von ihm ist bald als Dünger unter die Erde gepflügt.“

„Ist es nicht.“

„Wie?“

Sonja zeigte auf seine Kinder. „Das ist bestimmt kein Irrtum, das ist Ihre Aufgabe, Andi. Und nur das!“

Auf der Höhe von Bruneck fragte sie sich, mit welchem Recht sie so zu diesem Mann gesprochen hatte, ihr stand weder ein Urteil zu, noch war sie Psychotherapeutin. Sie hatte eindeutig ihre Befugnisse und ihre Kompetenzen überschritten.

Ein paar Minuten später meldete sich ihr Handy mit dem Wort auf dem Display, das sie am liebsten mochte: unbekannt.

„Sonja Schwarz!“

Eine quäkende, gequält wirkende Stimme antwortete: „Ich habe Beweise für Sie, dass Charlotte Keller den Unfall unterhalb der Goswand verursacht hat.“

Instinktiv verspürte sie eine Abneigung gegen diese Stimme. „Wer sind Sie?“

„Sie sind also nicht daran interessiert, den Fall aufzuklären?“

„Sie sind der anonyme Anrufer von gestern?“

„Wollen Sie die Beweise nun?“, fragte der Mann ungeduldig. Sonja nickte, ohne daran zu denken, dass der Anrufer ihre Reaktion ja nicht sehen konnte.

„Was ist nun?“

„Jaja, natürlich bin ich interessiert.“

„Es beruhigt mich, dass auf die Polizei Verlass ist. Seien Sie heute gegen siebzehn Uhr am Plateau unterhalb der Goswand.

Die Serpentinenstraße führt Sie hin. Kommen Sie allein und unverkabelt, wenn es Ihnen ernst ist, mit mir zu sprechen."

Sonja wollte noch fragen, was er mit dieser Heimlichtuerei bezwecke, doch da hatte er schon aufgelegt. Irgendetwas in ihr sagte ihr, dass der Wichtigtuer kein Schwätzer war, sondern wirklich etwas besaß, das ihr wertvolle Dienste bei der Auflösung des Falls leisten konnte.

Doch zunächst würde ihr Anton Pischl Rede und Antwort zu stehen haben. Die Straße vor ihr lag im Sonnenschein und es freute sie, dass die Regenwolken sich verzogen hatten. Nun musste das Wetter nur noch bis zum Geburtstag ihres Mannes halten, den sie ausgiebig feiern wollte, den Geburtstag und die gute Ernte, die sie einfahren würden.

Zwölf

Sie hatte Glück, Anton Pischl befand sich in seiner *Geschäftsstelle* und war damit beschäftigt, Flyer am Computer zu layouten. Als beim Eintreten die Ladenklingel schellte, sah er auf und hob entschuldigend die Hände. „Tut mir leid, ich bin noch nicht dazu gekommen, die Liste auszudrucken. Aber die Vorbereitungen für die Kampagne ..."

„Vielleich brauchen wir die Liste auch nicht mehr", schnitt Sonja ihm brüsk das Wort ab, nahm sich einen Stuhl und setzte sich vor seinen Schreibtisch. Sie war definitiv nicht an Informationen über den Stand seiner Kampagne interessiert. Der Satz der Polizistin überraschte ihn. Ihr entging nicht die Unruhe, die ihre harsche Entgegnung in ihm ausgelöst hatte.

„Warum haben Sie mir verschwiegen, dass Sie das Opfer kannten, sogar gut kannten?" Gnadenlos richtete sie ihre Augen auf den jungen Mann, der den Blick senkte, um ihrem prüfenden Blick auszuweichen, und sich mit der rechten Hand den Fransenbart kratzte. Dann stieß er bockig wie ein Kind hervor: „Weil es keine Rolle spielt."

„Das zu beurteilen müssen Sie schon mir überlassen. Und ich verrate Ihnen, es spielt sogar ein große, wenn nicht eine entscheidende Rolle."

„Ihr seids immer schnell mit Verdächtigungen bei der Hand", brüllte er sie wütend an.

„Wir können die Unterhaltung auch auf dem Revier weiterführen", entgegnete Sonja trocken und wollte schon aufstehen, als er sie endlich ansah. „Na gut. Ja, ich kenne, ich kannte den Hans gut. Wir waren erst Rivalen, dann Feinde in der Schule."

„Und jetzt stehen Sie gewissermaßen auf verschiedenen Seiten, er der begeisterte Downhiller, Sie der Umweltschützer, der jeden Trail schließen will! Für Johann Falkenstein war die Südtiroler Meisterschaft das größte Ereignis im Leben, für Sie Teufelszeug, das Sie unbedingt verhindern wollen."

Anton Pischl klatschte dreimal sehr langsam in die Hände, dann stand er auf und reckte die Arme demonstrativ vor, sodass die Polizistin die Handschellen um seine Gelenke schließen konnte. „Bravo, dann haben Sie ja jetzt Ihren perfekten Schuldigen."

„Setzen Sie sich wieder hin. Ich habe keinen Schuldigen, aber einen Verdächtigen. Das waren Sie gestern noch nicht. Es liegt bei Ihnen, den Verdacht auszuräumen. Sagen Sie mir alles, was Sie wissen, die ganze Wahrheit."

Anton Pischl spürte selbst, wie peinlich seine theatralische Geste war. „Einen Kaffee?" Sonja nickte. Der Umweltschützer verschwand kurz im hinteren Teil des Geschäfts und kam mit zwei vollen Kaffeebechern zurück. Den tiefblauen stellte er vor Sonja ab, die den intensiven Duft von frisch gebrühtem Kaffee, den sie so sehr liebte, tief in sich einsog. Das ist jetzt genau das Richtige, dachte sie.

„Milch?", fragte er und wollte wieder in den hinteren Raum entschwinden, doch Sonja machte eine ablehnende Handbewegung, pustete und trank.

„Sport, Wandern und Natur waren meine Hobbys, alles, was mich interessierte. Und im Sportunterricht haben der Falkenstein und ich in allen Disziplinen darum gekämpft, Erster zu sein. Wieso es dazu kam, weiß ich nicht, es war einfach so. Stand der Hundert-Meter-Lauf an, machten wir den ersten Platz unter uns aus. In den anderen Disziplinen war es ähnlich. Eigentlich war es mir nicht so wichtig zu gewinnen, aber mir ging Falkensteins Verbissenheit gewaltig auf die Nerven, sodass ich aus diesem Grund dagegenhielt. Schon aus Trotz, verstehen Sie. Ich weiß nicht, warum, aber der Kerl trieb mich durch seine pure Anwesenheit zur Weißglut, durch seine ganze überhebliche Art, durch seinen Drang, sich ständig hervorzutun. Nachdem der Sportlehrer uns nur mit viel Mühe beim Boxen wieder auseinanderbekam, durften wir nicht mehr gegeneinander in den Ring steigen, wenn für uns Jungs wieder einmal Boxen auf dem Lehrplan stand. Keiner von uns hätte aufgehört, bevor der andere nicht k. o. gegangen wäre. In diesem Kampf wurden wir zu Feinden. Das war's eigentlich schon. Nach der Schule haben wir uns aus den Augen verloren. Im letzten Schuljahr ist sein Vater gestorben und er hat dann wohl den Hof übernommen. Im letzten Halbjahr war er dann nur noch sporadisch da. Das Zeugnis interessierte ihn nicht mehr." Anton Pischl lachte auf. „Wozu brauchte der auch noch ein Zeugnis, wo er nun einen Bergbauernhof führen musste."

„Und Sie, wie ging es für Sie weiter?"

„Gar nicht. Ich wollte Biologie studieren, mein Vater wollte, dass ich eine Lehre als Werkzeugmacher mache, die ich nach einem Jahr geschmissen habe. Hat mich null interessiert."

„Und dann?"

„Habe ich mich in Umweltprojekten und Initiativen engagiert. Und jetzt ziehe ich halt meine erste eigene Kampagne auf, gegen die Zerstörung der Wälder durch Mountainbikestrecken und Downhilltrails."

„Wovon leben Sie?"

„Manchmal helfe ich auf einem Weingut aus, zweimal die Woche gehe ich Akten sortieren bei einem Steuerberater. Ich brauche nicht viel."

„Und Ihre Zukunft?"

„Fragen Sie meinen Vater, der hat eine Zukunft für mich, ich habe nur eine Gegenwart."

„Wann bekomme ich die Liste?"

„Die können Sie gleich haben", sagte er überraschend kleinlaut. „Die Initiative hat bis jetzt nur fünf Mitglieder. Aller Anfang ist halt schwer!"

Dreizehn

Im Revier traf sie nur Matteo an, denn die beiden Kerschbaumers waren noch unterwegs, Peter bei der Forensik und Jonas auf dem Rückweg vom Grandhotel. Sonja empfand es im Nachhinein als glückliche Fügung, Anton Pischl ohne Jonas befragt zu haben, denn es hätte seinen nicht ganz objektiven Verdacht nur erhärtet und sie hatte nur zu oft erlebt, wie sehr die Voreingenommenheit von Ermittlern die Lösung des Falls erschweren konnte, weil der Tunnelblick zu früh einsetzte.

Matteo sah von der Akte Rossi auf, als sie sein Dienstzimmer betrat. Sonja berichtete ihm ohne Umschweife von dem anonymen Anruf.

„Willst du da wirklich allein hingehen?", fragte er skeptisch, denn ihm war nicht ganz wohl bei der Sache.

„Matteo, ich bin doch schon ein großes Mädchen!", frotzelte sie.

„Ich würde Jonas dasselbe fragen."

„Und dich, Matteo, würdest du dir die Frage auch stellen?" Der Capo verstummte.

„Nach dem Treffen fahre ich dann gleich nach Hause und komme morgen noch einmal kurz vorbei, um das Material von dem anonymen Anrufer abzuliefern und dich auf den neuesten Stand zu bringen."

„Hast du morgen nicht deinen freien Tag?"

„Japp, und das wird er auch bleiben. Und, Matteo, ich habe keine feuchte Wohnung. Dieser Tag gehört nur meinem

Mann." Sie freute sich auf die Geburtstagsfeier, doch noch mehr freute sie sich auf das Geschenk, das sie gemeinsam in Entiklar abholen würden und von dem Thomas noch nichts wusste. Darauf, was er für Augen machen würde.

Kurz vor siebzehn Uhr stand sie dann unterhalb der Goswand, sah sich um, aber da ihr nichts auffiel, schaute sie auf den See, der friedlich und still dalag und die Sonne hin und her wiegte in seinem blauen Spiegel. Ein Knistern, das vom Wald herkam, erregte ihre Aufmerksamkeit, aber sie konnte zunächst nur einen Schemen ausmachen.

„Sind Sie allein?"

„Nein, ich habe die ganze Fußballnationalmannschaft mitgebracht." Wobei sie offenließ, ob sie die italienische oder die deutsche meinte. Aus dem Wald trat ein dürrer Mann, mit dünnen Haarsträhnen, die ein grobes Gesicht mit unreiner Haut umwehten. Von fern ähnelte er ein wenig Michel Houellebecq. Man sah ihm an, dass er ungesund lebte, zu viel trank, zu viel rauchte, zu wenig schlief und sich von Fast Food ernährte. Hose, Hemd und Jacke wirkten nicht ärmlich, aber zu lange getragen und nicht einmal auf dem vorletzten Stand der Mode. Dieser Mann hatte definitiv schon bessere Tage gesehen.

„Wer sind Sie?", fragte Sonja.

„Andreas Steier", antwortete der Mann kurz.

„*Der* Andreas Steier? Der Journalist?"

„Ja, der." Sie hatte von einigen seiner investigativen Recherchen gehört, die so erfolgreich wie aufsehenerregend waren. Sie wusste aber auch, dass er in eine Falle gelaufen war, als er Rossis mafiöse Verbindungen offenlegen wollte, und nun von Rossis Anwälten bis aufs Hemd ausgezogen wurde.

„Warum diese Heimlichtuerei?"

„Sie wollen den Unfall mit Fahrerflucht klären und ich will mich als Journalist rehabilitieren."

„Steht die Zeitung nicht zu Ihnen?"

„Die Zeitung steht zuallererst einmal zu sich. Und nicht nur die. Dass Zeitungen zu ihren Mitarbeitern und Autoren halten, das war früher einmal, ach verflucht, jetzt werde ich schon zum Märchenonkel, vielleicht auch damals nicht, vielleicht ist das nur so eine dämliche Legende. Hollywood, Sie verstehen?! Mein Ruf ist jedenfalls ramponiert, was nebenbei gesagt das Ziel der Mafia war. Das können die richtig gut."

„Okay, kommen wir zur Sache." Sonja verspürte keine Lust, mit diesem Mann länger zu reden als unbedingt notwendig, außerdem brannte sie darauf zu erfahren, ob er wirklich etwas wusste oder nur laue Luft verbreitete. Doch er ließ sich nicht antreiben, weil er an der manischen Vorstellung festhielt, dass es sein, nicht ihr Spiel war. Andreas Steier liebte das Wort *Spiel*.

„Wir sind schon bei der Sache, seit Sie hierhergekommen sind. Sie wollen Charlotte Keller, Sie bekommen sie, ich will Rossi, den kriege ich dran. Aber vorher will ich einen Deal."

„Ich mache keine Deals!"

„Es kostet Sie nichts!"

„Dann erst recht nicht, denn was nichts kostet, kommt einem für gewöhnlich sehr teuer zu stehen." Steier zuckte mit den Achseln und machte Anstalten zu gehen. Der Mann begann sie mit seinem Gehabe allmählich zu nerven. „Können wir erwachsene Menschen bleiben?"

„Erwachsene Menschen machen Deals."

„Lassen Sie hören, wenn ich wirklich helfen kann, und zwar rechtskonform, dann tue ich es vielleicht."

Sein Spiel. Über Steiers Gesicht ging ein Lächeln, aber von der schmierigen Art. „Die Sitte ist an mir dran. Verdächtigen mich als Spanner."

„Und?"

„Was und? Natürlich nicht. Im Rahmen einer Recherche."

„Okay, ich schau es mir an." Steier gab ihr einen Briefumschlag, den Sonja öffnete und dem sie Fotos entnahm, die genau an diesem Ort Charlotte im Gespräch mit einem ihr unbekannten Mann zeigten.

„Sie stehen übrigens gerade auf Frau Kellers Eigentum. Ihr gehört der Grund und Boden hier."

„Ist das kein Naturschutzgebiet?"

„Nicht mehr." Wieder lächelte Steier, diesmal jedoch selbstverliebt. Sein Spiel. Und Sonja wusste nicht, ob ihr im Zweifelsfall das schmierige Grinsen nicht angenehmer war. Jetzt erreichte sie sein Mundgeruch.

„Soll ich raten oder reden Sie weiter?", fuhr sie ihn kalt an.

„Der Mann auf dem Bild ist Hermann Bichler."

„Der Vorsitzende des Südtiroler Umweltbundes?"

„Sie sind ja eine Blitzgneißerin. Nächstes Bild!"

„Bitte?" Steier nickte ihr aufmunternd zu. Sie schaute auf das zweite Bild, das die Übergabe des großen Briefumschlags zeigte. „Was, glauben Sie, steckt in dem Umschlag? Weiter!" Auf dem dritten Bild sah Sonja, wie Bichler Charlotte Keller ein Schreiben übergibt.

„Und das ist die Genehmigung für Charlotte Keller, hier ein Hotel zu errichten."

Sonja sah sich um. „Ich verstehe nicht viel vom Hotelgewerbe, aber das könnte eine Goldgrube werden."

„Wenn sie hier ein Luxushotel für extrem betuchtes Publikum eröffnen, dann steigen die Kellers in die Champions League auf."

Mühsam nur gelang es Sonja, die Freude zu unterdrücken, die in ihr hochkam, denn in ihren Händen hielt sie den Grund, nach dem sie gesucht hatte, weshalb Charlotte Keller zum fraglichen Zeitpunkt hierhergefahren war. Aber sie spürte auch, dass der effektverliebte Journalist noch nicht alles preisgegeben hatte, was er wusste und was er bereit war mitzuteilen. Sein Spiel eben.

„Was hat das alles mit Rossi zu tun?", fragte sie. Steier versuchte sich nun an einem hintergründigen Lächeln und verunglückte dabei blutig. „Jetzt kommen wir allmählich auf den spannenden Punkt. Für dieses Projekt benötigen sie richtig viel Geld, bei weitem mehr Geld, als die Kellers haben und die Banken bereit wären, ihnen zu geben. Also hat Frau Keller sich mit Rossi in Verbindung gesetzt und die Mafia ist in das Projekt eingestiegen. So bin ich erst auf die Sache gestoßen. Die Mafia will in diesem Projekt Geld waschen, und zwar im großen Stil. Die Kellers sind da nur Statisten. Was sie vermutlich noch nicht wissen."

Also hatte Matteo doch recht mit seiner Vermutung, dass Francesco Rossi der *Brückenfuß* der Mafia in Südtirol war und das große Projekt, um das es ging, der Bau des Luxushotels am Toblacher See war. Sie genoss jetzt schon Matteos Überraschung, wenn sie ihm morgen die Bestätigung für seinen Verdacht liefern konnte, ausgerechnet sie, die immer ein wenig daran gezweifelt hatte. Doch noch fehlten einige Pixel im Bild. „Warum hat Bichler sich darauf eingelassen?", hakte sie nach, denn sie erinnerte sich daran, dass Andi Sonnleitner von seinem früheren Chef geschwärmt hatte. Ein anständiger Charakter sollte der sein, aber das Foto widersprach eindeutig dieser Einschätzung. Andererseits mäkelte nicht einmal der Ökofundamentalist Anton Pischl an Bichlers Integrität herum.

Andreas Steier erwiderte ihren fragenden Blick mit einem leicht beleidigten Gesichtsausdruck. „Ein bisschen müssen Sie auch noch tun, finden Sie nicht? Ich habe Ihnen geholfen, nun helfen Sie mir: Es ist meine Story, mit der ich groß rauskommen will. Ich will es denen zeigen, dass ich richtig lag. Im Dreck sollen die angekrochen kommen und Abbitte leisten! Sie halten mich auf dem Laufenden und ich Sie."

Sonja nickte. Daraufhin gab ihr Andreas Steier eine Handynummer. „Ein Prepaidhandy. Auf dem erreichen Sie mich, wenn es wichtig ist. Und, Frau Schwarz, seien Sie in unser beider Interesse extrem vorsichtig, die Mafia spaßt nicht. Im Umgang mit denen darf man sich keinen Fehler leisten. Denken Sie lieber dreimal nach, bevor Sie etwas tun. Es geht in dem Geschäft um Geld, um sehr viel Geld und um eine wichtige Relaisstation nach dem Norden. Die werden jeden, der ihnen in die Quere kommt, eliminieren. Und seien Sie auch extrem vorsichtig im Umgang mit den Kellers. Die stehen unter dem Schutz der Mafia. Denken Sie daran, Menschen, die man in die Ecke treibt, können sehr gefährlich werden."

„Ich bin nicht erst seit gestern bei der Polizei, Herr Steier."

„Sie haben es aber diesmal nicht mit Zufallskriminellen zu tun, sondern mit echten Profis."

Steier tippte mit dem Zeigefinger an seine Stirn und stapfte, erfüllt von seiner eigenen Wichtigkeit, in den Wald zurück. Sehr zufrieden mit sich: Er hatte sein Spiel gespielt.

Aber das interessierte Sonja nicht, auf Steier kam es nicht an, nur darauf, dass sie die Beweise in der Hand hielt, um die Mörderin von Anna Sonnleitner verhaften und ihrer Strafe zuführen zu können. Allerdings hatte der Journalist recht, man durfte nicht überstürzt reagieren. Denn in dem

Netz schwammen weit größere Fische und die würden noch entwischen, wenn man es zu früh zuzog. Sie würde jeden Schritt mit Matteo in Ruhe besprechen und planen. Sie würden sich keinen Fehler leisten.

Eine milde Abendsonne, die auf ihrem Weingut lag, erwartete sie bereits, als sie auf den Hof fuhr. Spinnfäden schwebten wie grazile Tänzer durch die Luft. Altweibersommer, dachte sie. Scheinbar hatte das nichts mit der Welt da draußen, mit den Katastrophen, dem menschlichen Leid, mit all dem, was sie dort erlebte, zu tun. Und dennoch war diese Welt hier nicht unwirklicher als die jenseits ihres Hofes. Sie war Polizistin, sie war ein Profi, Profi genug, die Welten nicht zu vermengen, den Berufsalltag vor dem Hoftor zu lassen. Ein sanftes Lächeln legte sich auf ihre Lippen, es fühlte sich gut an, zu Hause zu sein. Und in diesem Moment begriff sie die Verwandlung, die mit ihr vorging, nahm sie das Weingut als ihr Zuhause an, denn sie war angekommen in Südtirol, in Eppan, auf diesem Hof. Sie vermisste die graue Stadt mit ihren hektischen Menschen nicht. Frankfurt entglitt immer mehr ihrer Vorstellung.

Aus der Tür trat ihre Tochter, als ob es schon immer, von Anfang an, so gewesen wäre. Sie grüßte mit einer Bewegung ihres Kopfes, weil sie mit beiden Händen eine große Schüssel trug. „Wir essen im Garten. Papa stellt gerade die Lampions an." Der Tochter folgte die Schwiegermutter, die eine große Platte mit allerlei Gebratenem auf ihren Händen balancierte. Sie würden hineinfeiern in seinen vierzigsten Geburtstag, zumindest sie beide, Thomas und sie, wenn Tochter und Großmutter schon schliefen. Aber erst wollten sie den lauen Septemberabend miteinander genießen. Ihr Stück vom Paradies. Sie brachte nur schnell ihre Tasche und den

Briefumschlag mit den Beweisen ins Haus, dann folgte sie den beiden in den Garten. Unter den Lampions, die in bunten Farben leuchteten, erwarteten sie schon Laura, Katharina und Thomas. Familie, dachte sie dankbar, das ist Familie, und ging zu den Ihren.

Später dann, nach Mitternacht, nachdem sie ihm gratuliert hatte, liebten sie sich lange. Im Einschlafen und völlig erschöpft flüsterte sie ihm ins Ohr: „Du stehst ja noch mit vierzig deinen Mann."

„Hattest du daran gezweifelt?"

„Gezweifelt nicht, aber eine Packung Viagra gekauft – vorsichtshalber."

„Oh, du …"

Als sie am Morgen die Küche betraten, stand das Frühstück bereits auf dem Tisch. Und nachdem Katharina ihrem Sohn überschwänglich gratuliert hatte, teilte sie den beiden mit, was sie mit Blick auf die Uhr ohnehin schon ahnten, dass Laura nicht mehr warten hatte können, weil sie zur Schule musste, es aber nicht erwarten konnte, heute Nachmittag ihrem geliebten Papa um den Hals zu fallen.

„Sag dem alten Mann, dass er nicht die leiseste Chance hat, meiner Gratulation zu entkommen", hatte sie beim Hinausgehen noch besonders laut gescherzt, in der Hoffnung, dass Thomas wach werden und seinen verschlafenen Schädel durch die Tür stecken würde. „Na, dann doch heute Nachmittag", war sie ein wenig enttäuscht losgeschoben.

Vierzehn

Wie ein frisch verliebtes Paar betraten Sonja und Thomas anderthalb Stunden später das Büro, in dem Jonas bereits an seinem Computer saß. Da er das Fenster geöffnet hatte, flogen durch die Zugluft ein paar Blätter vom Tisch. Thomas schloss schnell die Tür hinter sich, um nicht noch mehr Chaos anzurichten. Sie brachten den würzigen Geruch des Herbstes mit in das Dienstzimmer. Verblüfft sah Jonas von seiner Tastatur auf und starrte Sonja an, als wäre sie eine Erscheinung. „Hast du heute nicht Urlaub?"

„Hab ich." Ohne jedoch weiter darauf einzugehen, informierte sie in aller Kürze ihren Kollegen über den Stand der Ermittlungen im Fall Johann Falkenstein. An seinem schiefen Lächeln erkannte sie, dass er sich in seinem Verdacht bestätigt fühlte. Sie hatte auch nichts anderes erwartet, deshalb sagte sie mit Nachdruck: „Wir ermitteln weiter in alle Richtungen!"

„Natürlich", antwortete Jonas, allerdings nicht gerade überzeugend. „Ich will mit meinem Vater die verschiedenen Strecken abgehen, vielleicht wurden ja weitere Fallen aufgestellt. Auch wenn sich Pischl und Johann Falkenstein kannten, wissen wir immer noch nicht, ob es eine persönliche Sache war oder ob sich die Aktion gegen Mountainbiker allgemein richtete."

„Gute Idee. Und vielleicht könntest du danach bei Heidi Grüner nach dem Obduktionsbefund fragen."

„Klar. Und was habt ihr beiden Schönen vor?"

„Sonja verschleppt mich nach Entiklar. Was ich da soll, hat sie mir allerdings nicht verraten."

In gespielter Entrüstung schüttelte sie den Kopf. „Du Lügner! Ich habe dir genau gesagt, worum es geht." Als sie die fragenden Blicke von Thomas und Jonas auf sich fühlte, sagte sie mit der größten Selbstverständlichkeit der Welt: „In Entiklar erwartet dich, na was wohl: eine Überraschung. Das ist doch klar wie Kloßbrühe. Und bevor ihr euch jetzt in meiner Anwesenheit das Maul darüber zerfetzt, gehe ich mal zum Chef rein. Damit wir dann endlich loskommen. Schließlich habe ich heute Urlaub."

Matteo saß hinter seinem Schreibtisch, wie schon seit Tagen in das Material vertieft, das ihm sein Freund Commissario Bruno Alfieri von der Direzione Investigativa Antimafia zugeschickt hatte. Als sie eintrat, blickte er auf: „Und, wie war's?"

„Volltreffer", sagte Sonja und setzte ihn von dem Gespräch mit dem anonymen Anrufer in Kenntnis, der niemand anders als der investigative Journalist Andreas Steier war. Während sie berichtete, legte sie ihm die Fotos vor. Über Matteos Gesicht zog ein für seine Verhältnisse breites Grinsen. „Perfetto! Jetzt heißt es klug vorgehen. Ich will nicht nur Charlotte Keller, nicht nur Hermann Bichler, das sind kleine Fische, sondern auch Francesco Rossi, möglichst mit ein paar seiner …"

„Spießgesellen?"

„Was für ein schönes deutsches Wort! Und wenn die Heiligen auf unserer Seite stehen, dann bekommen wir noch einen seiner Hintermänner."

„Morgen, Matteo, morgen."

Der Capo brummte. „Am liebsten würde ich jetzt eine Urlaubssperre verhängen."

„Wie gesagt, Matteo, morgen."

Der Capo begleitete Sonja noch in ihr Büro. Die Anwesenheit ihres Mannes kühlte schlagartig seine Hochstimmung herunter. Sonjas Telefon klingelte, sie wollte schon den Hörer abnehmen, doch Matteo war schneller. „Du hast Urlaub", raunte er ihr zu, dann meldete er sich mit Dienstgrad und Name und hörte dem Anrufer zu. „Haben Sie denn nicht die Polizei verständigt? Gut, ich komme."

„Ein Einsatz, Chef?", fragte Jonas.

„Wahrscheinlich nur ein schlechter Witz. Ein Anrufer meldet, dass er einen Toten gefunden hat."

„Ja, und warum meldet er es dann nicht der Gemeindepolizei?", wunderte sich Sonja.

„Die glauben ihm angeblich nicht", erwiderte Zanchetti unwirsch.

„Und deswegen ruft der Finder der Leiche gleich bei der Kripo an? Hört sich wirklich nach einem schlechten Scherz an. Wo will er denn die Leiche gefunden haben?"

„Auf der Straße unterhalb vom Hirschkopf."

„Das liegt fast auf unserem Weg nach Entiklar. Wir können ja mal einen Blick riskieren", schlug Thomas Schwarz vor und handelte sich damit nur Zanchettis Spott ein. „Und wenn doch eine Leiche dort liegt?"

„Wird mich das gewiss nicht umbringen. Vor den Toten braucht man sich nicht zu fürchten, sagt ein Sprichwort", scherzte Thomas.

„Und das wollen Sie sich ausgerechnet an Ihrem Geburtstag zumuten? Ach, ehe ich es vergesse: Herzlichen Glückwunsch natürlich", reichte der Capo Thomas die Hand.

„Danke, Commissario."

Jonas sprang wie von der Tarantel gestochen auf, um sein Versäumnis wiedergutzumachen. „Auch von mir die herzlichsten Glückwünsche, Thomas. Wie alt bist du denn geworden?"

„Muss ich das sagen?"

„Ich kann auch im Melderegister nachschauen", frotzelte Jonas. „Du bist hier bei der Polizei."

„Vierzig", antwortete an seiner statt Matteo Zanchetti. Jonas pfiff durch die Zähne. „Ein Mann im besten Alter!"

„O ja", sagte Sonja süffisanter, als ihr lieb war. Und Matteo Zanchettis Miene wurde noch etwas finsterer.

„Wir schauen mal nach dem Rechten", beendete Sonja die aus dem Ruder laufende Situation, sie wollte jetzt weg, denn nach einem Hahnenkampf der beiden Männer stand ihr wirklich nicht der Sinn. Im Grunde war auch Matteo Zanchetti zufrieden damit, dass er nicht die Fahrt vermutlich wegen eines dummen Scherzes machen musste und damit Zeit vertrödelte.

Jonas fuhr seinen Computer herunter und nahm seine Jacke von der Stuhllehne, während Sonja und Thomas bereits im Auto nach Entiklar saßen.

„Er hat es immer noch nicht verwunden, dass du nicht mehr zu haben bist", sagte Thomas nachdenklich.

„Es lohnt nicht, darüber zu reden. Sein Problem. Ich zumindest habe den besten Mann der Welt."

„Fahren wir erst zur Leiche oder erst zur Überraschung?"

„He, ich bin Polizistin."

„Also erst zur Leiche."

Eine halbe Stunde später brauste Thomas die Serpentinen hoch Richtung Hirschkopf, schwärmte über das Panorama, bremste schließlich, um eine Haarnadelkurve zu nehmen, während Sonja es genoss, einmal nicht fahren zu müssen.

„Schön, dass wir den Umweg genommen haben."

„Wozu eine Leiche nicht alles gut ist."

„Hör auf, das ist makaber. Am Ende liegt da wirklich ein Toter."

Sie hatten gerade die Kurve passiert, als es plötzlich laut knallte, die Windschutzscheibe zersplitterte und es Thomas in seinem Sitz nach hinten drückte, während der Pkw gefährlich nahe am Abhang ins Schleudern geriet. Die Felswand, gegen die das Auto krachte, stoppte den Wagen mit lautem Knall und bewahrte sie davor, in die Tiefe zu stürzen. Durch den Aufprall explodierten die Airbags, in die sie kurz eintauchten, bevor Sonja sich wieder zurücklehnte, die Airbags in sich zusammenfielen und nun schlaff herunterhingen. Der VW stand quer zur Straße, das Heck in Richtung Abgrund, die Frontpartie gestaucht, wie mit dem Fels verschmolzen. Für eine undefinierbare Zeit herrschte Ruhe nach dem Aufprall, als ob das Gebirge den Atem anhielte. Sonja brauchte eine Weile, bevor sie einen klaren Gedanken zu fassen vermochte. Ihre Berufserfahrung sagte ihr, dass sie unter Schock stand und sie dennoch handeln, die Lethargie überwinden musste. Es kostete sie Mühe, sich anzutreiben. Mit der linken Hand wollte sie sich die Feuchtigkeit von der Wange wischen, stellte aber erschrocken fest, dass die Flüssigkeit rot war: Blut. In diesem Moment erinnerte sie sich daran, dass neben ihr Thomas saß, und es entrang sich ihrer Kehle ein spitzer Schrei: „Thomas?!"

Der Anblick, der sich ihr bot, war ein einziger Albtraum. Er hing in seinem Gurt, während der Kopf auf seine Brust gesunken war, als ob er im Sessel vor dem Fernseher eingeschlafen wäre. „Thomas", schrie sie erneut, doch sie bekam auch diesmal keine Antwort. Mit zitternden Händen versuchte sie, Matteo anzurufen, aber sie benötigte vier Versuche, bevor es ihr gelang, die richtige Nummer einzutippen.

Als sein Handy klingelte und er ihre Nummer auf dem Display erkannte, wunderte er sich: „Schon bei der Leiche, Sonja?"

„Ich brauche sofort einen Notarzt, bin unterhalb des Hirschkopfs, hinter der Haarnadelkurve, Matteo, schnell, Thomas, er ist nicht ansprechbar und blutet …"

Matteo war aufgesprungen und vollkommen aufmerksam. „Was ist passiert, Sonja?"

„Weiß nicht. Ein Steinschlag. Die Windschutzscheibe ist zersplittert und Thomas hat die Kontrolle über den Wagen verloren. Wäre der Wagen nicht gegen den Felsen geknallt, wären wir in den Abgrund gerauscht, schnell, Matteo, Thomas …"

„Beruhige dich, ich bin gleich bei dir, Principessa …"

Matteo rief sofort, nachdem er aufgelegt hatte, den Flugrettungsdienst an. „Commissario Capo Matteo Zanchetti hier, ich brauche sofort einen Rettungshubschrauber." Als der Koordinator ihn an die Landesnotrufzentrale verweisen wollte, die alle Einsätze koordinierte, brüllte Zanchetti, der bereits sein Büro verlassen hatte und zu seinem Auto eilte, in sein Handy: „Merda! Ich bin in fünf Minuten bei Ihnen. Und dann hebt mit mir der Rettungshubschrauber ab, oder ich mache Ihnen das Leben zur Hölle, das können Sie sich in Ihren schlimmsten Träumen nicht vorstellen. Capito? Stronzo!"

Und Zanchetti hielt Wort, er war unter Zuhilfenahme des Blaulichts in der Tat fünf Minuten später in der Rettungszentrale und nach drei weiteren Minuten hob der Hubschrauber mit Notarzt und Rettungssanitäter bereits Richtung Entiklar ab.

Während Sonja ihren Mann vom Fahrersitz hievte, ihn vorsichtig auf den Boden legte und in stabile Seitenlage brachte, sprach sie permanent auf ihn ein, bittend, flehend, wütend, brüllend, aber er reagierte nicht. Schnell holte sie aus dem Kofferraum den Verbandskasten, um mit einer Kompresse die Blutung am Kopf zu stoppen. An ihre Ohren drang der Lärm von Rotorblättern. Sie blickte auf und entdeckte einen gelben Rettungshubschrauber, der auf sie zuhielt. „Matteo", sagte sie dankbar.

Der Hubschrauber hatte kaum auf der Straße aufgesetzt, als bereits Notarzt und Sanitäter mit den Rettungskoffern in der Hand in gebückter Haltung auf sie zugerannt kamen. Gleich hinter ihnen Matteo. Sie übernahmen sofort und drängten Sonja wie selbstverständlich zur Seite.

Fünfzehn

Schweigend tauchten sie in den Wald ein, Vater und Sohn, der eine in Uniform, der andere mit Bluejeans, weißem T-Shirt und hellbrauner Lederjacke bekleidet, und folgten dem Trail. Es tat ihnen gut, miteinander unterwegs zu sein und zu schweigen, denn sosehr sie auch suchten, fanden sie keine Worte, die sie einander nähergebracht hätten, nur das Schweigen und das Gefühl, den anderen neben sich zu wissen, verband sie. Eines Tages würden sie miteinander darüber reden, was sich ereignet hatte, aber dazu war es noch zu früh.

Plötzlich legte Jonas seinem Vater die Hand auf den Unterarm und wies ihn mit einer Kopfbewegung auf etwas hin. Sie verließen sogleich den Weg und bewegten sich lautlos, hinter den Bäumen Deckung suchend, vorwärts. Auf der Strecke vor ihnen standen zwei junge Burschen und ein Mädchen, neben ihnen Anton Pischl, der gerade dabei war, eine Planke mit Nägeln unter dem Laub am Rand des Trails hervorzuziehen und sie quer darüber zu legen. Vater und Sohn schauten sich kurz an, dann zogen sie fast synchron ihre Dienstwaffen, während sie hinter dem Baum hervortraten.

„Fallen lassen!", befahl Jonas. Anton Pischl schaute verblüfft zu den beiden Polizisten.

„Geil", kiekste das Mädchen nach einer Schrecksekunde. „Die Bullen! Wie abgefahren ist das denn?"

Jonas schätzte ihr Alter auf siebzehn oder achtzehn, wahrscheinlich noch Schülerin. Ein zweiter Blick auf die jungen Leute verriet dem Polizistensohn und Polizisten Jonas Kerschbaumer, dass Pischls Mitstreiter aus bürgerlichen Verhältnissen stammten und, natürlich von ihren Eltern finanziert, neben der Schule sich für eine gute Sache engagieren wollten, für den Naturschutz, für die Klimarettung, was so gerade auf dem Markt der edlen Tätigkeiten zu finden war. Gut versorgte Kinder, denen es an nichts mangelte, außer an guten Taten, womit sie ihre Zugehörigkeit zum besseren Teil der Welt unter Beweis stellen konnten, deren Empathie allerdings selten über das eigene Engagement hinausreichte.

„Fallen lassen, habe ich gesagt", wiederholte Jonas seine Aufforderung energisch. Wütend ließ Anton Pischl die Planke los und verzog unwillig den Mund, wobei er seinen Mitstreitern zuraunte: „Ruhig bleiben, euch kann nichts geschehen." Jonas entging die Komik nicht, dass ausgerechnet der Fransenbart die größte Unsicherheit verströmte. Aber nicht nur ihm, es fiel sogar Anton Pischl selbst auf, sodass er es für nötig hielt, vor seinen Jüngern auf den Putz zu hauen, deshalb baute er sich vor Jonas Kerschbaumer auf: „Habe ich Ihnen jetzt den Tag versüßt, Bulle?" Doch Jonas verspürte nicht die geringste Neigung, in Pischls Schmierenkomödie mitzuspielen. Er steckte die Waffe ein und sagte emotionslos in dienstlichem Ton: „Sie sind vorläufig festgenommen. Sie stehen unter dem dringenden Tatverdacht, Johann Falkenstein ermordet zu haben!"

Während die beiden jungen Männer auf einmal wie Schulbuben wirkten, die bei einem Streich erwischt worden waren, deren Folgen sie nicht überschaut hatten, denn Mord war mehr als ein Dummejungenstreich, ließ sich das Mädchen nicht beirren und blitzte die Polizisten in einem provozierenden Gefühl großer Überlegenheit trotzig an. Das alles gehörte für sie noch zum Abenteuer, das sie als letztlich ungefährlich einschätzte, denn ihr Vater würde sie am Ende doch raushauen. Hatte er schließlich immer getan. Aber zunächst genoss sie das prickelnde Gefühl, mit der Staatsmacht zusammenzustoßen. „Wollen Sie uns keine Handschellen anlegen?", fragte das Mädchen mit Augenaufschlag. „Ich steh nämlich drauf."

Jonas nahm keine Notiz von ihr, bat stattdessen seinen Vater, die Personalien der Mitstreiter aufzunehmen und Verstärkung zu rufen, um die *Herrschaften* in die Questura zu bringen, während er mit Anton Pischl zu einem umgestürzten Baum ging und ihn aufforderte, sich zu setzen. Widerwillig folgte der Naturschützer der Aufforderung.

„Was soll das jetzt werden? Eine Unterhaltung über die Schönheit der Natur?", fragte er ruppig.

„Dafür sind Sie der Spezialist, ich bin der Fachmann für Straftaten. Und aus diesem Grund sage ich Ihnen: Das ist Ihre letzte Chance, ein Geständnis abzulegen, Herr Pischl. Eins, das Ihnen vor Gericht vielleicht hilft … Wenn wir erst einmal auf dem Präsidium sind, ändert sich alles."

Der Naturschützer erkannte, dass sie außer Hörweite seiner Mitstreiter waren und er deshalb keine Show mehr abziehen musste. Er dachte einen Moment nach.

„Was glauben Sie, wie lange die drei Kinder da …" Jonas deutete auf die beiden jungen Männer und die junge Frau. „… noch schweigen werden … Es geht um Mord, Herr Pischl, da ist sich jeder selbst der Nächste. Und warten Sie erst mal ab, wenn die Eltern von denen da teure Anwälte losschicken, dann fallen Sie aber vollkommen hinten runter. Oder reicht es bei Ihnen zu mehr als nur zu einem Pflichtverteidiger?"

„Wir haben niemanden umgebracht", sagte Pischl leise und schüttelte dabei den Kopf. „Ausgeschlossen!"

„Kommen Sie, Sie haben die Falle da oben an der Rampe ausgelegt."

„Ja, wir haben Fallen gelegt, das haben Sie ja nun gesehen. Aber doch nicht, um jemanden ernsthaft zu verletzen. Wir wollten den Mountainbikern nur einen Schreck einjagen, um sie von hier zu vertreiben."

„Das mit dem *Schreck einjagen* ging bei Johann Falkenstein gründlich schief. Er ist tot."

„Die Falle an der Rampe – das waren wir nicht ..."

„Die Planke hier und die an der Rampe gleichen einander aber wie ein Ei dem anderen." Der Polizist schaute ruhig auf den Waldboden und beobachtete die emsigen großen, roten Ameisen. Er konnte sich jetzt Zeit lassen, Anton Pischl saß im Grunde in seiner eigenen Falle. Auf frischer Tat ertappt, besser ging es nicht.

Doch so schnell gab der Naturschützer nicht auf. „Die Anleitung, wie man so was macht, finden Sie im Internet. Die kann jeder bauen."

„Wir haben hier aber nicht jeden, sondern Sie angetroffen."

„Ja, natürlich hier, weil wir unsere Fallen nur dort ausgelegt haben, wo es eben und der Boden weich ist."

„Nicht aber an der Rampe, Herr Pischl. Da war die Falle in einer Kurve direkt oberhalb der Felsen. Falkenstein ist da mit voller Wucht runtergeknallt."

Pischl spuckte aus. „So was würden wir nie machen. Die Mountainbikes sollten Schaden nehmen, aber nicht die Fahrer. Denen wollten wir nur einen gehörigen Schreck einjagen!"

Jonas spürte Wut in sich aufsteigen, Wut darüber, dass dieser Kerl ihm immer noch Lügen auftischte, dass ihn keinerlei Unrechtsbewusstsein anfocht, aber vor allem darüber, dass er selbst nur durch viel Glück und Zufall dem sicheren Tod entgangen war. Pischls Selbstgerechtigkeit ertrug er nicht länger und auch seine Ausflüchte nicht, zumal dessen Arroganz einem Menschen das Leben gekostet hatte. Und ihm beinahe auch. Doch der liebe Gott oder der Teufel hatte sich an diesem Tag nicht ihn, sondern Johann Falkenstein ausgesucht – warum auch immer. Wie man es nahm, Pischl machte es sich entschieden zu einfach, deshalb fuhr er ihn an: „Erzählen Sie doch keinen Quatsch. Wenn einer in voller Fahrt in so eine Falle knallt, bricht er sich, wenn er Glück hat, nur das Schlüsselbein, normalerweise aber das Genick."

Für Anton Pischl war es schier zum Verzweifeln, dass ihn der Polizist nicht verstehen wollte, aber was erwartete er auch von einem rabiaten, egozentrischen Biker? „Für wie blöd halten Sie uns? Genau aus diesem Grund haben wir penibel darauf geachtet, wo wir die Fallen hinbauen. Ich kann Ihnen die Stellen zeigen."

Daran hatte Jonas noch gar nicht gedacht. Ihm klappte der Unterkiefer herunter und er machte alles andere als ein intelligentes Gesicht. „Heißt das, es gibt noch mehr davon?!"

„Außer der hier … noch drei."

„An Fleiß zum Schaden anderer mangelt es Ihnen wohl nicht?", stöhnte Jonas Kerschbaumer. „Dann gehen wir sie mal wegräumen, bevor noch jemand zu Schaden kommt."

Sechzehn

Die Angst um ihren Mann hatte sich in ihr verkapselt. Matteo, der neben ihr stand, sprach unentwegt auf sie ein, aber sie hörte ihm nicht zu, wollte andererseits den Klang seiner Stimme nicht missen, der sie auf seltsame Weise schützend umhüllte. Sie hatte das Gefühl, dass alles einer anderen Zeitordnung folgte, nicht mehr in diesem Leben, in dieser Dimension ablief, sondern in einem mehrdimensionalen Kontinuum, weil die Zeit ihren Sinn verloren hatte und alles auseinanderfiel. Das war vollkommen ungewohnt, denn für sie als Ermittlerin galt des eherne Gesetz des Nacheinanders, das sie stets zu rekonstruieren hatte, doch auf einmal geschah alles gleichzeitig. Vorher und Nachher existierten nicht mehr. Als hätte sie ihren Körper verlassen und beobachtete sich von außen dabei, wie sie dem Arzt und dem Sanitäter zusah, die ihrem Mann einen Kopfverband anlegten und ihn anschließend auf die Trage hoben. Nur zu gern hätte sie Thomas gefragt, was er davon hielte, aber Thomas war immer noch bewusstlos. Plötzlich sprengte die Realität mit voller Wucht ihren Kokon, füllten sich ihre Augen mit Tränen. Sie hielt sich die Hand halb vor den Mund, als eine so banale wie erschreckende Erinnerung aus hier herausbrach: „Es ist doch sein Geburtstag, verdammte Scheiße, so soll keiner seinen Geburtstag verbringen müssen." Dann verfolgte sie mit stummem Entsetzen den Kampf des Notarztes um das Leben ihres Mannes. Sie hatte bereits zu viel in ihrem Beruf gesehen, um sich darüber hinwegzutäuschen, wie ernst die Angelegenheit war. Während der Notarzt einen Zugang legte, überprüfte der Rettungssanitäter die Vitalzeichen, Blutdruck und Puls.

„Blutdruck … sechzig zu vierzig …“, sagte der Sanitäter.

„Ein Milligramm Adrenalin pur und fünfhundert Ringer im Schuss“, antwortete der Arzt und begann mit der Herzdruckmassage, während der Rettungssanitäter die Adrenalininjektion vorbereitete, die der Notarzt sogleich setzte. Der Rettungssanitäter übernahm statt seiner die Herzdruckmassage.

„Puls ist da … weiter Volumen“, wies der Notarzt an. Der Rettungssanitäter unterbrach die Herzdruckmassage und kümmerte sich darum, die Ringerlösung zu verabreichen. Die beiden Männer trugen Thomas zum Hubschrauber. Der Arzt schaute fragend zu Sonja.

„Begleite deinen Mann ins Krankenhaus und lass dich versorgen. Ich kümmere mich hier um alles“, schob Matteo sie zum Hubschrauber. Sonja stieg ein und der Hubschrauber hob ab und schwebte davon. Matteo sah ihm nachdenklich hinterher. Auch er konnte noch nicht recht glauben, dass alles das, was er hier erlebte, wirklich geschah. In diesem Moment kamen ein Wagen der Gemeindepolizei und ein Fahrzeug der Carabinieri mit Blaulicht die Straße hoch und rissen ihn aus seiner Grübelei. Nachdem sie einander vorgestellt hatten, stellte Zanchetti ihnen die Frage, die er sich eigentlich allein beantworten konnte: „Hat bei euch irgendjemand einen Leichenfund gemeldet?“ Wie erwartet verneinten die Kollegen. Matteo schaute auf das Auto, dann suchte er mit den Augen die Umgebung ab. Die Situation erinnerte ihn an eine frühere. Die Instinkte des Jagdhunds verdrängten alles andere. Er nahm Witterung auf.

„Sperren Sie sofort die Straße ab! Rufen Sie die Spurensicherung! Ich will das große Programm, das vollständige. Sie drehen hier jedes Steinchen um! Capito?!" Dann ging er zu dem Wagen und untersuchte die Windschutzscheibe. Auf Kopfhöhe entdeckte er ein Loch, groß genug, dass ein Projektil eingeschlagen haben könnte. Er holte sein Handy aus der Jackentasche, fotografierte das Einschussloch, denn ihm erschien die Vorstellung eines Steinschlags nicht länger plausibel. Wenn ein Fahrzeug vor ihnen gefahren wäre, ja dann, aber so aus heiterem Himmel und dann mit der Energie? Matteo Zanchetti schüttelte den Kopf, rief die Chirurgie in Bozen an und verlangte, dass sie den besten Chirurgen einsetzten, und äußerte zudem den Verdacht, dass die Kugel, mit der auf Thomas Schwarz geschossen worden war, noch in seinem Kopf steckte. Gründlich inspizierte er die Stelle, an der Thomas die Kontrolle über das Fahrzeug verloren hatte. Er ging in die Hocke, bis er ungefähr die Sitzhöhe des Fahrers erreicht hatte, und blickte nach vorn, die Straße entlang. Sein Blick fiel auf einen Felsvorsprung oberhalb der gegenüberliegenden Serpentine. Sich eng am Felsen haltend lief er die Straße entlang, folgte ihrem Bogen, bis er unterhalb des Vorsprungs innehielt. Er nahm die Pistole aus dem Holster, entsicherte sie und kletterte den Abhang hinauf, um von hinten auf den Felsen zu gelangen. Unter seinen Füßen knisterten Stöckchen und raschelte Laub. Angespannt und hochkonzentriert hielt er seine Waffe, bereit, jederzeit aus jeder erdenklichen Lage schießen zu können, weil es ihm nicht gelang, sich lautlos zu bewegen. Falscher Boden, falsches Schuhwerk. Dann lag der Felsvorsprung vor ihm. Der perfekte Platz für einen Schützen. Kein Mensch war hier, keine Spur, keine Hinterlassenschaft, nur ein kleines, aber verstörendes Detail begrüßte ihn. Auf der Felskante stand aufrecht eine Patronenhülse. Matteo wusste nur zu gut, was diese Botschaft zu bedeuten hatte. Unwillkürlich schaute er sich um, ob er beobachtet wurde oder ihm jemand auflauerte. Dann sicherte er die Waffe, steckte sie ins Holster zurück, zog Handschuhe an, nahm aus der Jackentasche eine Beweismitteltüte und legte die Patronenhülse hinein. Er wusste, dass sie keine Fingerbadrücke finden würden, denn derjenige, der auf Thomas Schwarz geschossen hatte, war ein Profi, doch von der Routine abzuweichen bedeutete, auf die schiefe Ebene der Fehler zu gelangen, auf der irgendwann kein Halten mehr war. Und Matteo Zanchetti war als Ermittler nicht weniger Profi, als der Schütze ein Profikiller war. Die alles entscheidende Frage lautete nur, wer hatte wen auf wen angesetzt und warum? Der Schuss auf Thomas Schwarz stellte nur einen Fehler, einen Kollateralschaden dar, den der Killer bald bemerken würde. Und also fragte sich der Polizist, wen es das nächste Mal treffen würde.

Siebzehn

Im Verhörraum brannte die Lampe, die von der Decke hing, ihr einsames, tristes Licht tapfer in die sie umgebende Spärlichkeit des kahlen Zimmers. Wenn es sehr still wurde, konnte man sogar die Glühbirne brummen hören. O Gott, dachte der Umweltschützer, Steinzeit, die benutzen hier immer noch keine Energiesparlampen. Da kann der Planet ja nur zum Teufel gehen. Doch allzu ausgiebig durfte er diesem Gedanken nicht nachgehen, denn er musste sich auf das Verhör konzentrieren, in dem der Polizist ihm Falle nach Falle stellte. Zum wiederholten Male ging Jonas Kerschbaumer mit Anton Pischl den Tag durch, an dem Johann Falkenstein in die Planke gerast und an den Folgen des Unfalls verstorben war. Der Naturschützer blieb eisern dabei, dass er an diesem Tag Flugblätter auslegen wollte, den Wald aber noch nicht betreten und die Falle sowieso nicht ausgelegt hatte, weil er sie an dieser gefährlichen Stelle auch nicht auslegen würde, nur das glaubte ihm der Polizist nicht.

Die Tür ging auf und Peter Kerschbaumer steckte seinen Kopf hinein. „Kommst du mal!" Jonas nickte. „Ich bin gleich zurück. Nutzen Sie die Zeit zum Nachdenken. Ein Geständnis würde uns allen helfen, vor allem Ihnen, tun Sie sich selbst einen Gefallen, sagen Sie endlich die Wahrheit." Der Polizist stand auf und ließ den Naturschützer allein zurück im Verhörraum. Als die Tür ins Schloss fiel, sackte Anton Pischl in sich zusammen und vergrub das Gesicht in den Händen.

„Was ist los?", fragte auf dem Weg ins Büro Jonas seinen Vater.

„Wir haben Besuch", entgegnete der nur vielsagend.

Dann stand er schon diesem Mann gegenüber, der etwas zu sehr nach einem teuren Eau de Toilette roch, einen Nadelstreifanzug und eine goldene Brille trug. Sein Gesicht, seine Kleidung, die manikürten, langen, schmalen Finger versprühten ein Flair von größter Reinlichkeit. Jonas benötigte einen Moment, um den Eindruck zu benennen, den dieser Mann auf ihn machte: künstlich, er kam ihm künstlich vor, designt, ein Luxus-Produkt.

„Sind Sie der ermittelnde Beamte", fragte er mit einer fetten, selbstgewissen Stimme.

„Ja, Commissario Jonas Kerschbaumer."

„Herr Kerschbaumer, ich bin Dr. Rudolph Aurelius Kolbenhauer, Bevollmächtigter der Familie Conradi", belehrte er den Polizisten von oben herab. Der Anwalt des Mädchens also, schloss Jonas aus der Vorstellung und wunderte sich, dass der Begriff *Anwalt* oder *Strafverteidiger* nicht genügte, sondern er es unter einem Bevollmächtigten nicht machte.

„Sie werden einsehen, dass es nicht angehen kann, ein Schulkind auf ein Revier zu verschleppen und ohne Einwilligung der Eltern einem Verhör zu unterziehen!"

„Kein Verhör, sondern eine Befragung, Herr Anwalt. Der Unterschied dürfte Ihnen bekannt sein."

„Kommen Sie mir doch jetzt nicht mit plumper Sophistik!", entrüstete sich Kolbenhauer.

„Das Schulkind ist vor einem Monat achtzehn Jahre alt geworden, macht gerade seine Matura und wurde auf einem Downhilltrail dabei angetroffen, wie es lebensgefährliche Fallen auslegte", entgegnete Jonas in größer Ruhe und genoss den Ton der überlegenen Belehrung.

„Ich bitte Sie, ein Dummejungenstreich!", verdrehte der Anwalt die Augen, weil man ihn mit dergleichen Banalitäten quälte.

„So ein Dummejungenstreich hat vorgestern einem Biker das Leben gekostet."

„Und das wollen Sie jetzt den Kindern anhängen?"

„Anhängen will ich ihnen gar nichts! Alles, was mich interessiert, ist die Wahrheit."

„Na, dann wünsche ich Ihnen viel Erfolg dabei, den oder die wahren Schuldigen zu finden. Ist ja auch *Ihr* Job! Da Sie sicher keinen Haftbefehl vorzuweisen haben, nehme ich die Kinder jetzt mit. Ihre Eltern warten schon und machen sich große Sorgen. Ach, haben Sie eigentlich Kinder, Herr Kerschbaumer?"

„Nein."

„Dacht ich's mir doch!"

Jonas übergab die Jungen und das Mädchen dem Anwalt, verlangte aber eine lückenlose Aufstellung von den Jugendlichen, was sie in den letzten drei Tagen getan hatten. Und kehrte in den Verhörraum zurück, um weiter Anton Pischl zu befragen, der allerdings den Oberkörper wieder straffte, als sich die Tür öffnete und der Polizist den Raum betrat. Irgendwann musste er weich werden, dachte Jonas. Pischl war nicht der Typ, der mit einer solchen Schuld leben konnte.

Achtzehn

Trist, öde, quälend, wie der Vorhof zur Hölle, grau in grau drückte der Klinikflur Sonjas Stimmung. Von den Fenstern an den Enden des Ganges fiel träge Licht. Zusammengesunken kauerte sie auf einem Plastikstuhl. Ein kleiner Stein, der auf seinem Weg von einem Felsen die Durchschlagskraft eines Projektils erreicht hatte, hatte ihr Leben ins Chaos gestürzt. Warum nur dieses Pech, grübelte sie, denn solche Vorfälle treten so selten ein, dass sie statistisch zu vernachlässigen waren. Aber Statistik hatte dem einzelnen Leben noch nie geholfen.

Inzwischen hatte man Sonja versorgt, aber das Blut ihres Mannes klebte als rotbraune Flecken auf ihrer Kleidung. Die lähmende Angst um ihn, der nun schon seit Stunden operiert wurde, wechselte mit ihrer Ratlosigkeit, wie es zu diesem Unfall gekommen war. Wenn sie doch nur beten könnte, sich an einen Gott zu wenden vermochte wie Magdalena Falkenstein, die selbst in dem schlimmen Moment, als sie vom Tod ihres Sohnes erfuhr, im Gebet Geborgenheit fand und vielleicht im Glauben Trost. Aber was war das schon für ein Trost, der auf einem Selbstbetrug beruhte, wischte sie ärgerlich den Gedanken fort. Gott war in ihren Augen nur eine Metapher für die menschliche Hilflosigkeit. Wie hatte ein Gerichtsmediziner in Frankfurt ihr einmal erklärt: Genau genommen bestand die menschliche Geschichte nur aus dem Abwehrkampf des Immunsystems gegen immer neue Arten von Erregern. Wo sollte da Platz für Gott sein?

Hallende Schritte, die sich ihr näherten, rissen sie aus ihren Gedanken, bevor sie sich gänzlich verknoteten. Katharina und Laura, die sie via Handy informiert hatte, eilten ihr in größter Unruhe entgegen. Laura fiel unwillkürlich in den Laufschritt. Ihr Gesicht drückte nur eine einzige Sorge aus. Sonja sprang auf und umarmte ihre Tochter, die sie in ihrer Panik mit Fragen bedrängte, was passiert sei und wie es ihrem Vater gehe, Fragen, auf die Sonja keine Antwort wusste, denn der Unfall selbst blieb für sie mysteriös und aus dem OP drangen keine Signale zu ihr. Jetzt erreichte sie auch Katharina. Die beiden Frauen sahen sich stumm an. Dann fasste Katharina Schwarz nach Sonjas Unterarm und drückte zu, während sie mit fester Stimme sagte: „Die haben hier gute Ärzte."

„Die besten der Welt", machte sich Laura Mut. Sie setzten sich nebeneinander auf die Plastikstühle und gaben sich wie von selbst die Hände.

„Ist mit dir alles okay?", fragte Laura ihre Mutter.

„Mit mir? Ja."

„Wenigstens etwas", flüsterte Laura. Und dann versuchte sie zu lächeln: „Papa ist stark, der schafft das."

Sonja nickte. „Ja, er schafft das!" Dann schwiegen sie, jede in ihren Hoffnungen, jede in ihren Ängsten gefangen. Freuden kann man teilen, nicht aber Angst, in seinen Ängsten ist jeder allein.

Nach einer Weile, die ihnen endlos vorkam, näherte sich ihnen mit hallenden Schritten eine Krankenschwester und blieb vor ihnen stehen. Wie eine Botin, dachte Sonja. „Frau Schwarz?", fragte sie.

„Ja?", antworteten die drei Frauen gleichzeitig.

„Doktor Brenner möchte gern die Ehefrau sprechen." Sonja stand auf und folgte der Schwester in das Zimmer des Arztes. Brenner, ein mittelgroßer, schlanker Mann Mitte vierzig, ein in jeder Beziehung unauffälliger Typ, kam ihr aus der Mitte des Zimmers entgegen und begrüßte sie. Er wirkte müde. „Frau Schwarz? Ich bin Karl Brenner und habe Ihren Mann operiert."

„Wie geht es Thomas?"

„Wir konnten ihn so weit stabilisieren … aber sein Zustand ist weiterhin kritisch. Bevor wir entscheiden, wie es weitergeht, sind noch einige Untersuchungen notwendig. Die Kugel ist oberhalb des Hirnstamms eingedrungen, wir …"

„Was für eine Kugel?" Mit einem Mal war sie hellwach, professionell wach, denn jetzt ging es nicht mehr um einen Unfall, sondern um versuchten Mord, nicht der Zufall hatte einen Stein in ihre Windschutzscheibe gelenkt, sondern ein Mensch eine Kugel.

„Wissen Sie das nicht? Auf Ihren Mann wurde geschossen", sagte der Arzt verwundert.

„Sind Sie sicher? Was für eine dumme Frage! Natürlich sind Sie sicher."

„Wir verlegen ihn in einer guten Stunde auf die Intensivstation. Einer von Ihnen kann bei ihm bleiben." Dann erläuterte ihr Brenner, dass man auch, wenn der Patient im Koma liege, alle Aufregungen vermeiden sollte. „Ein Angehöriger! Mein Rat: Wechseln Sie sich ab."

Sonja Schwarz schwankte mehr, als dass sie aus dem Zimmer trat. Auf Thomas wurde geschossen, das änderte alles. Sie rang um einen klaren Gedanken, zu viele Fragen stürmten auf einmal auf sie ein. Von links nahm sie Schritte wahr, sie schaute in die Richtung und entdeckte Matteo

Zanchetti, hob die Hand gegen ihn, als wollte sie ihn einstweilen noch abwehren. „Gleich, Matteo, gleich!", und ging zu ihrer Schwiegermutter und zu ihrer Tochter, die sie informierte, wenngleich sie das Detail verschwieg, dass auf Thomas geschossen worden war. Diese verstörende Nachricht wollte sie den beiden noch nicht zumuten, nicht bevor sie selbst mehr wusste. Laura bestand darauf, bei ihrem Vater zu bleiben. „Sobald er die Augen aufmacht, muss ich ihm doch zum Geburtstag gratulieren, schließlich bin ich die Einzige, die ihm noch nicht gratuliert hat. Blöde Schule." Katharina strich ihrer Enkelin begütigend über das Haar. „Wir warten beide, du im Zimmer und ich vor dem Zimmer. Dann können wir uns ablösen."

Sonja schaute den beiden tief in die Augen. „Ruft mich bei jeder Veränderung an!"

„Und du? Willst du nicht bei Papa bleiben?", wunderte sich Laura.

„Oh, ich bin bei ihm, und wie, in Gedanken und im Herzen, aber hier kann ich jetzt nichts weiter ausrichten und ich muss dringend ein paar Dinge klären!" Das leuchtete Laura zwar ein, wenngleich es sie nicht wirklich überzeugte. Etwas in ihr ließ sie ahnen, dass irgendetwas nicht stimmte, doch fehlte ihr die Kraft, in ihre Mutter zu dringen, wollte sie doch jetzt nur bei ihrem Vater sein, in der Hoffnung, dass er bald aus dem Koma zurückkehren würde. Und aus einem unerklärlichen Grund glaubte sie auch daran, dass er umso früher aufwachen würde, je eher sie bei ihm war.

Sonja umarmte die beiden, dann ging sie mit schnellen Schritten energisch den Gang entlang auf Matteo zu, der zu Boden blickte, weil er ihren Anblick nicht ertrug. „Du weißt, dass auf uns geschossen wurde!", stellt sie kühl fest.

„Die Spurensicherung ist schon bei der Arbeit."

„Wer sollte auf Thomas schießen?", fragte sie und Matteo spürte, dass die Frage rhetorisch gemeint war. Sie ließ ihn nicht aus dem Schraubstock ihrer Blicke, während sie weitersprach. „Wäre die Falle für Thomas bestimmt gewesen, hätte man unter einem anderen Vorwand auf dem Gut angerufen. Aber der Anrufer hat meine Nummer gewählt, verstehst du, meine. Wem stehe ich also im Weg?"

Matteo zog sich völlig hinter sein Pokerface zurück. Er wusste, dass er am Morgen, weil er nicht gestört werden wollte, seinen Apparat auf Sonja umgestellt hatte. Einen Wimpernschlag lang erwog er, ob er ihr das schon mitteilen sollte. Aber ihm stellten sich Fragen, die er gern zuvor selbst geklärt hätte, wobei der Begriff *Fragen* schon hoch gegriffen war, denn es handelte sich vorerst nur um dunkle Vermutungen, wacklige Hypothesen. Bevor sich das Bild für ihn nicht ordnete, wollte er auch nicht darüber reden, nicht Annahmen benötigte er, sondern Gewissheiten, Fakten statt Gefühle.

„Charlotte Keller!", rief sie plötzlich aus. Matteo, aus seinen Abwägungen gerissen, zuckte zusammen und schaute sie vollkommen perplex an.

„Es hat mir gegolten. Ganz klar, Charlotte Keller steckt dahinter. Sie weiß, dass ich wegen der Fahrerflucht hinter ihr her bin", erklärte sie Matteo, den sie mit ihrem Verdacht vollkommen auf dem falschen Fuß erwischte.

„Sie hat ein Alibi", warf Matteo ein.

Doch Sonja verdrehte über den schwachen Einwand die Augen. „Sag nicht, dass du der Aussage ihres Mannes glaubst?"

„Das macht aus den Kellers noch keine kaltblütigen Mörder."

„Hat mir Charlotte Keller nicht damals gedroht, mein Leben zu zerstören, weil ich angeblich ihres zerstört habe?"

„Ja, aber mit dem Hotel-Projekt nimmt ihr Leben doch wieder Fahrt auf", wehrte Matteo ab, den es aggressiv machte, dass ihn Sonja in seinem Denken, Analysieren und Schlussfolgern störte.

„Siehst du denn den Zusammenhang nicht? Umso dringender für sie, mich auszuschalten, bevor ich ihnen ein zweites Mal in die Quere komme." Es wurde ihr immer klarer, dass es nur so sein konnte, und Matteos Zurückhaltung fachte die Wut in ihr an.

„Sonja, du stehst noch unter Schock und kannst nicht klar denken. Vor allem, wenn es um die Kellers geht." Matteo Zanchetti fühlte sich überrannt und versuchte wieder Boden unter die Füße zu bekommen, während für Sonja auf einmal alle Zusammenhänge klar vor Augen lagen und sie nicht im Geringsten verstand, weshalb Matteo sich weigerte, das Offensichtliche zu sehen. Sie schüttelte den Kopf, schlug sich mit der flachen Hand gegen den Kopf und lachte auf: „Na klar, die haben dafür gesorgt, dass ich aus dem Verkehr gezogen werde. Nur dass sie nicht mich erwischt haben, sondern meinen Mann."

„Glaubst du wirklich, dass Stefan Keller ein so guter Schütze ist …", wandte Matteo sarkastisch ein.

Sonja funkelte ihn wütend an: „Sie arbeiten mit der Mafia zusammen. Und die Mafia hat bestimmt einen versierten Killer. Oder?" Plötzlich schossen ihr die Tränen in die Augen, auch weil sie Matteo nicht zu überzeugen vermochte, weil alles, was sie sagte, an ihm abperlte, als wolle er das nicht wissen. „Warum verschließt du dich mir, Matteo?"

„Weil du Ruhe brauchst. Weil du zu dir kommen musst."

„Ich bin ganz bei mir, Matteo. Mein Mann kämpft um sein Leben, weil auf ihn geschossen wurde, und ich soll hier rumsitzen und Däumchen drehen, anstatt nach dem

Mistkerl zu suchen, der abgedrückt hat, und diejenigen, die das Attentat in Auftrag gegeben haben, unbehelligt lassen?"

„Kümmere dich um deinen Mann und deine Familie. Die brauchen dich jetzt. Wir werden schon das Richtige tun. Hab ein bisschen Vertrauen, Principessa." Matteo Zanchetti zwang sich, ihr aufmunternd zuzunicken, eine Geste, die entgegen seiner Absicht nur altväterlich auf sie wirkte, dann verließ er eilig das Krankenhaus, getrieben von einer schrecklichen Ahnung, und ließ eine aufgewühlte und zornige Sonja Schwarz zurück, die sich abgekanzelt fühlte, nicht ernst genommen, die fest entschlossen war, sich nicht ausmanövrieren zu lassen.

Neunzehn

Wenig später stürmte Matteo Zanchetti in sein Büro und fuhr den Computer hoch, nervös trommelte er dabei mit den Fingern seiner rechten Hand auf den Schreibtisch. Er schimpfte über den langsamsten Rechner der Welt mit allen Flüchen, die seine süditalienische Herkunft hergab. Mit wenigen Tastaturbefehlen loggte er sich in die polizeiliche Datenbank ein und lud ein erkennungsdienstliches Datenblatt hoch. Dann rief er seinen alten Freund Commissario Bruno Alfieri von der Direzione Investigativa Antimafia an. Da er ihn nicht über den Dienstapparat erreichte, probierte er es auf dem Handy und hatte Glück.

„Bruno? Matteo hier.“

„Ist das Material angekommen?“, hörte Matteo Zanchetti die vertraute, kratzende Stimme des Freundes, die immer ein wenig nach Paolo Conte klang.

„Ja, klar. Alles bestens. Ich habe eine andere Frage. Über einen alten Freund von mir.“

„Und wer ist dieser alte Freund, amico?“

„Lorenzo Saffione.“

„Ah, der beste deiner alten Freunde! Sie haben ihn vorige Woche aus dem Knast entlassen.“

„Aber er hatte doch noch mindestens fünf Jahre, und das auch nur bei guter Führung?“ Wieder ein Schlag in die Magengrube, den Anti-Mafia-Ermittler häufiger hinzunehmen hatten. Es wäre eine Hoffnung gewesen, wenn er jetzt ausrufen hätte können, dass er die Welt nicht mehr verstünde, doch im Gegenteil, er verstand sie viel zu gut.

„Ach ragazzo, du weißt doch, wie es läuft. Plötzlich taucht so ein Scheißanwalt auf und behauptet, dass ein paar Beweise den Überprüfungen nicht standhalten, und die Zeugen sind nicht mehr auffindbar oder sagen nicht mehr aus – das alte Spiel", seufzte Bruno.

„Warum hast du mir nicht Bescheid gegeben? Du weißt doch, dass wir noch eine Rechnung offen haben."

„Habe es auch gerade erst erfahren." Aber es brachte ja nichts, Bruno zu beschimpfen, zügelte sich Matteo. Doch nachdem er aufgelegt hatte, explodierte die Wut in ihm wie ein Feuerball. „Merda!", brüllte er und schob alles vom Schreibtisch, was auf der Platte lag. „Merda!" Er machte sich Vorwürfe. Wer, wenn nicht er, hätte die Falle riechen müssen? In Bari wäre ihm dieser Fehler nicht unterlaufen, aber hier im beschaulichen Südtirol begannen seine Instinkte abzustumpfen, argwöhnte er.

Erschrocken kam Jonas in Zanchettis Büro und schaute den Capo fragend an, der blass vor Wut mit geballten Fäusten vor ihm stand.

„Die Leiche. Wir wollen nicht hoffen, dass es Thomas Schwarz sein wird", fuhr er ihn an. Jonas riss die Augen auf.

„Auf Sonjas Mann wurde geschossen, er liegt schwerverletzt im Krankenhaus." Zanchetti atmete tief ein, dann fing er sich.

„Verdammt, das ist …", versuchte Jonas die ungeheure Nachricht zu fassen. Doch das Allerletzte, wonach Matteo jetzt der Sinn stand, war, mit Jonas wild zu spekulieren. Deshalb fragte er ihn militärisch kurz, was sein Fall machte. Es fehlte eigentlich nur, dass er Jonas Kerschbaumer mit seinem Dienstgrad ansprach.

„Er ist noch nicht ganz rund, Capo. Pischl hat ausgesagt, dass die Feindschaft mit Johann Falkenstein begann, als er ihn wegen Gertrud Falkenstein zur Rede stellte. Angeblich wurde das Mädchen von ihrem Bruder geschlagen", antwortete Jonas automatisch, da er noch Matteos Nachricht zu verdauen hatte.

„Das macht Pischl nicht unschuldiger."

„Schon, aber gute alte Sonja-Schule, schließe den Fall nicht, solange Fragen offen sind."

„Dann fahr zum Falkensteinhof."

„Das hatte ich gerade vor."

„Kann ich etwas für Sonja …"

„Tust du, wenn du dich ganz an den Falkenstein-Fall hängst, capito?" Matteo schickte den Commissario sehr gern fort, denn er wollte mit ihm nicht über Thomas Schwarz reden. Nicht bevor er selbst Klarheit gewonnen hatte. Irgendetwas musste er unternehmen, er durfte nicht abwarten, bis Lorenzo Saffione das nächste Mal zuschlug, es war höchste Zeit, selbst in die Offensive zu gehen, vom Gejagten zum Jäger zu werden.

Einen Augenblick lang stand er wie versteinert und dachte nach, dann riss er seine Jacke vom Stuhl und stürmte los. Ob es klug war, was er vorhatte, wusste er nicht, aber seine Wut ließ nichts anderes zu. Man durfte den Zorn nicht unterschätzen, gelegentlich konnte auch er ein guter Ratgeber sein.

Zwanzig

Der Umweltverband hatte seinen Sitz in einem Eckhaus am Kornplatz. Sonja stieß die schwere, schmiedeeiserne Pforte auf, die hinter ihr knarrend ins Schloss fiel, tauchte in das charakteristische Halbdunkel alter Häuser und stieg die Treppen hoch. Vor einer Bürowohnung mit einem großen Schild „Umweltverband" blieb sie stehen und klingelte. Kurz darauf vernahm sie den Summer, öffnete die Tür und betrat den Flur. Es roch nach Bioreinigungsmittel. Im ersten Raum linker Hand befand sich der Empfang. Hinter der brusthohen Theke saß eine Frau, die freundlich zu Sonja aufschaute. „Kann ich Ihnen helfen?", flötete sie. Sie wirkte, als wäre sie schon bei der Gründung des Umweltverbands dabei gewesen.

„Ja, ich möchte zu Hermann Bichler."

Die Frau machte ein unglückliches Gesicht: „Oh, dann kann ich Ihnen doch nicht helfen, der Herr Dr. Bichler empfängt im Moment keinen Besuch, weil er sich auf eine wichtige Sitzung des Landtags vorbereiten muss. Hatten Sie denn einen Termin?"

Sonja schüttelte den Kopf. Die Frau unterzog Sonja nun einer eindringlichen Musterung und wurde deutlich kühler. Es widersprach merklich ihrem Weltbild, ihren Chef sprechen zu wollen, ohne zuvor einen Termin vereinbart zu haben. Das gehörte sich einfach nicht, war doch in ihren Augen Hermann Bichler so wichtig wie der Premierminister oder fast so wie der Papst.

„Na, dann", sagte sie oberlehrerhaft, „kann ich Ihnen nur raten, um einen Termin zu ersuchen. Sonst wird das nichts, Herr Dr. Bichler ist ein vielbeschäftigter Mann!"

Sonja schnaubte verächtlich, dann zeigte sie ihren Dienstausweis. „Für mich hat Dr. Bichler Zeit. Davon gehen Sie mal aus. Wo finde ich ihn?"

Ton und Ausweis riefen bei der Frau Beflissenheit hervor. „Den Gang entlang, letzte Tür rechts. Möchten Sie einen Kaffee?"

„Nein danke, nichts", antwortete Sonja und folgte der Beschreibung. Sie klopfte an und trat in ein großes helles Büro, ein Eckzimmer mit Erker. Hinter einem wuchtigen Schreibtisch saß Hermann Bichler an einem Laptop arbeitend und sah auf. An den Wänden hingen großformatige Naturfotografien von Südtirol, über die ihre Augen kurz streiften.

„Ja, es ist der Garten Eden, in dem wir leben dürfen. Garten Gottes wird Südtirol oft genannt. Das verpflichtet uns", sagte Bichler freundlich, indem er sich erhob. „Wie kann ich Ihnen helfen, Frau Commissario?" Die Dame am Empfang hatte also die kurze Zeit ihres Wegs genutzt und sie bereits angekündigt.

„Ich höre viel Gutes über Sie."

„Wenn es von den Richtigen kommt, freut mich das."

„Wäre Andi Sonnleitner ein Richtiger für Sie?"

Bichlers Gesicht wurde noch freundlicher. Er bot Sonja am kleinen Beratungstisch einen Platz an.

„Der Andi", sagte er beim Hinsetzen versonnen, „ist der Richtige, ein feiner Kerl. Einer, der zupacken kann und Respekt vor der Natur, vor seiner Heimat hat. Wir brauchen mehr solche Leute. Sie stehen für eine ökologische Zukunft Südtirols. Waren Sie bei ihm essen?"

„Nein, ich musste ihm die Nachricht vom Tod seiner Frau überbringen." Sonja hatte den Satz mit kühler Sachlichkeit ausgesprochen. Er verfehlte seine Wirkung nicht. Die Nachricht traf Hermann Bichler wie ein Beil. „Mein Gott, die Anna! Was ist denn passiert?"

„Eigentlich ein Unfall auf der Straße zur Goswand hoch. Nur, dass der Unfallgegner Fahrerflucht beging und die Anna Sonnleitner verbluten ließ."

„Das ist ungeheuerlich. Sie müssen den Schuft unbedingt drankriegen." Bichlers Erschütterung und sein Zorn waren nicht vorgetäuscht.

„Wir kennen den Täter, nur kann ich es noch nicht beweisen."

„Kommen Sie deshalb zu mir?", fragte er erstaunt. „Wenn ich helfen kann, tue ich es natürlich."

„Charlotte Keller hat den Unfall mit Anna Sonnleitner verursacht, bevor die rührige Dame Sie unterhalb der Goswand getroffen hat." Bichler wurde kreideweiß. Er stand auf, ging zum Fenster, schaute raus, um sich zu fassen. Er spürte, wie der Boden unter ihm nachgab und er in einen Abgrund zu stürzen drohte. Mit der rechten Hand nestelte er an seiner Stirn herum, während er sich mit der linken am Fensterriegel festhielt.

„Mein Gott, die Anna. Bitte entschuldigen Sie, aber ich kann es einfach nicht fassen. Ich habe noch …"

„Ich weiß, was Sie für die Sonnleitners getan haben. Dafür gebührt Ihnen auch alle Ehre, es enthebt Sie aber nicht davon, meine Frage zu beantworten."

„Ich … ich war dort nicht und ich habe auch keine Frau Keller getroffen. Wir kennen einander nicht einmal persönlich." Bichler log schlecht, er war kein Politiker, er war Biologe, Naturschützer, einer, der sich dem Guten verschrieben hatte und der weder aufs Verschleiern noch aufs Täuschen angewiesen war. Sonja dachte nicht über diesen im Grunde anständigen Mann nach, sondern nur daran, ans Ziel zu kommen. Auch er trug eine Mitschuld, dass Thomas um sein Leben kämpfte, auch er.

„Ich besitze Fotos, die Sie und Frau Keller unter der Goswand zeigen, auf einem nehmen Sie einen großen Briefumschlag entgegen, auf einem anderen geben Sie ihr einen anderen Briefumschlag."

„Wenn Sie tatsächlich über solche Fotos verfügten, hätten Sie die schon auf den Tisch gelegt", machte sich Bichler Mut. „Sie können solche Fotos gar nicht haben, weil ich niemals mit dieser Frau, wie hieß sie gleich noch mal, Keller, an der Goswand war. Oder es liegt eine Verwechslung vor", ging Bichler zum Gegenangriff über.

Sonja erhob sich wortlos und schaute ihn sehr ernst an. „Die Fotos sind auf der Questura, ich maile Sie Ihnen zu, wenn ich wieder im Büro bin. Sie müssen mich entschuldigen, aber eigentlich habe ich meinen freien Tag und mein Mann kämpft um sein Leben, weil auf ihn geschossen wurde."

Hermann Bichler klappte der Unterkiefer herunter. Am liebsten hätte er sich den Polizeiausweis zeigen lassen, denn was die Kommissarin erzählte, klang nun doch allzu abenteuerlich, andererseits wusste sie um sein geheimes Treffen. „Aber wieso wurde auf Ihren Mann geschossen und was hat das mit dem Verkehrsunfall zu tun?"

„Die gleichen Leute, die hinter dem Deal zwischen Ihnen und Frau Keller stehen, haben einen Killer angeheuert. Sie leben gefährlich, Herr Dr. Bichler, ich weiß, wovon ich rede."

„Ich hingegen weiß nicht, wovon Sie reden", mauerte Bichler.

„Wie gesagt, ich schicke Ihnen die Bilder."

Einundzwanzig

Erste Gäste hatten bereits in Rossis Restaurant Platz genommen, doch der eigentliche Betrieb würde erst in zwei, drei Stunden beginnen. Wer bis dahin keinen Tisch reserviert hatte, würde keinen Platz mehr finden, außer er gehörte zu den sehr besonderen Gästen, die Francesco Rossi immer noch unterbekam. Matteo ging direkt auf einen Kellner zu, zückte seinen Ausweis und sagte auf Italienisch, dass er Signor Rossi zu sprechen wünsche, und zwar subito. Der Kellner, völlig überrumpelt, führte den Polizisten durch die Küche, die sich Matteo größer vorgestellt hatte und die sich in Dampf, Hitze und Gerüche hüllte, zu einem kleinen Vorraum, vor dem ein Bodyguard saß. Beim Anblick des Fremden schnellte der in die Höhe. Matteo Zanchetti zog seine Waffe und entsicherte sie. „Mach die Tür auf, ich will Rossi sprechen, stronzo", fuhr er den Leibwächter an, der ihm einen hasserfüllten Blick zuwarf, anklopfte, die Tür öffnete und das Zimmer betrat. Rossi, der gerade telefonierte, verstummte mitten im Satz und sagte beim Anblick des Polizisten auf Italienisch: „Ich rufe später noch einmal an, ciao." Er befahl seinem Leibwächter, ihn mit dem Commissario Capo allein zu lassen.

Nachdem der Bodyguard die Tür hinter sich geschlossen hatte, hob Rossi bedauernd die Arme: „Commissario, habe ich Ihnen je Anlass gegeben, auf den Gedanken zu kommen, dass Sie dieses hässliche kleine Werkzeug, das Sie da in Ihrer Hand halten, in unserer Unterhaltung benötigen? Stecken

Sie es einfach weg und sagen Sie, was Sie wollen. Wir sind doch hier nicht unter Gangstern."

„Weil ich hier unter Gangstern bin, Rossi, halte ich das Werkzeug noch ein wenig in der Hand, vielleicht brauche ich es ja noch."

Rossi zog bedauernd die Augenbrauen hoch. „Was halten Sie davon, wenn Sie sich erst mal etwas beruhigen, Commissario?"

„Ich beruhige mich ein wenig, wenn Thomas Schwarz außer Lebensgefahr ist, und endgültig, wenn ich den Schuft gefasst habe, der auf ihn geschossen hat."

„Drücken Sie Commissario Schwarz mein tiefstes Bedauern über diese verachtenswerte Tat aus."

Matteo beschloss, sich nicht auf den verschlungenen Pfad der Konversation, den Rossi so liebte, einzulassen, sondern den direkten Weg zu wählen. Das *Werkzeug* in seiner Hand lieferte ihm das Argument für sein Vorgehen. „Wo ist Lorenzo Saffione?"

„Ich weiß nicht, wer das ist. Das heißt, ich kannte mal einen Saffione, aber der hieß, glaub ich, Giuseppe, Giuseppe oder Giovanni", sagte Rossi hart.

Ungerührt von der Antwort griff Matteo in die Tasche und holte die Beweismitteltüte mit der Patronenhülse heraus, die er demonstrativ hochhob. „Die hab ich aufrecht stehend auf einem Felsen gefunden ... Von dort aus wurde auf Thomas Schwarz geschossen."

„Reichlich dramatisch. Und ein wenig altmodisch, zu viel große Oper, *Cavalleria rusticana* und so weiter. Nicht, dass ich davon etwas verstünde, aber dem Schützen lag offensichtlich sehr viel daran, dass man die Hülse findet."

„Es ist seine Signatur. Thomas Schwarz ist Saffione nie begegnet ... Er hat mit all dem nichts zu tun ... Ich möchte wissen, wo Saffione steckt und in wessen Auftrag er handelt."

„Und da kommen Sie ausgerechnet zu mir?" Der Restaurantbesitzer tat bewusst in sehr durchsichtiger Art verwundert und spielte nun selbst ein wenig große Oper.

„Keine Spielchen, Rossi. Nicht heute, denn heute bin ich sehr wütend."

Die beiden Männern maßen sich eine Weile mit Blicken. Und in den Augen des Capos erkannte Francesco Rossi die Entschlossenheit, sich nicht aufhalten zu lassen und den Krieg, den Lorenzo Saffione gegen ihn eröffnet hatte, ohne Rücksicht auf Verluste zu Ende zu führen. Rossi begriff, dass es seine Geschäfte empfindlich stören, wenn nicht sogar ihm persönlich gefährlich werden könnte. Saffione hatte bereits jetzt schon zu viel Aufsehen erregt.

„Sie sagten, Lorenzo Saffione heißt der Mann, und er soll aus Bari stammen …" Matteo registrierte, dass ihm Rossi einen Waffenstillstand anbot, denn er hatte mit keiner Silbe erwähnt, dass Saffione aus Bari kam, und Rossi hatte sich nicht einfach verplaudert, sondern ihm signalisiert, dass er im Bilde war, ohne sich angreifbar zu machen. Er konnte sich jederzeit herausreden, dass er aufgrund seiner Herkunft annahm, dass es sich um einen Mann aus Bari handeln musste. „Ich hab ein paar Bekannte, die haben, glaube ich, Freunde in Bari … Die kann ich ja mal bitten, sich umzuhören … Ich rufe Sie an, Commissario Zanchetti."

„Sollte besser nicht zu lange dauern." Matteo steckte seine Waffe ein, nachdem er sie wieder gesichert hatte. Er wollte schon die Tür öffnen, als ihm Rossi kühl und sehr beherrscht, aber mit Eisen in der Stimme zurief: „Kommen Sie nie wieder mit einer gezogenen Waffe in mein Büro, nie wieder, Bulle!"

Matteo verstand die Drohung, verließ aber, ohne irgendwie darauf zu reagieren, Rossis Büro. Auf der Straße atmete er tief durch und entschloss sich, zu Fuß in die Questura zu gehen, um seine Gedanken zu ordnen. Als er über den Dominikanerplatz schritt, fiel sein Blick auf die Kirche. War es eine Ratlosigkeit, eine Sehnsucht, er wusste es nicht, was ihn in hineinzog, doch er gab seinem Verlangen nach. Wie ein Unwürdiger, wie jemand, den ein schlechtes Gewissen quält, schlich er sich geradezu in die Kirche und stand plötzlich wie in Licht gebadet, als hätte man ihn wie bei der Taufe mit dem ganzen Körper eingetaucht, nur nicht in Wasser, sondern in den milden, stofflichen Schein der Septembersonne, die durch die hohen Fenster in der Südapsis durch den Lettner brach, das große, von der Decke hängende Kruzifix, das im Raum zu schweben schien, umfloss, um weiter durch das Schiff zu fluten und ihn einzuhüllen. Mochte es eine Erinnerung an die Kindheit sein, ein eingeübter Mechanismus, es zwang ihn vor Ergriffenheit auf die Knie und dazu, sich andachtsvoll zu bekreuzigen. Still betete er ein Vaterunser und konnte sich nicht erinnern, wann er das zum letzten Mal getan hatte. War es bei Lucias Tod? Matteo erhob sich und ging durch das Kirchenschiff auf das Kruzifix und den Altar zu, eingehüllt in die Aureole des Lichts. Dreimal auf dem Weg zum Altar kniete er nieder, bekreuzigte sich und sprach immer wieder ein Vaterunser. Eine junge Frau, die er liebte, war durch seine Schuld ums Leben gekommen und Sonjas Mann schwebte in Lebensgefahr, verletzt durch eine Kugel, die eigentlich ihn hätte treffen sollen. Auch wenn er katholisch erzogen worden war, hatte ihn Religion nie besonders interessiert. Sie gehörte einfach dazu. Er suchte keinen Trost, keinen Sinn, sondern Antwort auf die Frage, wie er mit seiner Schuld umgehen sollte, die er bisher immer verdrängt hatte. Mit dem Schuss auf Thomas Schwarz war sie brutal zurückgekehrt, auf eine Art und Weise, wie er ihr nicht mehr auszuweichen vermochte. Plötzlich fühlte er jemanden neben sich. Matteo schaute auf und sah in das hagere, runzlige Gesicht eines Predigerbruders. „Willst du beichten, mein Sohn?", fragte der mit leiser, verständnisvoller Stimme. Gebeichtet hatte er zum letzten Mal als Kind und da hatte er sich all die Sünden, die er seinem Beichtvater geschildert hatte, ausgedacht. Und mit seinen Freunden hatte er darüber gelacht und manchmal hatten sie auch am Meer gesessen und Hitlisten von Sünden erstellt, Onanie rangierte ganz oben.

„Danke, Vater", sagte er, bekreuzigte sich noch mal und erhob sich. Der Mönch zog sich lautlos, wie er gekommen war, in die Tiefe der Kirche zurück. Matteos Blick fiel auf die Fragmente von Fresken an der Wand. Viel hatte die Zeit von ihnen nicht übrig gelassen. So vieles hatte sie ausgelöscht.

Auf dem Platz empfing ihn fröhliches Treiben, Leben, wie Leben eben war. Er sog es durch alle Poren seines Körpers und mit allen Sinnen ein. Doch manchmal gerann dieses seltsame Leben für einige, für Menschen wie ihn, zur einfachen Frage: wer wen?

Zweiundzwanzig

Charlotte Keller parkte ihren Porsche, der wieder wie neu aussah, vor ihrem Hotel, warf einen zufriedenen Blick auf die Karosserie, auf der sich wohlig das Licht der Sonne ausstreckte, auf die neuen Reifen und betrat vergnügt das Foyer. Nichts am Auto erinnerte mehr an den Unfall, nichts sollte und würde sie künftig an den Unfall erinnern. Ein kurzer Albtraum, den eine kalte Dusche am Morgen vertrieb.

„Wo ist mein Mann, Sergio?", rief sie dem hageren Rezeptionisten zu.

„In seinem Büro, gnädige Frau", antwortete er dienstbeflissen, mit jener Unterwürfigkeit in der Stimme, die Charlotte Keller im Umgang mit ihr von ihren Angestellten erwartete. Sie sah sich als Königin und legte Wert darauf, als solche behandelt zu werden. Hinter der Rezeption bog sie scharf rechts ab und öffnete mit ihrer Karte eine Tür, hinter der ein langer Gang lag, doch gleich die erste Tür rechts führte in das Büro ihres Mannes, ein Vorzimmer, an das sich eine ausladende Suite anschloss.

„Ist mein Mann da, Heidi?", fragte sie die Sekretärin ihres Mannes, die sie, wie sie sich ausbedungen hatte, selbst ausgesucht hatte. Und sie hatte, wie man es in der katholischen Kirche nannte, nach einer tridentinischen Frau unter den Bewerberinnen gesucht, schließlich kannte sie den Geschmack und den sexuellen Appetit ihres Mannes. Im

Konzil im knapp sechzig Kilometer entfernten Trient wurde im 16. Jahrhundert angeblich beschlossen, dass Haushälterinnen von Klerikern möglichst alt und möglichst hässlich zu sein hatten, um die zölibatären Herren nicht in Versuchung zu führen, und so hielt sie es auch mit der Sekretärin ihres Mannes. Konnte sie schon die Affären ihres Mannes nicht verhindern, so sollten sie nicht auch noch im Büro stattfinden.

„Ja, Frau Keller", antwortete kurz und knapp und ohne Charme die tridentinische Sekretärin. Beschwingt stapfte sie in sein Zimmer. Stefan Keller saß hinter dem Schreibtisch und schaute vergnügt auf: „Zufrieden?"

„Mehr als das, Stefan, die Werkstatt ist gut." Sein Telefon klingelte.

„Geh ruhig ran", bedeutete sie ihm.

Sein Gesicht nahm beim Zuhören einen fragenden, überraschten Ausdruck an, den sie an ihm hasste, denn diese Mimik offenbarte den kleinen, dummen Jungen, der er im Grunde immer noch war.

„Hermann Bichler", erklärte er.

„Was will denn der hier?", fragte sie mit schlecht verhohlener Unruhe, denn es war Bichler, der nicht mit ihr gesehen werden sollte. Wenn er sich also freiwillig zu ihr begab, dann existierten dafür sehr seriöse Gründe. Mit anderen Worten, dann lief da etwas verdammt schief.

„Soll reinkommen", sagte sie.

„Soll reinkommen", sagte er ins Telefon.

Die Kellers hatten sich kaum verwundert angeschaut, als Bichler schon das Büro betrat.

„Wie sehen Sie denn aus?", fragte Charlotte Keller beunruhigt. Er war immer noch kreidebleich, Schweiß perlte auf seiner Stirn, seine Blicke wirkten gehetzt.

„Commissario Schwarz war bei mir", stieß er panisch hervor.

Charlotte Keller verdrehte die Augen, während ihr Mann mit der flachen Hand auf die Schreibtischplatte schlug, dass der Laptop leicht hochsprang. „Du wirst noch den Rechner ruinieren!", sagte sie sarkastisch zu ihrem Mann. Dann wandte sie sich wieder Bichler zu. „Womit hat Sie diese rachsüchtige Dame so in Panik versetzt?"

„Sie hat Fotografien von unserem Treffen an der Goswand."

Charlotte lachte höhnisch auf. „Soll sie doch. Die beweisen lediglich, dass wir uns dort oben gesehen haben. Es ist doch legitim, dass ich Sie bei einem Projekt im ehemaligen Naturschutzgebiet zur Frage des nachhaltigen Bauens konsultiere. Muss ich nicht, mach ich aber. Dafür verdiene ich einen Orden und keine Verfolgung durch die Polizei."

„Aber der Umschlag, den Sie mir gegeben haben?"

„Ist eine Projektbeschreibung! Was sollte denn sonst darin sein? Ich besteche niemanden, und soviel ich gehört habe, sind Sie auch nicht korrupt." Stefan warf seiner Frau einen anerkennenden Blick zu. Aalglatt, dachte er nur, aalglatt, das Biest. Doch all das beruhigte Bichler nicht, denn er trug an einer Last, mit der er nicht fertigwurde.

„Und was ist mit der Anna Sonnleitner?", hakte er in äußerster Unruhe, die langsam in Aggressivität umschlug, nach.

„Wer soll das sein?"

„Die Mutter von zwei Kindern, die Sie auf dem Weg zur Goswand von der Straße in den Abgrund geschoben haben und verbluten ließen." Er atmete schwer aus, fuhr sich mit den Händen durch die Haare und schüttelte den Kopf. „Die Sie verbluten ließen, Frau Keller." In Stefans Gesicht blieb das Lächeln stehen und bewegte sich nicht mehr.

„Ich hatte keinen Unfall. Das will mir diese Frau Schwarz anhängen. Oder hat sie auch Fotos von dem Unfall?"

„Nein", sagte Hermann Bichler und wirkte für einen Moment verunsichert.

„Aber wenn Sie gehen, lassen Sie sich doch vom Rezeptionisten meinen Porsche zeigen, und prüfen Sie selbst, ob Sie eine Unfallspur oder auch nur einen Kratzer entdecken. Ich fahre seit zwanzig Jahren unfallfrei." Sagte es und wandte sich demonstrativ ihrem Mann zu, um Bichler zu bedeuten, dass sie das Gespräch für beendet hielt. Aber Bichler blieb wie angewurzelt stehen. „Und was ist mit dem Schuss auf ihren Mann?"

„Auf welchen Mann?" Charlottes Überraschung war echt.

„Auf den Mann von Commissario Schwarz."

„Auf den Thomas wurde geschossen?", erwachte Stefan Keller aus seiner Starre. Auch Charlotte zog eine Miene, die Überraschung verriet. Davon wusste sie nichts. Hermann Bichler berichtete, was er von Sonja gehört hatte. „Sie hält Sie für die Auftraggeberin des Killers."

Charlotte lachte hysterisch auf. „Wie soll ich denn an einen Killer kommen?"

„Sie wissen genau, wer uns zusammengebracht hat", sagte Bichler leise mit drohendem Unterton. Grußlos wandte er sich ab und ging.

Sprachlos sahen sie ihm nach, selbst als er das Büro schon verlassen hatte, waren ihre Blicke immer noch auf die Tür gerichtet. Während Charlotte sich darüber den Kopf zerbrach, was das Attentat auf Thomas Schwarz, wenn es denn eines gab, zu bedeuten hatte – denn aus ihrer Sicht erschloss sich ihr weder Sinn noch Motiv –, wurde Stefan langsam klar, mit wem seine Frau sich eingelassen hatte. Nervosität ergriff ihn. „Charlotte, ich muss das wissen. Ist dein stiller Investor die Mafia?"

„Was hast du mich gerade gefragt?", ging sie mit wachsender Wut ihren Mann an. Hätte er, statt sie inquisitorisch zu befragen, sie nicht einmal in den Arm nehmen können?

„Ich habe dich gefragt, ob der stille Investor unseres Hotel-Projekts die Mafia ist?" Seine Stimme klang kalt und hart. Ihre Wut schlug in Zorn über die ungerechte Behandlung um. „Was willst du von mir? Ich versuche aus dem Scherbenhaufen, den du uns eingebrockt hast, irgendwas zu retten."

„Mithilfe der Mafia?"

„Wenn du einen Vorschlag hast, wie wir uns anders aus der Misere retten können, höre ich dir gern zu. Ansonsten wäre ich dir dankbar, wenn du mich zur Abwechslung einfach mal unterstützen könntest." Sie musste an die frische Luft, jetzt gleich, unverzüglich. Sie ertrug die Spannung, die Vorwürfe und die lähmende Angst, die Stefans Büro beherrschten, nicht mehr und rannte hinaus, ließ die Tür zum Büro offen stehen, eilte an der Rezeption vorbei, über den Parkplatz in den Wald und folgte dem Weg. Nur weg, nur raus ins Freie. Wie sie diese Kleingeisterei hasste! Wie ihr immer nur Steine in den Weg gelegt wurden, sie mit Bedenklichkeiten aller Art belästigt, ja gequält wurde, und am meisten von ihm, diesem Hasenfuß! Ihr Blick fiel auf die Ruine Leuchtenburg. Wie aus dem Nichts überfiel sie ein Gedanke, den sie nicht abzuwehren vermochte, und er war von unabweisbarer Traurigkeit. Nicht unsere Paläste, dachte sie, werden uns überdauern, nur unsere Ruinen. Sie setzte sich auf den Waldboden, wie sie es als Kind oft getan hatte, wenn sie keine Lust mehr hatte weiterzugehen, die schweren Milchkannen nicht mehr ins Dorf tragen wollte, wenn ihr alles zu viel und sie sich unverstanden und ungeliebt und allein, so furchtbar allein fühlte. Aber sie wusste andererseits nur zu gut, und das auch schon seit Kindertagen, dass sie irgendwann wieder aufstehen und den Weg fortsetzen musste, wenn sie sich keine Tracht Prügel einfangen wollte, denn niemand würde zu ihr kommen, nach ihr schauen, ihr gut zureden oder ihr helfen. Sie hatte allein wieder auf die Beine zu kommen. So stieß sie sich auch diesmal wieder vom Waldboden ab und stand auf, nur dass das, was sie diesmal zu schleppen hatte, weit schwerer als die Milchkannen war. Aber auch das würde sie zu Tal bringen, hatte sie doch bis jetzt immer getan.

Sie griff nach ihrem Handy und rief Francesco Rossi an: „Signor Rossi, Charlotte Keller hier, wie müssen reden, und zwar so bald wie möglich. Die Angelegenheit duldet keinen Aufschub. "

Dreiundzwanzig

Nicht mehr lang, und der Herbst würde seinen Zenit überschreiten, was nicht nur am bunten Laub, sondern auch an den kürzer werdenden Tagen zu merken war. Die Sonne stand so tief, als Jonas den Weg zum Falkensteinhof hochfuhr, dass sie ihn blendete und er zur Sonnenbrille im Handschuhfach griff und sie aufsetzte. Mitten auf dem Hof parkte er den Wagen. Während er ausstieg, kam Magdalena Falkenstein aus dem Stall. In ihrer Hand hielt sie eine Mistgabel und das Bild der Bäuerin umwehte etwas Bedrohliches.

„Was wollen Sie schon wieder. Gebt ihr meinen Sohn jetzt frei? Damit er ein christliches Begräbnis bekommt", rief sie mit unüberhörbarer Verachtung in der Stimme, aber so viel spürte Jonas, dass sie nicht ihm galt, sondern dem ganzen ungerechten Leben, dem Jammertal. Er ging auf sie zu und schüttelte den Kopf. „Nein, die sind in der Gerichtsmedizin noch nicht fertig. Ich möchte Ihre Tochter Gertrud sprechen!"

In ihrem Gesicht rührte sich kein Muskel.

„Und zwar allein."

„Warum? Was wollt ihr von ihr? Sie ist ein gutes, gottesfürchtiges Mädchen!" Unwillkürlich stellte sie sich in die Mitte der Stalltür und nahm die Gabel hoch, die sie nun quer vor ihrem Körper mit beiden Händen hielt.

„Daran zweifelt niemand!" Jonas hatte nicht vor, der Mutter zu erklären, was er von ihrer Tochter wollte, und überließ ihr die Entscheidung darüber, ob er ihr jetzt und hier oder morgen in der Questura seine Fragen stellte.

„Gertrud, komm mal!", rief sie verärgert in die Scheune und zu ihm sagte sie: „Wenn ihr die Leute nicht sekkieren könnt, seid ihr nicht glücklich!"

Ihre ältere Tochter schien das Gespräch hinter der Stallwand belauscht zu haben, sie stand jedenfalls unvermittelt neben ihrer Mutter. „Der Commissario hat ein paar Fragen an dich!" In ihrem Gesicht spiegelte sich keine Reaktion. Lethargisch ging sie auf den Polizisten zu, der ihr vorschlug, hoch zur Wiese zu gehen. „Im Gehen redet es sich besser", sagte er und fand seine Begründung ziemlich dämlich, aber darauf kam es nicht an.

Sie gingen schweigend nebeneinander her. Gertrud trug Stiefel, ein derbes Hemd, darüber eine Latzhose, und hatte die Haare zu einem strengen Zopf geknotet. Das Mädchen roch nach Stall.

„Kennst du den Anton Pischl?"

„Soll der den Johann umgebracht haben mit der Falle?"

„Es sieht danach aus. Aber du hast meine Frage nicht beantwortet."

„Der Anton ist in die Klasse vom Johann gegangen in Bruneck." Sie sprach mit einer seltsamen Monotonie in der Stimme und etwas zu leise. Jonas musste schon sehr genau hinhören.

„Kennst du alle ehemaligen Mitschüler deines Bruders?"

Das Mädchen schüttelte den Kopf, wusste aber, worauf der Polizist hinauswollte. „Nein, aber den kenne ich. Er hat sich mit dem Johann mal geprügelt wegen mir."

„Warum?"

„Ich bin auch auf die Schule nach Bozen gekommen. Auf dem Schulweg, kurz vor der Schule, hat mich der Johann geschlagen und da hat ihn der Anton zur Rede gestellt, weil der das zufällig gesehen hat." Sie waren stehen geblieben, mitten auf der Wiese, die Magdalena Falkenstein vor zwei Tagen gemäht hatte. „Der Anton hat den Johann zur Rede gestellt und der Johann hat zugeschlagen und dann waren sie auch schon in einer bösen Keilerei. Vier Lehrer mussten eingreifen, um die beiden zu trennen."

„Hat dich dein Bruder öfter geschlagen?"

Gertrud drehte dem Polizisten den Rücken zu und schaute zu den Bergen. „Nein."

„War er reizbar?"

„Ich weiß nicht." Plötzlich stand eine Wand zwischen ihm und ihr. Nicht, dass er einen Zugang zu ihr besessen hätte, doch nun hatte sie die Zugbrücke hochgezogen und verbarrikadierte sich in der Festung ihres Ichs.

„Gertrud! Verlor dein Bruder schnell die Beherrschung?"

„Er hat sich verändert."

„Wann?"

„Nach dem Tod vom Vater."

„Wie verändert?"

„Er hat den Hof geführt wie der Vater."

„Wie war dein Vater?"

„Wie Väter halt so sind, streng."

„Auch ungeduldig."

„Streng", bekräftigte das Mädchen.

„Hat dich dein Vater geschlagen?"

Sie drehte sich wieder um und er sah in ihre erloschenen Augen. „Der Vater hat die Verantwortung für uns vor Gott!" Eigentlich ein schönes Mädchen, dachte er, mit seinen dicken braunen Haaren, den himmelblauen Augen, dem länglichem Gesicht, der Stupsnase, wenn es etwas aus sich machen würde.

„Du bist doch fast mit der Schule fertig. Was willst du einmal werden?"

„Gehört das zu den Fragen, die Sie mir stellen müssen? Ich meine, hat das etwas mit dem Tod meines Bruders zu tun?"

Jonas lächelte: „Nein, natürlich nicht. Du musst auch nicht darauf antworten. Es hat mich nur interessiert."

„Die Mutter sagt, die Neugier ist eine Falle des Teufels." Damit ließ sie ihn stehen und ging die Wiese hinunter zum Hof zurück. Unschlüssig blieb er stehen und schaute ihr nach, beobachtete sie dabei, wie sie den Vorplatz betrat, auf dem ihre Mutter stand, die sie die ganze Zeit nicht aus den Augen gelassen hatte. Die Mistgabel hielt sie immer noch in der Hand, während ihre Tochter ihr von dem Gespräch mit ihm berichtete. Noch immer sah die Bäuerin zu ihm hoch, als wäre er ein Eindringling, so wie Jonas es vorkam, als wäre der Hof ein Ungeheuer, das Gertrud, aber auch die Mutter verschlang. Schwarz und dräuend lag er in der Landschaft wie eine Prüfung, die Gott der Magdalena Falkenstein und ihren Töchtern auferlegt hatte.

Auf dem Weg zum Auto rief er Heidi Grüner an und bat sie, Johanns Hände und vor allem die Finger sehr genau zu untersuchen. Ob das etwas mit der Lösung des Falls zu tun hatte, glaubte er eher nicht, denn auch die Prügelei wegen Gertrud bestätigte nur, dass Anton Pischl Johann Falkenstein hasste, Motive besaß er reichlich für einen Mord.

Vierundzwanzig

Der Anblick schnitt ihr ins Herz. Im Vorraum kauerte Katharina in sich versunken, sie erhob sich, als sie Sonja bemerkte. Die beiden Frauen umarmten einander. Ein fragender Blick, ein kurzes Niederschlagen der Lider informierte sie darüber, dass Thomas noch im Koma lag und keine Änderung seines Zustands eingetreten war. Durch die große Glasscheibe sah sie ihre Tochter, die ihres Vaters linke Hand in ihren Händen hielt und ihm offensichtlich etwas erzählte.

„Wir sollten nach Hause fahren", raunte sie Katharina zu, die stumm nickte. Sonja trat leise in das Zimmer, in dem ihr Mann an Apparate angeschlossen war, die mit präziser Regelmäßigkeit Geräusche von sich gaben oder blinkten. Laura schaute auf zu ihr.

„Erzählst du ihm was?"

„Ja, Geschichten, die wir erlebt haben, aber nur das Lustige. Doch er hat noch nicht einmal gelächelt!"

„Ach komm her, Laura", sagte Sonja sanft.

Vorsichtig, als handle es sich um das Zerbrechlichste der Welt, legte Laura die Hand ihres Vaters auf das Bett und ließ sich in die Umarmung ihrer Mutter fallen, die sie fest an sich drückte.

„Wir fahren jetzt nach Hause." Laura schüttelte den Kopf.

„Doch, Laura. Die Ärzte passen auf Papa auf, wir können hier jetzt nichts mehr tun. Und wir brauchen unseren Schlaf. Du musst fit sein ... für Papa."

Darauf antwortete Laura nicht und Sonja schaute über die Schulter ihrer Tochter zu ihrem Mann, der so friedlich zu schlummern schien und für sie so unerreichbar weit weg war. Sie wusste nicht einmal, ob er auf der anderen Seite der Welt sie hörte, ihre Worte in seine Dunkelheit drangen. Doch vielleicht war es auch dort, wo sein Geist zurzeit weilte, gar nicht dunkel, sondern hell. Sein Körper lag da, aber sie hatte nicht die geringste Ahnung, wo sein Geist gerade weilte. Er war weg, hinter seiner körperlichen Barriere verschwunden. Und in diesem Moment tobte ein wechselvoller Kampf in ihr zwischen Wut und Trauer.

Fünfundzwanzig

Als sie in ihren Porsche stieg, kam ihr aus dem Hotel Stefan entgegen, so als habe er im Foyer auf sie gewartet und aus dem Fenster gespäht, doch sie hatte jetzt weder Zeit noch Lust, mit ihm zu reden, und fuhr ab, ohne ihm Beachtung zu schenken. Im Rückspiegel sah sie, wie er resigniert die Arme hob und wieder fallen ließ. Auf der Landstraße, die am Kalterer See entlangführte, hielt sie Ausschau, ob sie nicht observiert wurde, bog hinter dem See von der Straße ab und fuhr auf die Wiese. Sie hielt auf einem kleinen Parkplatz, stieg aus und ging in Richtung des Naturlehrpfads, dem sie gut hundert Meter folgte, dann wartete sie. Nach einer halben Stunde kam ein Mann den Weg entlang. Ihm folgte ein bulliger Typ, sein Leibwächter, wie sie wusste. Sie zog sich in die Ausbuchtung zurück und verharrte, bis er auf ihrer Höhe war, kontrollierte dabei, dass sie niemand stören würde. Es wurde etwas frischer, ein leichter Wind kam auf, der feucht roch, denn langsam legte sich der Abend auf den See. Rossis Gesicht zeigte keine Regung, er stellte sich neben sie wie zufällig, als würde er sie nur nach dem Weg fragen.

„Ich schätze diese überstürzten Treffen nicht, ich habe ein Restaurant zu führen. Das erfordert meine ständige Anwesenheit, wenn ich nicht will, dass der Service nachlässt oder die Mäuse auf dem Tisch tanzen, wenn die Katze aus dem Haus ist", knurrte Rossi auf Italienisch.

„Die Schwarz soll Fotos besitzen, die Bichler und mich unterhalb der Goswand zeigen, wie …", begann sie ebenfalls auf Italienisch, wurde aber von Rossi brüsk unterbrochen, der abwehrend beide Hände hob. „Was Sie beide da gemacht haben, geht mich nichts an. Wo liegt das Problem?" Die kühle Distanz in seiner Stimme gefiel ihr ganz und gar nicht. Verstand er den Ernst der Lage nicht, wollte er ihn nicht verstehen? Sie entschloss sich, deutlicher zu werden: „Bichler bekommt kalte Füße, und wenn er in Panik ein Geständnis über den Deal ablegt, dann platzt das Projekt."

In Rossis Gesicht bewegte sich nicht ein Muskel. Er schaute sie nur teilnahmslos an. „Wie gesagt, Frau Keller, das alles ist nicht mein Problem. Ich habe Ihnen, freundlich wie ich bin, Investoren für Ihr Hotel-Projekt vermittelt … mehr nicht."

Zum ersten Mal ahnte sie das Ausmaß der Gefahr, in der sie schwebte. „Aber Sie haben uns doch zusammengebracht!", entrüstete sie sich.

Rossi lachte laut auf, als belustige ihn Charlottes Naivität. „Liebe Frau Keller, verehrte gnädige Frau, das tun Gastwirte gelegentlich, Gäste einander vorstellen, vor allem, wenn sie es selber sehr wünschen. Was daraus wird, liegt weder in ihrer Macht noch in ihrer Verantwortung."

Da er sich wand, entschloss sie sich, derber zuzupacken. „Man muss ihn stoppen, vor sich selber schützen, was weiß ich, Sie haben doch …" Charlotte Keller schaute in unmissverständlicher Weise zu Rossis Bodyguard. Die sollen mal nicht so fein tun, dachte sie wütend. Doch Rossi lachte nur noch lauter auf, als hätte er den besten Witz seines Lebens gehört. „Wenn man Sie so reden hört, könnte man ja ernstlich auf den Gedanken kommen, dass ich für die Mafia arbeite. Dem ist aber nicht so! Ich glaube, Verehrteste, Sie sehen zu viele schlechte Krimiserien."

Charlotte begriff plötzlich, dass Rossi ihr nicht helfen würde und sie völlig allein dastand. Sie erwog kurz, ihn mit dem Verdacht von Sonja Schwarz zu konfrontieren, dass er ihr einen Killer besorgt habe, der auf Thomas Schwarz geschossen hatte, verwarf den Gedanken aber, weil sie damit Rossi die Argumente liefern würde, sich ganz und sogleich zurückzuziehen. Unter allen Umständen musste sie bei dem bleiben, was sie miteinander verband, beim Hotel-Projekt.

„Was ist, wenn das Projekt platzt?"

„Dann werden Sie alles zurückzahlen müssen, plus Zinsen und plus Entschädigungen für entgangene Gewinne."

„Das wäre mein Ruin."

„Ich kann mit den Investoren sprechen. Mit etwas Glück werden Sie nur ihr Geld zurückverlangen ... plus Zinsen und auf die Entschädigung verzichten."

„Ich habe das Geld nicht mehr ... Der Architekt musste bezahlt werden ... Bichler bestochen ... dazu die Kosten für das Grundstück, die offizielle Baugenehmigung ... die Verträge mit den Baufirmen ..."

„Dann würde ich an Ihrer Stelle das Geld möglichst schnell beschaffen."

„Suchten Sie nicht nach einer Geldanlage?"

„Ich? Die Investoren würden auch andere Möglichkeiten finden, aber das setzt natürlich voraus, dass Sie das Geld zurückzahlen."

„Sie wissen, dass ich das nicht kann."

„Verkaufen Sie Ihr Hotel."

„Das ist alles, was wir noch haben."

„Das ...", entgegnete er und nach einer kleinen Pause, „... und Ihr Leben."

Damit ließ er sie stehen und ging den Weg wieder zurück, gefolgt von seinem Leibwächter.

Für einen Moment stand sie wie benommen dar. Sie gestand sich ein, dass die Wahrheit erschreckend einfach war: Das ganze Projekt, und nicht nur das, auch ihre physische Existenz hing an den schwachen Nerven des Chefs des Südtiroler Umweltverbands. Ihr Plan war perfekt gewesen, geradezu brillant, und alles, was ihn nun infrage stellte, hatte mit einem dummen Unfall begonnen, der sich geradezu im Vorbeifahren ereignete. Musste diese unbedeutende junge Frau an diesem Tag, um diese Uhrzeit die Straße talwärts nehmen? Charlotte ballte die Fäuste und schaute wütend zum Himmel, der sich mit Wolken überzog. Etwas früher im Jahr hätte man hier Frösche quaken gehört, aber dafür war es bereits zu spät.

Sie versuchte ihn anzurufen, erreichte aber nur die Sprachbox. Wie konnte sie Hermann Bichler nur stabilisieren oder ihn unschädlich machen? Sie wusste es nicht, sie kannte ihn doch kaum. Und dennoch stellte er das Einfallstor dar, das unbedingt zu halten war. Auch wenn sie dafür eine kreative, sprich radikale, zumindest für sie ungewohnte Lösung finden musste – und diesmal hatte Stefan mit anzupacken! Es ging schließlich auch um seine Existenz, auch um seinen Hals, denn eines würde sie gewiss nicht tun, allein untergehen, wenn es zur Katastrophe kommen sollte. Ihr Sturz wäre auch sein Sturz, wie hieß es doch: in guten wie in schlechten Zeiten.

Sechsundzwanzig

Am nächsten Morgen brachen die drei Frauen in aller Frühe, nach einem kargen, stummen Frühstück, das aus ihrer Sicht immer noch zu opulent war und das sie nur unter dem Zwang der Vernunft einnahmen, wieder in die Klinik auf. Laura konnte es kaum erwarten, zu ihrem geliebten Vater zu kommen, und trieb Mutter und Großmutter an. Sie hatten schlecht und kaum geschlafen. Sonja ging die Warnung des Journalisten nicht aus dem Kopf, dass Menschen, die man in die Ecke treibt, gefährlich werden würden. Sie gestand sich nicht ein, dass ihr eigentlicher Antrieb das schlechte Gewissen war, weil die Kugel, die Thomas getroffen hatte, nicht für ihn, sondern für sie bestimmt gewesen war. Darüber durfte sie nicht nachdenken, weil es sie lähmen und schließlich wahnsinnig machen würde.

Als sie schweigend über den Hof zum Auto gingen, empfing sie ein kühler Morgen, an dem Sonne und Mond eine letzte Zwiesprache hielten, bevor der Mond den Himmel räumen würde. Ein leichter Wind strich über das Weingut. Eigentlich müsste die Ernte längst auf Hochtouren laufen, doch dafür hatte keine der drei Frauen einen Gedanken übrig. Denn ihr ganzes Denken erschöpfte sich in dem einzigen Bangen um sein Leben. Wenig später lag die Klinik grau und abstoßend vor ihnen und strahlte so keinerlei Hoffnung aus.

Zu ihrer Enttäuschung erfuhren sie vom zuständigen Arzt, dass keine Veränderungen eingetreten waren. Dafür bestand jedoch insofern kein Grund, als die Klinik ihnen versprochen hatte, sie sofort über jede Änderung zu informieren. Aber das Herz hofft schließlich dennoch gegen alle Gründe dieser Welt.

So betraten sie den Vorraum und schauten mit wundem Herzen auf ihn, der für die eine der Sohn, für die andere Ehemann und Geliebter und für die Dritte der Vater war. Mit Tränen in den Augen blickte Laura zu ihrer Mutter auf. Sonja senkte die Lider und sagte leise zu ihrer Tochter: „Du gibst mir die Schuld für das, was passiert ist." Und sie konnte ihre Tochter leider nur zu gut verstehen, nichts existierte, was sie dem entgegenzuhalten, womit sie sich zu rechtfertigen vermocht hätte.

„Wem soll ich denn sonst die Schuld geben? Wer sollte auf Papa schießen? Wer denn? Wenn, dann warst du das Ziel … Mit wem hast du dich angelegt? Wer ist so wütend, dass er auf euch schießt? Deswegen kämpft Papa um sein Leben … wegen dir!"

Sie hatte ja recht, tausendmal recht. „Ich weiß", sagte Sonja leise, doch Laura nahm keine Notiz von ihrem Eingeständnis und ging in das Zimmer ihres Vaters, um sich an sein Bett zu setzen. Sie nahm seine Hand und Sonja konnte fast an Lauras Lippen ablesen, wie sie sagte: „Guten Morgen, Papa, da bin ich wieder bei dir … Wie hast du geschlafen? … Ich hoffe, du hast mich nicht vermisst." Laura wischte sich eine Träne aus dem Augenwinkel und sprach weiter.

Sonja hielt es im Vorzimmer nicht mehr aus, sie musste raus, raus auf den Gang, und biss in ihre Faust, um nicht zu schreien. Sie konnte, um nicht wahnsinnig vor Schuldgefühlen zu werden, sich nur noch in die schiere Wut stürzen. Kurz steckte sie noch einmal den Kopf ins Vorzimmer: „Ruf mich an, wenn etwas ist."

„Willst du etwa zum Dienst?", fragte Katharina befremdet.

„Der Killer läuft immer noch frei herum und er hat seinen Auftrag noch nicht erfüllt."

So weit hatte Katharina nicht gedacht. Dass Sonja weiterhin in Gefahr schwebte, war ihr völlig entgangen in der Angst, die sie um ihren Sohn ausstand. „Sei vorsichtig, Sonja. Laura liebt dich trotz allem."

Sonja nickte ihrer Schwiegermutter dankbar zu, dann befand sie sich schon auf dem Weg in die Questura. Bevor sie sich Hermann Bichler vorknöpfen würde, wollte sie sich auf den neusten Stand bringen.

Außer dem Polizisten an der Pforte befand sich zu dieser frühen Stunde niemand im Dienstgebäude, Foyer und Flure dösten noch völlig menschenleer vor sich hin. In Frankfurt hatte sie gern sehr früh mit der Arbeit begonnen, denn sie mochte es, wenn in den Büros noch Ruhe herrschte und auf dem Gang die Reinigungskräfte zu hören waren, über den aktuellen Fall nachzudenken, mit dem, was man bereits ermittelt hatte, ein wenig Mosaik zu spielen, ohne dass sie gefragt oder angerufen werden konnte. Doch als sie jetzt ihr Dienstzimmer betrat, kam ihr Matteo aus seinem Büro entgegen. Er wirkte übernächtigt. Bartstoppeln sprossen aus seinem ansonsten immer vorbildlich rasierten Kinn und aus den Wangen, unter den Augen zeichneten sich deutlich dunkle Ringe ab und das Gesicht wirkte schlaff und zerknittert wie sein weißes Hemd, das am Hals angegraut war.

„Hast du etwa hier geschlafen?"

„Hier bin ich wenigstens sicher."

„Wieso du?" Skepsis regte sich in ihr. Matteo schien ihr etwas verschwiegen zu haben. Sie machte einen Schritt auf ihn zu, wollte ihn zur Rede stellen, doch um ihr auszuweichen, trat er einen Schritt zurück, während im selben Moment eine Kugel in die Wand hinter ihnen einschlug, genau in verlängerter Schussbahn, wo zuvor Matteo gestanden hatte. Instinktiv warfen sie sich zu Boden, zogen ihre Waffen, als ein zweiter Schuss eine Fensterscheibe durchschlug, deren Scherben auf Matteo und Sonja herunterregneten. Sie warfen sich einen verwunderten Blick zu. Schüsse auf eine Polizeidienststelle kannten die beiden Kommissare auch nur aus dem Fernsehen. Der Killer, wer auch immer das war, hatte sie zum Freiwild erklärt. Er spielte die Rolle des Jägers, ihnen war die Rolle der Gejagten zugeteilt. Das konnte Sonja nicht akzeptieren. Im Gegenteil, er hatte sie zum Duell gefordert, sie würde ihm nichts schuldig bleiben.

Matteo richtete sich vorsichtig auf, um einen Blick aus dem Fenster zu werfen, aber sofort schlug eine dritte Kugel in das Holz des Schreibtischs neben ihnen ein. Ein Scharfschütze zielte auf sie. Wieder warf er sich auf den Boden. Als er zu Sonja schaute, registrierte er, dass sie eine große Scherbe vom Boden genommen hatte, sie vorsichtig hochhielt und so schwenkte, dass sie die Häuserzeile gegenüber einsehen konnte. Alle Fensterläden standen offen, bis auf einen, der bis auf einen Spalt geschlossen war.

„Haus gegenüber, zweiter Stock, zweites Fenster von links", rief sie ihm zu, wobei sie bereits zur Tür robbte, die sie mit der schnell nach oben greifenden Hand öffnete. Sie hatte ihre Hand kaum zurückgezogen, als eine Kugel in das schwere, eichene Türblatt eindrang. Sie robbten auf den Gang, auf dem bereits Chaos herrschte. Matteo rief über den Flur, dass alle bis auf Weiteres in ihre Dienstzimmer zurückgehen sollten, auf die Questura werde geschossen. Dann rannten sie schon mit den Pistolen in den Händen die Treppe herunter ins Foyer. „Bleiben Sie hier, gehen Sie nicht raus, auf die

Questura wird geschossen", rief der Capo den Kollegen, die zur Arbeit kamen, und den ersten Besuchern zu. Im Vorbeigehen hörte sie einen alten Bauern fluchen: „Herrschaftszeiten, heutzutage ist man nicht mal mehr auf der Polizei sicher!"

Inzwischen hatten sie den Eingang erreicht und tasteten den Vorplatz mit Blicken ab. „Ich versuche im Laufen den Streifenwagen dort rechts zu erreichen, während du mir Feuerschutz gibst", sagte Matteo knapp.

„Und dann laufe ich zu den Mannschaftswagen dort links", fügte sie keinen Widerspruch duldend hinzu.

„Du ...", wollte Matteo einwenden, doch Sonja schnitt ihm das Wort ab: „Wir haben Wichtigeres zu tun, als zu debattieren!"

„Also los", rief Matteo ihr zu und rannte gebückt zu dem Streifenwagen. In dem Schlitz zwischen Fensterbrett und heruntergelassenem Laden im zweiten Stock des gegenüberliegenden Hauses entdeckte Sonja einen kleinen schwarzen Gewehrlauf. Er wirkte wie das Sinnbild der Hinterhältigkeit schlechthin. Sie feuerte mit ihrer Pistole auf das Fenster. Matteo hechtete zum Streifenwagen und verbarg sich hinter der Kühlerhaube. Sonja sprintete zum Mannschaftswagen, ebenfalls in gebückter Körperhaltung. Eine Kugel durchschlug den Streifenwagen, hinter dem Matteo kauerte. Sonja schoss im Laufen auf das Fenster, dann ging sie hinter dem Mannschaftswagen in Stellung, die Zeit hatte Matteo ausgenutzt, um zum Hauseingang zu rennen. Als er das Wohngebäude erreicht hatte, sprang Sonja auf und wagte ebenfalls den Sprint dorthin. Es war kühn, tollkühn vielleicht, doch ihr Denken wurde nur von einem Wunsch beherrscht: den Dreckskerl zu kriegen.

Die beiden Polizisten schauten sich fest in die Augen, so, als gäben sie sich ein stilles Versprechen, ein kleiner, aber harter Schwur, dann stürmten sie in den Hausflur und arbeiteten sich, sich gegenseitig absichernd, die Treppe in den zweiten Stock hoch. Vor ihnen stand eine Wohnungstür sperrangelweit offen. Sie verständigten sich mit einem Blick. Entweder war der Killer geflohen oder es war eine Falle. Sicherheitshalber gingen sie von Letzterem aus. Sie sprangen rechts und links von der Tür zur Wand, lehnten sich mit dem Rücken an und hielten ihre Waffe nach oben, bereit, sie jederzeit auf ein Ziel zu richten und abzufeuern. Matteo tastete sich am Türrahmen vorbei in die Wohnung und hielt die Waffe im Anschlag in den Flur. „Sauber", rief er. Sonja folgte in gleicher Weise. Das Licht, das vom Ende des Flurs aus einer geöffneten Tür drang, blendete sie, sodass sie die Augen zusammenkniffen. Vom Flur gingen zwei Zimmer nach rechts, zwei nach links ab. Abwechselnd stießen sie die Türen nacheinander auf und schauten hinein. Während Matteo Küche und Bad sicherte, prüfte Sonja Schlafzimmer und eine Art Gäste- oder Arbeitsraum. Dann hatten sie nur noch die Tür am gegenüberliegenden Ende des Flurs vor sich. Sie vermuteten, dass sich dort das Wohnzimmer befand, aus dem auch geschossen worden war. Matteo stieß die Tür auf und schnellte hinein, hinter ihm Sonja. Und da stand sie vor ihnen, still und friedlich auf dem Fenstersims, die Tatwaffe, das Scharfschützengewehr. Offensichtlich hatte Saffione bei seiner überstürzten Flucht nicht mehr genügend Zeit gehabt, es auseinanderzubauen und einzupacken.

Auf zwei Stühlen saßen gefesselt ein älterer Mann und eine ältere Frau mit schreckgeweiteten Augen und verklebten Mündern. Sonja zeigte zur Beruhigung ihren Dienstausweis. „Wir sind von der Polizei, Ihnen kann nichts mehr geschehen." Während sie das sagte, stürmte Matteo aus dem Zimmer und aus der Wohnung, um Lorenzo Saffione zu verfolgen, obwohl er im Grunde seines Herzens wusste, dass ihm der Mafioso durch die Lappen gegangen war.

Sonja band die beiden los, beruhigte und befragte sie. Dadurch erfuhr sie, dass der Schütze, ein Mann von Mitte vierzig, vor einer Stunde in die Wohnung eingedrungen war und sie gefesselt hatte. Am meisten Angst hatten sie gehabt, dass eine Kugel oder ein Querschläger sie treffen könnte, als zurückgeschossen wurde. Sie hatten Glück gehabt, dass sie nicht getroffen wurden. Sonja ließ ihren Blick über die Wände und Möbel vis-à-vis vom Fenster streifen und musste den beiden innerlich recht geben, es war wirklich ein Glück, dass Matteos oder ihre Schüsse sie nicht verletzt oder gar getötet hatten. Zum Glück auch für sie, dachte Sonja und atmete tief aus, denn dieses unschuldige ältere Ehepaar sozusagen als Kollateralschaden auf dem Gewissen zu haben hätte sie vollkommen ausgeknockt. Das, was sie an Schuld mit sich herumtrug, bedrückte sie mehr als genug.

„Bleiben Sie bitte, wo Sie sind. Ich schicke Ihnen einen Arzt, die Spurensicherung und einen Phantomzeichner!", schloss sie die Befragung ab. Sie nickte ihnen kurz zu, dann verließ sie die Wohnung und das Haus.

Der Platz vor der Questura war inzwischen abgesperrt und gesichert worden. Ihr Blick fiel auf den Streifenwagen und den Mannschaftswagen, die beide durch die Schüsse in Mitleidenschaft gezogen worden waren. Sie verharrte eine Zeitlang in Betrachtung der Szenerie. Irgendetwas stimmte an der Sache nicht. Der Aufwand stach ihr ins Auge. Er kam ihr unprofessionell, geradezu übertrieben vor, als ginge es um etwas Persönliches. Sicher verfolgte sie Charlotte Keller mit Hass, doch der Mafiakiller nicht. Er war für einen Profi viel zu *laut*, erzeugte viel zu viel Aufmerksamkeit. Mit diesen Gedanken betrat sie die Questura und kehrte in ihr Büro zurück. Nach wie vor ungläubig und vollkommen überfragt schaute sie sich im verwüsteten Dienstzimmer um.

Und trotz all dieser Ungereimtheiten konnte nur sie, Charlotte Keller, dahinterstecken. Welchen Grund sollte es sonst dafür geben? Wer sollte sonst ein Interesse daran haben, sie auszuschalten? Aber vielleicht überschätzte sie auch einfach die Mafia, denn man wird selbst bei der ehrenwerten Gesellschaft Stümper antreffen wie auch sonst in allen Bereichen des Lebens. Die Intelligenz von Gangstern wird doch gelegentlich bei Weitem überschätzt. Wie es gute und schlechte Ärzte gab, so existierten sicher auch gute und schlechte Killer. Sonja lachte sarkastisch auf und fragte sich, was denn eigentlich ein *guter Killer* sein sollte.

Siebenundzwanzig

Wenn man sie danach gefragt hätte, wäre sie außerstande gewesen zu sagen, wie lange sie so dagestanden hatte, als Matteo schließlich das Büro betrat. Seinem verbissenen Gesichtsausdruck sah sie an, dass ihm der Killer entkommen war. Kopfschüttelnd ging sie auf ihn zu und berichtete, was sie inzwischen alles veranlasst hatte, doch Matteo schien das nicht weiter zu interessieren, er wirkte abwesend, tat nicht einmal so, als ob er ihr zuhörte. Dass ihn diese Schießerei so sehr verunsicherte, verwunderte sie zunächst und begann sie gleich darauf zu enttäuschen. Spielte er am Ende den harten Cop nur, den Macho, und kniff, wenn es drauf ankam? So wie der Mafiakiller ein Stümper zu sein schien, so lag es für sie leider immer mehr im Bereich des Möglichen, dass der gute Matteo sich als Maulheld entpuppen würde. Aber was ging sie das an? Ihr Mann lag schwerverletzt im Krankenhaus und der Kerl, der ihm das angetan hatte, lief weiter frei herum und schoss munter durch die Gegend. Heute sogar auf die Questura. Manchmal war es gut, sich auf die Lauer zu legen, manchmal aber war es besser, einfach auf den Busch zu klopfen, um zu schauen, wer da alles herauskäme. Und genau das hatte sie jetzt vor. Als sie sich zum Gehen wandte, trat ihr Matteo jedoch energisch in den Weg. „Wo willst du hin?"

„Erst zu Bichler und dann zu den Kellers! Wohin sonst?!"

„Das ist verrückt", fuhr er sie genervt an.

„Nein. Verrückt ist, wie du dich verhältst. Ich weiß nicht, was mit dir los ist. Keine Ahnung, warum du diese Leute schützt. Vielleicht hast du zu lange in deiner Anti-Mafia-Einheit gearbeitet und bist zu sehr daran gewöhnt, dich mit solchen Sachen abzufinden. Ich bin es nicht, und ich werde das jetzt stoppen, bevor es noch mehr Opfer gibt."

Er atmete schwer aus, gezwungen, über etwas zu reden, worüber er lieber geschwiegen hätte. „Die Kellers haben mit all dem nichts zu tun."

Sie blitzte ihn erstaunt an. „Wenn du mir etwas verheimlicht hast, wäre es jetzt an der Zeit, mich ins Bild zu setzen."

„Die Schüsse haben mir gegolten. Der Täter heißt Lorenzo Saffione und gehört zur Mafia." Seine Worte klangen wie ein Geständnis.

„Okay. Und was hat er mit dir zu tun?" Mit einer halben Erklärung würde sie ihn nicht davonkommen lassen, sie hatte das Recht, die ganze Wahrheit zu erfahren, und das wusste er.

„Ich hab in Bari als verdeckter Ermittler gearbeitet. Dabei hab ich Lorenzos Schwester, Lucia, kennengelernt … Über sie kam ich an ihn heran … Es hat zwei Jahre gedauert, bis er mir vertraut hat und wir ihn endlich festnehmen konnten …"

„Und?"

„Danach war ich in Bari verbrannt. Deswegen bin ich nach Bozen gekommen."

„Warum ist Lorenzo Saffione jetzt hier, wenn er doch sitzt."

„Er ist vor zwei Wochen aus der Haft entlassen worden. Offiziell heißt es, ein Verfahrensfehler. Er war der anonyme Anrufer, der den Leichenfund gemeldet hat. Er wollte, dass ich da hochfahre. Aber dann habt ihr das gemacht. Dein

Mann, Thomas … er sieht mir aus der Entfernung ähnlich. Saffione muss geglaubt haben, dass ich am Steuer sitze."

Sie spürte, wie sich eine unendliche Traurigkeit in ihr Herz senkte, in der sich die große Hilflosigkeit nach diesem ungeheuerlichen Vertrauensbruch ausdrückte. Doch nun wollte sie die ganze Geschichte, etwas fehlte noch, das Motiv, der Grund für die selbstzerstörerische Wut des Killers, die ihn sogar die Regeln der Professionalität missachten ließen.

„Warum ist der Mann so wütend auf dich?"

„Ich hatte Lucia benutzt, um an ihn heranzukommen, und das hat ihr letztlich das Leben gekostet. Er gibt mir die Schuld an ihrem Tod."

„Und, Matteo, bist du schuld an ihrem Tod?", fragte Sonja den Capo kalt und mit einer Spur von Verachtung in der Stimme. Er wich ihrem forschenden Blick aus.

„Trägst du für Lucias Tod die Verantwortung, Matteo?", wiederholte Sonja ihre Frage. Und die Verachtung wuchs. Er wandte sich ab, ertrug ihre forschenden Augen nicht, fuhr sich mit beiden Händen durch die Haare, sog tief die Luft ein. „Im dienstlichen Sinne: nein."

„Und im menschlichen Sinne, Matteo? Hast du dich als Mensch schuldig gemacht? Trägst du als Mensch, nicht als Commissario, sondern als der Mann Matteo Zanchetti die Verantwortung dafür, dass Lucia Saffione sterben musste?!" Ein Staatsanwalt konnte vor Gericht nicht weniger hart fragen, als sie es jetzt tat. Er schwieg eine Weile, dachte nach, als wäre das die Frage, die er sich selbst immer wieder gestellt hatte und die er nur auf die eine Art beantworten konnte.

„Ja, das tue ich", sagte er leise.

Sie ging an ihm vorbei und ließ ihn einfach stehen. Doch er griff nach ihrem Arm und hielt sie fest. Plötzlich war er ihr sehr fremd.

„Wann wolltest du eigentlich mir, wann wolltest du Jonas mitteilen, dass wir es mit einem Mafiakiller zu tun haben, der ohne Rücksichten seine ganz persönliche Vendetta gegen dich durchzieht?"

„Ich war mir anfangs nicht sicher. Diese angebliche Leiche in den Bergen, die Patronenhülse, die ich gefunden habe. Und schließlich musste ich davon ausgehen, dass Lorenzo einsaß."

„Du hast uns alle belogen!" Sie war fertig mit ihm, er hatte ihr Vertrauen missbraucht. Mit einem Ruck riss sie sich los. „Ich schreibe Lorenzo Saffione zur Fahndung aus. Das hättest du schon längst machen müssen, Signor Commissario Capo."

„Das wirst du nicht tun. Ich verbiete es dir!", sagte er im Befehlston, nachdem er sich wieder gefangen hatte. Er versuchte zu lächeln, als er ihr seine Gründe erläuterte. „Auf die Art werden wir ihn nicht kriegen. Leute wie er verfügen über ein landesweites Netzwerk. Der kann problemlos überall abtauchen. Und es ist nicht mal sicher, ob es einen Unterschied macht, ob wir ihn kriegen oder nicht."

„Er hat auf meinen Mann geschossen! Auf uns! Ich versteh dich nicht!" Welches Spiel trieb Matteo Zanchetti eigentlich, hämmerte die Frage hinter ihren Schläfen. Es gab nichts, was sie ihm zugutehalten konnte.

„Ich muss wissen, ob es ein Alleingang von ihm ist oder ob die Familie hinter ihm steht", entgegnete Matteo.

Das war es also, schlau, sehr schlau, Matteo Zanchetti, dachte sie zutiefst enttäuscht. „Du hast Angst, kann ich dir nicht verdenken, Matteo. Du willst mit der Mafia verhandeln, du versuchst deinen Hals zu retten, kann ich dir nicht vorwerfen, aber was ich dir zutiefst verüble, ist, dass du es auf unsere Kosten tust."

Zanchetti schloss die Augen, der letzte Satz hatte ihn getroffen. Hätte er sich doch nie auf den Kampf gegen die Mafia eingelassen, denn sie vergiftete alles, was in ihren Umkreis kam, auch das Leben der Ermittler, der Untersuchungsrichter, der Staatsanwälte und Richter, selbst der Vollzugsbeamten, ihr Leben und das ihrer Familien. Und es war ganz und gar ausgeschlossen, sie zu besiegen, wie er jetzt wusste, weil sie im Grunde ein Spiegelbild der herrschenden Ordnung war. Die Gesellschaft müsste sich selbst vernichten, wenn sie die Mafia besiegen wollte.

Aber es war längst zu spät für ihn, er konnte nicht mehr zurück. Der Tod von Lucia Saffione, dieser klugen, schönen, heiteren jungen Frau, markierte für ihn den *point of no return* oder wie Dante geschrieben hatte: Lasst, die ihr eintretet, alle Hoffnung fahren – womit er das Tor zur Hölle gemeint hatte. Vielleicht mit etwas zu vielen Illusionen, mit zu viel Romantik, aber dennoch mit vollem Bewusstsein hatte er seine Hölle gewählt, als er begann, als verdeckter Ermittler zu arbeiten. Da durfte er die anderen, Sonja, Jonas, Peter Kerschbaumer, nicht mit hineinziehen. Es war seine Verantwortung und deshalb seine Sache. Man wird einsam, wenn man sich mit der Mafia anlegt, das sollte er niemals vergessen, doch das hatte er, als er in diesem ruhigen Landstrich seinem Dienst nachzugehen begann. Vor allem aber hatte er zu funktionieren. Er war Polizist, Ermittler, und durfte sich keine Sentimentalitäten leisten.

Das Gesicht des Capos nahm wieder die Undurchdringlichkeit an, die er im Dienst bevorzugte, während er sich ihr zuwandte. „Ich war jahrelang mit diesen Leuten zusammen! Ich weiß, wie sie denken und wie sie handeln. Deshalb befehle ich dir, dich da rauszuhalten und die Ermittlungen nicht zu gefährden. Noch einmal, ich will nicht nur

Saffione, sondern auch seine Hintermänner. Ich will wissen, ob es ein simpler Rachefeldzug ist oder ob es um mehr geht. Die Lage ist undurchsichtig. Jonas wird den Fall des verunglückten Downhillers abschließen und dann den Unfall mit Fahrerflucht übernehmen. Und du, Sonja, kümmerst dich um deinen Mann, um deine Familie! Sie brauchen dich jetzt. Mach nicht den Fehler, den ich begangen habe. Kümmere dich um deine Familie!" In ihren Augen las er den Trotz. Deshalb schloss er wieder im Befehlston: „Komm mir nicht im Fall Saffione in die Quere, halte dich da raus! Das ist ein Befehl!"

Er nahm sein Handy aus der Tasche und ging und ließ sie allein in dem Büro, allein mit ihrem Kummer und ihrem Zweifel. Was sollte sie jetzt tun? Sie konnte doch nicht einfach im Krankenhaus sitzen und sich von ihrer Schuld auffressen lassen, sich dem Schicksal beugen, ohne dagegen anzugehen, alles, was kam, hinnehmen. Diejenige, die für Anna Sonnleitners Tod die Verantwortung trug, würde sie der Gerechtigkeit zuführen, das war alles, was sie für die Sonnleitner, Andi und seine Kinder, die nun ohne Mutter aufwachsen mussten, tun konnte. Und sie wollte den Kerl drankriegen, der auf Thomas geschossen hatte. Er wollte seine Vendetta haben, die sollte er bekommen. Sie musste sich wehren, selbst bestimmen, was geschah. Und wenn es das Letzte war, was sie bei der Polizei tat. Ihr Blick fiel auf die Ermittlungswand, auf das Bild von Anna Sonnleitner, auch sie letztlich ein Opfer der Mafia, wie ihr Mann. Ein irrationaler Gedanke setzte sich in ihrem Kopf fest. Wenn sie diejenigen, die für den Tod Anna Sonnleitners verantwortlich waren, die das Leid verursacht hatten, das über ihren Mann und die beiden Kinder gekommen war, ihrer Strafe zuführte, dann rettete sie dadurch auch ihren Mann.

Es musste Schluss sein mit der Rücksichtslosigkeit, die menschliches Leid in Kauf nahm, wenn es dem eigenen Erfolg nutzte. Hatte sie sich nicht vorgenommen, Hermann Bichler einen Besuch abzustatten, bevor sie Charlotte Keller verhaften würde? Es war ein guter Tag, um Ordnung zu schaffen. „Komm mir nicht in die Quere, Matteo", sagte sie leise, aber entschlossen zu sich.

Als sie die Treppen hinunter zu ihrem Auto lief, setzte sich die fixe Idee in ihrem Kopf endgültig fest, dass in dem Moment, in dem sich die Handschellen um die Gelenke von Charlotte Keller schlössen, ihr Handy klingelte und die Klinik ihr mitteilte, dass Thomas aus dem Koma erwacht wäre. Worauf also noch warten?

Achtundzwanzig

Jonas Kerschbaumer erreichte die Nachricht, dass auf die Questura geschossen worden war, als er Heidi Grüner in ihrem Büro in der Gerichtsmedizin gegenübersaß und sie ihm die Ergebnisse der erweiterten Untersuchung der Hände von Johann Falkenstein erläutern wollte. Hals über Kopf brach er sofort auf, fand sein Büro, das er mit Sonja teilte, verwüstet, aber leer vor. Sowohl Matteo als auch Sonja waren unterwegs. Sein Blick streifte von den kaputten Fenstern über die Scherben am Boden bis hin zu den Einschüssen in den Wänden. Kaltes Grauen breitete sich in ihm aus. Er rief Matteo Zanchetti an, der ihn beruhigte, dass es Sonja und ihm gut ginge und sie die Attacke unverletzt überstanden hätten, Sonja bei ihrem Mann in der Klinik sei und er den Schützen verfolgen würde. Jonas solle so schnell wie möglich den Fall Johann Falkenstein abschließen und sich anschließend um den Unfall mit Fahrerflucht kümmern. Dann schärfte der Capo auch ihm wie zuvor Sonja ein, ihm in den Ermittlungen über die Schüsse auf Thomas Schwarz und auf die Questura nicht in die Quere zu kommen. Zwar wunderte sich der junge Polizist über den rigiden Befehl des Chefs, doch maß er dem weiter keine Bedeutung bei, weil die Lösung des Falls ganz in seinen Händen lag und sein Ehrgeiz extrem angestachelt war.

Zunächst versuchte er erneut, Anton Pischl, der sich immer noch in Untersuchungshaft befand, zu einem Geständnis zu bewegen, zumal die alte Feindschaft zwischen ihm und Johann Falkenstein den Naturschützer noch stärker belastete. Letztlich wäre es wohl auch nicht so wichtig, ob er dem Johann Falkenstein gezielt die tödliche Falle gestellt hatte oder ob es ein Zufall war, dass ausgerechnet dieser in die Falle gefahren war. Dennoch spukte ihm ein Satz im Kopf herum, mit dem der Naturschützer gekontert hatte: „Wenn ich den Johann Falkenstein hätte töten wollen, hätte ich doch einen zweiten Mann gebraucht, der mir ein Zeichen hätte geben müssen, wenn er losfährt."

Wenn es ein Zufall war, dann blieb Pischl verdächtig, aber wenn es sich um gezielten Mord handelte, schied Pischl als Verdächtiger so lange aus, bis er einen Komplizen ausfindig gemacht hätte. Jonas nahm sich die Tagesabläufe der Schüler vor, die ihm der Anwalt geschickt hatte, und wenig überraschend befanden die sich zur fraglichen Zeit in der Schule.

Er ging zum Wagen, dann fuhr er zuerst zu den vier anderen Mitgliedern von Pischls Initiative, einem Werbeagenten, einer Verkäuferin in einem Bioladen, zwei Studenten. Alle besaßen für die fragliche Zeit ein Alibi. Niemand, auch nicht die Schüler, die er extra im Gymnasium aufsuchte, um sie zu befragen, kannten weitere Personen, mit denen Anton Pischl näheren Umgang pflegte.

Während der Fahrt nach Bruneck rief er Heidi Grüner an, um das Gespräch zu Ende zu führen.

„Ich habe Abschürfungen an den Fingerknöcheln der rechten Hand entdeckt, die nicht ins Bild passen ... da hab ich fremde DNA gefunden", erläuterte sie.

„Das Opfer hat sich vor seinem Tod noch geprügelt?", fragte Jonas erstaunt zurück.

„Ich vermute, er hat sich nicht geprügelt, sondern jemanden verprügelt. Und zwar aus seiner eigenen Familie."

„Mit der bloßen Faust?"

„Danach sieht es aus. Die DNA-Sequenzen haben eine Übereinstimmung, die vermuten lässt, dass die Spuren von einem engen Verwandten stammen."

Jonas bedankte sich bei Heidi, nannte sie genial, dann legte er auf. Sonja hatte recht, er wusste zu wenig, mochte es von Belang sein oder nicht, über Johann und über die Familie. Der Fall war alles andere als klar.

Als er westlich von Bruneck Richtung St. Vigil abbog, kam ihm plötzlich eine Idee, denn die Mutter und die Töchter wirkten sehr fromm, wenn also jemand Kenntnisse über die Familie, die so zurückgezogen und verschlossen auf ihrem Berghof lebte, besaß, dann der Pfarrer, denn zum Gottesdienst und zur Beichte gingen sie doch bestimmt regelmäßig.

Der schlanke, mit einer gotischen Spitze gekrönte Turm führte ihn zum Kirchplatz. Vor der Kirche mit ihrer sparsam-barocken Fassade breitete sich ein ovaler Platz mit einem Brunnen aus. Die Kirche wurde von einem nicht mehr durchgängig weißen Mäuerchen eingefriedet, bei dem an einigen Stellen, besonders im unteren Bereich, das schmuddelige Grau der Felssteine durch den Kalk drang. Als er durchs Tor schritt, befand er sich plötzlich zwischen Gräbern, die sich rechts und links des Gebäudes entlangzogen und vermutlich auch auf der Rückseite der Kirche zu finden waren. Pfarrkirche und Friedhof gingen eine perfekte Symbiose ein.

Durch eine hohe hölzerne Tür gelangte er ins Innere der Kirche, deren barocke Ausstattung ihn beeindruckte, besonders das von jeweils drei goldenen Säulen zur Linken wie zur Rechten eingerahmte große Altarbild erstaunte ihn, weil die schlichte Fassade nicht auf die reiche Ausstattung schließen ließ. Seine Augen gewöhnten sich indes schnell an das Halbdunkel. Bis auf drei ältere Frauen, die sich auf den reichlich mit Schnitzwerk versehenen Bänken niedergelassen hatten, entdeckte er niemanden im Raum. Er kniete nieder und bekreuzigte sich, bevor er eine der Frauen nach dem Pfarrer fragte.

„Hochwürden Aloysius sitzt um diese Zeit gern neben der Kirche auf einer Bank. Dort, wo sich an den Friedhof eine Wiese anschließt", antwortete die Frau, die er nur schwer verstand, weil sie immer wieder ins Ladinische verfiel. Jonas bedankte sich, dann verließ er die Kirche wieder und fand den Pfarrer in der Tat auf der Bank in der Sonne inmitten der Gräber sitzen und den Sonnenschein genießen. Der Priester, ein hagerer älterer Mann mit wettergegerbtem Gesicht, der an einen Bergsteiger erinnerte, wenn die Soutane dieser Vorstellung nicht widersprochen hätte, registrierte sein Kommen und schaute ihn freundlich, aber ohne Neugier an.

„Gott zum Gruß, mein Sohn", sagte er auf Deutsch.

„Gott zum Gruß, Hochwürden." Der Pfarrer forderte ihn mit einer lässigen Handbewegung auf, sich zu setzen. „Man könnte meinen, die hier liegen, haben es hinter sich. Aber sie haben es nicht hinter sich, sie haben den Frieden Gottes gewonnen."

„Der Vater von Johann Falkenstein, hat der ihn auch gewonnen, den Frieden Gottes?"

Der Pfarrer blinzelte ihn verschmitzt an. „Wusst ich's doch gleich, dass du von der Polizei bist, mein Sohn."

„Commissario Kerschbaumer", sagte Jonas verunsichert. „Sieht man mir das an?"

„Nein, aber warum sollte ein junger Mann wie du vormittags den Pfarrer einer Gemeinde sprechen wollen, zu der er nicht einmal gehört. Du weißt schon, dass ich das Beichtgeheimnis nicht brechen darf und werde. Nicht einmal der Tod entbindet davon."

„Aber was nicht unter das Beichtgeheimnis fällt, dürfen Sie mir schon sagen. Ich untersuche den Mord an Johann Falkenstein."

„Ihr könnt's euch nicht aussuchen. Ich weiß. Ist eure Pflicht, in den großen und kleinen Sünden der Menschen zu wühlen. Aber es ist manchmal besser, die Dinge auf sich beruhen zu lassen. Was soll ich sagen: Ich war in der Stunde seines Todes bei ihm. Er hat geflucht und geschimpft, der Martin Falkenstein. Er ist im Zorn gestorben, wie er auch im Zorn gelebt hat. Im Himmel sehe ich ihn nicht."

„Und die Magdalena Falkenstein?" Das Mitleid, das er für die Frau empfand, drückte sich in seinem bekümmerten Gesicht aus.

„Eine gute Christin. Sie hatte unter diesem Mann viel zu leiden. Deshalb hat ihn Gott wohl so früh abberufen."

„Wie ist es mit dem Johann Falkenstein?"

„Den habe ich seit dem Tod des Vaters nicht mehr gesehen. Ich fürchte, dass er den Glauben verloren hat. Nur die Mutter und die beiden Mädchen kommen regelmäßig zum Gottesdienst." Der Pfarrer bekreuzigte sich, und zwar dreimal, und betete halblaut ein Vaterunser auf Latein für Johann Falkenstein.

„Hochwürden, hat der Johann seine Schwestern verprügelt?"

Der Priester hob die Hände, dann stand er auf. „Der liebe Gott hat einen Abschluss in dieser Sache gemacht, du solltest es auch tun."

„Ich bin Polizist. Erst wenn der Fall gelöst ist, kann ich ihn abschließen."

„Der alte Konflikt zwischen Gnade und Gesetz. Ich kann dir mehr nicht sagen, mein Sohn: De mortuis nihil nisi bene." Das Fragezeichen, das Jonas ins Gesicht geschrieben stand, war beredt. Der Priester entschuldigte sich, dann übersetzte er: „Über die Toten soll man nur Gutes reden. Oder, würde ich hinzufügen, wenn es gar nicht geht, dann eben schweigen. So wäre die Übersetzung wohl die beste, die da lautet: Über die Toten nichts Böses." Der Pfarrer klopfte mit den Handflächen leicht auf seine Oberschenkel, als wollte er sagen, gehen wir, und erhob sich. „Na, ich muss schauen, ob jemand beichten will. Wie ist es mit dir?"

„Nein, nein, danke", wehrte Jonas ab, der sich überrumpelt fühlte. Wie könnte er auch beichten, wo er sich mit sich selbst im Unreinen befand? Er könnte doch nur stottern und stammeln. Außerdem ging es hier nicht um ihn, sondern um den Fall: „Warum hatte der Martin Falkenstein den Zorn, Hochwürden?"

„Vom Alkohol. Und den Alkohol hatte er vom Teufel." Damit ging er und ließ Jonas allein auf der Bank inmitten des Friedhofs zurück.

Hätte Hochwürden Aloysius ihm auch erklären können, woher der Ludwig den Zorn gehabt hatte, welcher Teufel in ihn gefahren war? Aber er verspürte keine Bereitschaft, darüber zu reden, nicht heute, nicht hier, nicht mit dem Pfarrer, denn er fürchtete sich vor dem, worauf er im Gespräch stoßen würde, auf eine Schuld vielleicht, an der auch er trug. Manches sollte man in der Tat auf sich beruhen lassen. Jonas ging entschlossen zu seinem Auto zurück, den Tod von Johann Falkenstein hatte er aufzuklären, schließlich war er Polizist und kein Priester.

Neunundzwanzig

In seinem Büro traf Sonja Hermann Bichler nicht an, aber die Empfangsdame riet ihr, es bei ihm zu Hause zu versuchen, jedenfalls hatte er ihr in einem Telefonat vor einer Stunde seinen Entschluss mitgeteilt, heute zu Hause zu arbeiten. Sie ließ sich die Adresse sagen und schon fuhr sie los Richtung Siegesplatz, wo Bichler in einem der wuchtigen Gebäude mit seinen Bögen und Toren wohnte. Sie nahm die Treppe, hatte nicht einmal nachgeschaut, ob ein Fahrstuhl existierte. Im Sommer würde es hier selbst bei den heißesten Temperaturen angenehm kühl bleiben, mutmaßte sie. Im dritten Stock blieb sie vor einer großen schwarzen Tür stehen und klingelte. Bichler, nur mit Jeans und T-Shirt bekleidet, öffnete selbst. Er sah in dem lässigen Dress jünger aus.

„Ich habe Sie erwartet, Frau Schwarz, kommen Sie herein", sagte er ernst. Sie spürte, dass er eine Entscheidung gefällt hatte. Er wirkte gefasst und mit sich im Reinen. „Möchten Sie einen Tee?"

„Nein, nichts für mich, aber danke", wiegelte sie ab.

Bichler führte sie durch einen langen Flur in einen hellen, quadratischen Raum, der an sein Büro erinnerte, nur dass er nicht an dessen Größe heranreichte und es keinen Besprechungstisch gab. Die Bücherregale, die sich an der dem Fenster gegenüberliegenden Wand und hinter dem Schreibtisch entlangzogen, reichten nur in Brusthöhe, darüber hingen sehr schöne, sehr zarte, sehr impressionistische Landschaftsaquarelle. Die sorgsam gerahmten Bilder sahen wertvoll aus. Er folgte ihrem Blick. „Nein, die Burg von Segonzano im Val di Cembra ist nicht von Albrecht Dürer. Könnte ich mir auch gar nicht leisten. Die Kopie hat meine Tochter gemalt, wie die anderen auch. Na ja, sie lebt jetzt in den Staaten, hat einen Amerikaner geheiratet. Ich sehe sie leider nur selten."

„Und Ihre Frau?"

„Ist gerade auf dem Weg zum Sonnleitner Andi. Wir haben eine Idee, wie wir ihm helfen können."

„Was ist das für eine Idee?"

Bichler lächelte sphinxhaft. „Wenn Sie dem Andi und seinen Kindern wirklich helfen wollen, fragen Sie nicht danach. Ich schwöre, es ist kein Unrecht."

Sie verstand den Mann, der ihr gegenüberstand, nicht, nichts passte bei ihm zusammen, auf der einen Seite engagierte er sich für die Umwelt, für Menschen, auf der anderen Seite ließ er sich mit der Mafia ein, Dr. Jekyll und Mr. Hyde. „Warum haben Sie sich von Charlotte Keller bestechen lassen?"

„Wir haben sehr strenge Auflagen erlassen. Der Hotelbau würde schonend geschehen." Sonja sagte nichts, sondern schaute Bichler nur an, der mit einer Bewegung der Augen auf den großen Briefumschlag auf seinem Schreibtisch wies. „Sie finden alles, was Sie wissen müssen, in dem Geständnis, das ich mit meinem Anwalt aufgesetzt habe. Das älteste und probateste Motiv der Welt übrigens: Habgier! Schiere Habgier. Wenn ich von hier aus dem Fenster schaue, sehe ich am Samstag den Wochenmarkt. Viel Bio, und manche Händler in traditioneller Kleidung. Gehen Sie mal am Samstag hin!"

„Mit dem Geld könnten Sie diese Wohnung kaufen?"
Bichler nickte. Ihre Intuition verriet ihr, dass mehr dahintersteckte. Es passte nicht zusammen, sie konnte sich Bichler beim besten Willen nicht habgierig vorstellen. „Aber in Wirklichkeit ging es um etwas anderes? Oder?"

„Was ich jetzt sage, werde ich nie wieder sagen, und wenn Sie damit kommen, es leugnen, zumal Sie keinerlei Beweise haben, noch je haben werden, denn es würde meinen Tod bedeuten. Rossi hat mich erpresst!"

„Womit?"

„Meine Tochter ist begabt, oder? Aber auch gefährdet. Sie war in ihrem Kunststudium in schlechte Gesellschaft geraten. Sie hat ihr Talent für ein paar Fälschungen genutzt. Rossi wusste das. Ich wollte nicht, dass sie angezeigt wird. Außerdem konnte ich mit dem Geld die Fälschungen zurückkaufen. So ist es, als wäre es nie geschehen. Die Fälschungen sind alle in Flammen aufgegangen. Ich habe das Damoklesschwert, das über ihrem Kopf hing, abgenommen und zerbrochen. Nun könnte sie nach Hause zurückkehren." Über sein trauriges Gesicht ging ein Lächeln.

Dafür hatte er nun sein Leben zerstört, dachte sie, seinen Ruf, alles, was ihn ausmachte, um den Fehler seiner Tochter ungeschehen zu machen. „War es das wert?"

„Ach wissen Sie, wenn Eltern nicht mehr für ihre Kinder einstehen, dann ist die Welt zu Ende. Ich bin übrigens auf dem Rückweg durch die Absperrung gekommen, doch da wusste ich nicht, dass die Anna dort unten liegt. Ich trage daran keine Schuld, aber ich kann nicht so tun, als sei das nicht geschehen und als habe das nichts mit dem Treffen zu tun." Bichler nahm den Briefumschlag und reichte ihn Sonja. „Das bin ich der Anna und dem Andi und ihren Kindern schuldig." Dann schaute er aus dem

Fenster, auf den Platz, auf dem samstags der Wochenmarkt stattfand.

„Halten Sie sich verfügbar. Ich glaube, ich muss Sie nicht in Gewahrsam nehmen. Fluchtgefahr besteht wohl nicht, oder?"

„Wo soll ich denn hin? Südtirol ist meine Heimat. Ich werde meine Strafe verbüßen, aber ich bin hier. Es gibt auch ein Leben nach dem Umweltbund."

Als sie ging, hoffte sie für ihn, dass seine Tochter zurückkehren würde. Dass Kinder auch für ihre Eltern einstünden.

Dreißig

Während Jonas den Wagen zum Bergbauernhof lenkte, dachte er über die Worte des Pfarrers nach, der ihm nichts gesagt hatte und gleichzeitig alles. Er war nicht mystisch veranlagt, auch nicht besonders religiös, doch seit Ludwigs Tod war er dünnhäutig geworden. So spürte er das Verhängnis, das am Ende des Weges zu Haus und Stallung geworden war. Als er auf den Hof fuhr und das Auto parkte, beneidete er den Pfarrer, der mit der Gnade den besseren Part gewählt hatte.

Jonas fand die Schwestern in einem Verschlag neben dem Stall beim Käsemachen. „Wollen Sie zur Mutter?", fragte Gertrud.

„Hat euch euer Bruder geschlagen?"

„Ohne unsere Mutter dürfen wir nicht mit Ihnen reden", sagte Gertrud kühl. Jonas nickte. Gertrud und Maria ließen ihre Arbeit ruhen und stapften mit ihm zum Haus. Beim Eintreten kündigte Gertrud laut den *Gendarmen* an. Gleichzeitig betraten Magdalena Falkenstein von der Küche und Jonas mit den beiden Mädchen vom Flur aus die Wohnstube.

„Gebts ihr meinen Sohn jetzt frei?"

Jonas nickte. „Aber ich habe noch ein paar Fragen." Unwirsch bot sie ihm Platz an. „Der Teufel wohnt auf diesem Hof, da hilft alles Beten nichts", sagte sie traurig und bekreuzigte sich, als käme ihr die Vergeblichkeit ihres Kampfes zu Bewusstsein.

„Hat Johann seine Schwestern geschlagen?", wiederholte Jonas seine Frage. „Wir können es beweisen, Frau Falkenstein. Es fand sich DNS von nahen Verwandten an seinen Fingern."

„Er war ein gutes Kind, der Johann, bis der Teufel in ihn drang."

„Der Teufel war Ihr Mann?"

Magdalena Falkenstein schaute zu ihren Töchtern und Jonas entdeckte eine, wenn auch herbe, Zärtlichkeit in ihren Augen. „Er hat uns alle geschlagen, mich, die Mädchen, den Bub. Den besonders, weil er ihn für zu weich hielt, den Schlapp-Hans hat er ihn immer genannt. Ein Teufel war er, ein Saumensch", brach unvermittelt und mit ganzer Wucht der so lange unterdrückte Hass aus ihr heraus, dass es Jonas schauderte.

„Warum sind Sie nicht zur Polizei gegangen? Warum haben Sie Ihren Mann nicht angezeigt?"

Magdalena Falkenstein schüttelte nur den Kopf über so viel Unverstand. „Unser Herr Jesus Christus hat doch gesagt: Was aber Gott verbunden hat, das darf der Mensch nicht trennen. Ich habe ihn geheiratet, weil ich sündig geworden bin, wie hätte ich neue Sünden auf mein Haupt laden und ihn anzeigen können!"

Joans begriff, was sie ihm sagen wollte: dass sie schwanger von ihm war, bevor sie ihn geheiratet hatte. Vor ihren Töchtern würde er nicht mehr darüber erfahren. Er nahm sich vor, das Heiratsdatum mit dem Geburtsdatum vom Johann zu vergleichen.

„Hat Ihr Mann von Anfang an getrunken?"

Sie pfiff zwischen den Zähnen hindurch. „Es wurde immer mehr, nachdem sie ihn im Wirtshaus halbtot geschlagen haben und er von da an Hausverbot hatte. Hatte die Schlägerei sicher angefangen. Von da an hat er nur noch zu Hause getrunken, seinen Selbstgebrannten. Den hat der Teufel ge-schissen, ganz narrisch ist er davon geworden."

„Warum, Frau Falkenstein, hat Ihr Mann getrunken?" Nun wollte Jonas es verstehen, die ganze Tragödie, auch wenn es mit der Lösung des Falls am Ende nichts zu tun ha-ben würde.

„Meinen Sie, der Martin hätte mit mir darüber geredet. Der Leibhaftige war in ihn gefahren. Wie es bei Lukas heißt: Auf den Weg ist der Samen bei denen gefallen, die das Wort zwar hören, denen es aber der Teufel dann aus dem Herzen reißt, damit sie nicht glauben und nicht gerettet werden. Er hat Gott verloren, der Martin, wie es geschrieben steht: Der Teufel hat Gott aus seinem Herzen gerissen." Nachdem sie das gesagt hatte, senkte sie den Blick, bekreu-zigte sich, faltete die Hände und betete das Vaterunser, und so auch ihre Töchter, nahezu synchron. Jonas wartete geduldig ab. Er spürte, wie unsicher und gefangen die Mutter und ihre Töchter waren, gefangen in einer Welt, aus der es keinen Ausweg gab, nur das Gebet.

„Und Ihr Sohn, Frau Falkenstein?"

Aus ihren trockenen Augen rann eine Träne. Sie ließ es geschehen. „Er war ein guter Junge, bis sein Vater starb, da ist der Teufel in ihn gefahren, wie es bei Johannes heißt: Ihr habt den Teufel zum Vater und ihr wollt das tun, wo-nach es euren Vater verlangt. Er war ein Mörder von An-fang an. Und er steht nicht in der Wahrheit; denn es ist keine Wahrheit in ihm. Wenn er lügt, sagt er das, was aus ihm selbst kommt; denn er ist ein Lügner und ist der Vater der Lüge."

„Hat er dich oft misshandelt, Gertrud?"

„Habs nicht gezählt!"

„Und dich, Maria?"

„Nein, Maria nicht", sagte Getrud schnell. Doch Jonas entging nicht das Erstaunen, das in Mutter und Tochter bei dieser Auskunft kurz aufflackerte.

„Wirklich nicht, Maria?", hakte er nach. Maria warf der Schwester einen hilfesuchenden Blick zu.

„Wirklich nicht", antwortete die Ältere für die Jüngere wie aus der Pistole geschossen. Und mit einer Härte und Entschlossenheit, die ihn überraschte.

Als er zum Auto ging, wusste er, wie das Verhängnis hieß, das diesen Hof beherrschte. Sein Name war Hass, so abgrundtief, dass er alles andere auslöschte. Es stand für ihn fest, wonach er zu suchen hatte, und zwar nach zwei Indizien. Bei einer Recherche musste ihm Heidi Grüner helfen, die er sogleich anrief, die andere würde er selber angehen. Auch wenn es etwas dauern konnte.

Einunddreißig

Charlotte ging im Büro ihres Mannes nervös auf und ab, während er vergeblich versuchte, Hermann Bichler zu kontaktieren. „Er ist weder im Büro noch zu Hause, noch auf dem Handy zu erreichen", sagte Stefan Keller schließlich höchst beunruhigt.

Charlotte blieb mitten im Raum stehen. „Wenn er für uns nicht erreichbar ist, ist er es für die Polizei auch nicht. Er wird sich irgendwohin verkrochen haben. Ist abgetaucht, bis der Sturm sich verzogen hat."

„Ich hoffe, du hast recht", entgegnete Stefan Keller mit einem Zittern in der Stimme. Plötzlich wurde ihm von dem Abgrund, der sich vor ihm auftat, schlecht. „Wo hast du uns nur hineingezogen, Charlotte?!"

Bevor sie etwas erwidern konnte, klingelte das Telefon. Mit einem Blick auf das Display kommentierte er trocken „der Empfang", er nahm den Hörer ab und sein Gesicht versteinerte.

„Danke", sagte er, dann legte er den Hörer auf und konnte seine Frau noch über den ungebetenen Besuch informieren, bevor sich die Tür öffnete und Sonja mit zwei uniformierten Beamten das Büro betrat.

„Was wollen Sie denn schon wieder?", fuhr Charlotte sie an, die sich verfolgt und ungerecht behandelt fühlte. Was hatte sie denn verbrochen, eine kleine Bestechung, na und? Die Welt beruhte doch auf Korruption. Sie musste doch nur um sich schauen, um zu wissen, dass sie sich in bester Gesellschaft befand. Was wollte man da von ihr?

„Frau Keller, Herr Bichler hat ein umfassendes Geständnis abgelegt. Sie sind vorläufig festgenommen wegen Bestechung und Steuerhinterziehung. Außerdem wird Ihnen die Beteiligung an einer kriminellen Vereinigung zur Last gelegt. Last but not least werden wir beweisen, dass Sie einen schweren Verkehrsunfall verursacht haben und durch Ihre Fahrerflucht eine junge Frau ums Leben kam. Abführen!", befahl sie den beiden Polizisten.

Charlotte Keller lachte hysterisch auf, während Stefan panisch aufsprang. „Das können Sie nicht tun. Dieser Bichler lügt."

„Warum sollte er lügen? Seine Karriere ist ruiniert. Und Ihre jetzt auch … endgültig", erwiderte Sonja ungerührt. Sie hatte Zanchettis Anweisung ignoriert und das getan, was sie für richtig hielt, da mochte er toben, wie er wollte. Der Fall war gelöst. Jetzt galt es nur noch, Saffione zu stellen, dafür würde sie ihn zur Fahndung ausschreiben. Ob man an Saffiones Hintermänner herankäme, würde man danach sehen. Der Spatz in der Hand war ihr lieber als die Taube auf dem Dach.

Wütend trat Stefan Keller Sonja entgegen und brüllte sie an: „Was gibt Ihnen eigentlich das Recht, so mit Menschen umzugehen? Wir haben Ihnen nicht das Geringste getan. Nichts. Meine Frau hat mit diesem Unfall überhaupt nichts zu tun. Das werden Sie noch rausfinden, aber dann ist es zu spät. Aber gut! Sie wollen Krieg? Sie bekommen Krieg!" Dann wandte er sich zu Charlotte und wurde von einem Gefühl überrascht, das er nie für möglich gehalten hatte: Liebe. Wie er sie sah, die Hände gefesselt, zwischen den beiden Polizisten, hilflos, unsicher, sie, die immer stark und clever gewesen war, die jede noch so komplizierte Situation zu meistern wusste, da empfand er auf einmal Liebe für sie und gleichzeitig eine so tiefe Angst vor dem Alleinsein, davor, ohne sie sein zu müssen. Er spürte, dass sein ganzes Leben, alles, was ihm jemals wichtig gewesen war, zerbrach. „Sag nichts ohne unseren Anwalt, Liebes", sagte er leise, dann küsste er sie. Sie ließ es erst verwundert, dann mit Freude geschehen, denn sie konnte sich nicht daran erinnern, wann er sie zum letzten Mal geküsst, wann er sie zum letzten Mal umarmt oder auch nur berührt hatte. „Ich hol dich da raus. Lotte, ich hol dich da raus, das schwöre ich dir."

Lotte, dachte sie, so hatte er sie genannt, als sie sich kennengelernt hatten, Lotte. Wann war das gleich noch mal gewesen? Wie lange lag das jetzt zurück? „Du musst nur durchhalten. Und sag nichts ohne Anwalt", haspelte er in Panik. Sein Gefühlsausbruch hatte sie überwältigt, sodass sie nichts zu erwidern vermochte.

Zweiunddreißig

Wie ein Kind, das seinen Geburtstag nicht mehr erwarten kann, hoffte sie auf den erlösenden Anruf. Sie hatte doch alles getan, den Fall gelöst, die Schuldige an Anna Sonnleitners Tod verhaftet, jetzt war der liebe Gott an der Reihe, nun hatte er seinen Teil der Vereinbarung zu erfüllen. Warum rief keiner an? Unruhe breitete sich in ihr aus, die sie zu zerstreuen suchte, indem sie sich einredete, vor lauter Freude darüber, dass Thomas aus dem Koma erwacht wäre, dächte niemand an sie und Tochter und Schwiegermutter umarmten erst mal Thomas.

Doch als sie ins Vorzimmer trat, saß dort nur Laura. Sie hatte sich mit Katharina abgewechselt, die nun im Zimmer bei Thomas wachte. Sonja konnte nicht das geringste Zeichen einer Veränderung ausmachen. Er lag nach wie vor da, als schliefe er und träumte. Laura hatte für ihre Mutter nur einen kurzen, vorwurfsvollen Blick übrig. Bevor sie etwas sagen oder fragen konnte, betrat eine Schwester den Vorraum und bat sie, mit zu Dr. Brenner zu kommen.

Der Klinikflur, den sie entlangging, kam ihr plötzlich vor wie der Weg zum Schafott. An jedem anderen Ort der Welt wäre sie entschieden lieber gewesen als hier. Dr. Brenner stand, als sie sein Büro betrat, auf und ging zu ihr. Es kam ihr extrem langsam vor, wie in Zeitlupe, was geschah.

„Bitte setzen Sie sich", sagte er zu ihr.

„Nein, es geht besser so."

Dr. Brenner zuckte ein wenig ratlos die Achseln, dann begann er korrekt, aber umständlich: „Es tut mir sehr leid, Frau Schwarz. Die Kugel hat eine schwere zerebrale Blutung verursacht, die zu einer deutlichen Erhöhung des Hirndrucks geführt hat. Deshalb haben wir eine Kraniotomie vorgenommen, um das Gehirn zu entlasten, leider nicht mit dem gewünschten Erfolg."

„Welche Alternative schlagen Sie vor?", versuchte sich Sonja Mut zu machen. Dr. Brenner stöhnte leise auf, dann vergrub er die Fäuste in seinen Kitteltaschen. „Es gibt keine Alternative. Wir können keine Gehirnaktivitäten mehr feststellen, Frau Schwarz …"

„Was soll das heißen?", fuhr sie ihn hilflos an.

„Ihr Mann ist klinisch tot", sagte er kurz, so sachlich wie brutal. Jetzt, spätestens jetzt, dachte sie, müsste sie doch jemand wecken aus dem Albtraum, der sich zugleich wie ein schlechter Scherz anfühlte. All das hier empfand sie als unwirklich. Es gab doch immer eine Alternative. Er konnte doch nicht, er durfte doch nicht tot sein … Wie durch Watte drangen Dr. Brenners Worte von fern an ihr Ohr: „Wollen Sie sich nicht doch lieber setzen?"

Sie schüttelte nur den Kopf. Ihr ganzer Körper war ein einziger Muskel in vollkommener Anspannung, jede Berührung würde sie zum Explodieren bringen. Der Arzt musste das Gespräch zu Ende bringen, denn die eine wichtige Angelegenheit, aus medizinischer Sicht allerdings eine technische Kleinigkeit, harrte noch der Klärung. Dr. Brenner räusperte sich: „Frau Schwarz, so schlimm es ist, aber es sind nur noch die Maschinen, die Ihren Mann am Leben erhalten. Sie müssen entscheiden, wann wir die Maschinen abschalten."

Hatte er *abschalten* gesagt?, dröhnte es durch ihren Kopf. Sie sollte entscheiden, wann das Leben ihres Mannes *abgeschaltet* werden würde? „Das kann ich nicht", stieß sie hervor. „Ich kann doch nicht meinen Mann *abschalten*."

„Das tun Sie nicht. Ihr Mann ist schon tot. Sie schalten nicht Ihren Mann ab, sondern die Maschine. Ihre Entscheidung hat mit Ihrem Mann nichts mehr zu tun. Ich verstehe, dass Sie Ihre Familie informieren müssen. Und … lassen Sie uns die Entscheidung morgen früh fällen."

Wie sie aus seinem Büro gekommen war, wusste sie nicht. Auf dem Flur kamen ihr Laura und Katharina entgegen. Gleich würden sie fragen, was der Arzt gesagt hatte. Was sollte sie ihnen bloß sagen? So oft hatte sie die Nachricht vom Tod eines geliebten Angehörigen überbracht, das war Teil des Berufs, nicht der schönste, aber er gehörte zu den Ermittlungsarbeiten nun einmal dazu, aber das hier war etwas Persönliches, Intimes, und hatte insofern doch etwas mit ihrem Job zu tun, weil Thomas aufgrund ihrer Arbeit den Tod gefunden hatte, als Kollateralschaden, anstelle Matteos. Was also sollte sie den beiden sagen, wo sie sich nur schuldig fühlte? Wäre sie Winzerin oder Bäckerin oder technische Zeichnerin, egal was, nur nicht Polizistin, dann würde Thomas jetzt noch leben.

„Was hat der Arzt gesagt?", fragte Laura fordernd.

„Dass der Zustand deines Vaters unverändert ist", sagte sie und fühlte sich wie eine miese Verräterin. Sie hatte, wenn überhaupt, mit der Wahrheit gelogen, denn sein Zustand war *unverändert*, aber trotzdem blieb es einer der billigsten Tricks, den sie benutzt hatte. Es lag an ihr, sie konnte die Hoffnung noch nicht *abschalten*, wollte sich über alles zunächst selbst Klarheit verschaffen, weil sie doch nicht das Geringste von dem, was gerade geschah und was man von ihr wollte, verstand.

Als sie zum Auto gingen, blieb sie hinter den beiden zurück und rief Heidi Grüner an. „Kannst du zu mir kommen? Ich brauche dich."

Eine Stunde später traf die Pathologin auf dem Weingut Schwarz ein. Laura hatte sich hingelegt, weil sie vollkommen erschöpft war, Katharina räumte das Geschirr und die Reste vom Abendessen weg, das sie schweigend eingenommen hatten.

„Tut mir leid, dass ich dich belästige", sagte Sonja und kämpfte mit den Tränen. Heidi umarmte sie. „So schlimm?"

„Mhh", brachte sie nur heraus. Heidi ließ ihr Zeit, sich zu sammeln. Sie gingen Richtung Weinberg, während ihr Sonja berichtete, was der Arzt gesagt hatte und was sie nun zu entscheiden hätte. Am Himmel glühte derweil ein ungewöhnliches Rot. Und über dem Weinberg hing ein Geruch von Reife, in der bereits eine Ahnung der Süße der Fäulnis war. Eigentlich hätte die Ernte längst auf Hochtouren laufen müssen. Unbewusst nahm sie den Odeur wahr, nicht aber, was er bedeutete. Heidi Grüner hakte sich bei Sonja unter. „Auch wenn es grausam klingt, aber als Medizinerin muss ich dir sagen, dass der Arzt mit allem, was er sagt, leider recht hat. Der Thomas, den du liebst, der lebt in deinem Herzen. Auf der Station liegt nur ein toter Körper, dessen Organe und Blut von Apparaten bewegt werden. Das Leben ist nicht mehr dort. Du änderst nichts daran. Es gibt keine Behandlung, kein Wunder, nichts bringt ihn dir zurück. Du tötest ihn nicht, wenn du die Maschinen ausschalten lässt, Sonja, die Wahrheit ist: Er ist schon tot."

„Er ist schon tot", wiederholte sie mechanisch.

„Weiß es Laura?"

„Nein."

„Du musst es ihr sagen." Sonja nickte. Heidi Grüner blieb stehen und atmete tief aus. „Ich weiß, du fühlst dich schuldig, aber dich trifft keine Schuld! Vielleicht nicht gleich, aber Laura wird das einsehen."

„Das ist zu einfach, Heidi, ich kann nicht so tun, als wäre ich vollkommen unschuldig, aber unabhängig davon, wie viel ich zu verantworten habe, hast du recht, ich muss Laura und Katharina informieren und dann werden wir ..." Sie konnte nicht mehr weiterreden, es war, als ob der Himmel auf sie fiel und sie darunter begrub, ihre Hoffnungen und ihre Wünsche, ihr gesamtes bisheriges Leben. Es waren die Berge, die das Elend festhielten, sie wünschte sich nach Frankfurt zurück, zurück in ihr altes Leben mit Laura und Thomas, doch selbst, wenn sie an den Main zurückkehrte, sie fände es dort nicht mehr, ihr altes Leben.

Dreiunddreißig

Gegen zwanzig Uhr erfuhr Matteo Zanchetti, dass Sonja Lorenzo Saffione zur Fahndung ausgeschrieben und sie zudem Charlotte Keller verhaftet hatte. Er fluchte, versuchte sie via Handy zu erreichen, doch er erreichte stets nur die Sprachbox, sodass er eine geschlagene halbe Stunde damit zubrachte, abwechselnd Sonja anzurufen und wie ein Rohrspatz zu schimpfen. Sein Vorrat an süditalienischen Flüchen war zwar beträchtlich, doch auch er ging schließlich zur Neige, sodass er es endlich aufgab und Jonas Kerschbaumer anrief, in der Hoffnung, etwas über Sonja zu erfahren. Jonas, der kurz zuvor mit Heidi Grüner telefoniert hatte, weil sie für ihn den Obduktionsbericht von Martin Falkenstein eingesehen hatte, riet ihm dringend davon ab, sie anzurufen, und teilte ihm mit, dass Thomas Schwarz gestorben war. Die Nachricht schockierte Matteo. Für einen Moment zog sie ihm den Boden unter den Füßen weg. Die Wahrheit war einfach, brutal und anklagend. Thomas Schwarz war an seiner statt gestorben. Er schlug mit der Faust gegen die Wand und empfand den Schmerz als Befreiung. Nachdem er sich das Blut von den Fingerknochen abgewaschen hatte, rief er Francesco Rossi an.

„Wir müssen dringend miteinander reden!"

„Aber Commissario", wandte der Restaurantbesitzer ein, doch Matteo ließ ihn gar nicht erst zu Wort kommen. „Saffione hat Thomas Schwarz auf dem Gewissen! Wenn ich dich nicht morgen früh um neun treffe, zerlege ich dich!"

„Gut, kennen Sie den Aussichtspunkt in Oberbozen, den man auch den Schönen Winkel nennt?"

„Ja."

„Perfetto, dann morgen um neun dort, Commissario Capo!"

„Und komm nicht ohne Informationen für mich! Ich will Saffione! Es herrscht jetzt Krieg, Rossi. Ihr habt ihn uns erklärt!"

Vierunddreißig

Nie hätte sie auch nur geahnt, wie viele Formalitäten zu erledigen waren, bevor man ins Gefängnis kam, ein Abstieg, der Verlust der Bürgerlichkeit, stufenweise, bis man schließlich in die Zelle trat. Charlotte Keller hatte ihn Stufe für Stufe absolviert, und dabei immer mehr von Status und Schutz und Distanz aufgeben müssen, mit jeder erkennungsdienstlichen Behandlung ging ihre Existenz immer stärker zu Bruch, bis schließlich alles, was Charlotte Keller einmal gewesen war, in Scherben vor ihr lag. Nun war sie nur noch eine Gefangene, die in eine schmale Zelle trat, mit einem kleinen vergitterten Fenster und einem Stockbett, auf dessen oberem Bettkasten eine Frau mit grobem, primitivem Gesichtsausdruck lag. Die Frau richtete sich auf und ließ die Beine von der Bettkante baumeln. Über ihrem hageren Oberkörper hing ein Sweatshirt, während den Unterkörper und die Beine Leggins bekleideten, beides in einem schmuddeligen Grau. Hinter Charlotte schloss sich die Tür, und wie um die Endgültigkeit zu unterstreichen, knallte metallisch hart der Riegel in die Verankerung. Sie war jetzt nicht mehr die Hotelbesitzerin Charlotte Keller, die Bauherrin eines Luxushotels, angesehenes Mitglied der guten Gesellschaft Bozens, sondern nur noch der Sträfling Charlotte Keller, auch wenn sie immer noch mit Bettzeug, Handtuch, Becher und Zahnbürste in der Hand an der Tür stand und nicht wagte, einen Schritt in die Zelle zu machen, als bestünde noch Hoffnung auf Rettung, solange sie hier verharrte. Auf dem plumpen Gesicht ihrer Zellenmitbewohnerin breitete sich ein schiefes Lächeln aus. „Komm ruhig rein, ich beiße nicht", ihre Stimme klang wie ein Zischeln. Charlotte gab sich einen Ruck. An der Tür stehen zu bleiben war auch keine Lösung, ebenso wenig, sich der Realität zu verweigern. Sie legte ihre Sachen auf das untere Bett, dann reichte sie ihre Hand nach oben. Doch die ging nicht drauf ein. „Warum bistn hier?", fragte die Plumpe mit lauerndem Blick.

„Ich bin unschuldig", antwortete Charlotte und merkte, wie hohl das klang. Die Plumpe genehmigte sich einen heftigen Heiterkeitsausbruch und schlug sich dabei vergnügt auf die Schenkel. „Klar, das sind wir alle hier. Du kannst den ganzen Bau durchgehen und wirst nur Unschuldige und Justizopfer finden!"

„Sie legen mir einen Unfall mit Fahrerflucht zur Last." Hohn über Charlottes gehobenen Ausdruck spiegelte sich in den Frettchenaugen der Plumpen.

„Deswegen stecken die keinen ins Loch."

„Mit Todesfolge", ergänzte Charlotte geradezu geschäftsmäßig. Die Plumpe pfiff durch die ein wenig auseinanderstehenden Vorderzähne. „Kannst da unten schlafen", räumte sie großzügig ein, obwohl es ohnehin keine andere Möglichkeit gab. „Und wenn du mir ein paar Zigaretten besorgst, weise ich dich ein. Habe sozusagen ein Abo auf den Tschumpus. Wie heißtn?", gab sie sich jetzt versöhnlich.

„Charlotte."

Das schiefe Grinsen schien ihre Spezialität zu sein, denn sie wiederholte es jetzt erneut mit Genuss. „Okay, Charly, ich bin die Mandy."

Charlotte zuckte unwillkürlich zusammen bei der Proletarisierung ihres Namens. Wie hart hatte sie daran gearbeitet, nicht mehr Charly genannt zu werden. Selbst nach ihrer Hochzeit mit Stefan wagte es immer noch der eine oder andere, sie mit dieser deklassierenden Namensform auf die gesellschaftliche Stufe herunterzuziehen, der sie durch die Heirat mit dem Hotelerben und aussichtsreichen Jungpolitiker gerade entronnen war. Ein Blick auf Mandy belehrte sie, dass es kontraproduktiv wäre, wenn sie auf ihrem Namen bestünde. Sie musste aus der Depression herauskommen, sich aufrichten, nicht Opfer werden, sondern von vorn anfangen, wie beim *Mensch ärgere dich nicht*. Gut, sie war rausgeflogen, nun kam es darauf an, wieder ins Spiel zurückzukommen. Und als Allererstes musste sie diese dumme Nuss für sich gewinnen, damit sie die nächsten Tage im Gefängnis überstand.

„Okay, Mandy, weshalb bist du denn hier?", fragte sie mit offenem Lächeln.

Mandy wippte den Oberkörper hin und her. „Ich soll so einem Dreckstyp einen Schraubenzieher in den Wanst gerammt haben, dabei ist der im Suff nur reingerannt."

„Und du hattest den Schraubenzieher zufällig in der Hand?", fragte Charlotte alias Charly belustigt.

„Haste noch nie einen Schraubenzieher in der Hand gehabt? Um eine Scheißlampe anzuschrauben." Plötzlich kroch Misstrauen in ihre Züge. „He, machst du blöde Schlampe dich lustig über mich?"

Charlotte hob die Arme und sagte ohne auch nur den Anflug eines Lächelns: „Tu ich nicht, Mandy. Dachte nur, dass der Typ es verdient hatte!"

Mandy entspannte sich. „Aber klar doch." Und Charlotte nahm sich vor, sich an die Slangausdrücke ihrer Kindheit zu erinnern, denn eine allzu gediegene Ausdrucksweise würde *Charly* hier drin mit Sicherheit nicht helfen.

Fünfunddreißig

Matteo Zanchetti hatte seinen Audi TT neben Rossis Mercedes abgestellt. Schnellen Schrittes stieg er über die noch taufeuchte Wiese den Hang hinauf zur Bank, auf der Rossi bereits saß. Wie ein Pensionär, der den Ausblick genießt, ging es Zanchetti durch den Kopf. Niemand würde ihm den Mafiaboss ansehen, der er in Wahrheit war. Aber wem aus der ehrenwerten Familie, der eine höhere Position einnahm, sah man es schon an? Sie nickten sich kühl zu, dann setzte sich Matteo neben ihn. Ohne ihn anzuschauen, mit dem Blick über das sanfte Tal, sagte Rossi: „Ich liebe diesen Ort. Wegen Ausblicken wie diesem bin ich nach Südtirol gekommen."

„Wir treffen uns doch nicht hier aus reinem Naturgenuss."

Bevor er antwortete, lächelte Rossi, allerdings etwas angestrengt. „Manches bespreche ich lieber privat und nicht in meinem Restaurant."

Matteo schaute sich demonstrativ um. „Stimmt, Sie haben sogar Ihren Leibwächter zu Hause gelassen."

„Wovor soll ich mich fürchten, wenn ich die Polizei treffe?"

„Das kommt darauf an, was Sie mir über Saffione zu sagen haben."

Rossi nahm ein goldenes Etui aus seiner Jackentasche, nahm eine Zigarette heraus, die er sich anzündete. Dann nahm er einen tiefen Zug. „Sie hatten recht. Meine Bekannten haben sich ein wenig umgehört, und es sieht ganz so aus, als ob dieser *Saffione* hier ist … in Südtirol."

„Wo, Rossi? Wo ist er? Reden Sie nicht um den heißen Brei herum. Dafür habe ich keine Zeit."

In der Ferne zog ruhig und majestätisch ein Bussard am Himmel seine Kreise, jederzeit bereit, sich auf eine Maus oder eine Eidechse zu stürzen. Rossi blies den Rauch in Ringen aus und schaute ihnen melancholisch nach. „Das haben mir meine Bekannten nicht gesagt."

Matteo wurde das Spielchen langsam zu dumm. „Der Mann von Commissario Schwarz ist tot, weil Saffione ihn mit mir verwechselt hat. Gestern wurde auf die Questura geschossen, auf eine Polizeidienststelle. Die Mafia erklärt der Polizei in Südtirol also den Krieg. Ist es das, Rossi?"

Das Gesicht des Restaurantbesitzers fror ein. Matteo konnte spüren, wie Rossi um Fassung rang, denn das Aufsehen, das in seinem Revier erregt wurde, konnte ihm den Kopf kosten. Er hatte dafür zu sorgen, dass die ehrenwerte Familie ihre Geschäfte in Südtirol absichern und ausbauen konnte. Außerdem kam der Provinz eine hohe Bedeutung als Transitregion zu. Auch die aus seiner Sicht bedauerliche Tatsache, dass das Hotel-Projekt mit den Kellers, das eine erstklassige Geldwäsche zu werden versprach, zu scheitern drohte, ließ Rossis Achtung in der Familie mit Sicherheit nicht wachsen. Es lief unrund. Und zu allem Überfluss sorgte Saffione mit seiner Privatvendetta für erhebliche Irritationen und unerwünschte Aufmerksamkeit. Schüsse auf das Hauptquartier der Polizei. Man war hier doch nicht in Chicago zur Zeit Al Capones. Es schüttelte Rossi bei diesem Gedanken. Deshalb sagte er nach einer kleinen Pause: „Ich hab einen Onkel … der nervt die ganze Familie … immer

schon. Aber was will man machen, er ist Teil der Familie …
Aber ich habe das Gefühl, niemand wird bei seiner Beerdigung besonders traurig sein oder fragen, wie es dazu kommen konnte. Ich schicke Ihnen eine Nachricht, wo Sie ihn heute Vormittag finden können. Halten Sie sich bereit."
Rossi stand auf, zog noch einmal an der Zigarette, die er wegwarf. „Ich sollte damit aufhören. Das wird mich noch einmal umbringen, lauter kleine Sargnägel. Aber wir haben ja alle unsere Laster." Er nickte Zanchetti kurz zu und ging davon.

Nachdem er Rossi nicht mehr sah, rief Matteo Peter Kerschbaumer an, dem er befahl, eine Abteilung Polizisten anzufordern und sich und sie in Bereitschaft zu halten. Im Laufe des Vormittags würden sie Lorenzo Saffione verhaften. Dann stand er auf und ging zu seinem Auto.

Er schloss gerade den Audi TT auf, als er in seinem Nacken den kalten Lauf einer Pistole spürte. „Nicht umdrehen, du Geschenk Gottes", vernahm er eine raue Stimme.

Er erkannte sie sofort wieder. „Lorenzo!"

„Genau der! Was hattest du mit Rossi zu besprechen?"

„Ich bin auf der Suche nach dir."

„Jetzt hast du mich ja gefunden", sagte Saffione und nahm dem Polizisten die Waffe ab. Dann bedeutete er ihm, den Weg um den Hügel voranzugehen. „Keine falsche Bewegung. Du weißt, es ist mir ein Vergnügen, dich abzuknallen."

„Warum bringst du es dann nicht gleich hinter dich?"

„Ach, Matteo, du Geschenk Gottes, nachdem du mir zweimal entwischt bist, ist mir klar geworden, dass es irgendwie nicht richtig ist, dir einfach so das Lebenslicht auszublasen. Das ginge viel zu schnell. Und wäre irgendwie unserer langen Freundschaft nicht angemessen. Ich habe mir etwas ganz Besonderes für dich ausgedacht. Ein Geschenk für das Geschenk Gottes", lachte er bitter auf.

Sie stießen auf einen kleinen Weg am Rande eines Waldes, auf dem ein schwarzer 7er BMW geparkt war. „Mach den Kofferraum auf!" Darin lag das Klebeband, mit dem Saffione die Münder des Ehepaars verklebt hatte. „Du weißt, was man damit macht, also zier dich nicht", sagte der Mafioso mit überraschender Sanftheit. Nachdem sich Matteo den Mund verklebt hatte, legte er sich auf Saffiones Weisung die Handschellen an. Der Killer steckte seine Pistole ein und schlug Matteo mit der Faust ins Gesicht, sodass der nach hinten taumelte. „Das hat gutgetan", sagte Saffione genießerisch und stieß Matteo in den Kofferraum. Dann wurde über ihm die Kofferraumklappe zugeschlagen und wenig später setzte sich der BMW in Bewegung. Gekrümmt, mit schmerzendem Gesicht, gefesselt und im Dunkeln lag Matteo im Kofferraum seines Todfeinds. Er hatte Lorenzo unterschätzt und hätte niemals allein zu dem Treffen mit Rossi gehen dürfen, nun war es zu spät. Er hatte vollständig versagt. Dafür würde er nun bezahlen müssen, wie zuvor andere für seine Fehler mit ihrem Leben bezahlt hatten.

Sechsunddreißig

Die ganze Nacht hatte sie kein Auge zugemacht, allenfalls ein paar Minuten gedöst. Zerschlagen stand sie am Morgen auf, duschte lange und vor allem kalt, sodass sie durchgefroren und mit Gänsehaut unter der Dusche wieder hervorkam. Als sie die Küche betrat, saßen Katharina und Laura und aßen bereits. Essen war allerdings zu viel gesagt. Neben Laura standen auf dem Tisch ihr Lenco-CD-Player in Lila aus Kindertagen und dazu ein Dutzend CDs. Sonja starrte ungläubig darauf, sodass sich Laura bemüßigt fühlte, ihrer Mutter zu erklären: „Ich habe Papas Lieblingsmusik zusammengesucht. Im Internet habe ich gelesen, dass Menschen, die im Koma liegen, Musik hören können."

Das war zu viel für Sonja, sie rannte aus dem Haus, stieg in ihr Auto und brauste los, ohne wahrzunehmen, wohin sie fuhr. Bald schon glitt sie mit dem Wagen durch eine sonnendurchflutete Allee, immer tiefer hinein in ein leuchtendes grünes Dickicht, das viel zu lind war, als dass es den Eindruck einer Hölle gemacht hätte, eher wie etwas endlos Ewiges, nur aus Lindgrün, nur aus Sonne, und plötzlich hatte sie das Gefühl, dass es das war, was Thomas gesehen hatte, als er diese Welt verließ, Sonne, die durch Blätter pulsierte. Und als sie das dachte, trat sie das Gaspedal durch und hatte nur noch den Wunsch, gegen einen der dicken alten Baumstämme zu fahren. Sie war ja jetzt auf dem Weg, auf seinem Weg, dem sie nur zu folgen brauchte, um zu ihm zu gelangen. Die knorrigen Bäume zogen sie mit magischer Gewalt an, nur eine kleine Bewegung mit dem Lenker nach links, das würde genügen, und sie wollte es aus tiefster Seele, die Vorstellung hatte nichts Schreckliches an sich, eher etwas Leichtes, Transparentes, eins werden mit dem Relief des Stammes, den Jahrzehnte, Jahrhunderte geformt hatten. Sie stellte sich den Aufprall als etwas Schönes vor, als einen ungeheuren Knall wie der Schluss einer Beethoven'schen Symphonie, ein einziges Allegro. Doch dann, als der Wunsch unabweisbar wurde, sah sie Laura vor sich, das Gesicht ihrer Tochter. Die Liebe zu ihr und das Verlangen, den Pkw in hoher Geschwindigkeit gegen einen Baum zu setzen, kämpften einen verbissenen Kampf, den sie mit einem energischen Tritt auf die Bremse beendete. Sie stieg aus dem Auto, lief auf die Wiese und übergab sich. Dann atmete sie tief durch und schaltete das Handy wieder ein. Sie war noch nicht beim Auto, als es klingelte und sie, ohne auf das Display zu schauen, sich meldete.

„Weinhandlung Rebgold hier", klang eine verärgerte Männerstimme aus dem Handy. Sie wusste nicht, wer das war und was er von ihr wollte. Doch der Anrufer redete einfach weiter. „Was ist nun mit dem Fass? Sie haben es reserviert, aber nicht abgeholt. So geht das nicht", schimpfte der Weinhändler, an den sie sich nun erinnerte. Das Fass, richtig, zu dem sie unterwegs gewesen waren, als Thomas erschossen wurde.

„Hören Sie", unterbrach sie den Wortschwall des Händlers. „Mein Mann ist tot!", sagte sie hart, legte auf, setzte sich wieder hinter das Steuer und fuhr zurück.

Auf dem Hof stand Laura. Sonja hielt an und stieg aus. „Wo warst du?", fragte Laura missbilligend, während Katharina sich neben ihre Enkelin stellte und ebenfalls eine

Erklärung für das ungewöhnliche Verhalten ihrer Schwiegertochter erwartete. Sonja fasste sich ein Herz und ging zu den beiden, sachlich, so wie sie im Dienst auch den Hinterbliebenen gegenübertrat. Eine eigentümliche Spannung entstand zwischen den drei Frauen, bevor Sonja begann: „Ich habe gestern Nacht noch mit dem Arzt gesprochen. Thomas ist tot. Es sind nur noch die Maschinen, die ihn am Leben halten, genauer, die Leben simulieren."

„Das denkst du dir doch jetzt nur aus?", schrie Laura sie an und Sonja spürte, dass ihre Tochter in diesem Moment niemanden auf dieser Welt stärker hasste als sie. Das hatte sie gewusst, vor dieser Reaktion hatte sie sich gefürchtet. Dass der Schmerz in Wut umschlagen und sich gegen sie richten würde, gehörte zu dem Unabänderlichen. Plötzlich wurde Laura hektisch. „Was sind das hier schon für Ärzte?! Kommt, wir bringen Papa nach Deutschland, in eine Spezialklinik. Die kriegen das wieder hin! In Deutschland kriegen sie alles wider hin!"

„Laura", sagte Katharina, und dafür bewunderte Sonja ihre Schwiegermutter, die wohl eine Ahnung gehabt hatte, „deine Mutter hat recht. Wir können nichts mehr machen." Mit diesen Worten nahm sie ihre Enkelin in den Arm und Sonja fühlte sich allein und einsam, aber sie konnte nicht erwarten, in die Umarmung der beiden miteinbezogen zu werden, noch nicht.

Eine Stunde später waren sie auf dem Weg in die Klinik. Zur Beerdigung würden sie Schwarz tragen, doch jetzt, wo sie sich von Thomas zu verabschieden hatten, wollten sie, so absurd und irreal es auch war, ihm einen heiteren Anblick bieten, auch wenn er nichts mehr zu sehen, nichts mehr wahrzunehmen vermochte. So trugen sie bunte Sommerkleider.

Thomas Schwarz lag in seinem Bett, als ob er schliefe. Es fiel ihnen schwer zu glauben, dass er tot war, aber es half nichts. Laura umarmte ihren Vater. „Es tut mir so leid, dass ich dir nicht zum Geburtstag gratuliert habe! Bitte verzeih mir." Und ihre Tränen rannen wie Sturzbäche über ihre Wangen.

„Laura", mahnte Katharina leise. „Da kannst du doch nichts dafür!" Sanft zog sie ihre Enkeltochter von ihrem Sohn fort, dem sie dabei in einer mütterlichen Geste übers Haar strich. „Es ist Zeit, Laura", sagte sie. Laura nickte. Dann straffte sie sich plötzlich, wischte die Tränen weg, rang sich ein Lächeln ab und sagte zu ihm, so als hörte er ihr zu: „Das Weingut wird nicht verkauft, ich kümmere mich darum, versprochen, Papa!"

Nun trat Sonja zu ihm, nahm seine Hand und küsste sie, als würde sie ihn um Verzeihung bitten. Dann folgte sie den beiden und nickte im Hinausgehen dem Arzt, der bei der Maschine stand, zu. Der wartete noch ab, bis die Tür hinter den Frauen geschlossen war, dann betätigte er den Schalter. Er wollte nicht, dass sie den Alarmton hörten, wenn der Monitor die Nulllinie anzeigte.

Siebenunddreißig

Übermüdet stieg Jonas an diesem freundlichen September-
morgen nach einer Nachtschicht in den Dienst-VW, doch
jetzt hatte er alles beisammen, was er benötigte. Er hatte
eine Theorie, auch wenn sie ihm in keiner Weise gefiel. Der
Pfarrer hatte leider in doppelter Weise recht behalten: Es war
zuweilen tatsächlich besser, die Dinge auf sich beruhen zu
lassen, aber eben auch damit, dass er nicht darüber entscheiden durfte, denn er war Polizist. Ursprünglich wollte er seinen Vater oder einen anderen Beamten mitnehmen, aber
Peter Kerschbaumer folgte dem Befehl des Capos, die Polizisten und auch sich für die Verhaftung Saffiones in Bereitschaft zu halten.

So saß er in der frisch geputzten Wohnstube, die noch
nach Scheuersand roch, Magdalena Falkenstein und ihren
Töchtern allein gegenüber und bat sie um Entschuldigung
dafür, dass er sie noch einmal belästigen musste, es würde
aber das letzte Mal sein. In den Gesichtern entdeckte er keine
Reaktion, sie würden seine Fragen über sich ergehen lassen,
wie sie alles ertragen hatten, die Schläge des Vaters, die Prügel des Sohnes. Jonas stellte ein Aufnahmegerät auf den
Tisch und nahm aus seiner Ledermappe, die vor ihm auf
dem Tisch lag, den ausgedruckten Screenshot einer Website. „Das ist die Website, auf der man sich Bauanleitungen
für Fahrradfallen anschauen kann." Magdalena Falkenstein
starrte ihn an, als ob er chinesisch mit ihr redete, sie verstand

kein Wort von dem, was er sagte. „So eine Bauanleitung wurde von Ihrem Computer heruntergeladen, Frau Falkenstein." Allmählich dämmerte ihr, worauf der Polizist hinauswollte. Mit einem schnellen Blick schaute sie zu Gertrud, die keine Miene verzog, dann zu Maria, die etwas sagen wollte, schloss kurz die Augen und bekannte mit fester Stimme: „Musst i doch, i hab doch noch nie so eine Fallen gebaut."

„Versteh ich das jetzt richtig, Sie haben die Falle gebaut, um Ihren Sohn zu töten, Frau Falkenstein?", fragte Jonas offiziell nach.

„Töten?", ihre Augen flirrten, fanden zunächst keinen Halt. „Das war nicht mehr mein Sohn, das war der Teufel. Ich, ich habs getan, um meine Töchter zu schützen. Nehmens mi mit!"

Hier hätte er einen Punkt machen können, ihr Geständnis würde genügen, doch er durfte es nicht, auch wenn es ihm schwerfiel. „Ihr Sohn hat seine Schwestern misshandelt. Wieder und wieder."

„Ich sagte ja, er war der Teufel."

Nachdem er erfahren hatte, dass sie einen Laptop benutzten, bat Jonas, den Computer zu holen, mit dem die Website heruntergeladen worden war.

„Hol ihn, Gertrud", sagte sie kurz und knapp.

Gertrud stellte den Laptop vor Jonas auf den Tisch, der ihn zu Magdalena Falkenstein schob. „Schalten Sie bitte den Rechner ein und rufen Sie die Website auf, die Sie heruntergeladen haben." Sie stierte auf das Gerät, ohne sich zu rühren.

„Sie wissen nicht, wie das geht, stimmt's? Eine andere Frage, die sich mir stellt. Wenn die Falle für den Johann bestimmt war, woher wussten Sie, dass er und kein anderer zu dieser Zeit fuhr?"

„Der Johann hatte feste Zeiten."

„Gut, dann hatten Sie uns bei einer früheren Befragung angelogen, als Sie uns sagten, dass er trainierte, wie es sich halt ergab. Soll vorkommen."

Jonas fragte sich, ob er die Selbstbeherrschung dieser Frau, deren Leben gerade auseinanderbrach, bewundern oder verachten sollte, denn diese Selbstbeherrschung hatte schließlich zur Tragödie geführt. „Ich verstehe nicht, wie Sie sich sicher sein konnten, dass es Johann ist, der in die Falle fährt. Wenn der Johann an diesem Morgen mich nicht weggedrängt hätte, wäre ich da reingerast. Um wenigstens eine gewisse Sicherheit zu haben, mussten Sie zu zweit handeln."

„Gar nix musst ich!", fuhr ihn die Bäuerin an und stand auf. „Ich habe meinen Sohn getötet, nehmens mi fest."

„Setzen Sie sich wieder hin, wir sind noch nicht fertig", fuhr Jonas sie an, dann wandte er sich den Schwestern zu. „Er hat euch oft wehgetan, erst dir, Gertrud, dann fing er an, auch dich zu misshandeln. Stimmt's, Maria?" Das Mädchen nickte.

„Er hatte Spaß daran ... uns wehzutun", sagte Gertrud plötzlich.

„Hörts auf! Seids still", schrie die Bäuerin.

„Es ist Zeit für die Wahrheit, Frau Falkenstein."

„Mein Sohn war der Teufel! Das ist die Wahrheit! Und außer dem gibt es keine Wahrheit", herrschte sie ihn an. Jonas spürte, dass die Frau mit dem Rücken zur Wand stand und das Letzte verteidigte, was sie noch besaß. Doch nahm er jetzt keine Notiz mehr von ihr, sondern blieb bei den Mädchen. „Deswegen musstet ihr was unternehmen?" Ohne eine Wort zu sagen, sahen sie den Polizisten nur schweigend an, der weiterredete. „Damit das endlich aufhört ... die Schmerzen."

Gertrud nickte. „Er hätte uns sonst totgemacht", sagte Maria. Jetzt hatte er die Wahrheit, die keiner brauchte, und die dennoch ans Licht musste, wenn die Welt nicht in der Lüge ertrinken sollte. Er hatte nicht zu urteilen, er war kein Richter, er hatte als Polizist zu ermitteln. Schweren Herzens sagte er: „Es tut mir leid, aber ich muss euch beide festnehmen wegen des dringenden Tatverdachts, dass ihr euren Bruder ermordet habt."

Magdalena Falkenstein ließ sich auf ihren Stuhl fallen. Sie wirkte plötzlich kleiner und sehr zerbrechlich. „Warum haben Sie Ihren Sohn nicht aufgehalten, Frau Falkenstein?", fragte Jonas, denn es wollte nicht in seinen Kopf hinein, dass eine Mutter zusehen konnte, wie ihre Töchter regelmäßig misshandelt wurden.

„Weil ihn niemand aufhalten konnte."

Ihre Antwort brachte ihn auf einen Gedanken, und nun verstand er: „Weil er Ihre Strafe war?"

Sie sah ihn groß an. „Der Teufel ist von meinem Mann in meinen Sohn gefahren. Woher wissts ihr Männer immer genau, wo man hinschlagen muss, damits richtig wehtut. Bekommt ihr das irgendwo beigebracht?"

„Ihr Sohn hat da weitergemacht, wo sein Vater aufgehört hat?"

„Ja."

„Sie haben versucht, Ihren Mann aufzuhalten. Wenn ein Säufer an Leberzirrhose stirbt, schaut man nicht so genau hin, aber der Obduktionsbericht wies eine ungewöhnlich hohe Konzentration von Johanniskreuzkraut auf. Sie wissen, dass diese Pflanze irreversible Schäden an der Leber verursacht."

„Er wär sowieso am Suff gestorben." Sie sah ihn für einen Moment herausfordernd an. „Die Rache ist mein, spricht der

Herr. Gott allein entscheidet über unser Leben … und wenn du meinst, ihm ins Handwerk pfuschen zu dürfen, dann lässt er dich das spüren."

„Er hat Ihren Sohn zum Ebenbild seines Vaters gemacht."

„Sündig werden wir geboren, sündig gehen wir von dieser Welt!", sagte sie einsichtsvoll wie jemand, der seine Lektion, widerwillig zwar, aber immerhin gelernt hatte.

„Wie haben Sie es ihm verabreicht? Johanniskreuzkraut riecht ziemlich unangenehm."

Statt zu antworten betete sie ein Vaterunser, dann nahm ihr Gesicht eine unauflösbare Undurchdringlichkeit an. „Weiß ichs, was der alles zusammenwarf, wenn er seinen Schnaps gebrannt hat."

„Haben Sie es ihm ins Essen gemischt?"

„Ich weiß nicht, wovon Sie reden."

Jonas stöhnte leise. Er wusste, dass er in einer Sackgasse gelandet war. „Und ich kann nicht beweisen, dass Sie ihm das Johanniskreuzkraut gegeben und Gott ins Handwerk gepfuscht haben. Ihre Töchter muss ich aber leider mitnehmen."

Während Gertrud und Marie ihre Sachen packten, Zahnbürste, Zahnpaste, Kamm und Wechselwäsche, saßen sich Jonas und Magdalena Falkenstein stumm gegenüber. Sie hatten einander nichts mehr zu sagen. Schließlich erhob er sich, verließ das Haus, ging zum Auto, rief auf dem Weg in der Questura an und bat seinen Vater, sich darum zu kümmern, dass Anton Pischl aus der Haft entlassen würde. Neben dem Fahrzeug wartete er eine Weile, bis Magdalena Falkenstein mit ihren Töchtern vor die Tür trat. Sie umarmten sich, dann segnete die Mutter ihre Töchter und sah ihnen nach, wie sie auf Jonas zugingen. Während Gertrud ins Auto stieg, winkte Marie noch einmal ihrer Mutter, die verhalten zurückwinkte. Dann stieg auch Maria ein. Jonas wendete den Dienstwagen und fuhr los. Im Rückspiegel sah er Magdalena Falkenstein, wie sie vollkommen allein zurückblieb in einem Verhängnis, aus dem sie sich nicht zu befreien vermochte, gefangen auf ihrem Hof, in ihrem Leben, in ihrer Schuld. Warum sie die Misshandlungen ihres Mannes nicht der Polizei gemeldet hatte, blieb Jonas ein Rätsel. So unverrückbar wie die Berge blieb der Glaube dieser Frau, deren Leben zu einer einzigen Strafe geworden war. Konnte Gott, wenn es ihn tatsächlich gab, so grausam sein, fragte sich Jonas.

Er nahm sich vor, von der Questura Hochwürden Aloysius anzurufen und ihn zu bitten, sich um Magdalena Falkenstein zu kümmern, die benötigte jetzt seine Hilfe, wie die Mädchen ihre Mutter brauchten, eine Mutter, die für ihre Töchter da sein konnte, was voraussetzte, dass sie zu Gott zurückfand, zu einem gütigen Gott der Gnade und des Verzeihens, und dem Gott der Strafe den Rücken kehrte. Jonas wollte daran glauben, dass es Pater Aloysius gelingen würde.

Achtunddreißig

Der BMW raste über einsame Gebirgsstraßen. Steinchen sprangen unter dem Druck der Reifen weg. Seine Eile stand im Kontrast zur Ruhe und Erhabenheit der Landschaft. Vor und neben ihm breiteten sich Wiesen aus, vereinzelt von Gesträuch und Krüppelkiefern unterbrochen, bis sie an mächtige Karstflächen brandeten, die sich in den Himmel reckten, der sich stahlblau wie eine Kuppel über die Landschaft spannte. Schließlich bog er von der Straße ab in einen steilen Pfad, der in die Berge führte. Dort stoppte er staubaufwirbelnd. Saffione stieg aus dem Fahrzeug, hängte sich einen Rucksack auf den Rücken und sah sich zufrieden um. Dann öffnete er die Heckklappe und hob Matteo aus dem Kofferraum, ließ ihn aber sofort zu Boden fallen, sodass der aufschrie vor Schmerz.

„Hab dich nicht so und steh auf", schnauzte Saffione den Capo an. Er zog seine Waffe, die er zwischen Hosenbund und Rückgrat geklemmt hatte. Der Polizist richtete den Oberkörper auf, lehnte sich an die Karosserie des Autos, dann stellte er einen Fuß nach dem anderen auf, um sich langsam in die Höhe zu stemmen.

„Andiamo", sagte Saffione, „immer den Weg entlang", und wies auf den Pfad den Berg hinauf. Doch dem Mafioso dauerte der Aufstieg zu lange. Zwischen zwei Felsen stieß er Matteo in den Rücken, sodass der ins Straucheln kam und hinfiel.

„Los, hoch mit dir, auf die Knie!", fuhr er ihn an barsch an. Matteo richtete sich auf und verharrte auf den Knien, während der Killer ihm den Lauf der Waffe abwechselnd an den Hinterkopf oder ins Genick drückte, als wäre er noch unschlüssig, wohin er den Schuss setzen sollte. Dem Polizisten brach der Schweiß auf der Stirn aus. Er könnte um Gnade bitten, doch wusste er nur zu gut, dass es keinen Sinn hatte und sich Lorenzo Saffione nicht erweichen ließe. Das Wort *Gnade* kam in dessen Wortschatz nicht vor.

So sah es also aus, das Ende seines Lebens. In wenigen Augenblicken würde er noch den Anfang der Explosion in der Patronenhülse hören, die das Aufschlagen des Abzugs auf das Zündplättchen und den Boden der Hülse übertönen würde, nicht mehr aber ihr Ende. Vorausgesetzt, es bedurfte keines zweiten Schusses. Doch Saffione war ein Profi. Zwischen zwei belanglosen Felsen in der Einsamkeit des Hochgebirges würde sein Leichnam liegen und, wenn ihn nicht zufällig ein Wanderer oder Bergsteiger rechtzeitig fände, den Tieren als Fraß dienen. Matteo, dem Saffiones Spiel mit der Waffe langsam den Verstand raubte und der fürchtete, dass in der Angst, die ihn wie ein großer, tollwütiger Hund anfiel, seine Schließmuskeln versagten, brüllte Saffione an: „Mach schon, bring's hinter dich, stronzo!"

Über das Gesicht des Killers kroch unendlich langsam ein Lächeln. Er hielt in der Bewegung inne und drückte den Lauf in die kleine Kuhle unterhalb der Hirnschale und bewegte den Zeigefinger am Abzug. Doch dann ließ er die Waffe sinken. „Du stinkst nach Angst, amico. Keine schöne Sache, selber zu sterben, oder?" In Saffione senkte sich eine große Ruhe, jeder einzelne Tag, den er im Gefängnis zugebracht hatte, allein mit seinem Hass, fiel von ihm ab. „Steh auf, weiter geht es. Sei dankbar, noch geht es weiter, aber du wirst heute sterben, Commissario. Nicht durch einen saube-ren Schuss, wie ich es zuerst vorgehabt habe, sondern du wirst Zeit zum Bereuen haben, was du meiner Schwester und mir angetan hast. Und diese Reue wird dich quälen, weil dein Leben dich langsam verlassen wird, so wie Lucia das Leben langsam verloren hat, wie ich, wenn ich im Knast daran dachte, Tag für Tag. So wirst auch du Stunde für Stunde daran denken und deinen vergeblichen Kampf zu Ende kämpfen. Und weißt du warum, weil du bis zum Schluss hoffen wirst, doch noch irgendwie gerettet zu wer-den. Aber Matteo, wir sind im wirklichen Leben: Da wird niemand gerettet, *andiamo amico, amico traditore.*"

Matteo trottete weiter, voller Angst, denn er wusste, dass Saffione weder bluffte noch übertrieb, denn wenn er sich etwas Teuflisches ausgedachte hatte, dann war es auch teuf-lisch. Und, ja, Lorenzo hatte recht, er stank wirklich nach Angst. Er konnte es selbst riechen.

Neununddreißig

Nachdem sie auf den Hof zurückgekehrt waren, hatte sich Laura in ihrem Zimmer eingeschlossen, sie wollte niemanden sehen und mit niemandem reden. Katharina saß auf der Bank in der Küche, länger hätten sie ihre Beine nicht mehr getragen. Alles gab nach. Sie hatte scheinbar alles so mutig und gefasst und beherrscht ertragen, doch in Wahrheit konnte sie es nicht wirklich erfassen, dass ihr Sohn tot sein sollte. „Es ist nicht recht, wenn die Kinder vor den Eltern gehen", sagte sie matt. Sonja, die einen Espresso für ihre Schwiegermutter und für sich zubereitete, erinnerte sich, diesen Satz schon einmal gehört zu haben.

„Ich gebe dir keine Schuld, Sonja. Aber ich erwarte, dass wir das gemeinsam durchstehen. Wir haben doch nur noch uns." Sie konzentrierte sich auf den Alltag, auf die Vernunft, auf etwas, das noch funktionierte und in der großen Unordnung dennoch Gültigkeit besaß. Sonja nahm die beiden Tassen, stellte sie auf den Tisch und setzte sich zu ihrer Schwiegermutter.

„Warte", sagte die und stand langsam auf. Ächzend ging sie zu einem Hängeschrank, aus dem sie zwei kleine Schnapsgläser mit einfachem, aber schönem Schliff, in dem Sonja Reben und Weinblätter erkannte, nahm. Sie stellte die Gläser auf den Tisch, dann verschwand sie aus der Tür, nicht ohne noch einmal „Warte" zu sagen. Nach einigen Minuten, die Sonja wie eine Ewigkeit anmuteten, kehrte sie mit einer langen schmalen Flasche zurück. Das Glas war mit den Jahren blind geworden. „Unser erster Trester. Mein Mann hatte gesagt, den heben wir für unsere diamantene Hochzeit auf. Als er gestorben war, wollte ich sie für eure silberne Hochzeit aufbewahren. Lass ihn uns trinken, bevor noch einer stirbt", sagte Katharina, dann öffnete sie die Flasche und kippte den klaren Schnaps in die Gläser. Er schmeckte sanft, sehr sanft, doch dann griff er wie eine harte Erinnerung noch einmal zu, dass es ihnen die Tränen in die Augen trieb.

„Wir müssen mit dem Beerdigungsinstitut reden."

„Bei uns macht das Leifmann, Pompe Funebri Pietà Leifmann. Und es heißt Bestattungsinstitut."

„Machst du einen Termin mit denen?" Katharina nickte und goss noch einmal die Gläser voll. Sie hatten gerade ausgetrunken, da stand wie hergezaubert Peter Kerschbaumer in der Küche und knetete verlegen seine Mütze in den großen Händen. Die beiden Frauen erschraken, denn sie hatten ihn nicht kommen gehört.

„Mein herzliches Beileid", sagte der ältere Kerschbaumer und senkte befangen den Blick.

„Danke, Peter", erwiderte Sonja kraftlos.

„Willst einen mittrinken?", fragte Katharina. „Auf das Angedenken vom Thomas?"

Peter Kerschbaumer schüttelte den Kopf. Es war ihm peinlich, aber es half ja nichts. „Sonja, wir brauchen dich", platzte es aus ihm heraus.

Entrüstet schnellte Sonja hoch. „Das ist nicht dein Ernst! Mein Mann ist gerade … und da kommst du … und wagst es …." Ihre ganze Trauer entlud sich in Wut.

Noch nie zuvor hatte sie gesehen, wie sich ein so großer und stattlicher Mann wie der Peter Kerschbaumer alle Mühe gab, sich so klein zu machen, dass er sich in jeder Ritze hätte verdrücken können. „Der Capo ist verschwunden."

„Matteo?", fragte sie ungläubig.

Stockend erzählte Peter Kerschbaumer, dass sich der Capo mit Rossi getroffen hatte, ihm anschließend befohlen hatte, mit ein paar Polizisten in Bereitschaft zu bleiben, weil sie noch am Vormittag den Mafiakiller verhaften würden.

„Der Vormittag ist längst vorüber und der Capo hat sich nicht gemeldet. Er ist auch nicht auf dem Handy zu erreichen."

„Jonas muss das übernehmen. Ich kann nicht …", wehrte sie sich gegen die Zumutung, denn sie war jetzt keine Polizistin mehr, sie war jetzt nur in Trauer, war nur Mutter und Schwiegertochter und hatte jetzt für ihre Familie da zu sein.

„Aber der Jonas ist doch viel zu unerfahren dafür!"

Als er das fast herausschrie in seiner Verzweiflung, nahm sie die Angst wahr, die Peter Kerschbaumer um seinen Sohn empfand, und das Schlimme daran war, dass er damit nicht übertrieb. Jonas Kerschbaumer war ein junger, ehrgeiziger und begabter Commissario, aber er besaß noch nicht genügend Erfahrung, es mit durchtriebenen und skrupellosen Verbrechern wie Rossi oder Saffione aufzunehmen. Selbst Matteo schien von dem Killer ausgetrickst worden zu sein. Katharina, die Peter Kerchbaumer nicht aus den Augen gelassen hatte, mochte Ähnliches gedacht haben, denn sie sagte zu ihrer Schwiegertochter: „Du musst gehen, Sonja. Jonas ist wirklich noch zu jung dafür. Und ein anderer ist ja nicht da! Dieser Killer ist schließlich auch der Mörder meines Sohnes. Ich will nicht, dass er noch mehr Unheil anrichtet." Für einen Moment schauten sich die beiden Frauen an. „Ich kümmere mich um Laura!", sagte Katharina. Sonja

nickte und ging mit Peter Kerschbaumer, dem man die Erleichterung deutlich ansah.

„Sonja", rief Katharina noch und Sonja sah sich zu ihrer
Schwiegermutter um. Wie durchscheinend sie auf einmal
aussah, dachte sie. Wie zerbrechlich.

„Sei vorsichtig. Wir brauchen dich!"

Im Auto befahl sie ihrem Kollegen: „Zu Rossi, subito!"
Sonja spürte geradezu, als Peter Kerschbaumer Gas gab, wie
der Jagdtrieb die Trauer überlagerte.

Vierzig

Es war anstrengend, mit auf dem Rücken gefesselten Händen steil bergan zu gehen. Zweimal strauchelte er, dann kam das Schlimmste, ein schmaler Weg, der sich auf der einen Seite an die Felswand schmiegte, auf der anderen abrupt abbrach. Matteo vermied es, nach rechts in den Abgrund zu schauen, denn er kämpfte mit seiner Höhenangst. Ihm wurden die Knie weich und er spürte den Sog der Tiefe, die ihn unwiderstehlich anzog. Am liebsten wäre er auf allen vieren gekrochen, um möglichst dicht am Boden zu sein, denn er wähnte sich leicht wie eine Feder, die jedes Lüftchen über die Kante zu tragen vermochte.

„Nicht nachlassen. Wir wollen heute noch ankommen", schimpfte Saffione in seinem Nacken. Dann vernahm der Polizist ein selbstgefälliges Lachen. „Freunde kennen einander, amico. Und ich weiß, dass du Angst vor der Höhe hast. Ich habe lange darüber nachgedacht. Weißt du, was das Merkwürdige ist? Das Wort *Höhenangst* stimmt eigentlich nicht, es müsste *Tiefenangst* heißen, die Angst davor, abzustürzen, in die Tiefe zu fallen. Nicht vor der Höhe haben Menschen wie du Angst, sondern davor zu fallen. Höhe bedeutet doch immer die Möglichkeit zu stürzen. Und du hast dich über uns erhoben, Matteo. Schneller!"

Endlich mündete der Weg auf ein kleines Plateau, von dem es links und rechts in die Tiefe ging, während vor ihnen ein schmaler Pfad auf eine Felsnase führte.

„Setzen!", befahl Saffione und nahm auf einem Felsbuckel Platz, der wie ein natürlicher Stuhl in der Landschaft stand. Auch Matteo ließ sich in einer Vertiefung nieder, sodass der Stein hinter ihm, der aussah wie eine versteinerte Woge, die plötzlich abbrach, als Rückenlehne diente.

„Gemütlich hier oben. Gottes gute Stube." Saffione lachte meckernd über seinen Witz, dann legte er seine Waffe vor sich in Reichweite ab, nahm den Rucksack vom Rücken und öffnete ihn. Zuerst holte er einen Korkenzieher heraus, darauf folgte eine Flasche Rotwein.

„Um der alten Zeiten willen, Matteo, ein Primitivo mit der Kraft der kalabrischen Sonne." Während der Killer sprach, schaute Matteo zu der Pistole und schätzte den Abstand zwischen sich und der Waffe ab.

„Versuch es ruhig!", sagte Saffione sanft, der den Polizisten nicht aus den Augen gelassen hatte. „Schön ruhig hier oben, nur du und ich, findest du nicht, nur du und ich und die Erinnerung an Lucia, meine kleine Schwester!" Er erhob sich, steckte die Waffe griffbereit zwischen Rücken und Hosenbund und ging mit der Flasche, die er inzwischen geöffnet hatte, zu Matteo und hielt sie ihm an den Mund.

„Los, trink!"

„Ist mir ein bisschen zu früh", drehte Matteo den Kopf weg. Doch Saffione verpasste ihm im gleichen Moment einen seitlichen Schwinger gegen die Wange. „Trinken, habe ich gesagt! Oder willst du meiner Schwester die letzte Ehre verweigern?" Er zog die Waffe aus dem Hosenbund und hielt den Lauf demonstrativ an Matteos Handgelenk. „Ein durchschossenes Gelenk bereitet bestimmt kein Vergnügen, ich habe schon stärkere Kerle als dich vor Schmerzen winseln sehen." Der Killer gefiel sich darin, seine Opfer zu karikieren: „Oh, tut das weh, mach Schluss, Lorenzo, blas mir das Licht aus, Lorenzino, ich ertrage die Schmerzen nicht, ho, ha, hi. Oh, verdammte Scheiße, tut das weh."

„Deswegen nennt man dich ja auch den Erlöser!", kommentierte Matteo die Schmierenkomödie des Killers.

Lorenzo Saffione lächelte mild. „Und um das Handgelenk ist es wirklich nicht schade, du brauchst es nicht mehr. Ich kann es dir aber lassen, also trink. Auf Lucia!" Er hielt ihm wieder die Flasche an den Mund und Matteo trank. Und weil er nicht schnell genug schluckte, floss Rotwein die Mundwinkel herunter und tropfte auf seine Lederjacke, sein Hemd wie Blut.

„Gierig wie immer!" Nun nahm auch Lorenzo einen Schluck aus der Flasche. Wieder hielt er Matteo den Wein an den Mund, wieder trank der Polizist, diesmal williger, denn er wusste, dass nur noch ein Wunder ihn retten konnte, und das Wunder hieß Sonja, aber das Wunder trauerte um seinen Mann, den er auf dem Gewissen hatte, genauer sie beide, Lorenzo und Matteo, wegen der Sache, die zwischen ihnen beiden war und die Lucia hieß.

Noch einmal nahm der Killer einen großen Schluck aus der Flasche. Und hielt sie Matteo erneut hin, der merkte, dass sich der Alkohol leise wie ein Dieb seiner Sinne bemächtigte.

„Was soll das? Bring's einfach zu Ende, Lorenzo!"

Saffione kehrte zu seinem Platz zurück und setzte sich. Ohne auf Matteos Worte einzugehen, sagte er mit einem nostalgischen Glanz in den Augen: „Gab 'ne Zeit, Matteo, da hab ich gern mit dir getrunken. Mit dir und meiner Schwester. Sie hat dich geliebt. Sie hat dir vertraut. Das mit dem Vertrauen ist so 'ne Sache, musst du wissen, weißt du vermutlich auch. Jedenfalls nicht einfach in meiner Position. Schwer, Leute an sich ranzulassen …"

Am Himmel kreiste ein Adler und Matteo fragte sich, ob der Vogel ihnen gefolgt war, aber in Oberbozen war es ja kein Adler gewesen, sondern ein Bussard, der am Himmel seine Kreise zog. Saffione schwieg derweil, als ob er nachdenken müsste, trank, ließ Matteo trinken. Es war seltsam, aber für einen Moment kam es dem Polizisten so vor, als hätten sich die Jahre verflüchtigt, als wäre es wieder wie früher, nur dass Lucia nicht bei ihnen saß, die eine so wunderschöne Stimme hatte. Und er erinnerte sich daran, dass sie manchmal miteinander gesungen hatten, am liebsten wie Eros Ramazzotti und Tina Turner *Cose Della Vita*, und dass sie in diesen schönen Momenten nicht ahnten, wie schaurig wahr die Worte einmal werden würden, wenn das alles vorbei sein würde, unwiederbringlich, in der Unschuld des Moments, der niemals vergehen sollte, es aber doch tat:

Sono umane situazioni
Quei momenti fra di noi
I distacchi ed i ritorni
Da capirci niente poi
Già come vedi
Sto pensando a te ... si ... da un po'

Plötzlich griff mit voller Kraft die Sehnsucht nach ihm, noch einmal mit Lucia *Sto pensando a te – ich denke an dich* singen zu können, einmal und noch einmal und noch einmal und immer lauter, schließlich aus voller Kehle, mit dem Glanz in den Augen und dem Taumel im Herzen. Verdammter Rotwein, dachte er. War es der Alkohol, die Macht der Erinnerung oder die Angst vor dem Tod, was ihm das Gehirn weich und ihn sentimental machte? Nichts von all dem, nur der Phantomschmerz der Liebe, die er einst so verschwenderisch und achtlos gelebt und genossen hatte. In die große Traurigkeit, die ihn erfüllte, tapste Saffiones Stimme:

„Gab nur zwei Menschen, denen ich vertraut hab. Einer warst du. Der andere war meine Schwester, die jetzt tot ist", sagte er bitter.

„Deine Leute haben sie umgebracht", sagte Matteo.

Durch Saffione ging eine furchtbare Wut, er rang nach Atem, zog seine Pistole aus dem Hosenbund und hielt sie auf den Polizisten gerichtet. „Weil sie dich in ihr Bett gelassen hat. Weil sie dir geholfen hat, an mich ranzukommen! Du hättest sie genauso gut einfach erschießen können. Und das hast du gewusst, stronzo. Du hast sie eingewickelt mit deinem Charme und meine kleine Schwester ist drauf reingefallen. War dir doch völlig egal, was danach mit ihr passiert. Ihr seid auch nicht anders als wir, ihr geht genauso kalt über Leichen", schrie er aus Leibeskräften. „Nur dass wir eine Ehre im Leib haben! Und ihr, ihr habt nichts!" Aber seine Anklagen änderten nichts. Und Lorenzo Saffione begriff das, in diesem Moment verstand er, dass auch die Rache ihm die Schwester nicht zurückbringen würde. „Hat nicht viel Gutes in meinem Leben gegeben. Lucia war das Gute. Hab auf sie aufgepasst, im Kinderheim, und danach, hab sie beschützt vor allem, ist mir gelungen, bis zu dem Tag, an dem sie dich, an dem sie ihren Mörder getroffen hat!" Saffiones Blick wurde kalt und seine Augen wie tot. Zanchettis Ende würde, wie er immer gehofft hatte, ihm, dem Erlöser, keine Erlösung bringen. Lucia war tot, Matteo Zanchetti, den er einmal für seinen Freund gehalten hatte, bald auch, und auch er würde nicht mehr unter den Lebenden weilen. Der Verrat hatte sie alle drei ermordet. Er würde, wenn er das hier zu Ende gebracht hatte, zwar weiter für die Familie arbeiten, Aufträge jeglicher Art erledigen, doch wie ein Wiedergänger, wie einer, der nicht mehr lebt und dennoch nicht sterben kann.

„Ich wollte das nicht", sagte Matteo mehr zu sich. Saffione sah ihn unverwandt an. Auch wenn Matteos Tod Lucia nicht mehr lebendig machen würde, konnte er nicht einfach so aus seinem Leben, aus seiner Geschichte aussteigen. Der liebe Gott hatte nun einmal diesen Part für ihn vorgesehen. Er hatte so viele Menschen getötet in seinem Leben, auf die eine oder andere Art, da kam es auf den einen nun auch nicht mehr an.

„Wird Zeit, dass wir's zu Ende bringen", sagte er sachlich wie ein Beamter, dessen Schalter gleich geschlossen wird. Er ging noch einmal zu Matteo, ließ ihn ein letztes Mal vom Primitivo trinken, dann warf er die Flasche im hohen Bogen über die Felskante. Sie fiel so tief, dass man nicht einmal mehr ihren Aufschlag vernahm. Dann riss er Matteo hoch und verband ihm die Augen.

Einundvierzig

Peter Kerschbaumer hielt vor Rossis Restaurant, vor dem ein Angestellter Tische und Stühle säuberte. „Warte hier", sagte Sonja zu dem Polizisten.

„Soll ich nicht doch besser mitkommen?"

„Nein!", beschied sie ihm knapp. Dann betrat sie das Restaurant. Auch wenn sie es sich nicht eingestand, half ihr die Suche nach Commissario Capo Matteo Zanchetti, ihrer Trauer zu entkommen, sie zu verdrängen, weil sie sich ganz auf ihre Ermittlungen konzentrierte. Wie bei Katharina weigerte sich auch alles in ihr, seinen Tod anzunehmen.

Im Saal kam ihr Rossis Leibwächter entgegen, begrüßte sie und brachte sie in Rossis Büro. Der Restaurantbesitzer schnitt bei ihrem Eintreten demonstrativ ein finsteres Gesicht. „Wenn hier alle naselang die Polizei auftaucht, kann ich meinen Laden schließen!", sagte er wütend. Offenbar zeigte Rossi Nerven.

„Ich will wissen, wo Matteo Zanchetti ist!"

„Warum kommen Sie da zu mir?", fragte er mit einiger Verwunderung.

„Weil Sie der Letzte sind, mit dem er sich getroffen hat, bevor er verschwunden ist."

„Habe ich mich mit ihm getroffen?", ging er erst mal in Deckung.

Sonja fixierte ihn. „Wenn ich Sie nach Lorenzo Saffione frage, werden Sie nur mit den Schultern zucken und die

Mafia kennen Sie natürlich nur aus reißerischen Filmen. Deswegen verschwenden wir keine Zeit, Signore Rossi. Saffione hat meinen Mann erschossen und Matteo Zanchetti entführt."

„Das tut mir aufrichtig leid", sagte Rossi und log und heuchelte nicht, denn Lorenzo Saffione erzeugte zu viel böses Blut für seinen Geschmack.

„Beweisen Sie's, indem Sie uns helfen, den Capo zu finden. Sonst wird es Ihnen tatsächlich leidtun!"

„Drohen Sie mir?", fragte Rossi hart zurück, denn ihr Gespräch geriet immer mehr zu einem Kräftemessen, zumal die Kommissarin für ihn in ihrer emotionalen Situation vollkommen unberechenbar war, was ihn beunruhigte.

„Ja. Ich hab leider nicht die Erfahrung von Commissario Zanchetti im Umgang mit der Mafia. Es besteht die Gefahr, dass ich mich im Gegensatz zu ihm aufführe wie ein Elefant im Porzellanladen und dabei jede Menge Schaden anrichte. Ohne Rücksicht auf die Konsequenzen."

Letzteres glaubte er ihr, und es war das, was er überhaupt nicht gebrauchen konnte. „Ich werde Ihnen helfen, aber nicht, weil ich Ihre Drohung ernst nehme. Sondern weil ich Commissario Zanchetti sehr schätze und weil das mit Ihrem Mann unentschuldbar ist."

„Wo haben Sie sich getroffen?" Rossi beschrieb ihr den Aussichtspunkt in Oberbozen.

„Hören Sie sich um, Rossi!", sagte sie drohend und kehrte zum Auto zurück. „Schnell in die Questura, sehr schnell! Bekommst du das hin?", rief sie Peter Kerschbaumer zu. Der nickte nur, stellte Blaulicht und Sirene an und gab Gas. Während der Fahrt telefonierte sie mit Jonas, der die beiden Mädchen im Jugendarrest abgegeben hatte und sie nun kurz über den Abschluss des Falls informierte. Sie brachte es nicht übers Herz, ihn zu loben, denn ein solches Ermittlungsergebnis konnte sich keiner wünschen. Dann bat sie ihn, nach Oberbozen zu fahren, um sich den Ort anzuschauen, wo ihrer Kenntnis nach Matteo zuletzt gewesen war. Bevor sie ausstieg, bat sie Peter Kerschbaumer darum, die Einwahldaten von Matteos Handy zu besorgen.

Sie hatte kaum ihr Dienstzimmer betreten, als Andreas Steier hereinstürmte. „Ich hab Sie mit Informationen versorgt, Frau Commissario, aber Sie lassen mich am langen Arm verhungern ... Was ist jetzt mit der Bestechung? Ich hab gehört, dass Sie Frau Keller verhaftet haben. Und diese Schüsse auf Ihren Mann und das Präsidium?"

„Hören Sie zu, Steier, ich habe jetzt keine Zeit für Sie."

„Aber für meine Informationen hatten Sie Zeit! Ich brauch die Story. Steh bei meinem Redakteur auf der Abschussliste ... Ich muss was Handfestes haben, mit dem ich punkten kann, wenn ich hier schon meinen Kopf hinhalte."

„Raus", brüllte ihn Sonja an. „Wenn ich etwas für Sie habe, melde ich mich, aber jetzt raus!" Steier wollte noch etwas sagen, sah aber Sonjas unerbittlichen Blick und zog unverrichteter Dinge ab.

Sonjas Handy klingelte. Sie holte es aus der Tasche. Es war Jonas, der sie darüber in Kenntnis setzte, dass er Matteos Audi TT gefunden hatte, aber vom Capo keine Spur.

„Okay, wir kümmern uns später darum, jetzt komm so schnell wie möglich zurück."

Als Peter Kerschbaumer das Büro betrat, sah sie ihn mit erwartungsvollem Blick an, der verzog jedoch nur den Mund: „Wir haben versucht, sein Handy zu peilen, aber es hat sich seit heute Morgen nirgends mehr eingewählt. Entweder der Akku ist leer, oder jemand hat ihn rausgenommen."

Sonja stöhnte auf und dachte nur: „Wo bist du, Matteo?"

Zweiundvierzig

Die Hände auf dem Rücken gefesselt, die Augen mit einer schwarzen Binde verbunden, den Mund durch einen Knebel verschlossen, stand Matteo vor einem Panorama beeindruckender Felsformationen, die er allerdings nicht zu sehen vermochte, auf der Spitze eines Felsens, der wie eine versteinerte Fontäne in den Himmel schoss und von dem nur ein schmaler Grat zum Nachbarfelsen führte, auf dessen Plateau sich Lorenzo Saffione befand. Viel Platz für seine Füße hatte der Polizist nicht, denn rechts und links von ihm und vor ihm ging es direkt in die Tiefe, zweihundert, dreihundert Meter. Er spürte den Wind, der sich in seinem Körper verfing, und ihn wie einen Ast hin und her bog. Lorenzo Saffione genoss die Hilflosigkeit des Polizisten. „Wie fühlt sich das an?", rief er zu ihm hinüber. „Oh, du kannst ja leider nichts sagen. Aber glaub mir, genau so fühlt man sich, wenn man von einem Freund verraten wird: hilflos, blind und taub."

Matteo spürte die Tiefe, die an ihm zog, und er spürte den Alkohol, der ihn schwanken ließ.

„Ich an deiner Stelle würde ganz ruhig stehen bleiben. Andererseits, vorhin wolltest du noch, dass ich dir in den Kopf schieße. Also tu dir keinen Zwang an. Ein Schritt und du bist tot … Allerdings musst du die Entscheidung schon selbst treffen. Ich seh dir nur dabei zu. Wie wird dein Ende aussehen, Matteo? Wirst du dich fallen lassen, ermüdet einen falschen Schritt, eine verhängnisvolle Bewegung machen?

Oder wirst du bis zum Ende deiner Kräfte um dein Leben kämpfen, in der Hoffnung, dass wie in einer verdammten Soap die Rettung in letzter Sekunde kommt? Aber weißt du, was das Schönste ist, ich komme so oder so auf meine Kosten. Du wirst, da bin ich mir ganz sicher, dich nicht lumpen lassen und eine gute Abschiedsvorstellung geben, schauspielern konntest du schon immer exzellent. Dein größter Feind ist deine Hoffnung. Ich habe es so oft erlebt, wenn die Hoffnung zerbrochen ist, stirbt es sich leicht. Dann ist die Sehnsucht nach Erlösung größer als die Liebe zum Leben." Saffiones Redeschwall wurde vom Klingeln seines Handys unterbrochen. Er warf einen Blick auf das Display und ging widerwillig ran. „Was willst du?", fragte er rau aus Ärger, gestört worden zu sein.

Es war Rossi, der ein sofortiges Treffen verlangte. Saffiones Gesicht verfinsterte sich: „Ich kann jetzt nicht. Ich genieße gerade die Aussicht." Doch alles Sträuben half nicht, da Rossi ihm verdeutlichte, dass es die Bosse aus Bari waren, die darauf bestanden, dass sie einander sofort träfen.

Nachdem er aufgelegt hatte, fluchte er, dann rief er zu Matteo hinüber, dass er Haltung bewahren solle, er müsse für ein, zwei Stunden weg, keinesfalls wolle er den besten Teil der Vorstellung verpassen.

Matteo jedoch spürte nur den Wind und die Tiefe und die Angst.

Dreiundvierzig

Vor Sonja lag eine Karte von Südtirol ausgebreitet, die sie genau studierte. Sie wusste natürlich, dass ihr die Landkarte nicht verraten würde, wo Saffione Matteo festhielt oder wo seine Leiche lag. Letzteres vermied sie zu denken. Aber sie hoffte, dass der Anblick sie auf eine Idee brächte.

Peter Kerschbaumer stellte einen Kaffee und ein Croissant auf den Tisch. „Du musst etwas essen, Sonja." Sie schüttelte den Kopf, biss dann aber doch ins Croissant. Was hatte Saffione vor? Innerlich fluchte sie über Matteos Geheimniskrämerei, denn sie wusste zu wenig, um sich auch nur ansatzweise in den Kopf des Mafiosos zu versetzen. Nicht die geringste Ahnung hatte sie, was er getan hatte oder noch unternehmen würde. Wer es fertigbrachte, auf die Questura zu schießen, dem war alles zuzutrauen. Weiter kam sie nicht mit ihren Gedanken, denn Jonas stürzte aufgeregt ins Büro. „Ein anonymer Anruf! Unterhalb des Karerpasses auf der Straße von Bozen ins Fassatal wurde eine Leiche gefunden."

„Los", sagte Sonja und lief aus dem Büro, den Gang hinunter zum Dienst-VW. Als sie die Autotür öffnete, hatten die beiden Kerschbaumers sie eingeholt.

„Wenn es eine Falle ist?", warnte Peter ganz außer Atem gekommen.

„Das Risiko muss ich eingehen!" Sonja setzte sich ans Steuer und wollte die Tür schließen, die der ältere Kerschbaumer jedoch festhielt. „Wir haben eine schlechte Erfah-

rung gemacht mit anonym gemeldeten Leichenfunden!",
drang er in sie.

„Was ist mit dir, Jonas." Der ließ sich das nicht zweimal
sagen und stieg auf der Beifahrerseite ein.

„Du hältst hier die Stellung!" Doch Peter Kerschbaumer
gab die Autotür immer noch nicht frei.

„Du bist die Einsatzzentrale, Peter! Und jetzt lass mich
fahren!", sagte sie versöhnlich. Der ältere Kerschbaumer trat
einen Schritt zurück. Sonja schloss die Tür, dann raste sie
los. Lieber Gott, lass es nicht Matteo sein!, bat sie still.

Vierundvierzig

Schweiß rann über die Stirn, über Schläfen, Wangen und Nase, drang wie Sturzbäche aus allen Poren und fühlte sich im Wind sofort kalt an. In seinen Ohren brüllte die Stille. Wenn doch wenigstens Saffione zu ihm sprechen würde. Stumm würde der Killer sein, wenn er auch nur ahnen würde, dass sein Geschwätz für Matteo Hoffnung und Erleichterung bedeutete, weil es das Gegenteil von Einsamkeit war. Paradox, aber die schlimmste Folter konnte Saffione nicht miterleben, weil sie in der Einsamkeit bestand. Und dann schoss Matteo Zanchetti der Gedanke durch den Kopf, dass es doch vollkommen sinnlos war, sich weiter zu quälen. Ein Schritt nach vorn, oder nach links, oder nach rechts, oder nach hinten, was er nicht wusste, weil ihn Saffione mehrmals rechts und links herum um die eigene Achse gedreht hatte, sodass Matteo keine Orientierung mehr besaß, würde die Angst und die Qual und die Vorwürfe und das schlechte Gewissen auslöschen, und zwar für immer. Warum nicht selbst tun, und zwar jetzt, was früher oder später ohnehin eintreffen würde? Warum nicht einfach das Leiden verkürzen? Wozu Lorenzo die Vorstellung des Sturzes gönnen?

Fünfundvierzig

So wie Sonja fuhr, schwand Jonas' Hoffnung, dass sie den Leichenfund lebend erreichten. Sie nahm die Serpentinenstrecke wie eine sechsspurige Autobahn. Nicht nur Jonas' Nase, die immer spitzer wurde, war weiß geworden, sondern sein ganzes Gesicht. „Downhilltraining", rief sie ihm zu. Ihr war natürlich der Zustand ihres Beifahrers nicht entgangen, dessen rechte Hand sich am Griff über der Tür festkrampfte. Als sie in einer Kurve einen langsamen Mercedes überholte, dessen Fahrer sie mit Worten belegte, die Jonas nicht einmal in angetrunkenem Zustand über die Lippen kämen und worunter *Arschloch* noch das harmloseste war, und sie den Frontalzusammenstoß mit einem entgegenkommenden Lkw nur dadurch verhinderte, dass sie das Gaspedal durchtrat und den Mercedes brachial schnitt, musste er alle Körperbeherrschung aufbringen, um nicht das Frühstück wieder von sich zu geben. Zumindest legte sie auf diese Weise die Strecke in der Hälfte der Zeit zurück.

Fast wären sie vorbeigefahren, wenn Jonas nicht gerufen hätte „Da ist es", und Sonja fast eine Vollbremsung hingelegt hätte, viel fehlte jedenfalls nicht. Hinter einer Kurve, die eine Leitplanke absicherte, in einem sanften Bogen, stand unter einer Fichte in einer kleinen Parkbucht ein BMW. Sonja stellte den Wagen daneben, dann öffneten sie die Türen, krochen dahinter Deckung suchend mit gezogenen Pistolen hinaus. Sonja lief zum BMW, während Jonas sie sicherte. Gleich darauf schloss Jonas auf. Ein Blick verriet ihnen, dass die Limousine leer war, nur der Schlüssel steckte noch im Schloss. Mit dem Kopf wies sie auf die Kiefer vor ihr. So arbeiteten sie sich von Baum zu Baum vor, bis sie schließlich fünfzig Meter von der Straße entfernt auf eine Leiche stießen.

„Gott sei Dank nicht Matteo", stellte sie erleichtert fest. Dafür war sie zutiefst dankbar.

„Blattschuss", sagte Jonas mit Blick auf den Blutfleck mitten auf der Brust.

„Lorenzo Saffione", stellte Sonja resigniert fest. Sie hätte ihn lieber lebend gefasst.

„Er kann uns jetzt nicht mehr verraten, wo Matteo steckt", kommentierte Jonas.

In Sonjas Gesicht blitzte es auf. „Vielleicht doch!" Sie durchsuchte ihn und fand sein Handy. „Gib die Daten durch. Ich will wissen, wo er zuvor eingeloggt war." Während Jonas mit der Forensik telefonierte, rief sie Peter Kerschbaumer an und bat ihn, einen Suchhubschrauber einzusetzen. Mit Blick auf die Leiche des Mafiakillers wusste sie, von wem der anonyme Anruf gekommen war, und sie wusste auch, dass sie das Rossi nicht beweisen konnte. Befragen konnte sie den Killer nun nicht mehr, denn Francesco Rossi hatte die Verbindung zwischen sich und Lorenzo Saffione gekappt, als die Privatvendetta des Killers für ihn zu gefährlich wurde, sicher mit Genehmigung der Bosse in Bari.

„Pordoijoch!", rief ihr Jonas zu, der gerade einen Anruf von der Forensik erhalten hatte, „da war Saffione das letzte Mal eingeloggt."

Auf dem Weg zum Auto rief sie erneut Peter Kerschbaumer an, teilte ihm mit, dass sie Saffiones Leiche gefunden hätten, und wies an, dass der Tatort gesichert und die Spurensicherung so schnell wie möglich die Arbeit aufnehmen sollte. Außerdem beorderte sie den Hubschrauber zum Pordoijoch.

Sechsundvierzig

Kräftiger rüttelte inzwischen der Wind an seinen Gliedern, seinem Oberkörper. Matteo fühlte, wie seine Kräfte schwanden. Längst hatte er jegliches Zeitgefühl verloren und die Hoffnung, dass Lorenzo zurückkehrte, aufgegeben. Nun war er allein mit dem Tod, der geduldig wartete.

Sein ganzes Leben lang hatte Matteo Zanchetti Höhenangst empfunden und nun würde tatsächlich ein Sturz in die Tiefe seinen Körper zerschmettern, so wie er es so oft in seinen Albträumen gesehen hatte. Würde er Lucia wiedersehen? Er hatte nie darüber nachgedacht, ob es so etwas wie Himmel oder Hölle überhaupt gab oder ob das alles nur eine Erfindung der Menschen war. Die Hölle entstammte auf alle Fälle der menschlichen Schöpferkraft. Die hatte er nämlich gesehen, als er Lucias gefolterten Körper fand, tot, mit einem zerquälten Gesichtsausdruck. Sie hatte ihn geschützt. So wie er nie diesen Tag vergessen würde, auch nicht den Abend zuvor, als sie zu ihm kam und ihn bat, das Handy in seiner Wohnung zu lassen und sie ans Meer zu begleiten. Sie wirkte furchtbar aufgeregt. Wenig später blickten sie auf die Adria, auf der ein leichter Wind die Wellen kräuselte. Sie wollte nicht wissen, ob er der Polizeispitzel war, aber wenn er es wäre, sollte er so schnell wie möglich verschwinden. Gestern wäre ihr Bruder geschnappt worden und nun suchten sie nach der undichten Stelle. Er hatte sie gefragt, ob sie ihm verzeihen könnte, wenn er der Polizeispitzel wäre, der ihren

Bruder ausgeliefert hatte. Sie hatte sich von ihm abgewandt und nur gesagt: „Verschwinde, Matteo, verschwinde!"

Und er verschwand aus Angst, aus Panik, die sich seiner bemächtigte, und aus Scham, dass er Lucia benutzt hatte. Er war in seinen Wagen gestiegen und in einem Zug nach Rom durchgefahren. Dort hatte er sich bei der Zentrale der Direzione Investigativa Antimafia gemeldet und war für seine Umsicht und für den Erfolg seiner Arbeit gelobt worden. Am späten Vormittag des folgenden Tages, nachdem er sich gefasst und von der Panik befreit hatte, rief er Lucia an, doch sie meldete sich nicht mehr.

Siebenundvierzig

Fast gleichzeitig mit Sonja und Jonas traf der Hubschrauber unterhalb des Pordoijochs ein und setzte zur Landung auf dem Parkplatz an. Sonja stürzte aus dem Auto, lief gebückt unter den Rotorblättern durch und begann, sobald ihre Stimme den Lärm übertönte, anhand der Karte mit der Einteilung der Suchtrupps, die sich sofort auf den ihnen zugewiesenen Weg machten.

Eine Gruppe Wanderer, die gerade vorbeikam, wunderte sich über die ungewöhnliche Betriebsamkeit auf dem Parkplatz. Sonja erklärte ihnen, dass sie einen Mann suchten, und beschrieb ihnen Matteos Aussehen. Sie gab ihnen ihre Handynummer mit der Bitte, sie sofort anzurufen, sollten sie auf diesen Mann stoßen, dann rannte sie mit Jonas schon den steilen Weg bergan Richtung Pordoijoch.

Achtundvierzig

Wenn es stimmte, dass man in seinen letzten Augenblicken an die dachte, die man am innigsten liebte, dann brachen sie nun an, denn vom Wind und seiner Erschöpfung wie ein Rohr im Wind bewegt, ankerten seine Gedanken ganz bei ihr, wie ein Geschwader, das in den Heimathafen eingelaufen war. Es bereitete ihm unsägliche Qualen, als er jetzt daran dachte, wie er damals immer wieder bei ihr angerufen hatte. Bis er es nicht mehr aushielt, mit dem Auto nach Bari raste, am späten Nachmittag in der südadriatischen Hafenstadt ankam und atemlos die Treppen hoch zu ihrer Wohnung jagte, getrieben von seiner Angst. Sie besaß eine kleine Dachterrassenwohnung in einem dreistöckigen Haus mit Blick auf den romantischen Fischerhafen.

Im Hausflur hing stets ein Geruch von Zwiebeln und Tomaten. Klopfenden Herzens schloss er mit seinem Schlüssel die Wohnung auf und dann sah er sie: mitten auf dem Boden auf dem Rücken liegend, die Augen schreckweit geöffnet, das Blut um sie herum bereits getrocknet. Gefühlte Millionen Fliegen, eine schwarze Legion der Ewigkeit, die von ihr aufstoben. In diesem Moment wusste Matteo Zanchetti, was Schuld war und dass man sie niemals verlöre. Er ließ sich auf den Boden fallen, zog seine Dienstwaffe, steckte den Lauf in den Mund. Immer wieder berührte sein Zeigefinger den Abzug, doch am Ende schleuderte er die Waffe von sich und brach heulend und schluchzend zusammen.

Es wäre heute also ein guter Zeitpunkt, zu Ende zu führen, was er damals nicht vermocht hatte. Letztlich kann man sich nicht drücken, nicht ewig vor sich davonlaufen, vor seiner Verantwortung. Jetzt war er bereit dazu, sie anzunehmen.

Neunundvierzig

„Halt aus, Matteo, halt aus und beweg dich nicht", drang von fern, wie aus einer anderen Welt, die er schon verloren geglaubt hatte, Sonjas Stimme an sein Ohr. Jetzt hörte er auch deutlich Rotorengeräusche, doch bei den herrschenden Windverhältnissen wäre der Einsatz des Hubschraubers viel zu gefährlich, schoss es ihm durch den Kopf, bei dem Versuch, ihn aus der Luft zu retten, konnte er auch vom Fels gestoßen werden, so unsicher und fragil war sein Standpunkt.

Sonja arbeitete sich auf dem ausgesetzten, schmalen Grat vor, Matteos Rücken vor Augen. Zwei Meter trennten sie voneinander. Halluzinierte er, träumte er?

„Ganz ruhig, Matteo", sagte sie. Das konnte kein Traum sein. Ihre Stimme weckte unwillkürlich Hoffnung in ihm, sodass sich sein Körper straffte. Der Fels unter seinem Fuß bröckelte.

„Vorsicht. Bleib ganz ruhig stehen. Ich bin direkt hinter dir", sagte sie so beruhigend wie möglich. Sie musste ihn gar nicht erst fragen, ob er noch länger durchhalten würde, denn dass er am Ende seiner Kräfte und seiner Nerven war, das sah sie auch so. Sie atmete tief durch. Dann sagte sie: „So, Matteo, wir sind Profis. Die Situation ist folgende. Du stehst auf einem Felsvorsprung. Direkt vor dir und rechts und links geht es in die Tiefe. Du musst dich um hundertachtzig Grad drehen. Schaffst du das?" Statt zu antworten, begann sich Matteo langsam zu drehen.

„Langsam … gut … sehr gut … stopp … Wir sehen uns jetzt direkt an … Bis zu mir sind es etwa zwei Meter … Ich komm dir jetzt ein Stück entgegen." Matteo nickte. Sonja trat auf das Felsband und näherte sich ihm langsam, dabei sagt sie: „Orientier dich an meiner Stimme. Ich werde jetzt unausgesetzt reden. Wir haben Lorenzo Saffione gefunden. Er wurde erschossen. Vorsicht, den Fuß etwas mehr nach rechts, noch ein Stück. Jetzt setz ihn ab. Sehr gut!" Beinah wäre Matteo abgerutscht. Sonja tastete sich noch einen Schritt vorwärts. „Er hatte sein Handy dabei. Darüber konnten wir den Ort eingrenzen, von wo aus er zuletzt telefoniert hat. Noch zwei Schritte, Matteo."

Matteo machte den nächsten Schritt. Jetzt hatte er es gleich geschafft. „Wir mussten alles auf diese Karte setzen. Etwas mehr nach links. So ist es gut. Jetzt den Fuß langsam absetzen." Matteo setzte den Fuß ab und wollte den anderen nachziehen, als er ins Wanken geriet und das Gleichgewicht zu verlieren drohte.

„Matteo!", beschwor ihn Sonja, die, alle Vorsicht außer Acht lassend, einen Satz nach vorn machte und ihn zu sich zog.

„Ich hab dich", sagte sie erleichtert. „Ich hab dich." Nun war er in Sicherheit. Die Anspannung fiel von ihr ab und sie umarmte ihn überglücklich, derweil Geröll prasselnd in die Tiefe stürzte. Sonja ließ ihn los, nahm ihm die Augenbinde ab und löste die Fessel, sodass er sich den Knebel aus dem Mund ziehen konnte. Mit seinen Nerven und seiner Kraft am Ende, begann er heftig zu zittern, sodass Sonja ihn einfach festhielt. „Ruhig, ruhig", flüsterte sie ihm ins Ohr. „Du bist in Sicherheit." Jonas kam auf sie zu, aber auch weitere Polizisten, die sie zu sich winkte. „Sorgen Sie dafür, dass Commissario Capo Zanchetti ins Krankenhaus kommt und versorgt wird", befahl sie sanft.

Sie schaute den Kollegen hinterher, die Matteo in ihre Mitte genommen hatten, er blickte sich noch einmal um, zweifelnd, wie jemand, der seine Rettung kaum zu glauben vermochte, mit sich uneins, ob sie auch rechtens wäre, und winkte ihr noch einmal zu, bevor er mit seiner Begleitung hinter dem Felsen verschwand.

Sie hatte den Gruß nicht erwidert und blickte nun traurig und erschöpft Jonas an. Denn jetzt wartete das Allerschwerste aufs sie. „Fahr mich nach Hause, Jonas."

Sie hatte keinen Blick für die Schönheit der Dolomiten. Ihr Herz fühlte sich an wie taubes Felsgestein, auf dem kein Sonnenlicht mehr lag, grau, duff und nass.

Fünfzig

Sie nahmen gerade die Auffahrt zu ihrem Weingut und Sonja fragte sich, wie der Himmel noch so unverschämt und unbeeindruckt blau sein konnte, als ihr Handy klingelte und sie den Anruf annahm, nicht ohne sich darüber zu ärgern, dass sie vergessen hatte, das Smartphone auszustellen. Es war Staatsanwalt Riccoli, der sich an sie wandte, weil er den Commissario Capo nicht erreichte. Er teilte ihr mit, dass die Beweise für die Korruption stichhaltig waren, anders hingegen sähe es mit den Indizien zur Fahrerflucht und zur unterlassenen Hilfeleistung mit Todesfolge aus, da wäre die Suppe zu dünn, denn genau genommen könnten sie nur beweisen, dass sich Charlotte Keller in der Nähe aufgehalten hatte.

„Ein Geständnis wäre gut, Frau Commissario", beendete Riccoli das Gespräch mit belehrendem Unterton. Charlotte Keller würde also mit dem Mord an Anna Sonnleitner davonkommen, wenn sie nicht einen Beweis oder ein zwingendes Indiz fänden, denn gestehen würde Charlotte Keller nie und nimmer. So gut kannte sie sie inzwischen.

Bevor sie ausstieg und sich von Jonas verabschiedete, rief sie noch einmal in der Forensik an und bat darum, alle Spuren und Umstände des Unfalls einer erneuten peniblen Untersuchung zu unterziehen, weil sie dringend noch ein Indiz benötigte, um Charlotte Keller dingfest zu machen.

„Vergessen Sie alles, was wir bisher wissen, auch dass wir eine Verdächtige haben, fangen Sie noch einmal vollkommen unbefangen von vorn an!", bat sie den Forensiker.

„Bis wann?", fragte der nur.

„So lange Sie eben benötigen, also gestern", antwortete Sonja.

Dräuend lag das Haus vor ihr, feindselig, ein Hort der Trauer, dem auszuweichen ihr nicht länger gelang. Endlich hatte sie sich der einfachen Wahrheit, an der nichts zu deuteln war, zu stellen: dass Thomas tot war. Das imposante Gebäude, vor dem sie so widerstrebend verharrte, war das Geburtshaus ihres Mannes, der Ort seiner Kindheit und Jugend, wohin er nach Jahren in der Fremde, in denen er sie kennengelernt, sie geheiratet hatten, Laura zur Welt gekommen war, zurückkehrte, um das Weingut seines Vaters vor dem Ruin zu retten. Was für eine Hoffnung, die am Tod zerschellte. Und sie selbst, die noch vor Kurzem dachte, dass sie endlich angekommen war, eine neue Heimat gefunden hatte, stand vor dem Nichts. Was hielt sie hier noch? In den Bergen hauste der Tod. Sie gab sich einen Ruck, betrat mit diesen Gedanken den Flur, der wie ein Stollen in das Innere des Hauses führte, und folgte ihm in die Küche. Auf der Bank saßen Tochter und Schwiegermutter und hielten sich aneinander fest, um nicht fortgerissen zu werden von der Gewalt des Verlusts. Als sie eintrat, schauten beide aschfahl und mit rotgeränderten Augen auf. „Der Mörder ist tot", sagte sie unvermittelt.

„Hast du ihn erwischt?", fragte Laura.

„Leider nicht", antwortete Sonja und erschrak dann über ihr *leider*. Verlor sie langsam die Maßstäbe? Es gehörte nicht zu ihren Aufgaben zu richten, sondern die Täter zu ermitteln und die Beweise zu liefern, damit ein Gericht sie verurteilen konnte. So einfach, so schwierig. Bezeichnend in dem ewigen Kampf war nur, dass er ungleich geführt wurde, denn die Mafia nutzte in dieser Auseinandersetzung alle Mittel, während die Polizei sich an Recht und Gesetz zu halten hatte. Manchmal sterben Menschen zu früh, weil andere zu lange leben, doch das zu entscheiden stand nicht in ihrer Kompetenz.

„Lasst uns in den Weinberg gehen, ich bekomme hier keine Luft!", sagte Laura plötzlich. Katharina nickte und so erhoben sie sich und gingen in ihren Weinberg, zwischen den Rebstöcken entlang, die voller schwerer Trauben hingen, in denen sich das ganze Gewicht der Sonne ausbreitete, unter einem blauen Himmel, auf dem sich nur gelegentlich kleine weiße Wolken tummelten. Die Natur nahm keinen Anteil an den menschlichen Katastrophen, hier war alles wie immer, nur dass die Zeit immer mehr zur Ernte drängte. Doch wer sollte sie ausführen?

„Wir haben heute am späten Nachmittag einen Termin bei Leifmann", sagte Katharina. Und Sonja dachte nur, dass jetzt das übliche Prozedere einsetzte, Beerdigung organisieren, Notar, Ausstellung der Sterbeurkunde, wie sie es vom Tod ihrer Eltern kannte. Die vielen Behördenwege und Verpflichtungen, all das, was organsiert werden musste, umfasste so viel Arbeit, die letztlich davor schützte, in ein tiefes Loch zu fallen, weil man von äußeren Zwängen in Bewegung gehalten wurde.

Sie trugen jetzt nicht mehr die Sommerkleider, die dem Abschied vorbehalten gewesen waren, sondern die dunkle Kleidung der Trauer, als sie das Büro von Xaver Antonio Leifmann dem Dritten betraten, dem Chef des Bestattungsinstituts in vierter Generation, einem beleibten Mann mit einem teigigen Gesicht, das keinerlei Konturen besaß und wie die Antlitz gewordene Anteilnahme aussah. Er sprach in einem bemerkenswert weichen Deutsch, so weich wie sein Händedruck, der etwas Flüchtiges hatte. Die Büroeinrichtung strahlte Alter und Gediegenheit aus. Nur auf dem Regal standen gedrängt als Muster Miniatururnen, Engel und Kunstblumen, die dem Zeitgeschmack geschuldet waren. Jemand, der an einer Kitschallergie litt, liefe hier Gefahr, einen anaphylaktischen Schock zu erleiden, solange zumindest der Schmerz das ästhetische Empfinden nicht betäubte.

Xaver Antonio Leifmann der Dritte dirigierte die drei Frauen unaufdringlich, aber bestimmt zur Sitzecke. Er wähnte sich im Besitz der untrüglichen Fähigkeit, beim Eintreten die Art der Trauer seiner Kundschaft diagnostizieren zu können. Schließlich hatte er das Bestattungsgeschäft von Kindesbeinen an gelernt, hatte ihn sein Vater, Xaver Antonio Leifmann der Zweite, in die mehr oder weniger subtilen Tätigkeiten an den Körpern der Toten und den Seelen der Lebenden eingewiesen.

Nachdem sie, auf einer Erdbestattung in der Grabstelle seines Vaters bestehend, Grabstein und Termin geklärt hatten, fragte er mit gut kaschierter Hoffnung, ob sie konfessionell gebunden, „will sagen, gläubig" wären. Bei denjenigen, sei es aus schwachem oder gar keinem Glauben, die auf einen Priester verzichteten, durfte er die Trauerrede halten, was er nicht nur über alles liebte, sondern auf deren außergewöhnliche Qualität er sich etwas zugutehielt. Auch sang er gern, besonders *Be* von Neil Diamond. Doch Katharina machte seine schönen Hoffnungen mit dem trockenen Bescheid zunichte, dass Hochwürden Pergolesi die Trauerandacht halten würde. Der alte Priester hatte Thomas einst getauft und ihm die Erstkommunion gespendet. Die

Familie Schwarz pflegte eine eher zurückhaltende Religiosität, doch an die äußeren Verpflichtungen wie Taufe, Kommunion und gelegentlichen Besuch des Gottesdiensts hielt sie sich. Und natürlich nahm sie am Erntedankfest teil.

Am frühen Abend, nachdem Hochwürden Pergolesi die Vesper gebetet hatte, erwartete sie schließlich das ungleich schwerere, das Gespräch mit dem Pfarrer, denn jetzt handelte es sich nicht mehr um Formalitäten, sondern um Thomas selbst, um sein Leben, um das Leben mit ihm. Für seine Rede, sein Memorial, benötigte der Pfarrer Lebensdaten, Umstände, Episoden. In dem gemeinsamen Erinnern stand plötzlich Thomas vor ihnen, saß mitten unter ihnen, und so manche heitere Episode rief ein Schmunzeln unter Tränen hervor.

„Er ist ein guter, warmherziger Mensch, der es sich nicht immer einfach macht und der seine Familie liebt", sagte Sonia, die es nicht über sich brachte, von Thomas in der Vergangenheit zu reden, und also über ihn in einem sonderbaren, irrealen Präsens sprach.

„Und den Weinbau, den liebt er auch", ergänzte Laura. Hielt aber gleich darauf beklommen inne und fragte in erschütternder Ratlosigkeit: „Was soll denn nun aus dem Weingut werden?"

„Habt Vertrauen. Der Heilige Geist wird es euch eingeben", antwortete zuversichtlich der alte Priester mit dem hageren Gesicht, in das sich die Jahrzehnte eingefaltet hatten, und der großen Nase, die an den Langkofel erinnerte.

„Der Heilige Geist?", fragte Laura verständnislos.

„Mit welchen Worten hast du dich denn von deinem Vater verabschiedet?", hakte der Priester sanft nach.

Laura rollte die Augen, ihre letzten Worte an ihren Vater? Wozu musste der das wissen? Was ging es ihn an? Sie rang sich schließlich doch zu einer Antwort durch, obwohl sie die Frage für viel zu intim hielt. „Es war das Versprechen, dass wir das Weingut weiterführen."

Die Andeutung eines Lächelns ging über die dünnen Lippen des alten Priesters. „Und Versprechen sollte man halten. Selbst wenn sie einem der Heilige Geist eingegeben hat."

Nach einer Stunde saßen sie wieder im Auto und fuhren zum Gut zurück. Ohne dass sie es gemerkt hatten, war die Nacht über sie gekommen. Auf der Mauer, die den Hof vom Weinberg trennte, saß ein Mann, der auf sie gewartet zu haben schien. Als sie ausstiegen, erhob er sich und kam auf sie zu. „Andreas!", rief Katharina erstaunt aus. Es war in der Tat ihr ehemaliger Mitarbeiter Andreas Mayn, den Thomas entlassen musste und der ihn damals mit seiner Aussage belastet hatte. Zwar hatte er keine Lügen verbreitet, aber Inhalt und Zeitpunkt hatten doch unglückselig zusammengewirkt. Man sah es ihm an, dass er sich nicht wohl in seiner Haut fühlte, aber dennoch nicht anders konnte.

„Habe es gerade gehört, das mit dem Thomas", begann er umständlich, „Mein herzliches Beileid. Teifi auch!"

„Danke, Andreas", sagte Katharina tief bewegt, denn sie ahnte, was es ihn kostete.

Der Weinbauer rührte sich nicht, denn das war noch nicht alles, weshalb er gekommen war. „Was wird denn nun? Die Ernte hat begonnen."

„Wir wollen den Hof weiterführen! Ich habe es Papa versprochen", sagte Laura bestimmt, denn dieses Versprechen wurde immer mehr zu dem Tau, an dem sie sich festhielt, um nicht in eine Verzweiflung zu stürzen, in der es für sie keinen Grund mehr gäbe.

Der Weinbauer nickte leicht, dann rieb er sich die Nase. „Deshalb bin ich hier. Wenn ihr Hilfe braucht …" Unsicher schaute er zunächst die Frauen an, dann blickte er verlegen zu Boden. Thomas Schwarz war noch nicht unter der Erde und er sprach schon darüber, wie es weiterginge. Andererseits, wenn jetzt keine Entscheidungen mehr gefällt würden, dann brauchte man auch fürderhin keine mehr zu treffen. Die Zeit drängte. Brauchbare Erntehelfer waren ohnehin nicht mehr zu finden.

„Hilfe können wir sehr gut gebrauchen", antwortete Laura fest. „Wann kannst du anfangen, Andreas?"

„Sofort!" Laura reichte ihm die Hand, in die er umgehend einschlug. „Ich geh gleich morgen früh in die Weinberge? Hat dein Vater Erntehelfer verpflichtet?"

„Thomas wollte aus Geldgründen Arbeitskräfte vom Arbeitsstrich holen." Gespart am falschen Ende, wollte Andreas Mayn sagen, beherrschte sich aber, denn es stand ihm nicht zu, Thomas Schwarz zu kritisieren. „Dann bis morgen früh!" Er tippte mit Zeige- und Mittelfinger der rechten Hand an seinen runden Filzhut, kniff noch einmal die Lippen zusammen, was wie ein unsicheres Lächeln anmutete, und stapfte zu seinem Gefährt. Verblüfft schauten die drei Frauen ihrem ehemaligen und wieder neuen Mitarbeiter hinterher, der auf seiner Vespa vom Hof fuhr. Seinen Schweinwerfer umtanzten Mücken und Obstfliegen wie Mohnkörner, die man in die Luft geworfen hatte.

Laura kroch ins Ehebett zu Sonja und dieser war es mehr als recht, denn sie fürchtete sich sehr davor, allein im Ehebett zu schlafen, im Bewusstsein, dass Thomas sich nie wieder neben sie legen würde. Nie wieder!

Lange redeten Mutter und Tochter aneinander gekuschelt noch von ihm, flüchteten in den Trost der Erinnerungen, bevor sie aus Erschöpfung einschliefen.

Auch wenn sie auf ihre Mutter wütend gewesen war, auch wenn sie ihr Schuld am Tod ihres Vaters gegeben hatte, so blieb sie doch ihre Mutter. Und wäre es besser, wenn die Kugel sie getroffen hätte? Wohl nicht! Man kann die Vergangenheit nicht korrigieren, nichts lässt sich wiedergutmachen, man konnte nur mit dem, was geschehen war, leben.

Jetzt hatten sie nur noch sich und die Erinnerungen.

Einundfünfzig

Aus den Tiefen ihres Schlafes riss sie das penetrante Klingeln des Handys. Sonja hatte das Gefühl, dass sie gerade eben erst eingeschlafen war, aber die Sonne stand bereits hoch am Himmel. Neben ihr regte sich jemand, sodass sie im ersten Moment „Thomas" sagen wollte und die Hoffnung aufflackerte, dass alles nur ein böser Traum gewesen war, aus dem sie jetzt erwachte, doch neben ihr lag Laura, die sich im Halbschlaf zu ihr drehte. Rasch nahm Sonja das Handy: „Ja, Schwarz." Es war der Forensiker, der sie bat, zu ihm ins Labor zu kommen, er habe eine wichtige Entdeckung gemacht im Fall der Fahrerflucht.

„Ich bin schon unterwegs", rief sie ihm aus Gewohnheit zu. Dann nahm sie den verwunderten Blick aus zwei großen klaren Augen wahr, der langsam in Verärgerung kippte. „Du änderst dich nie? Oder?!"

„Laura …"

„Nein, hau schon ab. Wir brauchen dich hier nicht!" Wütend stand Laura auf und ging in ihr Zimmer. Sonja folgte ihr, doch ihre Tochter hatte die Tür verschlossen und antwortete nicht auf ihr Klopfen und Bitten. Schließlich gab sie es auf, informierte Katharina und brauste los, Richtung Forensik. Das war sie doch dem Andi Sonnleitner und seinen Kindern schuldig.

Der kleine Forensiker erwartete sie schon dringend. Sie hatte kaum sein Labor betreten, da rief er ihr unvermittelt ohne Gruß zu: „Genau genommen hat es zwei Unfälle gegeben, Frau Commissario." Sonja machte große Augen und der Forensiker ging mit ihr hinunter in die Werkstatt, in der Anna Sonnleitners Fiat Panda stand. Mit den Fingern wies er auf die Delle an der Fahrerseite: „Diese Beule stammt von dem Aufprall, der den Wagen von der Straße gestoßen hat." Dann ging er auf die andere Seite und fuhr mit dem Zeigefinger an langen Schrammen entlang. „Anfangs hatte ich gedacht, die stammen von einem älteren Unfall. Ist aber nicht so, denn was Sie hier sehen, ist Unfall Nummer eins. Wie ich darauf komme? Die Lackspuren vom Unfallgegner sind rot und von einem Porsche oder VW. Die Lackspuren auf der rechten Seite sind silbern und stammen von einem Saab oder Volvo, jedenfalls älteren Typs, denn diese Lacke werden seit mindestens sieben Jahren nicht mehr verwendet." Sonja staunte.

„Unfallgegner eins hat den Fiat Panda touchiert, Unfallgegner zwei hat ihn von der Straße geschoben."

In Sonja regte sich eine Vermutung. Aufgeregt ging sie auf und ab. „Der erste Wagen streift also den Fiat, der sich daraufhin mit der Schnauze zum Berg dreht. Der zweite Wagen rammt den Fiat und stößt ihn von der Fahrbahn. Der zweite Pkw kam relativ schnell hinter dem ersten, weil die Anna keine Zeit hatte, den Wagen wieder gerade zu stellen oder auszusteigen, um sich den Schaden anzuschauen."

Der Forensiker lächelte beglückt. „Genau diesen Vorgang stützen die Bilder von den Spuren am Tatort." Da es geregnet hatte, konnten Reifenspuren dokumentiert werden. „Anfangs haben uns die Muster etwas verwirrt. Geht man aber von der Hypothese mit den beiden Unfällen aus, dann fügt sich das Puzzle zusammen."

Schlau, aber nicht schlau genug, dachte Sonja, nachdem sie sich verabschiedet hatte und zu ihrem Auto ging. Sie rief

Peter Kerschbaumer an. „Hallo Peter, bin auf dem Weg in die Questura. Schau doch mal in den Computer der Zulassungsstelle. Ich würde gern wissen, welches Auto Andreas Steier besitzt oder vor kurzem noch besessen hat. Und bei der Gelegenheit hätte ich gern seine Handydaten zur Zeit des Unfalls. Bis gleich!", dann fuhr sie los.

In ihrem Büro erwartete sie Peter Kerschbaumer bereits mit vielsagendem Blick. „Am Tag des Unfalls hat Steier seinen Volvo abgemeldet."

„Baujahr?"

„2002!"

„Farbe?"

„Silber."

„Passt. Wo ist der Wagen jetzt?"

„Er hat ihn zwar abgemeldet. Ich habe aber angefangen, die Schrotthändler durchzutelefonieren. Beim zweiten bin ich schon fündig geworden. Manchmal muss man auch Glück haben", grinste der Polizist übers ganze Gesicht.

„Und?", fragte Sonja unbeeindruckt, die sich auf den Fall konzentrierte, um sich gegen die Leere zu wehren, die sie zu verschlingen drohte.

„Der wurde von Steier dafür bezahlt, dass er ihn unter die große Presse stellt und eine Briefmarke aus dem Auto macht. Aber der Schrotthändler witterte ein zweites Geschäft, wenn er den Wagen, der ja noch fahrtüchtig war, an eine Werkstatt veräußert, die ihn repariert und weiterverkauft. Dann hätte er doppelt abkassiert. Der Volvo ist jedenfalls auf dem Weg in die Forensik."

„Prima, Peter." Seinem Gesichtsausdruck entnahm sie, dass das noch nicht alles war. Sie schaute in fragend an, dann schwante es ihr. „Und eingeloggt war er auch im Sendemasten in Toblach?"

Auf diese Frage folgte das breiteste aller breiten Peter-Kerschbaumer-Lächeln. „Es gibt zwei Sendemasten. Hinter der Kurve wechselt man von einem zum anderen Masten. Und genau das hat Andreas Steier zum vermuteten Unfallzeitpunkt gemacht, zwei Minuten nach Charlotte Keller."

„Na, dann statten wir Herrn Steier mal einen Besuch ab."

Das Haus, in dem Steier wohnte, atmete den Charme der Belle Époque, es hatte etwas Hohes, Luftiges. Allerdings gab es keinen Fahrstuhl und sie mussten bis in den vierten Stock hochgehen. Treppen und Absätze waren mosaikartig mit vielen kleinen Steinen belegt. Es roch nach Reinigungsmitteln. Vor der weißen Holztür mit Fenster, aus der abgestandener Zigarettengeruch geradezu diffundierte, blieben sie stehen und klingelten. Es rührte sich nichts, sie klingelten noch einmal, wieder geschah nichts, dann nahm Sonja einfach ihren Finger nicht mehr vom Klingelknopf. Hinter der Tür schwoll lautes Fluchen, unterbrochen von Husten, an. Kurz darauf riss Steier die Tür auf und prallte, als wäre er gegen einen Wand gelaufen, beim Anblick der beiden Polizisten zurück. In seinem Unterhemd, der Unterhose wirkte er wie auf einer spießigen Swingerparty. Im Durchzug umflatterten wirr die flusigen Haare das blasse Gesicht. „Warum hast du den mitgebracht", wurde er verbal übergriffig. Seine Stimme klang kratzig.

„Wir sind nicht per Du, Herr Steier. Ich möchte mit Ihnen sprechen!", sagte Sonja kühl. Er winkte mit den Händen ab. „Gehts durch, ich ziehe mich nur an", machte kehrt und verschwand in der hinteren der beiden Türen rechts, wobei er kräftig hustete.

Links von ihnen ging die Küche ab, auf deren Anrichte sich leere Weinflaschen anhäuften. Die erste Tür rechts führte in ein großes Wohnzimmer, mit großem Flachbildfernseher, der an der Wand hing und lief, ihm gegenüber ein klobiges Sofa, dessen Rückenteile die Wand berührten, es schien nur aus Stoffquadern zu bestehen, die mit Schaumgummi oder anderem weichen Material ausgetopft waren. Rechts und links von dem Couchtisch mit schwarzer Glasplatte, die von goldfarbenem Metall eingefasst war, gruppierten sich Sitzwürfel. Zum Fenster hin der obligate Esstisch, auf dem sich Geschirr in zufälliger Anordnung mit unterschiedlichen Essensresten angesammelt hatte, und Stühle mit hohen geschwungenen Lehnen. Auf dem Boden lagen Zeitungen und Magazine verstreut.

„Was wollts? Sieht halt so aus, nachdem die Schnallen zu ihrem neuen Beschäler is'", sagte Steier aggressiv, als er ins Zimmer kam und ihre Blicke sah.

„Habts Informationen für mich? Wär jedenfalls mal an der Zeit!"

„Ja, haben wir. Aber setzen Sie sich erst mal."

Er tat es widerwillig und ärgerte sich, dass er kein *Spiel* hatte. Er musste dringend eins finden, sonst stand zu befürchten, dass sie *ihr* Spiel mit ihm trieben. So versuchte er zunächst, sich möglichst lässig hinzufläzen, um einen Anfang zu finden, dann herrschte er sie an: „Ich will endlich meine Story, das sind Sie mir schuldig, Schätzchen." Das klang für ihn zwar noch nicht optimal, doch er wähnte sich damit auf dem Weg zu *seinem* Spiel. Sonja nahm keine Notiz davon, sie wollte den Fall nur noch zum Abschluss bringen und dann nach Hause, zu ihrer Tochter und, ja, auch zu ihrer Schwiegermutter. Vor wenigen Stunden hatten sie die Apparate abschalten lassen. Ihr Mann war tot und dieser Wichtigtuer zog eine sechstklassige Show ab, dieser Blödmann. Sie hatte das hier alles gründlich satt.

„Sie bekommen Ihre Story. Die fällt allerdings ein bisschen anders aus, als wir das erwartet haben. Wir werden Frau Keller wegen der Bestechung drankriegen. Auch wegen der Fahrerflucht, nicht aber wegen der Fahrerflucht mit Todesfolge, denn nachdem sie den Fiat Panda von der Anna Sonnleitner gerammt hatte, lebte die Anna noch und ihr Auto stand noch auf der Straße. Was war los, Steier?" Sonja hatte den Ton verändert, er wurde hart und fordernd. Er kaschierte nicht, dass sie Steier verachtete. „Hatten Sie getrunken? Waren Sie für Ihre Fahrkünste oder für die Straße zu schnell? Hatten Sie Angst, dass Sie Charlotte Keller verlieren würden? Im Grunde interessiert es mich nicht einmal mehr, was in Ihrem verkorkstem Gehirn vorging. Mich interessiert nur, dass Sie um die Kurve geschossen kamen, zu schnell, um vor dem quer stehenden Auto zu bremsen oder ihm auszuweichen. Aber selbst das ist noch verzeihlich. Unverzeihlich ist, dass Sie weitergefahren und sich nicht um die Verletzte gekümmert haben. Hätten Sie es getan und die Polizei angerufen, würde die Mutter zweier kleiner Kinder noch leben. Aber Sie dachten nur an sich, nur an Ihre Story, Ihr Spiel."

Steier war noch blasser geworden und sagte fast tonlos, als wäre es der Strohhalm, an den er sich klammerte: „Das können Sie nicht beweisen."

„O doch. Sagt Ihnen der Name Laurenz, auch Schrott-Laurenz, etwas?" In ihrem ganzen Leben hatte sie noch nie einen so schnellen Wechsel der Gesichtsfarbe gesehen wie bei dem Journalisten. Er wurde im Gesicht und am Hals puterrot, während die Ohrläppchen violett glühten, sprang wie Rumpelstilzchen auf und lief aufgeregt im Zimmer auf und ab: „Dieses Arschloch, dieser Gierschlund, dieser Betrüger, stronzo, figlio di puttana, ach Mist, der konnte den Hals wieder nicht voll genug bekommen!"

„Sie haben sich Ihr Spiel so schön ausgemalt: Den Unfall schieben Sie Charlotte Keller in die Schuhe, ziehen noch eine Story an Land, die Sie mit exklusiven Informationen aus Polizeikreisen würzen können, denn nachdem Sie uns auf die Spur des Korruptionsfalls gelockt haben, konnten sie damit rechnen, dass wir uns erkenntlich zeigen, Information gegen Information. Und das Schönste an dem Ganzen: Frau Keller war ja tatsächlich an dem Unfall beteiligt, genau genommen hatte sie ihn erst verursacht. Aber wie gesagt, ich verhafte Sie nicht wegen des Unfalls, sondern wegen der Fahrerflucht mit Todesfolge. Schlau, Herr Steier, nur nicht schlau genug. Und ein Verhör bekommen Sie gratis dazu, denn wenn ich noch irgendetwas finden sollte, das ich Ihnen in die Schuhe schieben kann, eine kleine Steuerhinterziehung oder weil Sie den Schulmädchen zu lange hinterhergestiert haben, oder weil Sie beim Pinkeln vergessen haben, die Hose zu öffnen, einerlei, ich kriege Sie auch dafür dran. Ich kann mir sehr gut vorstellen, dass Ihre Ex-Schnallen sehr gesprächig ist, wenn es um Sie geht." Sie schaute ihn mit kalter Verachtung an. „Abführen!", wies sie Peter Kerschbaumer an und es klang wie der Feuerbefehl an ein Erschießungskommando.

Zweiundfünfzig

Die Landschaft mit ihren Bergen und Tälern, den Flüssen und Bächen, den einsamen Gipfeln, den Wäldern und Almen, den Wiesen und dem Wein und dem Obst kamen ihr fremd und künstlich vor, wie ein Werbespot. Leben, wo andere Urlaub machen, mit diesem Slogan hatte er geglaubt, sie zu ködern, ihre Arbeit in Frankfurt aufzugeben und mit nach Südtirol zu kommen. Doch überzeugt hatte er sie in Wahrheit damit, dass er den Hof seines Vaters übernehmen wollte, damit, dass er wieder Land unter die Füße bekam. Aber was war denn ihre Arbeit schon für eine Arbeit? Ihr Leben bestand genau genommen darin, Gemeinheit und Grausamkeit zu sehen, Mord, Totschlag und Vergewaltigung. Sie verbrachte mehr Zeit mit Perversen, mit Mördern, Dieben, Vergewaltigern, Kinderschändern, mit Menschen, die zu Tätern, die zu Opfern, mit Opfern, die zu Tätern wurden. Ihr Leben fand vorzugsweise im *mondo cane*, auf der Hundeseite der Welt statt. Und es blieb nicht auf sie beschränkt, sondern färbte auf die Familie ab. So konnte es nicht weitergehen!

Morgen würde sie kündigen! Es war höchste Zeit, mit dieser Beschäftigung Schluss zu machen. Und dann? Was sollte sie dann beginnen, sie hatte doch nichts anderes gelernt. Einmal Bulle, immer Bulle. Aber so musste es nicht sein. Laura würde das Versprechen, das sie ihrem Vater am Sterbebett gegeben hatte, wahrmachen, sie würde das Weingut weiterführen, und Sonja beschloss, ihr dabei zu helfen. Sie fand, dass sich das nach einem guten Plan anhörte.

Im Wohnhaus fand sie weder Laura noch Katharina, deshalb ging sie Richtung Weinberg. Unter dem großen alten Baum entdeckte sie die beiden mit Andreas Mayn ins Gespräch vertieft. Würde das ihr neues Leben sein? Eine Winzerin unter vielen, deren Leben sich um den Weinberg drehte, um Wachstum, Ernte und Vertrieb. Zaghaft trat sie zu den dreien. Sie wollte nicht stören, sie gehörte noch nicht dazu und wollte doch nichts lieber als das, einen großen Sprung über die Einsamkeit machen, der Leere entkommen.

„Da bin ich", sagte sie vorsichtig und setzte sich dazu. Ihre Stimme klang dabei ein wenig mädchenhaft.

„Andreas hat ein Geschenk für uns", sagte Katharina.

„Ein Geschenk?", wunderte sich Sonja.

„Ja, er hat Erntehelfer für uns aufgetrieben", ergänzte Laura.

„Können wir uns die denn leisten?", fragte Sonja mit verhaltener Skepsis, denn ihr Bedarf an Abenteuern war gründlich gedeckt, zumal sie beim Finanzamt für den Hof und die Steuerschuld, die auf ihm lag und nur gestundet war, haftete.

„Glauben Sie mir, Frau Schwarz, ich kenn den Hof. Auch Ihre finanzielle Situation, dazu habe ich hier zu lange gearbeitet", wandte sich ihr Andreas Mayn unbeeindruckt zu. „Gut, es sind ältere Männer, sie arbeiten vielleicht nicht mehr so schnell wie die jungen, aber sie haben Erfahrung, und bevor sie sich zu Hause langweilen, helfen sie uns lieber. Was die Bezahlung betrifft, räumen sie uns sozusagen einen Kredit ein."

Sonja war sprachlos, sie verstand gar nichts mehr. Andreas Mayn sprach von einer Welt, die sie nicht kannte. „Warum machen die denn das?"

„Weil jeder von denen auf die eine oder andere Art dem Vater vom Thomas, der immer ein fairer Mann war, etwas zu verdanken hat. Sagen wir, aus Freude darüber, dass sich das Weingut Schwarz nicht unterkriegen lässt. So, jetzt muss ich gehen. Morgen geht's schon sehr früh los." Andreas Mayn stand auf.

„Danke, Andreas", sagte Sonja. Der Weinbauer nickte und ging. Dann setzte Schweigen ein, weil keine von den dreien wusste, was sie sagen sollte. Obwohl sie so viel verband, stand doch auch Unüberwindliches zwischen ihnen: der Tod. Dann rang sich Sonja schließlich durch, das Schweigen zu brechen, denn sie machte sich Sorgen um ihre Tochter, dass sie unter dem großen emotionalen Druck, dem hilflosen Versuch, dem Verlust etwas entgegenzustellen, dem Sinnlosen eine Sinnhaftigkeit abzutrotzen, sich in eine falsche Richtung treiben ließ. Sie nahm die Hände ihrer Tochter und sah ihr tief in die Augen. „Du musst dich nicht zum Weinbau zwingen, nur weil du es deinem Vater versprochen hast, Laura. Es ist dein Leben! Und du sollst es so führen, wie es dir gefällt, das machen, was du machen möchtest, und nicht, wozu du dich verpflichtet glaubst. Das hätte dein Vater auch nicht gewollt!"

Laura legte den Kopf schräg in einer Geste der Überlegenheit. „Weißt du, wie oft ich nach der Schule mit Papa im Weinberg war, wenn du auf Verbrecherjagd warst? Es war ausgemachte Sache zwischen uns, dass ich Önologie studiere."

Sie musste sich eingestehen, dass sie von dem Interesse ihrer Tochter nichts mitbekommen hatte, und freute sich darüber, dass die beiden, Vater und Tochter, eine Gemeinsamkeit hatten, und kämpfte zugleich mit den Tränen, weil sie diese nun nicht mehr vertiefen konnten. Dann zwang sie sich zu einer Entscheidung und verkündete mit erzwungener

Fröhlichkeit: „Ich werde euch helfen, deshalb habe ich mich entschlossen zu kündigen."

„Das geht nicht!", riefen Tochter und Schwiegermutter wie aus einem Munde. Perplex schaute Sonja von einer zur anderen. Katharina ergriff, weil sie sich als die Ältere dazu verpflichtet fühlte, das Wort. „Laura hat es ihrem Vater versprochen. Wir sind es meinem Sohn schuldig, sein Vermächtnis zu erfüllen."

„Wenn … der Hof … stirbt, ist … Papa … wirklich … tot", sagte Laura stockend unter Tränen.

„Der Hof wird nicht sterben, das weißt du doch", tröstete Katharina ihre Enkelin und weihte alsdann ihre Schwiegertochter in den Plan ein, den sie heute geschmiedet hatten. Laura würde wie geplant in diesem Schuljahr die Matura machen und anschließend Önologie studieren, alle Zeit, die ihr daneben blieb, würde sie auf dem Hof verbringen und von Katharina und Andreas das Handwerk lernen.

„Aber dabei kann ich euch doch helfen", warf Sonja ein, die sich auf einmal ausgeschlossen fühlte. Laura schaute ihre Mutter Zustimmung heischend an. „Wir haben mit Andreas alles genau durchgerechnet. Alles Geld, das wir erwirtschaften, muss in den Hof fließen, anders geht es nicht. Und von deinem Gehalt leben wir drei."

„Ihr habt gerechnet?", fragte Sonja nach und es klang sarkastisch, was nicht in ihrer Absicht lag, sodass es ihr leidtat.

Schuldbewusst stöhnte Katharina auf: „Ich weiß ja, dass ich durch die Steuergeschichte den Hof fast in den Ruin getrieben hätte."

„Ach, Katharina, so meine ich es nicht."

„Mama, das ist ungerecht, wir haben es wirklich genau durchgerechnet. Du kannst dich morgen davon überzeugen."

„Überzeugen muss ich mich nicht, weiht mich einfach nur in eure Planungen ein." Und während sie so redeten, hatte sie plötzlich das Gefühl, als wäre Thomas unter ihnen. Oder der Heilige Geist, wie der Pfarrer gemeint hatte.

„Ihr wollt also wirklich, dass ich weiterarbeite als Polizistin?" Sie konnte es immer noch nicht fassen.

„Wollen nicht, aber es geht nicht anders", widersprach Laura sanft.

„Aber für die nächsten vierzehn Tage wirst du dir doch Urlaub nehmen können. Du musst bei der Ernte helfen! Und wir müssen uns von Thomas verabschieden", rang Katharina um Vernunft.

„Nicht verabschieden", schrie Laura, sprang auf und lief in ihr Zimmer. Katharina ging, bevor auch sie die Beherrschung verlor, und ließ Sonja allein zurück. Sie ahnte, wie brüchig die Situation war, wie der Schmerz in Wellen kam, wie viel Kraft es kosten würde, jeden Tag immer aufs Neue so etwas wie Normalität herzustellen, wo doch keine Normalität existierte, denn daran, dass Thomas nicht mit anpacken, nicht mehr mit ihnen unter diesem Baum sitzen, sie nicht mehr mit einem Scherz erheitern würde, war ganz und gar nichts normal.

Als sie später zu Bett ging, lag Laura schon drin, und Sonja redete sie tröstend in den Schlaf und hätte doch selbst jemanden benötigt, der sie zum Einschlafen brachte. Was war die Welt denn noch ohne Thomas? Ein Weinberg, vielleicht, ihre Tochter, auf jeden Fall!

Dreiundfünfzig

Die ersten Tage im Gefängnis hatte sie mit großer Selbstbeherrschung und dem eisernen Willen, sich nicht unterkriegen zu lassen, durchgestanden, obwohl es sie mehr Kraft kostete, Mandys ausufernde Dummheit zu ertragen. Andererseits war Mandy ein Geschenk des Himmels, denn sie gab ihr wertvolle Verhaltenstipps und schützte sie auch, sodass sie all ihre Erfahrungen aus der Kindheit und Jugend im Umgang mit so einfachen Menschen nutzte, in Mandy freundschaftliche Gefühle zu erwecken. Ihre Zellenmitbewohnerin war jedenfalls in einer schlichten Mischung verschlagen und naiv zugleich. Sie musste nur aufpassen, dass ihr ihre Charaktereigenschaften nutzten und nicht schadeten. Die Zigaretten, die ihr Stefan schickte, hatten ihr Mandy jedenfalls gewogen gemacht.

Wie ein Schulmädchen freute sie sich darauf, Stefan zu sehen, der sie endlich besuchen durfte. Doch bevor man sie in den Besucherraum brachte, wurde sie ins Verhörzimmer geführt. Commissario Capo Zanchetti erwartete sie bereits. Ihr Gesicht fror ein. „Kommen Sie, um Ihren Triumph zu genießen? Aber bei Lichte besehen: Was ist das schon für ein armseliger Triumph, das Leben zweier anständiger Bürger zu zerstören. Aber ich verstehe, auch Sie müssen Erfolge vorweisen."

Zanchetti ging auf die Provokation nicht ein, sondern bot ihr mit einer Geste Platz an. Obwohl helles Tageslicht in das Zimmer fiel, brannte über dem Tisch, der Vernehmer und Verdächtige trennte, eine nackte Glühbirne, vermutlich wurde das Licht nie gelöscht, sondern leuchtete einfach durch, bis man die Lampe wechseln musste.

„Ich habe eine gute Nachricht und eine, die Sie zu einer guten machen können", begann Zanchetti mit Pokerface. In Charlottes Kopf schrillten alle Alarmsignale gleichzeitig. Sie schwieg, schaute einmal kurz zum Fenster, um ihr Desinteresse zu dokumentieren, und ließ ihn kommen.

„Der Vorwurf der Fahrerflucht wird um die Todesfolge reduziert. Sie hatten zwar den Unfall und haben sich in der Tat nicht gekümmert, aber Sie haben den Wagen nicht von der Fahrbahn geschoben. Anna Sonnleitners Tod ist nicht Ihre Schuld."

„Na fein, dann kann ich ja jetzt gehen", erwiderte sie immer noch kalt.

„Sie vergessen die Korruption. Und damit nicht genug, wir legen Ihnen die Mitgliedschaft in einer kriminellen Vereinigung, nämlich der Mafia, zur Last."

Charlotte straffte ihren Oberkörper, dann lachte sie laut auf und verdrehte die Augen. „Sie haben eine blühende Fantasie oder eine ausgeprägte *déformation professionnelle*, mein lieber Commissario. Auf alle Fälle brauchen Sie professionelle Hilfe. Da es nicht stimmt, können Sie es auch nicht beweisen." Sie wollte aufstehen, doch Zanchetti bedeutete ihr, sitzen zu bleiben.

„Da es stimmt, kann ich es sogar beweisen. Der Kontakt zu Bichler lief über die Mafia. Und nicht genug damit, Frau Keller, wenn ich mir die Liste Ihrer Investoren anschaue, dann ist das geradezu ein Familientreffen der ehrenwerten Gesellschaft."

„Legen Sie Ihre lächerlichen Spekulationen dem Richter vor. Ich freue mich schon auf meinen Prozess, das wird der

Tag Ihrer größten Blamage!" Innerlich jubilierte sie, dass die Liste der Vorwürfe gegen sie kürzer geworden war.

„Für die Mafia sind Sie ein kleines Licht, eine, mit Verlaub, gnädige Frau, nützliche Idiotin. Die werden alles auf Sie schieben und sich an Ihnen für das geplatzte Geschäft schadlos halten. Besitzen Sie einen langen Löffel? Den braucht man nämlich, wenn man mit der Mafia isst."

Zanchetti erhob sich und ging zur Tür, dort drehte er sich noch einmal zu ihr um. „Haben Sie denen eigentlich schon Ihr Hotel überschrieben?" Er wollte schon an die Tür klopfen, doch bevor er das Türblatt berührte, überlegte er es sich noch einmal, kehrte zu seinem Platz zurück und beugte sich über den Tisch, wobei er seinen Oberkörper mit beiden Armen auf der Tischplatte abstützte. So schaute er jetzt sehr ernst von oben auf Charlotte herab. „Arbeiten Sie mit uns zusammen. Wenn Sie eine umfassende Aussage machen, mit der wir Rossi drankriegen und vielleicht auch ein paar seiner Kumpane und Hintermänner, dann lassen wir die Anklage gegen Sie fallen. Über eine neue Identität lässt sich reden. Denken Sie darüber nach, das ist das beste Angebot, das Sie erhalten können, und die beste Option sowieso." Damit kehrte er wieder zur Tür zurück. Diesmal klopfte Zanchetti wirklich an und verließ den Raum.

Das Angebot des Polizisten klang zwar verlockend, aber ihr Verstand sagte ihr, dass es kein Angebot für sie war, sondern ihr Todesurteil. Sie musste mit Rossi ins Gespräch kommen. Und während sie darüber nachdachte, holte sie eine Vollzugsbeamtin ab, um sie in den Besucherraum zu bringen, in dem bereits ihr Mann auf sie wartete.

In dem großen Saal saßen Aufseherinnen an den Längswänden und überwachten die Gespräche der Gefangenen mit den Besuchern, die sich an einfachen, in Abständen im

Raum verteilten Holztischen gegenübersaßen. An einem dieser Tische entdeckte sie ihren Mann. Bei seinem Anblick erschrak sie, denn er wirkte hochgradig nervös und er hatte sich zudem nicht einmal rasiert. Dabei hatte er es immer gehasst, wenn er morgens auf die Nassrasur verzichten musste. Das Schaben der Klinge über seine rasierschaumweiche Haut empfand er stets als wichtigen Teil der Morgenhygiene, neben dem Duschen und dem Zähneputzen. Fiel nur eine der drei Reinigungen aus, fühlte er sich schmutzig und dem Tag nicht gewachsen.

Sie war schon fast bei ihm, da wurde er erst auf sie aufmerksam, er sprang auf und wollte sie umarmen, wurde aber von einer Aufseherin im rüden Ton unter Androhung des Abbruchs des Besuchs gezwungen, sich wieder zu setzen. So fanden wenigstens ihre Hände zueinander, als sie sich gegenübersaßen, in einer längst vergessenen Zärtlichkeit. Er sah in der Tat jämmerlich aus.

„Wie geht es dir?", fragte er mit unstetem Blick besorgt.

„Ach, geht schon, Stefan", antwortete sie in beruhigendem Tonfall.

„Ich hatte ein Gespräch mit Rossi", sagte er so hastig, leise und nuschelnd, dass sie Mühe hatte, ihn zu verstehen. „Die Investoren wollen ihr Geld zurückhaben und obendrein eine Entschädigung für entgangene Gewinne."

„Dann verkaufen wir das Grundstück unterhalb der Goswand wieder", sagte sie ruhig und wusste selbst, wie unrealistisch das war.

„Nachdem die Baugenehmigung zurückgezogen wurde, ist es nicht mehr so viel wert. Rossis Vorschlag lautet, dass wir einem Konsortium der Investoren das Grundstück und unser Hotel überschreiben. Unser Hotel!", sagte er mit schreckgeweiteten Augen. Er fuhr sich mit der Hand über sein

Gesicht, als wäre sie ein Waschlappen, mit dem er eine unangenehme Vorstellung abzuwaschen imstande wäre.

Im Grunde hatte sie mit diesem *Vergleich* gerechnet, denn Rossi würde auf keinen Fall auf die Möglichkeiten verzichten, die ein Hotel für die Geldwäsche bot. Und wenn Gras über die Sache gewachsen war, so in fünf bis zehn Jahren, würde man erneut versuchen, eine Sondergenehmigung für den Bau eines Hotels im Naturschutzgebiet zu bekommen.

„Wir haben dann nichts mehr, Charlotte." Die Panik stand Keller deutlich ins Gesicht geschrieben. Sie dachte einen Moment nach. Dann flüsterte sie: „Pass auf. Du gehst zu Rossi. Sag ihm, dass wir nach wie vor im Geschäft sind. Das Grundstück treten wir ab. Doch das Hotel soll er uns lassen. Wir zahlen unsere Schulden zurück. Die Anwälte sollen einen realistischen Schuldentilgungsplan aufstellen."

Stefan Keller schlug sich mit der flachen Hand gegen die Stirn. „Das ist verrückt! Warum sollte er das akzeptieren."

„Erstens, weil wir rechtmäßig die Eigentümer sind. Zweitens können wir, wenn wir, um unsere Schulden zu bezahlen, verkaufen müssen, uns den Verkäufer aussuchen. Und drittens bewahre ich Stillschweigen über unsere Geschäftsbeziehungen, auch wenn ich dafür ins Gefängnis anstatt in die Freiheit gehe. Sag ihm, dass die Anschuldigung der Fahrerflucht mit Todesfolge zurückgenommen wurde. Es geht jetzt nur noch um die Korruption."

„Wirklich?"

„Ja, Zanchetti hat es mir gerade gesagt. Außerdem hat er mir die Freiheit angeboten, wenn ich gegen die Mafia kooperiere. Aber wenn ich sein Angebot annehme, bin ich tot."

„Das bist du auch, wenn du Rossi drohst oder ich für dich."

„Du sollst ihm auch nicht drohen, keinesfalls, aber du bist doch Politiker, du hast es doch gelernt, zwischen den Zeilen zu formulieren." Sein Anblick rührte sie, er sah ratlos aus. „Stefan, du kannst das, mach Rossi klar, dass wir zu einer gemeinsamen Lösung, zu einer Win-win-Situation kommen müssen."

Die Vollzugsbeamtin, die sie hierhergebracht hatte, kam auf Charlotte und Stefan zu und teilte ihnen mit, dass die Besuchszeit zu Ende war. Wie ein unglücklicher Schulbub erhob er sich. „Ich liebe dich, Charlotte", sagte er.

„Du schaffst das", antwortete sie. Und betete, dass er seine Mitte wiederfände. Sie wünschte sich jetzt sogar, dass er sie mit irgendeinem jungen Ding betrügen würde, nur damit er zu seiner alten Selbstsicherheit zurückfände.

Vierundfünfzig

An diesem Tag würde nicht gearbeitet werden trotz des Rückstands, den sie bei der Weinlese hatten. Dieser Tag gehörte Thomas. Bis gestern hatten Laura, Katharina, Sonja, Andreas Mayn und die zwanzig Helfer im Weinberg geschuftet. Doch heute bereitete Sonja mit Tochter und Schwiegermutter seit den frühen Morgenstunden die Trauerfeier vor. Mittags fuhren sie zur Friedhofskapelle von Eppan, wo bereits Andreas Mayn mit den Erntehelfern, einige Winzer, darunter der Kofler Hans und seine Hanna, Heidi Grüner, aber auch der pensionierte Capo Burger auf den Beginn der Trauerfeier warteten.

Untergehakt, sich gegenseitig stützend, in der Mitte Laura, rechts Sonja, links Katharina, gingen sie durch die weit geöffnete Tür der Friedhofskapelle wie zu ihrer eigenen Hinrichtung. Dahinter reihten sich die Trauergäste ein, die ihnen in die Trauerhalle folgten.

In diesem Moment hielt ein VW Passat auf dem gut frequentierten Parkplatz des Friedhofs und fand noch mit viel Glück eine Lücke. Eilig stiegen die beiden Kerschbaumers aus, Jonas im schwarzen Anzug, Peter in Uniform, sowie Matteo Zanchetti etwas unpassend in Bluejeans, weißem Hemd und allerdings schwarzer Lederjacke, was den Fauxpas etwas milderte. Als der Capo sein Büro betreten hatte, einen wehmütigen Blick zu Sonjas leerem Stuhl sandte, denn sie fehlte ihm, fiel ihm beim Anblick der beiden

Kerschbaumers ein, dass heute Thomas Schwarz beerdigt wurde. Er dankte den beiden, dass sie an Blumen und einen Kranz gedacht hatten. Und dann ging es auch schon los.

Die Kapelle wirkte licht mit ihren hohen Fenstern, den hellen Bänken und hellgrauen Fußbodenkacheln. Vor dem Sarg stand ein Aufsteller mit einem großen Bild von Thomas, das ihn verwegen lachend zeigte, darunter lagen Kränze und standen Vasen mit Blumen, ein einziges Meer aus Blüten. Sonja wollte für Laura stark sein, wollte den Tränen wehren, doch als der Priester erzählte, wie die Befragung eines jungen Weinhändlers in Frankfurt durch eine junge Polizistin zu einer Ehe geführt hatte, konnte auch sie nicht mehr an sich halten. Sie dachte daran, wie er als Entschädigung für die Vernehmung von der jungen Polizistin verlangte, an einer Weinverkostung teilzunehmen, was sie gut und gern als Weiterbildungsmaßnahme hätte abtun können. Denn schließlich hatte sie sich an den Weinhändler nur wenden müssen, weil die frischgebackene Kommissarin Sonja Müller so ganz und gar nichts von Weinen verstand. Mit ihren Kollegen trank sie nur Bier. Aber wie gut, dachten sie später immer, dass sie keinerlei Ahnung vom Rebensaft hatte, denn sonst hätten sie einander nie kennengelernt. Sicher, aber er würde dann noch leben, versetzte es ihr einen Stich ins Herz.

Dann schritten sie hinter dem Sarg, der von vier kräftigen Männern aus der Kirchengemeinde getragen wurde, zur Beisetzung. Auf dem Dach der Kapelle saß eine Schwalbe und sah ihnen neugierig zu. Doch dann kam eine zweite und sie flogen fort. Sehnsüchtig folgte ihnen Sonja mit Blicken, während sie die Beileidsbekundungen entgegennahm. Verlegen bedankte sich Peter bei ihr, dass sie die Gespräche mit Capo Burger arrangiert hatte, die ihm helfen würden.

„Reden hilft, Sonja", sagte er, bevor er noch einmal fest ihre Hand drückte. Dann war die Reihe an Matteo. Ihr Blick vereiste.

„Es tut mir so leid, Sonja", brachte er mühsam hervor und litt unter dem tiefen Graben, der sich zwischen ihnen aufgetan hatte.

„Ja", sagte sie kurz, dann wandte sie sich bereits dem Nächsten zu, den Koflers, denen die Weinberge vis-à-vis von ihr gehörten.

„Der Thomas war immer ein guter Freund, Sonja", sagte der Kofler Hans, der in ihrem Alter war, ein langes, schmales Gesicht mit großen melancholischen Augen hatte und dessen Haare sich bereits deutlich lichteten. In die schwarze Krause flochten sich zudem unübersehbar und unaufhaltsam graue Strähnen.

„Das war er", bekräftigte seine Frau. Hanna Kofler war einen halben Kopf kleiner als ihr Mann, zwar nicht dick, doch von kräftigem Wuchs. Die nicht allzu großen, ein wenig mandelförmigen Augen in dem eher rundlichen Gesicht verrieten Entschlossenheit. Man sah ihr an, dass sie zuzupacken und sich durchzusetzen verstand. Neben ihr wirkte er eher filigran, zerbrechlich, nicht wie ein Winzer, sondern wie ein Pianist oder Geigenvirtuose oder ein Dichter. Etwas Feingeistiges umwehte ihn. Seine Trauer um Thomas wirkte echt. „Ich kann es immer noch nicht fassen, Sonja. Wenn du Hilfe brauchst, sag es. Vielleicht können wir auch zwei Erntehelfer für euch abstellen", bot er mit unsicherem Blick zu seiner Frau an.

„Wir haben es heuer auch nicht allzu üppig mit Erntehelfern, aber zwei können wir bestimmt entbehren", unterstützte Hanna das Angebot ihres Mannes.

„Danke, ich weiß das sehr zu schätzen", sagte Sonja.

Die meisten, die kondolierten, kannte Sonja nicht, doch Katharina flüsterte ihr die Namen zu oder stellte sie vor, die Winzer, frühere Schulfreunde, der eine oder andere ehemalige Lehrer, Handwerksmeister, der Apotheker, andere Ladeninhaber von Eppan, sogar der Bürgermeister der Gemeinde mit Amtsschärpe in den Farben Italiens quer über den Oberkörper. Einige von ihnen kamen weniger, um sich von Thomas zu verabschieden, sondern weil sie es Katharina Schwarz schuldig waren. Das erste Mal verstand Sonja, welch großes Ansehen die Familie in der Gemeinde besaß.

Der Nachmittag fand sie dann alle an drei langen Tafeln unter dem großen Baum zwischen Haus und Weingarten, alle, bis auf Matteo.

Fünfundfünfzig

Für Sonja begann etwas Neues. Sie stand mit ihrer Tochter um fünf Uhr morgens auf, wusch sich, zog sich an, frühstückte und war um sechs Uhr bereits im Weinberg. Laura half bis 7.30 Uhr, dann fuhr sie mit ihrer Vespa zur Schule und stieß nach der Schule wieder zu ihnen. Den ganzen Tag über half Sonja bei der Ernte, eingewiesen durch Andreas Mayn, angelernt durch ihre Schwiegermutter, die selbst tatkräftig zupackte. Erinnerungen an die frühen Jahre mit ihrem Mann erwachten in Katharina, als sie noch mit wenigen Helfern von morgens bis abends im Weinberg gearbeitet hatten, um ihr Geschäft aufzubauen. Viel Arbeit war es, aber auch beglückend. Katharina nahm sich vor, Laura davon zu erzählen, denn nach dem Tod ihres Sohnes würden diese Geschichten über die Anfänge der Kellerei Schwarz vergessen werden, wenn sie einmal nicht mehr war. Doch noch besaß sie nicht die Zeit dafür, noch drehte sich alles um die Lese.

Wenn Sonja abends schließlich ins Bett fiel, schlief sie sogleich ein. Und Laura auch, die immer noch auf der Betthälfte ihres Vaters nächtigte und keine Anstalten unternahm, in ihr Bett zurückzukehren. Sonja war das mehr als recht.

Sich auszuarbeiten, nicht zum Nachdenken zu kommen, tat ihr gut. Die Koflers hatten im Übrigen Wort gehalten und in der Tat zwei Erntehelfer geschickt. Vorsichtiger Optimismus stellte sich bei Katharina und Andreas Mayn ein, dass es ihnen gelingen würde, die ganze Ernte einzufahren, ein Optimismus, der auf Sonja überging und sie schließlich beflügelte. Am vierten Tag stellte sie erstaunt fest, dass so eine Welt ohne Verbrechen, ohne Mord und Totschlag aussah, eine fremde Welt, an die sie sich gewöhnen könnte. Die frische Luft blies den Schmutz aus ihren Bronchien, aus den Windungen ihres Gehirns. Sie überließ sich ganz dem Rhythmus der Arbeit. Nicht denken, nicht misstrauen zu müssen, sondern einfach anzupacken und körperlich an die Grenzen zu gehen, was ihre Knochen mit Bleischwere am Morgen und ihre Muskeln mit einem ziehenden, doch auch wohligen Schmerz quittierten, erschien ihr wie eine Wohltat, wie ein Trost von einer fremden Macht, die Sonja Gott genannt hätte, wenn sie denn gläubig gewesen wäre. So brachte sie also der Tod dem Leben näher.

Doch der Zustand war wohl zu schön, um anzuhalten, denn ihr Urlaub sollte keine sieben Tage dauern. Sechs Tage nach der Beisetzung ihres Mannes rief Hanna Kofler außer sich Sonja an und bat sie dringend, sofort auf ihren Hof zu kommen, etwas Furchtbares sei geschehen. Sie kannte den speziellen Ton in Hannas Stimme nur zu gut, der sie alarmierte, das Timbre der Katastrophe, der Hilflosigkeit einem Verhängnis gegenüber, das die Koflers unerwartet, aus dem Nichts angefallen haben musste.

„Ich bin gleich bei euch", erwiderte Sonja hellwach, informierte Katharina, lief zum Haus, stieg auf ihr Fahrrad und fuhr zum Koflerhof, der mit dem Rad am schnellsten zu erreichen war. Sie registrierte nicht einmal, wie tadellos die Reflexe und Instinkte der Polizistin in ihr funktionierten, die sie widerstandslos und frei von jeglicher Reflexion aus der Umlaufbahn eines Winzerlebens geschossen hatten. Mit einem Mal war der Traum vorbei, ein einziger Anruf ließ ihn platzen. Einmal Bulle, immer Bulle.

Hinter dem Hoftor fuhr sie links in eine schmale Gasse, die sich zwischen den Weinbergen hindurchschlängelte. Kräftig trat sie in die Pedale, musste aber hin und wieder stark in den Rücktritt steigen, weil die Gasse dann doch eine abrupte Kurve nahm, so wie es eben die Weinberge vorgaben.

Überall auf den Gütern sah man Erntehelfer, von denen viele wie jedes Jahr aus Slowenien oder Kroatien nach Südtirol gekommen waren. Die Luft roch nach Traubenmost und trotz der schweren Arbeit schwebte über allem eine Leichtigkeit und Fröhlichkeit, als ob Bacchus persönlich mit seinem Gefolge von Mänaden und Satyrn durch die Weinstöcke tanzte. Hundert Meter talwärts ragte aus einem sich wie eine Woge ausbreitenden Weinberg wuchtig, trutzig und beherrschend das Haus der Koflers hervor, das aus dem 16. Jahrhundert stammte, wie ein nicht zu Ende errichteter Wehrturm mit seinen schweren hölzernen Fensterläden, von deren Weiß sich rote Kreuze abhoben. Sie raste unter einem gemauerten Torbogen hindurch auf den Hof und bremste heftig, um nicht in eine unerwartete Menschentraube zu fahren, sodass sich auf knirschendem Untergrund das Hinterrad wegdrehte. Die Frauen und Männer, die heftig gestikulierend herumstanden, nahmen sie gar nicht wahr. Ihr Dienst-VW, den sicher Jonas genommen hatte, parkte neben Matteos Audi TT, der wiederum neben Heidi Grüners Citigo stand sowie dem Transporter der Spurensicherung und einem Streifenwagen, das ganze Aufgebot also.

Ihr Blick fiel auf Matteo, der einen sehr erregten jungen Mann befragte, dessen graues T-Shirt und Jeans nass waren, nass von Blut, wie ihr geübtes Auge sofort registrierte. Eine unüberwindliche Abneigung hinderte sie daran, zu Matteo zu gehen und mit ihm zu reden. Sie konnte nicht anders, als ihm eine Mitschuld am Tod ihres Mannes zu geben. Und hätte man sie gefragt, so hätte sie präzis antworten können, worin sie diese Schuld erblickte, in seinem Mangel an Vertrauen, in seiner Geheimniskrämerei. Nein, sie brachte es nicht übers Herz, ihm zu verzeihen, dass Thomas an seiner statt sterben musste. War das denn gerecht? Sie wusste, dass sie sich wie ein Schulmädchen benahm, denn wo gab es schon Gerechtigkeit? Aber es half ja nichts. In solchen Momenten wurde ihr deutlich, dass sie sich nicht in ihrer Mitte befand. Nirgendwo entdeckte sie Jonas, dafür aber am Eingang zu ihrem Haus die Koflers. Die beiden Winzer hatten sie im gleichen Moment wahrgenommen und kamen ihr mit dem Anflug einer kurzzeitigen Erleichterung eilig entgegen. Vor einer slawonischen Eiche trafen sie aufeinander. Sonja begrüßte sie mit Handschlag: „Hallo Hanna, hallo Hans, Was ist denn los?"

Kofler raufte sich die Haare, unfähig, das Vorgefallene zu benennen, während es fassungslos aus Hanna herausbrach: „Eine unserer Erntehelferinnen ist erstochen worden." Es fiel ihm schwer, sich zu beherrschen. „Die Dorica hat doch niemandem etwas getan!" Entsetzt starrte er vor sich hin.

„Entschuldige den Anruf. Wir haben uns gewundert, dass du nicht auch hier bist … und …", sagte Hanna ratlos.

Sonja lächelte verlegen, als müsse sie Hanna etwas erklären, was sie doch wusste. „Hab Urlaub genommen wegen der Weinlese …"

„Ja klar", antwortete sie, als wollte sie sich dafür tadeln, wie sie das nur vergessen konnte.

„Ich werde mich trotzdem mal umsehen und mit den Kollegen sprechen."

Hanna nickte dankbar, auch wenn sie nicht wirklich erleichtert wirkte. „Danke. Es ist nur, wir haben so gar keine

Erfahrung damit …", scheiterte sie an einer Entschuldigung, Sonja in der Lese gestört zu haben.

„Wer hat schon Erfahrung damit?", antworte Sonja, nickte den beiden kurz zu, dann sah sie sich um und entdeckte endlich Jonas, der einen alten Mann mit weißem Vollbart, weißer Haartolle, die sich gegen das Schütterwerden stemmte, und von den Jahrzehnten heftig bearbeiteten Gesichtszügen befragte, den Sonja irgendwoher kannte, auch wenn sie im Moment nicht wusste, wohin sie ihn stecken sollte. Unterdessen wurde sie auch von Jonas bemerkt, der die Befragung beendete und ihr entgegenkam, froh, sie zu sehen, was sich deutlich in seiner Miene widerspiegelte.

„Die Ernte schon eingebracht?", fragte er etwas unbeholfen.

Warum behandelt eigentlich alle Welt Trauernde wie Kranke, wunderte sich Sonja, bevor sie antwortete: „Schön wär's. Die Koflers haben mich angerufen."

„Klar. Okay, dann setze ich dich mal ins Bild. Das Opfer heißt Dorica Novak, ist vierundzwanzig Jahre alt, war schon im zweiten Jahr als Erntehelferin hier. Sie wurde im Weinkeller erstochen."

„Habt ihr die Mordwaffe?"

„Ja, ein Messer, das hier unten genutzt wird, um Schläuche zu kürzen. Frei zugänglich. Hätte sich jeder nehmen können.

„Verdächtige?"

„Miran Horvat, der Verlobte der Toten", hörte sie hinter sich Matteos Stimme. Sie schrak unwillkürlich zusammen, konnte dem Zusammentreffen nun aber nicht mehr ausweichen und wandte sich um zu ihm. Und wollte dennoch nur weg, denn sie ertrug seine Nähe nicht.

„Danke", antwortete sie schmallippig.

„Ich dachte, der hat sie nur gefunden …", wunderte sich Jonas.

„Sagt er", erläuterte Matteo knapp. Sie sahen einander nur an, sie kühl, er verlegen. Schließlich unterbrach sie ihr Schweigen. „Nehmt ihr ihn fest?"

„Nein. Es gibt da noch ein paar Ungereimtheiten. Auf dem Messer sind keine Fingerabdrücke, aber Horvat hatte keine Handschuhe dabei. Im Raum wurden auch keine gefunden, und er hatte keinen Grund, das Regal umzuwerfen. Dadurch ist man ja erst auf ihn aufmerksam geworden."

Jonas, der sich nicht nur überflüssig, sondern auch äußerst unbehaglich fühlte, verschwand mit der Begründung, dass er sich unter den Erntehelfern umhören wolle. Sie sahen ihm beide hinterher, dann fasste sich Matteo ein Herz, so konnte, so durfte es nicht weitergehen. „Sonja, wenn wir weiter zusammenarbeiten wollen, müssen wir das irgendwie aus der Welt schaffen."

Heftig schüttelte sie den Kopf, und plötzlich standen ihr Tränen in den Augen, die sie trotzig mit dem Ärmel wegwischte. „Thomas ist tot. Wie willst du das *aus der Welt schaffen?*"

Die Ohrfeige saß. Matteo schluckte seine Verletzung herunter, die er doppelt empfand, weil er nur zu gut um seine Schuld wusste, und zwang sich, auf der sachlichen Ebene zu bleiben. Denn vielleicht, hoffte er, half in diesem Fall nicht Reden, sondern einfach Arbeiten und natürlich die Zeit, die bekanntlich alle Wunden heilen soll, was er auch in Gedanken an Lucia hoffte. Deshalb schlug er vor: „Wir sollten uns noch einmal in Ruhe mit Miran Horvat unterhalten. Vielleicht fällt dir etwas auf, was mir entgangen ist."

Sonja zögerte, doch dann, als er es schon nicht mehr erwartet hatte, willigte sie ein. So gingen sie schweigend in

Richtung Unterkunft der Erntehelfer, die in einem flachen Anbau hinter dem Hauptgebäude, nahe am Weinberg, untergebracht waren. Aus dem Haus kam ihnen Miran Horvat entgegen, gewaschen und umgezogen, was nur bedeutete, dass er ein anderes T-Shirt, in Grau, und eine andere Jeans trug. Obwohl er das Gesicht unter den Wasserhahn gehalten hatte, sah man ihm an, dass er Tränen vergossen hatte. So wie man ihm auch ansah, dass seine Empfindungen in ihm Achterbahn fuhren, sie zwischen Trauer und Wut pendelten und er sich ganz und gar nicht im Griff hatte und jederzeit explodieren konnte.

„Herr Horvat, das ist meine Kollegin Sonja Schwarz", stellte Matteo sie vor.

„Erzählen Sie uns doch mal, wie Sie die Leiche gefunden haben", forderte Sonja ihn auf.

Miran Horvat versuchte sich zu konzentrieren, was ihm offensichtlich schwerfiel. „Ich bin in den Weinkeller gegangen ..."

„Warum?", unterbrach ihn Sonja trocken.

Aus dem Konzept gebracht, schaute er sie irritiert an. „Wieso? Warum?"

„Haben Sie nicht eigentlich im Weinberg zu arbeiten und die Trauben zu lesen?", erläuterte Sonja geduldig ihre Frage. Doch die Erklärung verunsicherte ihn nur noch mehr. „Verdächtigen Sie mich etwa?", platzte es aus ihm heraus.

„Haben wir Grund zu einem Verdacht?", blieb Sonja an ihm dran.

„Nein, natürlich nicht", ruderte er zurück, blickte nach unten auf seine Hände, wurde dann jedoch vom Jähzorn gepackt. „Sind Sie total verrückt? Warum hätte ich Dorica umbringen sollen? Wir sind verlobt. Wir wollen doch im Frühjahr heiraten!", schrie er sie an. Es fiel ihm nicht einmal auf, dass er fälschlicherweise das Präsens gebrauchte, wo doch das *wir* schon Vergangenheit war.

„Na, wenn das alles so klar ist, dann verstehe ich nicht, weshalb Sie eine so einfache Frage meiner Kollegin so sehr aufregt", konterte Matteo kühl. „Also, warum sind Sie in den Weinkeller gegangen?"

Man sah ihm an, dass er einfach nur in Ruhe gelassen werden wollte, um selbst zu verstehen, was geschehen war. So wie er augenscheinlich seine Gefühle nicht im Griff hatte, hielt Sonja eine Tat im Affekt für wahrscheinlich. Nicht anders sah es Matteo.

„Ich wollte mit Dorica sprechen. Hab gesehen, wie sie ins Haus ist."

„Was war denn so wichtig, das sie dafür extra ihre Arbeit unterbrochen hat?"

„Weiß ich nicht", brummt er.

„Und warum mussten Sie gleich mit ihr sprechen? Hätte das nicht Zeit bis später gehabt?"

„Nein, hatte es nicht!", fuhr er sie an.

Als habe sie nichts anderes erwartet, strahlte sie ihn an: „Ich bin ganz Ohr! Was war denn so unaufschiebbar?"

Wütend wandte sich Horvat ab und wollte die beiden Polizisten einfach stehen lassen, doch Matteo trat ihm in den Weg: „Wir bestimmen, wann das Gespräch zu Ende ist! Also!" Der junge Kroate riss die Arme in die Luft, als verfluchte er die beiden: „Sranje! Ich wollte nicht, dass Dorica böse auf mich ist."

„Wie gesagt, wir bestimmen, wie lange das Gespräch dauert. Und wenn wir Ihnen jedes Wort aus der Nase ziehen müssen, dann dauert es eben bis heute Abend, razumjeti?" Der Erntehelfer schaute den Polizisten erstaunt an und fragte sich, woher der Kroatisch konnte.

„Adria-Sprachen sind meine Spezialität! Wir warten immer noch auf eine Antwort!"

Sonja beschlich der Verdacht, dass Doricas Verlobter auf Zeit spielte, um sich eine passende Aussage auszudenken.

„Haben Sie sich noch nie mit Ihrem Mann gestritten? Manchmal gibt ein Wort das andere", sagte er frech mit Blick auf ihren Ehering. Matteo warf ihr einen prüfenden Blick zu. Doch Sonja wirkte unbeeindruckt: „Geht's genauer?"

„Ich hab ihr gesagt, dass sie nicht so bienenfleißig für den Kofler, den Geizkragen, sein muss. Das hat sie geärgert."

„Und um ihren Fleiß zu demonstrieren, läuft sie von der Arbeit weg."

„Das war es doch gerade, sie lief immer um die Zeit zur Lisa, um in der Küche zu helfen, anstatt ihre Pause wie die anderen zu genießen. Darüber hatten wir eine kleine Meinungsverschiedenheit. Als ob es ihr Hof wäre!"

„Okay. Und dann?" Sonja ließ das erst mal so stehen, war sich aber bewusst, dass alles nachgeprüft werden musste.

„Bin da runter. Hab erst gar nichts gesehen. Hab nach ihr gerufen. Dann ist plötzlich jemand weggelaufen und hat dabei ein Regal umgeworfen."

„Sie haben niemanden erkannt?", fragte Sonja.

„Wie denn? War doch viel zu dunkel. Außerdem musst ich ja zur Seite springen, damit das Regal nicht auf mich draufkracht, und bin ausgerutscht. Dann hab ich erst gemerkt, dass das Blut war, wo ich reingetreten bin … Dann hab ich Dorica gesehen … Und dann war auch schon Lisa da und hat mich da liegen gesehen."

„Haben Sie eine Idee, wer Ihrer Verlobten das angetan haben könnte?", fragte Sonja in gleicher Kühle nach.

„Nein, Dorica war bei allen beliebt. Ich begreif das einfach nicht", antwortete er etwas ruhiger geworden, aber mit

Tränen in den Augen. Matteo winkte einen uniformierten Polizisten heran und erklärte dem kroatischen Erntehelfer: „Der Kollege wird Sie in Ihre Unterkunft bringen, damit Sie ihm ihre Kleidung geben können für die kriminaltechnische Untersuchung. Sie müssten uns außerdem eine Speichelprobe für einen DNA-Test geben."

„Ich hab Dorica nicht umgebracht! Wie oft soll ich das noch sagen?!", schrie Horvat erneut. „Ich war's doch nicht, warum glauben Sie mir nicht?", fragte er verzweifelt.

„Das hat nichts mit *glauben* zu tun, sondern mit der Ermittlung von Fakten. Je mehr Sie uns dabei unterstützen, desto einfacher wird es, Sie als Täter auszuschließen", erläuterte Matteo routiniert.

„Na gut. Machen Sie so viele Tests, wie Sie wollen."

„Ach, Herr Horvat", rief Sonja dem Kroaten nach, der bereits den Polizisten folgte. „Kann jemand bestätigen, dass Sie ein Paar, ich meine, dass Sie verlobt waren und wirklich heiraten wollten?" Horvat blieb wie vom Donner gerührt stehen. „Na, geben Sie den Polizisten erst mal Ihre Kleidung, wir finden das alles noch raus, verlassen Sie sich drauf!", schloss sie und wandte sich ab zum Zeichen, dass sie fürs Erste mit ihm fertig war.

„Gehma", trieb der Polizist ihn an, „sonst simma heut Abend noch da."

Sechsundfünfzig

Obwohl sie sich auf die Befragung von Miran Horvat konzentriert hatte, war ihr die Zusammenarbeit mit Matteo schwergefallen, denn die ganze Zeit stand, unsichtbar zwar, aber dafür umso präsenter Thomas zwischen ihnen. Von Hanna Koflers Anruf animiert, hatte sie sich dennoch freiwillig aus dem Kokon des Weinguts herausbegeben in die Welt, vor der sie geflohen war, und stolperte nun in ihre zerbrochene Existenz zurück. Aber dafür fühlte sie sich noch nicht stark genug, und auch nicht für die Gedanken, die Matteo durch die simple Tatsache, überlebt zu haben, immer aufs Neue provozierte. Sie ließ ihn wortlos stehen und stieg die steinernen Stufen, die unzählige Schuhe, aber auch unbekleidete Füße, über die Jahrhunderte durch sanften, aber steten Druck poliert und geformt hatten, zum Tatort hinunter. Eine dumpfe Kühle und ein mostig-alkoholischer Geruch umfingen sie, als sie in den Dämmer des Tonnengewölbes eintauchte. Unter dem Kalk der Wandfarbe bildete sich die Struktur der Bruchsteine, aus denen das Gewölbe gemauert war, eindrucksvoll ab. Im Gegensatz zu ihrem Weinkeller, der ausgesprochen schön war, besaß der Kofler'sche darüber hinaus noch eine unübertreffliche Erhabenheit in seinem perfekten Maßhalten. Umso verstörender wirkte die Unordnung, das Fremde, das nicht hierhergehörte und dennoch von dem Raum Besitz ergriffen hatte. Vom Eifer der drei Forensiker ging in der auf Ruhe und Zeit angelegten

Aura des Orts eine unfreiwillige Komik aus. Und wüsste man es nicht besser, hätte man den Eindruck gewinnen können, dass sie wie böse Clowns das Weinregal aus Stahl und dickem, penibel gehobeltem und geschmirgeltem Holz umgeworfen und die junge Frau davor drapiert hätten. Heidi Grüner, die neben dem schwarzhaarigem Mädchen kniete, stand, als sie Sonjas Blick auf sich ruhen fühlte, auf und ging mit offenem und warmem Lächeln auf sie zu.

„Wieder im Dienst?"

„Noch nicht, aber die Koflers sind Freunde."

„Verstehe."

„Für die Gerichtsmedizin ist hier auf den ersten Blick nicht viel zu tun. Sie wurde ganz klassisch erstochen. Die Flüssigkeit, in der sie liegt, ist eine Mischung aus Blut und Wein."

„Lecker", entfuhr es Sonja. Sie trat näher und schaute in das ebenmäßige Gesicht der Kroatin. „Ein schönes Mädchen", sagte sie traurig.

„Ja, hat ihr aber nichts genützt", erwiderte die Pathologin prosaisch. „Ich schaue sie mir aber noch einmal näher an. Spuren unter den Fingernägeln, mögliche Schwangerschaft und so weiter."

„Tu das." Sonja hatte genug gesehen. Ihre Erfahrung sagte ihr, dass der Tatort nicht mehr an Informationen hergeben würde. Jetzt käme alles darauf an, herauszufinden, wer zur fraglichen Zeit den Keller betreten und zu wem das Opfer Beziehungen welcher Art auch immer unterhalten hatte. Doch bevor sie gehen konnte, hielt Heidi Grüner sie noch auf. „Wie geht es dir, Sonja? Kommst du zurecht?"

„Die Arbeit im Weinberg lenkt mich ab. Mehr kann ich dir nicht sagen. Alles andere fühlt sich leer und taub an", sagte sie so hilflos wie ehrlich.

„Lass es einfach zu", sagte die Pathologin und wusste doch, dass auch die besten Ratschläge nicht helfen würden.

Als sie wieder an der frischen Luft war, befiel sie ein leichter Schwindel. Die Welt war wie weichgezeichnet. Jonas kämpfte sich durch die Menschengrüppchen, Matteo ebenso auf der Suche nach dem entscheidenden Hinweis, der ihnen eine Tür öffnete. Zum ersten Mal sah sie ihre Arbeit von außen und wunderte sich über die Banalität der Routine, der sie willig folgte. Sie zwang sich, zu dem Tisch vor dem Hauseingang zu gehen, an dem die Koflers saßen und ungläubig auf das schauten, was sich vor ihren Augen abspielte. Anstatt zu ernten bewegten sich ihre Helfer wie Hühner auf einem Hühnerhof, über dem ein Greifvogel kreiste. Dann wurde es wie auf Kommando still und alle folgten mit den Augen der Trage, auf der in einen Leichensack verpackt Dorica aus dem Keller getragen wurde. Sie senkten die Köpfe und diejenigen unter den Männern, die eine Kappe trugen, nahmen sie ab und knautschten sie verlegen oder betroffen in ihren Händen. Auch die Koflers hatten sich erhoben. Sie alle verstummten vor der absoluten Macht der Unveränderlichkeit. Noch vor einer Stunde war diese junge Frau durch den Weinberg gelaufen, hatte vielleicht gescherzt, bei dem einen oder anderen vielleicht ein Lächeln auf die Lippen gezaubert, bei manchem womöglich auch ein heimliches Begehren, eine Sehnsucht, denn das hatte Sonja mit einem Blick gesehen, die Dorica war schön gewesen, schön, wie man nur in diesem Alter sein konnte, wenn die Stirn und die Augen, das ganze Gesicht und die Leichtigkeit der Bewegungen noch ganz unbelastet vom Leben waren. Wenn man noch nichts wusste von der Anmut, die man geschenkt bekommen hatte. Es war ein trockener, knallender Ton, mit dem die Klappe des Leichenwagens, der Dorica in die Pathologie bringen würde, geschlossen wurde, ein Ton wie eine Ohrfeige für alle, die nun wieder zum Leben erwachten, die Kappen wieder aufsetzten und ihre Gespräche fortsetzten. Jeder wusste, morgen würde die Ernte weitergehen, heute ging das noch nicht, doch morgen würden sie wieder den gewohnten Tätigkeiten nachgehen, und wenn sie am Ende der Saison den Rest des Geldes ausbezahlt bekämen, bliebe von Dorica nur eine Erinnerung an einen unschönen Zwischenfall, der sich in diesem einen Jahr während der Weinlese ereignet hatte. So war nun mal der Lauf der Welt, dachte Sonja, während ihr Blick über die Gesichter wanderte und schließlich in dem zerfurchten Antlitz des Alten hängenblieb, in den traurigen Augen, die sich tief in die Höhlen zurückgezogen hatten. Wer war dieser alte Mann? Hatte er etwas gesehen? Ihr Instinkt riet ihr, mit ihm zu sprechen, doch zunächst hatte sie sich den Koflers zu widmen, zu denen sie sich setzte. Hanna nahm die Hand ihres Mannes, als wollte sie ihm Kraft und Halt geben.

„Ich muss euch jetzt ein paar Fragen stellen? Ist das okay?"

„Ja, natürlich", sagte Hans und Hanna nickte.

„Ihr habt gesagt, die Dorica war beliebt?", fing Sonja behutsam an. Hans ließ die Hand seiner Frau los. Sein Blick wirkte auf einmal alt und traurig und dennoch etwas verträumt, aber das war wohl eher seinen langen Wimpern, seinen Märchenaugen geschuldet: „Ja, alle mochten sie, so ein nettes, lustiges, gutgelauntes, freundliches …"

„Es gab Streit!", fiel Hanna ihrem Mann hart ins Wort. Hans warf ihr einen erstaunten Blick zu.

„Nicht mit Dorica, aber mit den Erntehelfern. Weiß nicht, was in die gefahren ist, aber sie sind unzufrieden mit ihren Unterkünften, dem Essen, ihrem Lohn. Eigentlich mit allem."

„Das gab es vorher noch nie ... Wir versuchen hier nachhaltig zu wirtschaften. Deswegen haben wir nicht so hohe Erträge wie manch andere und können nicht so viel zahlen ...", versuchte Hans die Unzufriedenheit zu erklären.

„Aber letztes Jahr war es doch auch nicht anders und da waren alle zufrieden, vor allem, weil alle wissen, dass wir sie im nächsten Jahr wieder nehmen. Manche sind schon seit fünf Jahren dabei", blieb Hanna bei ihrem Unverständnis.

„Du hast gesagt: *Nicht mit Dorica.* Sie war doch eine von den Erntehelferinnen?", hakte Sonja behutsam nach.

„Ja, aber sie hat sich nicht dran beteiligt. Hat eher versucht zu schlichten."

„Könnte ihr das jemand übelgenommen haben?"

„Glaube ich nicht. Und das ist ja auch längst beigelegt."

„Die Erntehelfer haben schließlich eingesehen, dass wir einfach nicht mehr zahlen können", schloss Hanna das Kapitel unmissverständlich, mehr wollte sie zu diesem Thema nicht sagen. „Wie machen sich denn die beiden bei euch?", erkundigte sie sich stattdessen nach den beiden, die auf Sonjas Hof aushalfen.

„Gut! Wirklich gut! Noch mal danke dafür! Ich melde mich, wenn ich etwas habe." Sonja stand auf und ging nachdenklich zu ihrem Fahrrad.

Siebenundfünfzig

Hier hatte sie nichts mehr tun. Matteo war ein gewiefter, Jonas ein zwar noch junger und unerfahrener, aber dafür begabter Ermittler, sie würden den Fall auch ohne sie lösen und sie gehörte für die nächsten Tage auf ihr Weingut, an die Seite ihrer Familie. Dennoch würde sie ihre Einrücke aus den Gesprächen notieren und die Notiz Jonas und Matteo mailen. Sie nahm ihr Fahrrad und schob es ohne Eile Richtung Tor, denn sie spürte auch den Wunsch, hierzubleiben und weiter zu ermitteln, diese Arbeit war ihr im Laufe der Jahre zur zweiten, vielleicht sogar zur ersten Natur geworden.

Ein schwarzer Alfa Romeo mit römischem Kennzeichen, der auf den Hof fuhr, zog ihre Aufmerksamkeit auf sich. Knirschend bremste er und hielt an. Eine Frau stieg aus, in ein schwarzes Kostüm gekleidet, etwa in Sonjas Alter, mit sorgfältig hochgesteckten dunklen Haaren, großen blauen Augen in einem Gesicht von strenger Eleganz. Sonja spürte sofort die Aura der Dominanz, die von ihr ausging, eine Frau, die nicht nur andere, sondern auch sich beherrschte. Der kleine, harte Mund wirkte trotz rotem Lippenstift schon etwas verhärmt und erste Falten deuteten sich um ihn herum an. Zielstrebig lenkte sie ihre Schritte Richtung Haupthaus, als Sonja ihr in den Weg trat. Ihr schien, dass die Fremde sie belustigt anschaute.

„Das ist ein Tatort. Was immer Sie wollen, kommen Sie morgen wieder. Es sei denn, Sie haben sachdienliche Hinweise zum Fall zu machen. Sollten Sie allerdings eine Journalistin sein, dann wenden Sie sich an die Pressestelle."

„Gut gemacht", sagte die Fremde von oben herab auf Italienisch, als hätte sie Sonjas Arbeit zu beurteilen, zog einen Dienstausweis und stellte sich vor: „Carla Pisani, Direzione Investigativa Antimafia."

„Bedaure aufrichtig, dann haben Sie den weiten Weg aus Rom umsonst gemacht, denn das ist hier ein einfacher Mordfall, der mit der Mafia kaum etwas zu tun haben dürfte", konterte Sonja ebenfalls auf Italienisch, kühl und nicht weniger belehrend. Einmischung von anderen, womöglich höheren Stellen bedeutete immer Ärger, denn dafür gab es stets nur einen Grund, nicht Aufklärung, sondern Politik. Irgendeine Schweinerei musste gedeckt, eine Wahrheit, die nicht in eine Kampagne oder in den Wahlkampf passte, vertuscht werden. Carla Pisani zog gouvernantenhaft die rechte Augenbraue hoch, was so viel bedeuten sollte, wie: aufsässig, die Kleine.

„Es geht nicht um das hier, Frau Commissario Schwarz", sagte sie von oben herab. Sie kannte sie also, die Dame aus Rom, die für eine Dienststelle zu arbeiten schien, die man in Deutschland *Innere Abteilung* nannte. Vorsicht war angesagt, doch das interessierte Sonja nicht. „Man hat mich aus Rom geschickt, um den Mord an Lorenzo Saffione zu untersuchen", wechselte Carla Pisani in ein grammatikalisch richtiges, aber mit schwerem Akzent behaftetes Deutsch.

„Ich verstehe, die Täter werden zu Opfern!" Die Erinnerung an den Moment, als sie dem Arzt das Zeichen gegeben hatte, die Apparate abzustellen, überrumpelte sie und entfachte einen grenzlosen Hass auf diese kalte Karrieristin aus Rom.

„Wir wollen doch Profis bleiben, Signora Commissario", ging diese wieder ins Italienische über. „Ich muss Ihnen doch wirklich nicht beibringen, dass auch der schlimmste Mensch, wenn er ermordet wird, ein Recht darauf hat, dass der Täter ermittelt wird. Wir reden nicht über Moral, sondern über Strafverfolgung."

„Nein, Sie müssen mir wirklich nicht *beibringen*, dass Lorenzo Saffione meinen Mann umgebracht, dass er auf mich und auf Capo Zanchetti geschossen und versucht hat, ihn zu töten." Sonja wusste, wie falsch und wie unklug diese emotionale Reaktion war, aber sie empfand zu ihrer eigenen Verwunderung Gefallen an ihrer Harakiri-Strategie. Es lag ihr ohnehin nicht mehr allzu viel an dem Beruf, der für sei einmal das Ein und Alles gewesen war und für den sie so viel geopfert hatte.

„Und plötzlich ist Lorenzo Saffione tot. Erschossen. Einfach so. Wie praktisch. Und wird nach dem Mörder gesucht? Nein. Warum nicht? Hat da jemand Angst, auf Dinge zu stoßen, die lieber nicht ans Tageslicht kommen sollen?", schloss Carla Pisani freundlich, doch unerbittlich, wie man einen Beweis zu Ende führt. Sonja schaute in die kalten Augen der Frau. Sie kannte diesen Typ und wusste auch, wie man geschickt mit ihm umging, denn empathielose Karrieristinnen wie Carla Pisani waren gefährlich. Aber was hatte sie hier noch zu verlieren? Vielleicht war es ja auch gut so, wenn man sie feuerte. Sie traf die vollkommen irrationale Entscheidung, die ihr ausnehmend gut gefiel, der Römerin die Entscheidung über ihre berufliche Zukunft in die Hand zu geben, indem sie ihr Munition gegen sich verschaffte: „Haben Sie uns informiert, als Sie Saffione freiließen, Matteo Zanchetti gewarnt, wo Sie doch wissen mussten, dass er auf dessen Abschussliste stand? Wo waren Sie, als man Sie gebraucht hat, Frau Pisani, als es ums Ermitteln ging, nicht ums Anschwärzen? Was mich betrifft, ist die Welt ohne

Lorenzo Saffione ein besserer Ort. Und wenn Sie mich dazu vernehmen möchten, dann tun Sie das in der Questura, und lassen Sie sich vorher einen Termin geben, ich habe nämlich nicht alle Zeit der Welt für Sie."

Doch die Antwort perlte an Carla Pisani ab, die so tat, als hätte sie das nicht gehört, sondern Sonja stattdessen anlächelte und ihr ihre Karte reichte. „Das werde ich ganz sicher tun. Aber sollten Sie von sich aus das Bedürfnis verspüren, mit mir zu sprechen, können Sie mich jederzeit erreichen."

Sonja nahm die Karte und steckte sie in die Gesäßtasche ihrer Jeans. „Leider habe ich keine Karte bei mir, aber ich gehe davon aus, dass Sie meine Daten haben."

Darauf lächelte Carla Pisani nur geheimnisvoll. „Wenn es so weit ist, werde ich Sie zu finden wissen. Keine Sorge."

Mit dem Entschluss, Matteo anzurufen, fuhr Sonja vom Hof und bereute es inzwischen, überhaupt hierhergekommen zu sein. Darauf hatte sie keine Lust mehr, nicht darauf, Lebenszeit für die Domina-Spielchen dieser Frau zu verschwenden. Der Kredit für das Weingut zur Begleichung der Steuerschuld hing an ihrer Anstellung im Staatsdienst, sie konnte deshalb nur eingeschränkt frei agieren, dennoch musste sie etwas Neues finden.

Achtundfünfzig

Unter der großen Eiche stand Matteo einer zwar nicht dicken, doch kräftigen, jungen Frau gegenüber, schätzungsweise in Doricas Alter, namens Kristina, und fragte sie über Dorica aus. Dabei erfuhr er, dass sie beide in Zagreb Landwirtschaft studierten. Dorica hatte vor, sich auf Önologie zu spezialisieren, und hoffte, in Österreich oder Deutschland weiterstudieren zu können, aber dafür benötigte sie Geld, denn die Eltern, kleine Bauern in Istrien, konnten ihr das Studium im Ausland nicht finanzieren, schon die Ausbildung in Zagreb brachte sie an ihre Grenzen. „Deshalb ist sie ja auch hier. *Geil, ich lerne was und bekomme das auch noch bezahlt,* hat sie immer gesagt, und nun …" Ihre Stimme wurde von Tränen erstickt. Doch sie riss sich zusammen, ihr praktischer Verstand sagte ihr, dass sie alles, was sie für Dorica noch tun konnte, darin bestand, dem Polizisten zu sagen, was sie wusste. „Entschuldigung!"

„Schon gut, lassen Sie sich Zeit."

„Ich bin das erste Mal hier, Dorica hat mir davon erzählt. Sie war ja im letzten Jahr schon hier."

„Was können Sie mir über Miran Horvat sagen?"

In Kristinas Augen funkelte Zorn auf. „Ich verstehe nicht, wie sie auf diesen Idioten reinfallen konnte." Matteo merkte auf, ließ ihr aber Zeit, denn es war besser, sie in ihrem Ärger nicht zu stören, sondern einfach zuzuhören. „Für Miran Horvat existierte nur Miran Horvat. Studiert Politikwissenschaft. Sein Privatgott ist Slavoj Žižek."

„Žižek?"

„Ja, ein Neomarxist. Will werden wie er."

„Was muss ich mir unter einem Neomarxisten vorstellen?"

„Einen, der ständig den Reichen etwas wegnehmen und den Armen geben will. Und ansonsten in wolkigen Worten redet."

„Und wie kam die Dorica mit dem Miran aus? Sie waren doch verlobt? Und wollten heiraten?"

Kristina lachte bitter auf und machte eine wegwerfende Handbewegung. „Miran wollte das vielleicht, aber Dorica wollte Schluss machen mit ihm."

„Warum?"

„Weil er sie nervte in seiner Egozentrik, in seinem Jähzorn. In dem Geniekult, den er ständig um seine eigene Person trieb. Sie hatte ihn schließlich doch durchschaut, den schönen Miran." Unter Tränen lachte sie zynisch auf. „Wissen Sie, was *Miran* auf Kroatisch bedeutet, der Ruhige, der Friedfertige. Na, da ist er ja wohl auf der Geburtenstation vertauscht wurden."

„Sie mögen Miran Horvat nicht besonders?"

„Mögen? Ich kann den Dreckskerl nicht ausstehen!"

„Ist Ihnen heute etwas Besonderes aufgefallen?"

„Ja, sie haben im Weinberg miteinander gestritten, heftig sogar."

„Und dann?"

„Ging Dorica Richtung Haus, um der Lisa zu helfen."

Als er sich bei Kristina bedankte, spürte er einen stechenden Blick in seinem Nacken, sodass er sich verwundert umdrehte und in ein hasserfülltes Augenpaar schaute. Doch nur kurz, dann widmete sich Carla Pisani wieder Jonas Kerschbaumer, mit dem sie offensichtlich in ein Gespräch vertieft war. Kopfschüttend ging er auf Carla Pisani zu. Sie hatte ihm zu seinem Glück gerade noch gefehlt.

„Hallo Carla", sagte er kühl.

„Hallo Matteo." Auf ihrem Gesicht zeichnete sich nicht die geringste Regung ab. Erstaunt blickte Jonas von einem zur anderen, offensichtlich kannten die beiden sich.

„War's das?", fragte Jonas.

„Fürs Erste, ja", antwortete sie mit herrischem Unterton.

„Ach, Jonas, besorg doch bitte ein paar Informationen über das Weingut Kofler. Ja, und die Eltern der jungen Frau müssen informiert werden."

„Schon in Arbeit, Chef", quittierte Jonas ungewohnt zackig. Matteo unterdrückte ein Lächeln über das ungewöhnliche Zeichen von Loyalität. Dann wandte er sich Carla Pisani zu. „Was tust du hier?"

„Ich untersuche den Tod von Lorenzo Saffione."

„Warum redest du dann mit Beamten, die mit dem Fall nicht das Geringste zu tun hatten?"

„Ach Mattonino, du kennst mich doch, ich bin gern gründlich."

„Ja, ich kenn dich, Carla. Und nenn mich nie wieder Mattonino!"

Da lächelte sie ihn das erste Mal an, aber es war ein süßsaures Lächeln. „Kommen wir zur Sache, Commissario Capo Matteo Zanchetti! Besser so? Die Mafia fasst hier immer mehr Fuß. Man hat dich herversetzt, weil man dachte, einer, der jahrelang undercover bei der Mafia ermittelt hat, könnte da hilfreich sein." So konnte man es auch sehen, dachte Matteo, hörte ihr jedoch weiter, ohne eine Regung zu zeigen, zu. „Hab denen gleich gesagt, dass sie da den Bock zum Gärtner machen. Aber das wollte keiner hören. Jetzt kommen sie langsam auf die Idee, dass ich vielleicht doch recht hatte."

„Weil du ihnen irgendwelche Geschichten über mich erzählt hast?"

„Nein, weil dieser Rossi hier völlig ungestört seinen Geschäfte nachgehen kann. Und da entsteht doch die völlig nachvollziehbare Frage, warum kann er das?"

„Weil wir noch keine Beweise haben", entgegnete er kühl.

„Weil ihr keine Beweise habt oder weil ihr keine Beweise haben wollt?", ging sie in den direkten Angriff über. Ihr Blick *grillte* ihn förmlich. Bestand sie inzwischen nur noch aus Hass, fragte er sich. Was war das nur mit den Frauen und ihm? Die eine verliert wegen ihm das Leben, die andere hasst ihn tödlich und die dritte verachtet ihn, weil die Kugel, die für ihn bestimmt war, ihren Mann getroffen hat. Matteo Zanchetti, dachte er in einem Anflug von Selbstmitleid, du bist ein Fall für den Psychoanalytiker. Straffte sich jedoch sogleich und sagte ruhig und entschlossen, was dadurch nicht weniger wie eine Kampfansage klang: „Wenn die glauben, dass ich auf der Gehaltsliste der Mafia stehe, sollen sie mich suspendieren und anklagen."

„Das kommt noch. Keine Sorge", entgegnete sie unbeeindruckt. Schön war es nicht, beruhigend auch nicht, aber wenigstens wusste er jetzt, weshalb sie nach Bozen gekommen war und worin ihr Ziel bestand.

Neunundfünfzig

Auf ihrem Hof stieg sie vom Fahrrad, stellte es an die Hauswand und ging bedächtig zur Tür, als ihr Katharina mit einem Korb, in dem geschmierte Brote lagen, entgegenkam.

„Gut, dass du zurück bist. Laura kommt auch gleich. Sie hat angerufen, eine Stunde ist ausgefallen. Was ist denn los bei den Koflers?"

„Eine Erntehelferin wurde ermordet", antwortete Sonja knapp.

„Großer Gott!", rief Katharina erschrocken aus und fragte gleich darauf besorgt: „Musst du ermitteln?"

„Das schaffen die auch ohne mich." In Katharina breitete sich Erleichterung aus. „Will nur noch eine Mail schreiben, dann bin ich bei euch." Ihre Schwiegermutter nickte ihr nur zu, dann verschwand sie wie die Großmutter aus dem Märchen mit ihrem Riesenkorb in Richtung Weinberg. Sie liebte dieses Bild, weil es etwas Versöhnliches hatte. Deshalb schaute sie Katharina auch lange nach, bevor sie endlich ihr Handy zückte und Matteo anrief.

„Ja, Zanchetti", sagte er neutral. Entweder hatte er nicht auf das Display geblickt oder er war nicht allein oder er war beleidigt, egal.

„Sonja hier, bist du allein? Kannst du sprechen?", fragte sie drängend.

„Principessa", entfuhr es ihm aus Freude darüber, dass sie ihn anrief. Er war also allein und nicht verärgert, sondern hatte nur nicht nachgeschaut, von wem der Anruf kam. Sie hatte keine Lust auf Spiele und ließ deshalb das deplatzierte *Principessa* passieren. „Ich hatte heute eine unangenehme Begegnung mit einer Carla Pisani. Du kennst sie?"

„Ja, das tue ich!"

„Sie ermittelt gegen dich."

„Sie will mich zur Strecke bringen."

Den Eindruck hatte Sonja auch, auch wenn sie es nicht so formuliert hätte. „Warum, Matteo?"

Er hatte die Frage erwartet und so gar nicht vor, darüber zu sprechen, doch wenn er jemals wieder mit Sonja vertrauensvoll zusammenarbeiten wollte, musste er sie jetzt informieren. Jemandem wie Matteo, der jahrelang als verdeckter Ermittler gearbeitet hatte, nur auf sich gestellt, und der demzufolge niemandem außer sich vertrauen durfte, fiel es irgendwann schwer, andere ins Vertrauen zu ziehen. Doch wenn ihm Sonja irgendetwas bedeutete, musste er jetzt über seinen Schatten springen.

„Als ich als verdeckter Ermittler arbeitete, war Carla so etwas wie mein Partner, mein Spiegel in der Welt der Polizei. Carla kam der Mafia dank meinen Informationen gefährlich nahe. Wenn die Mafia einen ausschalten will, kennt sie verschiedene Wege. Einer besteht darin, den Ruf desjenigen zu zerstören. Sie mussten etwas geahnt haben, denn sie spielten mir gefälschtes Material zu, das eindeutig belegte, dass Carla für sie arbeitete. Ich habe das geglaubt, unsere Vorgesetzten auch. Kurz darauf flog ich auf, was den Verdacht gegen Carla nur verstärkte. Ich ging nach Bozen, weit weg von Bari, und Carla führte einen harten Kampf um ihren Ruf, um ihre berufliche Existenz und vor allem darum, nicht angeklagt zu werden. Sie konnte schließlich beweisen, dass wir auf manipuliertes Material reingefallen waren. Wer einmal so nah am Abgrund stand und nicht abgestürzt ist, der weiß zu kämpfen …"

„Und wenn er sich noch dazu ausgerechnet von denen verraten fühlt, denen er am meisten vertraut hatte, dann weiß er auch zu hassen."

„So wird es wohl sein."

„Ich maile dir noch ein paar Notizen zu meinen Befragungen und Beobachtungen."

„Okay."

Noch bevor Matteo in seinem Büro eintraf, hatte Sonja die Mail abgeschickt und sich wieder in die kleine Gruppe derer eingereiht, die unter einem leicht bewölkten Himmel in einer septembersüßen Schwade Weintrauben ernteten. Was für eine friedliche Welt, dachte sie. Doch dann kam ihr die tote junge Frau im Weinkeller der Koflers in den Sinn und legte sich wie eine dunkle Wolke über das idyllische Bild.

Sechzig

Nachdem Matteo Sonjas Notizen gelesen und abgespeichert hatte, begann er seine eigenen Notizen in den Computer zu übertragen, wurde aber von Jonas unterbrochen. Es war ihm irgendwie auch ganz recht. Den Feind permanent im Nacken zu haben, die Realität der ständigen Gefahr erinnerte ihn an seine Zeit als verdeckter Ermittler, er kannte das zur Genüge, es regte ihn weder auf, noch verunsicherte es ihn. Er stand auf, bot Jonas am Besprechungstisch Platz an und setzte sich zu ihm. „Andiamo, was weißt du über die Koflers?"

„Seine Eltern hatten ein kleines Weingut, aber das ist pleitegegangen. Er ist weg, hat in Deutschland studiert, wollte wohl alles hinter sich lassen."

„Und hat sich dann was Neues aufgebaut?"

„Nicht ganz. Er hat Hanna Kofler geheiratet und damit auch ihr Weingut. Hat sie überzeugt, neue Anbaumethoden zu probieren."

„Dann ist Kofler nicht sein Geburtsname?"

„Nein, Girlaner. Aber er hat den Namen seiner Frau angenommen."

„Bekomm mal heraus, warum."

„Okay …"

Matteo wollte sich erheben, registrierte aber, dass Jonas keine Anstalten machte, aufzustehen. „Noch was?", fragte der Capo kurz angebunden.

Jonas senkte den Kopf und begann etwas umständlich: „Diese Beamtin da aus Rom. Was will die hier? Die hat mich über die Fälle der letzten Zeit ausgefragt ... Um was geht's da? Ist irgendwas mit Kofler?"

Die gründliche Carla, dachte Matteo und lächelte maliziös. Dann nahm sein Gesicht wieder die Undurchdringlichkeit an, die er im Dienst bevorzugte. „Keine Sorge, die Aktivitäten von Signorina Pisani", und er sagte bewusst *Signorina*, „haben mit unserem Fall nichts zu tun. Sie interessiert sich für den Tod von Lorenzo Saffione und die Mafia-Verbindungen der Kellers. War Zufall, dass die an unserem Tatort aufgetaucht ist. Bei dem Mord auf dem Weingut spielt die Mafia ja wohl kaum eine Rolle."

„Ich weiß nicht recht, erst dieser *Unfall*. Und jetzt auch noch ein Mord."

„Was für ein Unfall?", wurde Matteo hellhörig.

Matteos Frage erstaunte ihn. „Jemand hat doch einen Kanister Diesel über eine Transportkiste mit Trauben gegossen. War leider nicht der Wein, den der Kofler selber verarbeitet, sondern der, den er abgibt. Die haben's nicht gemerkt und die Trauben zusammen mit denen von anderen Weinbauern in die Maschine gekippt. Schaden so an die vierzigtausend Euro."

Wütend schlug Matteo mit der Faust auf den Tisch und brüllte: „Merda! Warum zum Teufel weiß ich nichts davon? Und warum hat Kofler das nicht erwähnt?"

„Na, er wird gedacht haben, dass wir das eh schon wissen. Jeder weiß das. Ging groß durch die Zeitungen."

Dieser *Unfall* änderte alles, selbst wenn die Mafia nichts damit zu tun hatte, sah es so aus – und das war mit Blick auf die Anwesenheit von Carla Pisani ein ganz schlechtes Timing. Einen besseren Grund, sich in die laufenden

Ermittlungen einzubringen, gab es nicht. Allmählich wurde ihm bewusst, dass es schwer werden würde, sie auf Abstand zu halten, und es bestand die Gefahr, dass sie im Bestreben, ihn zu vernichten, die Ermittlungen gegen Rossi, die er allein und heimlich führte, zum Scheitern brachte.

„Geh das nächste Mal bitte nicht davon aus, dass ich irgendwas weiß, sondern erzähl es mir einfach", las er Jonas die Leviten und ließ doch bei Lichte besehen nur seine schlechte Laune an ihm aus.

„Das hab ich grad getan", patzte Jonas zurück, der sich über die Gereiztheit seines Chefs wunderte. Matteo nahm ihn scharf in den Blick, den Jonas jedoch erwiderte. Für einen Moment war die Luft zwischen ihnen zum Schneiden dick.

„Was bringt dich auf die Idee, die Mafia könnte irgendwas mit dem Mord bei den Koflers zu tun haben?", fragte Matteo rau.

„Gehört Einschüchterung nicht zu den Geschäftspraktiken der Mafia?"

„Hast du Kofler danach gefragt?"

Jonas schüttelt schuldbewusst den Kopf, weil er sich vorwarf, etwas versäumt zu haben, was ein erfahrener Ermittler sehr wohl getan hätte.

Zanchetti ließ nicht nach, seinem jungen Commissario eine Lektion zu erteilen, auch wenn er ihn damit nur in die Ecke trieb: „Warum nicht?" Doch Jonas entgegnete spitz: „Weil ich damit beschäftigt war, der römischen Ermittlerin Fragen über meinen Vorgesetzten zu beantworten."

„Touché", lächelte Matteo unmerklich. „Ruf Kofler an und bestell ihn für morgen in die Questura. Dann klären wir das. Ach ja, ich will die Sachen von der Dorica hier haben. Lässt sich das einrichten?"

„Al comando!", quittierte Jonas ironisch.

Einundsechzig

Wieder einer dieser Abende, an dem sie gegen die Wehmut ankämpfen musste, um nicht schwach zu werden. Wie schnell man alles verlieren konnte, vor Kurzem hatte sie noch ihr Hotel geführt, in ihrem großen Bett in einem großen Schlafzimmer mit angrenzendem Umkleidezimmer geschlafen. Und nun eine kleine Zelle, die sie noch dazu mit einer dummen, ungebildeten Person teilen musste, mit der sie sich noch dazu gemein machen musste, um hier nicht unterzugehen.

Sie hatte mit Mandy Würfeln gespielt, als die Wärterin die Tür aufschloss, damit beide wie jeden Abend zum Zähneputzen und Waschen gehen konnten. Doch Mandy setzte sich auf ihr Bett.

„Kommst du nicht mit?", wunderte sich Charlotte. Mandy machte ein störrisches Gesicht. „Ne, hab keine Lust. Geh du mal allein."

„Wenn das einreißt, will ich eine andere Mitbewohnerin. Wie du weißt, habe ich ein feines Näschen", versuchte sie zu scherzen. Aber Mandy warf ihr nur einen bösen Blick zu: „Geh und lass mich zufrieden."

Mürrisch legte sich Mandy hin und drehte Charlotte den Rücken zu. Die zuckte nur mit den Schultern und nahm ihre Waschutensilien. Dann verließ sie die Zelle, folgte dem Gang, an dessen Ende Wärterinnen standen und den ordnungsgemäßen Ablauf kontrollierten. Schließlich erreichte sie den Waschraum, den sie betrat und in dem außer ihr noch fünf Frauen waren, damit beschäftigt, ihre Zähne zu putzen. Sie wählte ein freies Waschbecken am Fenster, doch bevor sie es erreichte, wurde ihr ein Handtuch über den Kopf geschlagen, verknotet und sie zu Boden gestoßen. Der Aufprall auf die Fliesen schmerzte, sodass sie aufschrie, doch das Handtuch wirkte wie ein Knebel. Noch ehe sie irgendetwas tun konnte, prasselten Schläge mit etwas Hartem wie einem Stein auf sie ein, einer, zwei, drei, vier, viele, von allen Seiten und immer wieder, ins Gesicht, auf die Arme, den Oberkörper. Sie geriet in Panik, die schlagen mich tot, die schlagen mich tot, dachte sie und schlug mit Händen und Füßen wild um sich, doch schien das niemanden zu beeindrucken, denn die Schläge gingen weiter auf sie nieder. Durch das Handtuch bekam sie zu wenig Luft, sodass ihr zu schwindeln begann. Doch so plötzlich die Schläge gekommen waren, hörten sie auch wieder auf. Sie bemerkte es erst gar nicht. Als aber die Prügel weiter ausblieben, versuchte sie mit zitternden Händen das Handtuch zu lösen. Es dauerte für ihr Gefühl eine halbe Ewigkeit, ehe ihr das gelang. Sie holte tief Luft, und mit dem Atem kam der Schmerz. Ihr Gesicht, ihre Arme, der Oberkörper brannten. Mühsam stand sie auf und blickte sich um. Was sie sah, machte sie fassungslos, denn die Frauen um sie herum standen unter der Dusche oder putzten ihre Zähne, so als wäre nichts geschehen. Sie nahmen keine Notiz von Charlotte. Für einen Moment argwöhnte sie, unsichtbar zu sein oder nicht existent oder dass sie alles nur geträumt hatte. Sich nur einbildete zu leben. Eine Wärterin, die den Waschraum betrat, riss sie grob aus dieser Vorstellung, denn sie begann sofort loszuschimpfen. „Wie kann man nur so blöd sein und ausrutschen. Jetzt kann ich wegen dir, du depperte Kuh, zum Arzt mit dir gehen."

Charlotte wollte sich beschweren, den Tathergang schildern, doch wen sollte sie beschuldigen? Sie hatte ja niemanden gesehen. Außerdem würde sie sich damit nur persönliche Feinde machen, denn ihr wurde plötzlich klar, was ihr gerade widerfahren war, war nichts Persönliches, sondern eine Warnung der Mafia. Es ging nur ums Geschäft. Jetzt verstand sie, weshalb Mandy nicht wie sonst in den Waschraum mitgekommen war. Sie hatte davon erfahren, doch wollte sie weder mitmachen noch durfte sie sie warnen. Sie hatte das Äußerste an Loyalität aufgebracht, das aus ihrer Sicht möglich war. Deshalb auch ihre Aggressivität, aus schlechtem Gewissen und aus Ärger, dass Charly sie in diese Situation gebracht hatte.

Und noch eins wurde ihr schlagartig bewusst: Stefan hatte mit Rossi gesprochen und er hatte es gründlich vermasselt.

Zweiundsechzig

Matteo Zanchetti fuhr rasant zu Rossis Restaurant. Wie nicht anders zu erwarten, herrschte hier bereits reger Betrieb und alle Tische waren entweder besetzt oder reserviert. Was sich hier allabendlich einfand, konnte gut und gern als die Hautevolee Bozens bezeichnet werden, inklusive jener, die dazugehören wollten und für die es schon einen Erfolg darstellte, wenn sie von einem der Wichtigen gegrüßt wurden. Ließ dann der Wichtige noch ein paar Floskeln fallen, denen die unpersönliche Routine des scheinbar Persönlichen anhaftete, dann dünkten sie sich endlich angekommen im erlauchten Kreis der guten Gesellschaft der Stadt. Es belustigte Matteo immer wieder, wie die Habgier und die Eitelkeit aus den Menschen Karikaturen machte, doch davon lebte die Mafia, von den sieben Todsünden, wer das nicht begriff, brauchte erst gar nicht gegen die ehrenwerte Gesellschaft anzutreten.

Francesco Rossi hatte den Kommissar natürlich schon beim Eintreten aus den Augenwinkeln wahrgenommen. Das Talent einer alles umfassenden Aufmerksamkeit, eines nie erlahmenden Rundumblicks, war ihm wohl schon in die Wiege gelegt worden. Francesco Rossi behielt alle und alles im Auge. Jetzt, entschied er, durfte er die Ankunft des Kommissars mit mittelgroßer Geste entdecken, ohne dass es so aussah, als sei er allzu willfährig. Mit einem auf den Mund begrenzten Lächeln, die Augen blieben kühl und distanziert, berechnend, konzentriert und regungslos wie die eines Raubtiers, ging er auf Matteo Zanchetti zu. „Commissario Zanchetti. Ich hoffe, Sie haben reserviert. Wir sind heute gut besucht."

„Sind Sie das nicht immer, Signor Rossi? Aber keine Sorge, der Schwertfisch muss diesmal ohne mich auskommen. Ich bin heute mehr an Wein interessiert", antwortete Zanchetti auf Italienisch mit unüberhörbar südlichem Akzent, der Vokale und Konsonanten ineinander verschwimmen ließ wie ein Fluss, der sich sanft in der Adria auflöste.

„Maledizione! Ich bin mir nicht mal sicher, ob wir an der Bar noch einen Platz haben", fiel auch Rossi in den Dialekt von Bari.

Matteo winkte nur ab. „Den Wein, von dem ich rede, würde ich lieber nicht trinken. Die Trauben wurden mit Dieselöl übergossen."

Rossi verzog angeekelt das Gesicht. „Wer macht denn so was? Sie sollten diesen Frevler schnellsten einsperren und ihm für den Rest seines Lebens Essig zu trinken und saure Trauben zu essen geben."

„An Ihnen ist ja ein Dante verloren gegangen. Aber dass sich die Mafia mit der Hölle auskennt, ist ja bestens bekannt."

Rossi verdrehte gelangweilt die Augen und stöhnte, wie jemand, der es überdrüssig war, dass über seinen Namen immer dieselben Scherze gemacht wurden. „Ich will Ihnen nicht zu nahe treten, aber Gott sei Dank werden Sie nicht für Ihren Esprit bezahlt."

„Da haben Sie recht, ich werde in der Tat nicht für meinen armseligen Geist, sondern für meine Ermittlungserfolge entlohnt. Alles andere anzunehmen wäre fahrlässig."

Rossi, der ohnehin kein Interesse an der Unterhaltung hatte, strahlte plötzlich über das ganze Gesicht. „Sie haben

Glück, mein lieber Commissario Capo, ich sehe gerade, dass an der Bar ein Platz frei wird."

Doch Matteo ging darauf nicht ein. „Ich dachte, dass Sie mir diese Frage vielleicht beantworten könnten: Haben Sie vor, ins Weingeschäft einzusteigen?"

Mit vielem hatte Rossi gerechnet, nur nicht damit. Abwehrend hob er die Hände. „Bei der heiligen Jungfrau Maria, nein. Ich hab die Dinge gern unter Kontrolle. Diese ständige Sorge um das Wetter oder irgendwelche Insekten, die meine Ernte vernichten könnten … Da kauf ich den Wein doch lieber, nachdem man ihn in Flaschen abgefüllt hat." Und bekreuzigte sich, wie um sich vor dem Ansturm des Verführers zu wappnen.

„Das würde Hans Kofler sicher gern tun, aber jemand hat einen Teil seiner Ernte ruiniert und heute ist auf seinem Hof jemand umgebracht worden. Da frage ich mich natürlich, ob die Mafia ihre Hände im Spiel haben könnte."

„Das müssen Sie die Mafia fragen, Commissario, nicht mich. Ich bin nur ein einfacher Restaurantbesitzer. Aber ich weiß, meine süditalienische Herkunft macht mich zum Mafioso, weil alle Süditaliener geborene Mafiosi sind. Und wenn sie in den Norden kommen, dann nur im Auftrag der Mafia, der Cosa Nostra, der 'Ndrangheta und wie die Organisationen alle heißen mögen." Anerkennend und mit breitem Lächeln klopfte er Matteo auf die Schulter und kommentierte lachend: „Ein beeindruckend simples Weltbild. Nur weiter so, Commissario."

„Die Herren scheinen sich ja ausnehmend gut zu verstehen. Da kann man als Frau nur stören", vernahm Matteo im Rücken eine ihm nur allzu vertraute Stimme. Er wandte sich um und schaute in das regungslose Gesicht von Carla Pisani. „Was machst du hier?", fragte er verdutzt.

„Komisch. Genau das wollte ich dich auch gerade fragen", erwiderte sie unbeeindruckt.

„Ihre Frau, Verehrtester?", erkundigte sich Rossi mit dem bösen Charme der Indiskretion.

„Nein, meine Kollegin Commissario Pisani aus Rom", entgegnete Zanchetti trocken.

„Inzwischen Vice Questore Aggiunto", pochte sie auf ihren Rang.

„Oh, eine Polizeirätin, ich fühle mich geehrt. Dann lasse ich für Sie extra einen Tisch hereinholen. Sie haben sicher viel miteinander zu bereden, wenn die Signora schon den weiten Weg von Rom zu uns nach Bozen gemacht hat."

„Nicht nötig! Ich hatte nicht vor, bei Ihnen zu essen."

„Oh, die Signora ist natürlich aus Rom Besseres gewöhnt", genoss es Rossi, sich über die beiden Polizisten, die offensichtlich ein Problem miteinander hatten, lustig zu machen. Mit dem selbstsicheren Lächeln des Mannes von Welt, zumindest, was Rossi dafür hielt, schaute er erst zu Matteo Zanchetti, dann zu Carla Pisani und schlug bedauernd die Hände zusammen. „So angenehm es ist, mit Ihnen zu plaudern, muss ich mich jetzt doch wieder um meine Gäste kümmern. Schließlich bin *ich* ja noch im Dienst." Mit diesen Worten ließ er sie mit einer angedeuteten Verbeugung stehen und begann seine Runde durchs Restaurant, von Tisch zu Tisch, die Gäste begrüßend und mit ihnen ein wenig plaudernd … mangiare … parlare.

Matteos Wangenknochen zuckten, als er sie mit mühsam unterdrückter Wut in der Stimme fragte: „Observierst du mich?"

„Du kennst doch die Ermittlungsmethoden gut genug, und die Observation des Verdächtigen gehört nun mal dazu."

„Du störst …"

„... dein gutes Verhältnis zum örtlichen Mafiaresidenten", fiel sie ihm ins Wort. „Wolltest du ihn auf den neuesten Stand bringen?"

„Das war eine Vernehmung. Ich wollte wissen, ob Rossi irgendwas mit dem Mord auf dem Weingut zu tun hat." Ihre Versuche, ihn in die Enge zu treiben, ihn nervös zu machen, ihn zu *grillen*, beunruhigten ihn nicht allzu sehr, aber er empfand sie als lästig und sie gefährdete seine Arbeit.

„Eine *Vernehmung?*", echote die Kriminalrätin sarkastisch. „Ach so, und warum hat die nicht auf der Questura stattgefunden? Mit einem Stenografen, damit sicher ist, dass da nichts gemauschelt werden kann?"

„Wie ich meine Fälle bearbeite, musst du schon mir überlassen!"

„Siehst du, Matteo, genau das ist der Punkt, warum man mich hergeschickt hat. Nicht um herauszufinden, wie, sondern für wen du *deine* Fälle bearbeitest."

„*Hergeschickt!* Das ist doch in Wahrheit dein kleiner, ganz persönlicher Rachefeldzug. Was hast du der Direktion in Rom erzählt, um mich in Misskredit zu bringen und diese Untersuchung zu rechtfertigen?" Er hatte diese Spielchen so satt. Doch Carla Pisani lächelte das erste Mal, seit sie in dem Restaurant war, und das noch dazu nachsichtig: „Ach Matteo, dazu braucht es mich gar nicht. Das schaffst du schon ganz allein. Hab mir mal deine Fälle aus dem letzten Jahr angesehen. Da geht eine Drogenlieferung verloren. Zwei Männer werden ermordet und ein Junge entführt. Der Killer wird verhaftet, aber was ist mit dem Mann, der ihn losgeschickt hat? Der führt hier weiter ungestört sein Restaurant."

„Wir haben versucht, Beweise für Rossis Beteiligung zu finden, leider ohne Erfolg", hielt er dagegen, ohne dass in seiner Stimme der Versuch einer Rechtfertigung anklang.

„Dann wird Lorenzo Saffione", redete sie unbeeindruckt von Matteos Einwand weiter, „aus dem Knast entlassen …"

„Und keiner von euch hält es für nötig, mich zu warnen", warf er ihr nun wirklich wütend vor.

„Saffione versucht dich umzubringen, und plötzlich ist er tot. Einfach so. Als hättest du einen Schutzengel. Und da frag nicht nur ich mich: Was hast du getan, um solchen Schutz zu verdienen? Bist du zu nützlich, als dass man dich sterben lassen würde?" Sie blickte ihn mit einer Mischung aus Zorn und Enttäuschung an. „Du weißt doch, wen und warum und wie lange die Mafia jemanden beschützt. Aber ich krieg es heraus, verlass dich drauf, Matteo."

„Das sagtest du bereits", erwiderte er herablassend, ließ sie einfach stehen, ging hinaus zu seinem Audi und fuhr mit aufheulendem Motor los. Nach Oberbozen, zu dem Aussichtspunkt, an dem er Rossi getroffen hatte. Er wollte allein sein, draußen, fern von den Menschen, und nachdenken.

Dreiundsechzig

Durch den Weinberg flogen die Glühwürmchen. Andreas Mayn brach mit den Männern auf, von denen eine schöne Zufriedenheit über das vollbrachte Tagewerk ausging, denn sie hatten gewissermaßen das Weingut adoptiert und freuten sich darüber, dass die Arbeit voranging. Sonja winkte ihnen hinterher.

Ach, dachte sie, wenn Thomas jetzt hier wäre, würden sie noch eine Flasche Wein öffnen und sich unter die große, alte Kastanie setzen und ungeachtet dessen, dass sie früh aufstehen mussten, sich in ein Gespräch fallen lassen, das wer weiß wann sein Ende finden würde. Oh, wie sie diese Gespräche liebte! Doch auch Idyllen waren vor Verbrechen nicht gefeit. Ihr kam wieder der Mord auf dem Weingut Kofler in den Sinn. Es konnte nicht schaden, etwas mehr über die Koflers zu erfahren, auch wenn sie sich im Urlaub befand und nicht beabsichtigte, in die Ermittlungen einzugreifen. Andererseits hatten die Koflers sie angerufen, und wenn ihre Hilfe benötigt wurde, durfte sie sich dem nicht verschließen. „Katharina, hast du noch einen Moment Zeit für mich?", rief sie ihrer Schwiegermutter zu, die mit ihrer Enkelin vor ihr ging.

„Ja", antwortete sie.

„Aber ohne mich, ich muss gleich in mein Bett", sagte Laura gähnend, und mit ihrem Bett meinte sie inzwischen Thomas' Hälfte der elterlichen Schlafstatt.

Obwohl es noch angenehm warm war, mieden sie die Kastanie, unter der sie zuletzt zur Trauerfeier vom Thomas gesessen hatten, zum Fell versaufen, wie man derb sagte, um durch den groben Scherz irgendwie dem Schmerz des Verlusts zu wehren, die Zumutung des Für-Immer, des Unkorrigierbaren, des Hoffnungslosen, und so setzten sie sich auf die Bank in der Küche.

„Magst'n Trester?"

„Ist noch etwas da von dem grässlichen Fusel?", scherzte Sonja.

„Und ob, ich trinke nicht heimlich und auch niemals allein", belehrte Katharina ihre Schwiegertochter und holte die Gläser und den Schnaps aus dem Wandschrank.

„Hätte der nicht in den Kühlschrank gehört, ich meine, ist der jetzt nicht zu warm?"

„Ach Madel, du hast ja so gar keine Ahnung. Das ist doch kein Korn, das ist die Seele des Weins. Und he? Steckt man die Seele in den Kühlschrank?", sagte Katharina streng.

Sie stießen an und tranken. Der Schnaps tat ihr gut, die Sanftheit und das Brennen hernach, die Seele eben. Und es stimmte, der Trester durfte nicht kalt sein.

„Noch einen", sagte Sonja.

„Du lernst schnell, Sonnerl. Aber kipp ihn nicht gleich hinunter, roll ihn über die Zunge, einmal hin, einmal her, einmal hin, einmal her, gib ihm Zeit, sich zu entfalten, dann lass ihn langsam die Kehle hinuntergleiten." Sie schenkte ein und Sonja folgte dem Rat ihrer Schwiegermutter und spürte plötzlich die Sonne und das Feuer der Berge und hernach zum ersten Mal in ihrem Leben die Seele des Weins, die wie eine Fee über die Geschmacksknospen der Zunge tanzte, wild, anmutig, verspielt und kratzbürstig. Und plötzlich saß er da, zwischen den beiden Frauen auf der Bank, Thomas, und schaute sie fröhlich an und nickte, verschwand jedoch wieder, so unerwartet wie er gekommen war.

„Was ist los? Du siehst aus, als ob du ein Gespenst gesehen hast", sagte Katharina besorgt.

„Ein Gespenst nicht, nein, wirklich nicht. Ach komm, schenk noch einen ein, wie heißt es doch, auf einem Bein kann man nicht stehen?", schob Sonja ihrer Schwiegermutter das Gläschen hin, die es wieder füllte, ihr eigenes auch.

„Was willst wissen, Madel?" Sonja stellte vergnügt fest, dass Katharina mit steigendem Alkoholpegel immer stärker in den Dialekt rutschte.

„Erzähl mir was vom Kofler Hans?"

„Wirds wohl ein Verhör?"

„Wenn, wäre es eine Befragung. Aber nein, ich will einfach nur mehr erfahren. Weißt du, die Erntehelferin, die Dorica, die jemand erstochen hat, das war noch ein junges Mädchen, nur ein paar Jahre älter als Laura. Und es hat mich so traurig gemacht, wie ich sie da in der Lache aus Blut und Wein hab liegen sehen. O Gott, ich muss den Beruf an den Nagel hängen, ich werd langsam sentimental." Erschrocken starrte sie vor sich hin. Die Erkenntnis ihrer Dünnhäutigkeit, des Fehlens ihrer gewohnten, professionellen Distanz, hatte sie schockiert.

„Komm mal her", sagte Katharina und Sonja folgte der Aufforderung. Ihre Schwiegermutter nahm sie in den Arm. „Is scho recht. Du wirst nicht sentimental, aber manchmal muss es halt raus. Und wenns nit rauskann, wenns drinnen bleibt, dann wird der Mensch krank, verstehst mi. Schaffs raus." Katharina stand auf und stellte zwei Gläser mit Wasser auf den Tisch und einen Teller mit Speck und füllte die Gläschen noch einmal nach. Die Küchenfenster schwärzte

allmählich die Nacht und die Küche wurde zum gemüt-
lichen Refugium.

„Du musst wissen, der Hans, das ist ein ganz kluger und
sensibler, ein feiner Kerl." Plötzlich lachte Katharina auf,
Tränen hell wie der Trester standen ihr dabei in den Augen.
„Weißt, als der Thomas fünfzehn, sechzehn, siebzehn Jahre
alt war, da haben die im späten Frühjahr, im Sommer und
im Herbst manchmal abends unter der Kastanie gesessen,
wenns halt das Wetter hergab, der Thomas mit seinen
Freunden. Der Girlaner Hans war auch immer dabei und
manchmal auch ein paar Mädchen."

„Girlaner Hans?", fragte Sonja und trank von dem Wasser.

„Ja, der Hans hat später den Namen seiner Frau angenommen. Aber als die Jungs und manchmal auch ein paar
Mädchen dort saßen, hat noch keiner etwas von der Katastrophe geahnt." Und kam nicht weiter mit Sprechen, weil
sie auf einmal wie ein kleines Mädchen kichern musste.
„Manchmal haben mein Mann und ich in einigem Abstand
gestanden und uns gefreut über die jungen Leut, wie sie da
so gsessen sind, und gesungen, nix Italienisches, nix aus
Südtirol, sondern englisch. Hm, und Gitarre konnte immer
einer von denen spielen." Und da musste auch Sonja lachen
mit nicht weniger klaren Tränen in den Augen, weil sie das
daran erinnerte, wie gern Thomas Songs von Bob Dylan
laut und völlig falsch brummte und erst zufrieden war, wenn
sie nicht weniger falsch *I Shall Be Released* mitsang:

They say ev'rything can be replaced,
Yet ev'ry distance is not near.
So I remember ev'ry face ...

... na und so weiter. Und es klang immer nach der Sehnsucht nach einem Land, das man niemals betreten würde.

Doch Thomas fand, dass der Song am besten klang, wenn ihn möglichst viele möglichst schräg mitsangen. Kurz summte sie leise und völlig schief das Lied, nahm das Glas und schüttete diesmal den Schnaps in einem hinunter.

„Genau das haben sie damals auch immer gesungen", freute sich Katharina. Sonja nahm etwas von dem Speck und fragte kauend und schmatzend, wobei ihr eine schweißnasse Haarsträhne ins Gesicht fiel, die sie mit einer versonnenen Bewegung nach hinten strich: „Du hast eine Katastrophe erwähnt?"

„Ach, besser nicht drüber reden, aber du gibst ja doch keine Ruhe. Der Vater vom Hans ist früh gestorben. Die Mutter hat einen zweiten Mann geheiratet. Den Gasser Josef, war aber keine gute Wahl. Ein Spieler und Säufer. Es kam, wie es kommen musste. Der Gasser hat das Weingut verspielt und die Mutter hat sich aufgehängt. Aus Scham, glaub ich. Weil sie doch schuld war, dass das Erbe für den Hans weg war."

„Und der Hans?"

„Hielts hier nimmer. Is raus nach Deutschland und hat Önologie studiert." Sonja nahm das große Glas und ließ das Wasser durch ihre Kehle rinnen, bis es leer war. Dann schenkte sie sich Wasser nach, während Katharina endlich den Schnaps trank und beiden noch etwas vom Weingeist nachfüllte.

„Jahre später stand die Kofler Hanna mit dem Weingut der Eltern allein da. Auf einer Weinmesse, glaub i, hat sie den Hans wiedergetroffen und dann haben sie geheiratet. Und ich mein, dass der Hans nimmer als Girlaner hätte zurückkehren können, aber als Kofler gings scho. Er hat ihren Namen angenommen."

„Klingt eher nach Zweckgemeinschaft als nach Liebe."

„Das kann ein Außenstehender nicht beurteilen. Sieht mir aber nicht so aus, die beiden können gut miteinander. Die Hanna führt das Geschäft und der Hans macht den Wein. Ich glaub nicht, dass das ohne Liebe ist."

Die beiden Frauen schauten sich wehmütig an, dann tranken sie den Trester aus und gingen schlafen, denn in wenigen Stunden würde der Wecker rasseln, der sie zur Arbeit in den Weinberg rief.

Vierundsechzig

Die halbe Nacht hatte Matteo auf der Bank verbracht, den Geräuschen der Dunkelheit, einem einsamen Lkw, einem bellenden Hund, dem kurzen Schimpfen eines Betrunkenen, dem Donnern eines fernen Zugs, dem bösartigen Fauchen zweier Katzen, die um ihr Revier kämpften, dem Ruf eines Käuzchens und schließlich dem Ächzen der Berge gelauscht und nachgedacht. Er benötigte einen Moment, bis er erkannte, dass die drei Vögel, die ihn mit abrupten und riskanten Richtungsänderungen in rasanter Geschwindigkeit umflogen, keine Vögel, sondern Fledermäuse waren. Irgendwann fror er so sehr, dass er widerwillig in seinen Audi stieg und nach Hause fuhr. Das Ganze hatte ihm jedoch keine andere Erkenntnis gebracht, als die, dass er einsam war. Er sah sich allerdings außerstande, daran etwas zu ändern.

Obwohl er wenig geschlafen hatte, betrat er um neun Uhr die Questura und stieß im Büro von Jonas und Sonja, das vor seinem lag, auf die beiden Kerschbaumers, die verloren herumstanden, als wären sie im falschen Film gelandet.

„Ist was?", knurrte er und trat in sein Dienstzimmer, musste aber zu seiner Überraschung hinter seinem Schreibtisch Carla Pisani entdecken, die seine Sachen in eine Kiste packte.

„Du kommst gerade zur rechten Zeit", sagte sie mit einem unvermuteten Anflug von Fröhlichkeit. Sie nahm die Kiste hoch und drückte sie Matteo in die Hände. „Du hast doch sicher nichts dagegen, wenn ich dein Zimmer nutze – irgendwo muss ich ja arbeiten." Matteo schaute in die Kiste und fühlte sich überrumpelt. „Du brauchst es ja ohnehin nicht mehr lange", fügte sie mit provozierender Geschäftigkeit hinzu.

Als Matteo in Sonjas Büro zurückkehrte, mit der Kiste in den Händen, in der sich seine Sachen befanden, spürte er die Enttäuschung seiner Untergebenen darüber, dass er sich von der Dame aus Rom so abkanzeln ließ. Er stellte die Kiste auf den Tisch, dann dirigierte er die beiden zur Ermittlungstafel an der gegenüberliegenden Wand. Er winkte sie noch näher ran, um flüstern zu können.

„Ihr habt ja schon mitbekommen, dass die Kollegin aus Rom hier ein paar unserer Fälle überprüft. Ich möchte euch nur raten, vorsichtig mit dem zu sein, was ihr sagt."

„Gibt es da was, was sie rausfinden könnte?", fragte Peter Kerschbaumer, höchst unglücklich über die Situation. Matteo verstand ihn nur zu gut.

„Nein, aber ich kenne Carla Pisani und ich habe solche Untersuchungen schon erlebt. Da wird einem ganz schnell aus irgendwelchen harmlosen Äußerungen ein Strick gedreht …" Weiter kam Matteo nicht, denn das Klacken hoher Hacken auf dem Boden kündigte Carla Pisani an, und wirklich stand sie schon kurz darauf bei ihnen, warf einen durchdringenden Blick in die Runde der *Verschwörer* und wandte sich dann gespielt beiläufig an den älteren Kerschbaumer, den sie sich aufgrund seines jovialen Aussehens als Objekt einer Machtdemonstration ausgesucht hatte.

„Kerschbaumer, richtig?" Peter nickte nur. Er fühlte sich überhaupt nicht wohl in seiner Haut, obwohl er nichts verbrochen und im Laufe der vielen Dienstjahre schon einige interne Untersuchungen erlebt hatte, doch diesmal spürte er mit all seiner Intuition, dass etwas Ungutes im Gange war und es dabei nicht um die Wahrheit ging.

„Besorgen Sie mir doch die Akten im Fall Saffione", wies sie ihn keinen Widerspruch duldend an.

Damit hatte sie für Matteos Geduld eindeutig die Grenze überschritten. „Du kannst gern mein Büro haben, aber nicht meine Mitarbeiter. Wir bearbeiten hier einen Mordfall", sagte er mit bewunderungswürdiger Sachlichkeit.

„Ich auch", antwortete sie unbeeindruckt und wandte sich wieder Kerschbaumer zu. „Wenn Sie schon mal dabei sind, bringen Sie mir alles, was Sie über die Kellers haben, einschließlich der Bestechung."

„Die Akten liegen beim Betrugsdezernat", entgegnete der knapp.

„Ja und? Wo ist das Problem? Dann besorgen Sie mir eben Kopien."

Carla Pisanis kalte Freundlichkeit war einer hörbaren Gereiztheit darüber gewichen, dass sie einem begriffsstutzigen Provinzpolizisten die einfachsten Dinge erläutern musste. Doch der begriffsstutzige Provinzpolizist zeigte keine Regung. Er sah nicht ein, weshalb er sich von diesem Mädelchen so respektlos behandeln lassen sollte. Das hatte er wirklich nicht nötig.

Sie blickte ihn scharf an, dann drohte sie mit kaltem Lächeln, das schon im Sprechen einfror: „Ich bin zwar nicht Ihre Vorgesetzte, aber zurzeit die ranghöchste Polizistin in diesem Büro. Sie sollten sich gut überlegen, ob es klug ist, meine Anweisungen zu ignorieren."

Das ging entschieden zu weit. Matteo wollte ihr gerade Paroli bieten, was Peter Kerschbaumer spürte und ihm deshalb mit schmerzverzogenem Gesicht zuvorkam. „Wie Sie da so reden, Signora Vice Questore Aggiunto, meldet sich gerade mein Weisheitszahn. Ein unangenehmer Zeitgenosse, dieser Weisheitszahn, ich hätte ihn längst ziehen lassen sollen. Aber Sie verstehen, die Arbeit und, na ja, auch die Feigheit. Ich geh dann mal zum Zahnarzt, Signora Vice Questore Aggiunto. Muss ich mich nun bei Ihnen oder bei meinem Vorgesetzten abmelden? Ich muss Sie das fragen, weil ich mich doch *klug* verhalten möchte."

„Ihre Entscheidung", sagte sie emotionslos. „Aber vergessen Sie das Attest nicht." Dafür liebte Jonas seinen Vater geradezu und sandte ihm einen bewundernden Blick zu, den allerdings Carla Pisani auffing. „Und was ist mit Ihnen?", fragte sie streng.

„Mit mir?", fragte Jonas etwas einfältig zurück.

„Ja, mit wem denn sonst!", musste sie sich allmählich bemühen, ihren Ärger zu kaschieren. In die gespannte Atmosphäre läutete das Telefon hinein. Jonas nahm den Hörer ab, hörte zu, dann wandte er sich an Matteo: „Der Kofler Hans zur Befragung."

„Soll unten warten. Wir gehen in den Verhörraum, mein Büro ist ja leider besetzt, und hier kommen wir zu nichts. Tut mir leid, aber für die Befragung benötige ich Commissario Kerschbaumer."

„Du kannst den Kofler auch allein verhören", wies sie ihn zurecht, erntete dafür aber nur ein breites Grinsen des Capos: „Wir wollen doch nicht den Verdacht erregen zu mauscheln?"

Fünfundsechzig

„Es tut mir leid, dass wir einen so ungastlichen Raum wählen mussten, Herr Kofler, aber mein Büro ist leider besetzt", sagte Matteo, als er den Winzer in den Verhörraum führte. Jonas folgte den beiden. Dann setzten sie sich in zwangloser Form um den Tisch herum, um den Eindruck eines Verhörs zu vermeiden. Freundlich, doch deutlich verunsichert, bat Kofler, die Befragung so schnell wie möglich durchzuführen, denn sie standen mitten in der Weinlese und die Erntearbeiten seien ohnehin schon ins Stocken geraten.

„Das ganze Jahr kann sich der Winzer eine gewisse Nonchalance leisten, nicht aber zur Lese, da muss alles klappen", erklärte er und fuhr sich fahrig über die Augenbrauen.

„Wegen des Mordes?", fragte Jonas.

Kofler wiegte den Kopf hin und her. „Das auch. Wir haben Schwierigkeiten mit den Leuten. Unter ihnen herrscht so eine Unzufriedenheit. Mit der Unterbringung. Mit dem Geld. Ich versteh nicht, warum. Früher hatten wir diese Probleme nicht."

„Früher hat auch niemand Diesel über ihre Trauben gekippt, oder?", warf Matteo ein.

Kofler stöhnte auf und schüttelte den Kopf. „In diesem Jahr steckt der Wurm drin."

Matteo erkundigte sich, wer das getan haben könnte, doch Hans Kofler hatte nicht einmal den Schatten eines

Verdachts. Er murmelte nur wieder, dass es ihm vollständig unverständlich sei.

„Kennen Sie überhaupt Ihren eigenen Hof?", spottete Matteo.

„Sie werden lachen, aber das frage ich mich langsam auch", antwortete der Winzer zerstreut.

„Ihr probiert neue Anbaumethoden aus. Das gefällt hier nicht jedem. Kann es daher kommen?", griff Jonas ein.

„Mag sein, dass es nicht jedem gefällt, gab ja auch manche Diskussion, nach der Kirche oder im Winzerverband, aber Diesel auf Trauben kippen, das macht kein Winzer. Ausgeschlossen."

„Wenn es kein Winzer war, dann war es vielleicht die Mafia?", setzte Matteo hart nach.

„Wie kommen Sie denn jetzt auf die Mafia?", fragte der Winzer erschrocken. „Wieso denn die Mafia?" Die Frage hatte ihn deutlich überfordert, sie kam ihm schlicht absurd vor.

„Ist zumindest ihre Handschrift!" Ein Blick in Koflers Gesicht, das völlige Ratlosigkeit erkennen ließ, als habe man mitten im Gespräch die Sprachen gewechselt und würde nun weiter auf Chinesisch konferieren, zeigte Matteo, dass er so nicht weiterkam. „Hat Sie in der letzten Zeit jemand angesprochen, egal wer, weil er Ihr Weingut kaufen wollte? Oder weil er Teilhaber, von mir aus auch stiller Teilhaber werden wollte?"

„Nein."

„Eine Finanzspritze könnten Sie doch sicher gut gebrauchen, oder?"

„Wir kommen zurecht", machte Kofler plötzlich dicht. Hatte er bisher ehrlich geantwortet, den Unwissenden nicht bloß gespielt, dann begann er jetzt zu lavieren.

„Wie ist Ihre finanzielle Situation? Müssen Sie Kredite bedienen?"

„Da müssen Sie meine Frau fragen. Sie macht das Geschäftliche, ich kümmere mich um den Wein."

Während Matteo innerlich fluchte, wieder in eine Sackgasse gebrettert zu sein, erinnerte sich Jonas daran, wo er dem alten Mann, den er auf dem Hof gesehen hatte, schon einmal begegnet war. „Beschäftigen Sie auch Tagesarbeiter vom Arbeitsstrich beispielsweise?"

„Na", wurde er zum ersten Mal laut. „Das tun wir nicht, nichts geht an der Steuer vorbei. Unsere Arbeitsverträge sind tadellos. Außerdem würde es auch nichts bringen. Wir haben keine Zeit, ständig Leute anzulernen. Die Helfer kommen mit dem Beginn der Ernte, die meisten wissen Bescheid, die anderen werden eingewiesen und dann bleiben sie bis zum letzten Tag. Wie kommen Sie überhaupt darauf?" Auch Matteo schaute seinen jungen Kollegen mit großen Augen an.

„Ich habe auf Ihrem Hof so einen Alten gesehen, weiße Haare, weißer Vollbart, schmal, klein, mit einer Armeemütze auf dem Kopf."

„Ach, der Josef", sagte er mit untergründiger Abneigung. „Den hat meine Frau eingestellt, wie sie alle Einstellungen vornimmt, ordentliche Papiere, ordentlicher Vertrag!"

„Kennen Sie ihn näher?"

„Nein, natürlich nicht. Wie kommen Sie denn jetzt da drauf? Und jetzt möchte ich mal wissen, was Ihre ganze Fragerei mit dem Mord an der armen Dorica zu tun hat." Gar nicht so schlecht, dachte Matteo, da hatte der junge Kollege einen wunden Punkt getroffen.

„Weil Sie vom Geschäftlichen nichts wissen, weil das Ihre Frau erledigt und Sie die Verträge nicht kennen, nur beim Josef wissen Sie Bescheid. Komisch, oder?"

„Gar nicht komisch, meine Frau macht alles! Nur beim Josef hatte ich mich erkundigt, weil er schon so alt ist", blockte er ab.

„Warum haben Sie eigentlich den Namen Ihrer Frau angenommen, Herr Kofler?", fragte Matteo nachdenklich.

„Ist das verboten?"

„Nein, aber ungewöhnlich. Zumindest für einen süditalienischen Macho wie mich", versuchte es Matteo mit Selbstironie. Er lehnte sich zurück, verschränkte die Finger und ließ sie knacken.

„Ich bin nicht verpflichtet, Ihre persönliche Neugier zu befriedigen, und mit dem Tod der Dorica hat es ja wohl auch nichts zu tun", mauerte Kofler, den diese zeitraubende Befragung zusehends ärgerte. Er wollte schon aufstehen, da klopfte es an der Tür.

„Herein", rief Matteo genervt, weil das Gespräch mit Kofler ihn keinen Deut der Lösung des Falles näher brachte.

„Das sind die persönlichen Gegenstände von Dorica Novak, ihre Kleidung und ihre Wäsche haben wir in zwei andere Kisten verpackt und in die Asservatenkammer gegeben", informierte der Polizist, stellte die Kiste ab und verließ mit angedeutetem Gruß den Raum.

„Danke", sagte Matteo. Kofler wirkte sichtlich ergriffen. Und blasser, was aber auch an dem unbarmherzigen Licht der Glühbirne liegen konnte.

„Ist Ihnen nicht gut, Herr Kofler", fragte Matteo, der Kofler nicht aus den Augen ließ.

Der Winzer nestelte ein großes kariertes Taschentuch aus der Hose und wischte sich den Schweiß von der Stirn. „Bitte um Entschuldigung, aber mir fehlt die Übung. Für Sie ist das anders, Sie haben jederzeit mit Mord und anderen schlimmen Dingen zu tun, aber ich doch nicht, ich nicht, ich kümmere mich um den Wein, um Dinge, die den Menschen Freude machen. Und, ja, es nimmt mich mit, wenn jemand auf meinem Hof ermordet wird, und wenn es dann noch ein so junges, fröhliches Mädchen ist, dann nimmt mich das umso mehr mit! Ein Mensch, der sein ganzes Leben noch vor sich hat. Ich frage mich die ganze Zeit schon, ob mir etwas entgangen ist, ob ich es hätte verhindern können. Können Sie das verstehen, Commissario?"

„Ja", sagte Matteo leise.

Hans Kofler hob den Kopf und schaute Matteo aus seinen großen, anklagenden Augen an: „Sagen Sie mir, wer macht so was? Sie sind der Fachmann dafür. Ich gehe über meinen Hof, spreche mit den Erntehelfern, den Mitarbeitern, und frage mich permanent, wem dieses fröhliche Mädchen etwas getan haben könnte, dass der sie umbrachte. Das lässt mir keine Ruhe."

Hier würde er erst mal nicht weiterkommen, begriff Matteo, bedankte sich deshalb bei Hans Kofler, bat ihn, ihn zu informieren, wenn er etwas Verdächtiges bemerken sollte, dann öffnete er für ihn die Tür und ließ ihn gehen.

Nachdem er hinter dem Winzer die Tür geschlossen hatte, zog er sich die Handschuhe an, Jonas ebenfalls, und begann die Kiste auszupacken. Er hoffte, etwas mehr über Dorica Novak zu erfahren, die ihm von allen als liebenswerter Mensch beschrieben wurde, als freundlich und arglos. Vor allem tappte er deshalb vollkommen im Dunkeln, weil er nicht den Schatten eines Motivs für den Mord fand.

Das Erste, was er aus der Kiste angelte, war ein Handy, das er gleich an Jonas weiterreichte. „Überprüf das doch nachher mal mit der Forensik, die Anrufe, SMS, Sprachbox, Telefonnummern, Adressen, alle Daten, die sich darauf finden lassen." Jonas nahm das Handy an sich. Darauf folgten zwei Bücher auf Kroatisch, ein Roman und ein Buch über den Weinbau, hernach ein Deutsch-Lehrbuch und ein Wörterbuch Kroatisch-Deutsch/Deutsch-Kroatisch und schließlich ein Lehrbuch der italienischen Sprache. Letzteres verwunderte Matteo, denn Dorica hatte vor, wie Kristina ausgesagt hatte, in Deutschland oder in Österreich Önologie zu studieren. Weshalb lernte sie dann Italienisch? Auf dem Koflerhof wurde zumeist deutsch gesprochen. Dann kam ein schwarzes Notizbuch zum Vorschein, in dem aber nur in ihrer schönen, gleichmäßigen Handschrift ein angefangenes Gedicht auf Deutsch zu finden war. Matteo las laut:

„Herbst steht in vollen Trauben,

ach, könnt ich an deine Liebe glauben,

niemals mehr ohne dich sein,

sei bei mir und sag niemals nein.

Kannst jemals du ermessen

oder …"

Weiter war sie nicht gekommen. „Nicht sehr beeindruckend", meinte Matteo. „Warum schreibt sie auf Deutsch ein Liebesgedicht? Für Miran?", wunderte sich der Capo. Die Mosaiksteinchen ergaben kein Bild.

„Zumindest hat sie nicht weitergedichtet. Vielleicht, weil sie sich mit Miran gestritten hat?", vermutete Jonas, der sich auch keinen Reim zu machen vermochte. Er steckte das Handy in eine Beweismitteltüte, von denen er immer ein paar in der Gesäßtasche hatte.

„Vielleicht. Ich werde mich mit dem Verlobten noch einmal unterhalten", schloss Matteo.

Sechsundsechzig

Die Gefängniskrankenschwester hatte entschieden, dass es nicht notwendig sei, einen Arzt hinzuzuziehen, und hatte, ohne sich nach der Herkunft der Verletzungen zu erkundigen, die Wunden versorgt.

Nachdem sie in ihre Zelle zurückgebracht worden war, begegnete ihr Mandy zunächst scheu, doch als sie merkte, dass *Charly* ihr keine Vorhaltungen machen würde, kümmerte sie sich rührend besorgt um ihre Mitbewohnerin. Über das Vorgefallene sprachen sie beide nicht. Allmählich bekam Charlotte Keller eine Ahnung davon, wie weit Rossis Arm reichte, und sie bekam es mit der Angst zu tun. Im Gefängnis war sie ihm auf Gedeih und Verderb ausgeliefert, und wenn sie Zanchettis Angebot annähme und gegen Rossi aussagte, würde sie zwar das Gefängnis verlassen können, wäre aber kurz darauf tot. Rossis Prozess würde sie mit Sicherheit nicht mehr erleben. Und wer sagte ihr, dass Zanchetti nicht auf der Gehaltsliste der Mafia stand, zumindest hatte die Polizistin aus Rom, die sie heute Morgen im Gefängnis besucht hatte, das angedeutet. Sie stand vor einem unlösbaren Problem. Wäre sie Rossi zu Willen, was bedeutete, zu schweigen und ihr Hotel an ihn oder einen seiner Strohmänner abzugeben, würde ihr nichts geschehen. Den Abschluss der Ermittlungen und die Anklage konnte sie in Ruhe abwarten, denn mehr als Bichlers Bestechung konnte man ihr nicht nachweisen. Die Mafia-Kontakte würde man wohl kaum belegen können, denn auch Rossi hatte ein vitales Interesse daran, alle Verbindungen zu kappen und mögliche Beweise oder auch nur Anhaltspunkte und Hinweise zu vernichten. Mit einem guten Anwalt und viel, viel Glück liefe es vielleicht sogar auf Bewährung hinaus. Doch danach stünden sie vor dem Nichts. Südtirol konnte so verdammt klein sein, vor allem wenn man so bekannt war wie sie. Niemand würde ihnen noch eine Chance geben, ein Geschäft mit ihnen abschließen, sie waren mit einem Wort: verbrannt. Es war ein scheußliches Gefühl, mit anzusehen, wie alles, was man aufgebaut und geschaffen hatte, wie ein Kartenhaus zusammenfiel. Die Frage, die in ihrem Kopf pochte, lautete, durch welchen Dreh sie es hinbekäme, aus dem Gefängnis zu kommen, sich die Mafia nicht zum Feind zu machen und ihr Hotel behalten zu können. Worüber sie grübelte, war nichts Geringeres als die Quadratur des Kreises.

Als die Vollzugsbeamtin sie abholte, weil ihr Mann im Besucherraum schon auf sie wartete, glitt ein Lächeln über ihre verletzten Lippen und eine stille Dankbarkeit glomm in ihrem Herzen auf, vielleicht auch Liebe, die sich als Dankbarkeit getarnt hatte, weil sie sich die großen Worte und die großen Emotionen in ihrer Beziehung zu Stefan abgewöhnt hatte, und nicht nur das, sondern sie auch Liebe von ihm nicht mehr erwartet hatte.

Er sah schrecklich aus mit seinem Vollbart, der nur schwer über die Hohlwangigkeit seines Gesichts hinwegtäuschte, und dem unsteten Blick. Mit einem Wort, er wirkte gehetzt.

Sie setzte sich und schon hielt sie ihm ihre Hände hin, die er sofort wie ein Haltetau ergriff, das ihn vor dem Absturz retten sollte. Dann erschrak er, als er die Verletzungen in ihrem Gesicht sah, das blaue Auge, die Platzwunde auf der Lippe. „Was ist denn mit dir passiert?", stieß er panisch hervor.

„Unser Freund, der Restaurantbesitzer", antwortete sie einsilbig.

„O Gott, ich mache auch alles falsch", stöhnte er auf. Sie drückte fest seine Hände und schüttelte energisch den Kopf. Was sie jetzt am allerwenigsten gebrauchen konnte, war ein an sich selbst verzweifelnder Mann. Auch wen sein Mitgefühl ihr guttat.

„Es wäre auch passiert, wenn du nicht mit ihm gesprochen hättest. Was du siehst, ist eine Botschaft, erzähl mir von eurer Unterhaltung, damit ich die Botschaft ganz verstehe."

Stefan löste seine Hände von den ihren, weil er sie benötigte, um durch sein Gesicht zu fahren, und holte tief Luft. „Rossi hat gesagt, dass du ihm nicht schaden kannst, nur dir selber."

„Klar", kommentierte sie trocken.

„Er hat uns ein Angebot gemacht." Jetzt verstand sie, dass die Schläge nicht nur eine Warnung vor der Zusammenarbeit mit Polizei und Staatsanwaltschaft gewesen waren, sondern auch eine *Entscheidungshilfe* darstellten. „Wenn wir so an unserem Hotel hängen, könnten wir es weiter behalten, er sei ja schließlich kein Unmensch, nur müssten wir ihn zum Geschäftsführer bestellen."

„Und zum stillen Mehrheitsteilhaber?"

„Woher weißt du das?", staunte Stefan.

„Und die Anteile, die wir ihm übertragen, machen ungefähr neunzig Prozent aus."

„87,75 Prozent, um genau zu sein."

Charlotte lächelte süßsauer. „Der Mann hat Humor." Die Vorteile lagen ganz bei ihm. Er konnte mit ihnen als Aushängeschild das Hotel zur Geldwäsche benutzen und ihnen als Besitzer, falls etwas schieflaufen würde, die Schuld in die

Schuhe schieben. Jedenfalls würden sie vollständig von der Mafia abhängig sein.

„Er erwartet, dass ich bis Sonntag einen Termin mit ihm mache, um die Papiere zu unterschreiben."

„Die er dir natürlich nicht aushändigen will, sondern die in seinem Safe verschwinden." Stefan nickte nur. Sie wussten beide, was das bedeutete. Auf einmal hatte sie das Gefühl, unter der Last zusammenzubrechen. „Dann haben wir noch eine halbe Woche, um uns etwas einfallen zu lassen", sagte sie leise und erschöpft. Entweder überließen sie der Mafia das Hotel ganz oder sie blieben offiziell Besitzer des Hotels und würden der Mafia als Strohmänner dienen. So sah keine Alternative, so sah der Abgrund aus, an dem sie jetzt definitiv standen, rumorte es in ihr: Entweder sie waren pleite und niemand würde jemals wieder mit ihnen geschäftlich verkehren oder sie würden sich total abhängig von der Mafia machen. Selbst wenn sie die Zeit nutzten, nebenher in Ruhe etwas Neues anzufangen und schließlich auszusteigen, die Mafia hätte genügend Material in der Hand, um sie zu erpressen. Und die ehrenwerte Gesellschaft vergisst keinen, schwante es ihr.

Sie nahm wieder seine Hände, was er dankbar geschehen ließ. „Uns fällt etwas ein, Stefan", beschwor sie ihn. Es sollte ihn beruhigen, tat es aber nicht. „Es ist hier drin viel zu gefährlich für dich", hielt er dagegen.

Sie wollte darüber nicht mehr sprechen, sondern musterte ihn mit Rührung. „Isst du auch genug, Stefan?" Er schaute sie verdutzt an. „Du musst essen, Stefan. Du magerst mir ja noch ganz ab da draußen. Versprich mir, dass du genügend isst!", bat sie.

„Jaja, das werde ich", sagte er wenig überzeugend.

Als man sie in ihre Zelle zurückbrachte, hätte sie am liebsten ihre ganze Verzweiflung herausgeschrien, ihre Wut auf diese Polizistin, der sie den ganzen Schlamassel zu verdanken hatte, die Ungerechtigkeit des Schicksals, das mit einer mutwilligen Volte die viele Arbeit im Bruchteil einer Sekunde zerstörte, doch sie durfte sich keine Blöße geben und zwang sich mit aller Kraft zur Beherrschung. So fest ballte sie die Fäuste, dass es wehtat.

Siebenundsechzig

Es fühlte sich auf einmal sonderbar fremd an, in seine Büroflucht zu kommen, denn sein Dienstzimmer stand ihm nicht mehr zur Verfügung, mehr noch, es war zum Hauptquartier des Generalangriffs auf ihn mit dem Ziel seiner Vernichtung geworden. Das Dienstzimmer seiner Untergebenen stellte nur noch die Kampffläche dieses Kriegs dar. Um ungestört nachdenken zu können, beschloss Matteo, sich in Peter Kerschbaumers Büro am Ende des Gangs zurückzuziehen. Doch wie sehr staunte er, als er die Tür öffnete und den zahnleidenden Polizisten an seinem Schreibtisch vorfand.

„Nicht beim Zahnarzt?", rief er verwundert und gleichzeitig belustigt aus.

Der griente über beide Backen. „War doch weise von mir, an meinen Zahn zu denken. Doch dann überfiel mich die Feigheit, Sie wissen, Capo", raunte er ihm verschwörerisch zu.

„Und das Attest? Ich bin mir sicher, Polizeirätin Carla Pisani wird darauf bestehen."

„Ach, wenn man schon so lange im Dienst ist wie ich, bekommt man für alles ein Attest. Auch für Würmer", blitzte es gefährlich aus seinen Augen, während Matteo das Gesicht angewidert verzog.

„Na, wenn Ihnen das Thema schon so viel Spaß bereitet, wie dann erst der Dame aus Rom", sonnte er sich ganz im Vergnügen seines Schalks.

„Weiß die Dame eigentlich, dass Sie hier ein eigenes kleines Büro am Ende des Ganges besitzen?"

„Warum sollte Sie sich für einen älteren, drolligen Polizisten interessieren, der nur noch für Botengänge gut ist?" Der ältere Kerschbaumer lehnte sich in seinem beweglichen Bürosessel zurück, wodurch der nach hinten kippte, und genoss es, die Vorurteile der römischen Polizistin gegen sie zu wenden.

„Sehr gut", freute sich Matteo, „dann wollen wir ihr auch nichts davon erzählen." In diesem Augenblick informierte der Wachhabende der Questura Matteo via Handy, dass die Eltern von Dorica Novak am Empfang stünden. Matteo sagte, er sei bereits unterwegs. Dann nickte er Peter Kerschbaumer zu und eilte den Gang entlang, die Treppe hinunter zum Empfang.

Verloren in der Eingangshalle standen ein großer, kräftiger Mann Anfang fünfzig, mit hängenden Schultern, und eine rundliche Frau, die sich mit einem Taschentuch fortwährend die Augen wischte. Doch die Kommunikation scheiterte daran, dass die Novaks nur Kroatisch verstanden, weder Englisch, Italienisch noch Deutsch sprachen, womit Matteo hätte dienen können. Er rief Peter Kerschbaumer an, bat ihn, sich der Novaks anzunehmen, mit ihnen in die Kantine zu gehen, bis er vom Weingut Kofler mit einem Dolmetscher zurück wäre. Er dachte dabei an Kristina, wo sonst hätte er auf die schnelle einen Dolmetscher für Kroatisch finden können.

Während Peter Kerschbaumer mit Händen und Füßen, den ulkigsten Verrenkungen und gewagtesten Grimassen den Novaks verdeutlichte, dass sie in der Kantine auf den Capo, der einen Dolmetscher besorgte, warten würden, raste Matteo zum Gut der Koflers, telefonierte aber unterwegs mit Bruno Alfieri, seinem Freund bei der Direzione Investigativa

Antimafia. Er erreichte ihn nicht in der Dienststelle, sondern auf dem Handy. Bruno verstand ihn kaum, anscheinend ging es um ihn herum hoch her. So sah er sich gezwungen, ins Handy zu brüllen. „Bruno, wer um alles in der Welt hat mir Carla Pisani in den Pelz gesetzt?"

„Ist Carla bei dir in Bozen?"

„Ja, und sie ermittelt gegen mich."

„Davon weiß ich nichts. Aber sie gehört jetzt zu einer Art *inneren Abteilung*. Pass auf, Matteo, ich bin in Seattle. Verheirate gerade meinen ältesten Sohn mit einer Amerikanerin. Pfff! Wenn du mal Kinder hast, hör auf meinen Rat, amico, lass sie nie im Ausland studieren. Und schon gar nicht in Amerika, die nehmen alles, was sie gebrauchen können. Und was bleibt für uns? Teure Flugreisen!" Die Empörung war nicht nur gespielt, denn Matteo wusste, dass es Bruno Alfieri hasste zu fliegen. „Wenn ich zurück bin, erkundige ich mich und versorge dich mit Informationen, bis dahin halte die Ohren steif und lass dich nicht von der Gottesanbeterin fressen!"

Auf dem Hof lief er Hans Kofler in die Arme, dessen Gesicht lädiert wirkte, als wäre er verprügelt worden. „Was ist denn mit Ihnen passiert?"

„Bin gestürzt", reagierte Kofler unwirsch.

„Aha, gestürzt", sagte Matteo, entschied sich aber, dem seltsamen Sturz später nachzugehen, da er die Eltern des Mordopfers nicht unnötig lange warten lassen wollte.

„Die Eltern von Dorica sind da. Ich brauche die Kristina als Übersetzerin."

Kofler verstand und zeigte in die entgegengesetzte Richtung. „Sie ist dort im Weinberg!"

Ein matter Wind strich über die Rebstöcke. Den Himmel hatte eine graue Wolkenschicht zubetoniert. Die Fröhlichkeit hatte den Weinberg verlassen, die Erntehelfer gingen bedrückt ihrer Arbeit nach. Er entdeckte Kristina sofort, konnte aber Miran nirgendwo sehen. Nicht, dass er ihn gesucht hätte, doch das Detail prägte sich ihm ein.

Kaum saßen sie im Auto, fragte er sie, fest entschlossen, die Rückfahrt zu nutzen, um etwas mehr über den Menschen Dorica Novak zu erfahren: „Mit wem ich auch spreche, ich höre nur Positives über Dorica."

„Sie war ja auch ein toller Mensch", antwortete Kristina sichtlich bewegt.

„Dennoch muss irgendjemand einen Grund gehabt haben, sie zu töten", sagte Matteo, während er auf das Gaspedal trat, um einen Traktor zu überholen, allerdings etwas gewagt, so kurz vor einer Kurve. Kristina schluckte.

„Der Einzige, der mir einfällt, ist Miran in seinem Jähzorn, weil sie mit ihm schon Schluss gemacht hat. Vielleicht war das ja auch der Grund des Streites?", mutmaßte sie.

„Kann es sein, dass sie in einen anderen verliebt war?"

Kristina lachte auf. „Dorica? Nein, das wüsste ich, bestimmt. Außerdem, wer ist schon so blöd, wenn er sich einen Kerl vom Hals geschafft hat, sich gleich einen neuen ans Bein zu binden?"

Kristinas abenteuerliche These zu hinterfragen unterließ er, sondern sagte stattdessen: „In einem Notizbuch stand ein Gedichtanfang."

„Von Dorica?"

Matteo nickte.

„Kaum zu glauben. Aber am Anfang war Dorica sehr verliebt in den Miran. Sie haben sich getrennt und wieder vertragen, sich getrennt und wieder vertragen, na und so weiter. Und wenn sie sich wieder vertragen haben, brach dann gleich wieder die ganz große Liebe aus. Vielleicht stammt das Gedicht aus der letzten Versöhnungsphase. Der Miran kann gut mit Frauen. Aber diesmal war es endgültig."

„Woher wissen Sie das?"

„Sie hat vor Wut geheult und gesagt, dass der Miran ein ganz niederträchtiger Kerl ist!"

Sosehr Matteo auch in sie drang, er bekam dennoch nicht mehr aus ihr heraus. Sie fuhren schon auf den Parkplatz der Questura, als Matteo Kristina fragte, ob sie wisse, woher die Unzufriedenheit unter den Erntehelfern käme.

„Ein fauler Apfel verdirbt den ganzen Korb."

„Und wer ist der faule Apfel?"

„Na wer schon?", verdrehte sie die Augen. Und hatte dann doch noch ein Erbarmen mit dem Polizisten: „Unser Neomarxist!"

Als sie über den Hof gingen, kam ihnen Carla Pisani entgegen, die zu ihrem Auto wollte. „Wer ist das?", stellte sie Matteo mit Blick auf Kristina zur Rede.

„Das geht dich gar nichts an. Übrigens gut, dass wir uns sehen, ich werde jetzt mein Zimmer nutzen, um mich mit den Eltern des Mordopfers zu unterhalten."

Eigentlich hätte sie ihm das gern untersagt, doch in diesem speziellen Fall würde sie sich nur unmöglich machen. „Ich bin übrigens auf dem Weg ins Staatsgefängnis, um mich mit dem Toni Mayerl zu unterhalten, dem damals der Rossi den Schuppen abgefackelt hat."

„Ich weiß, du bist sehr gründlich", sagte Matteo ironisch und ging mit Kristina zu seinem Dienstzimmer, wenig später brachte Peter Kerschbaumer Doricas Eltern ins Büro. Als sie einander sahen, sprang Kristina sofort auf, begrüßte den Vater und fiel der Mutter um den Hals. Während der Vater schwieg, erfüllte ein Schwall slawischer Sätze in den höchsten Tönen den Raum. Matteo ließ sie gewähren. Als sich der

Eifer der Begrüßung und die Bekundung des Schmerzes etwas gelegt hatten, bot Matteo allen einen Platz am Besprechungstisch an.

„Wann können wir unsere Tochter mit nach Hause nehmen?", fragte der Vater auf Kroatisch, Kristina übersetzte. Doricas Mutter blickte zu Boden und weinte still in sich hinein.

„Ich denke, übermorgen. Herr Kerschbaumer wird die Formalitäten regeln." Peter Kerschbaumer nickte.

„Wer hat meiner Tochter das angetan?" Matteo verstand die Frage des Vaters auch ohne Übersetzung, an dem Hass in den Augen des Mannes, an der Härte der Aussprache.

„Wir wissen es noch nicht, aber wir werden es herausfinden!", versicherte er ihm.

Unbewegt und prüfend blickte Doricas Vater ihn an. „Können Sie mir das fest versprechen, Herr Polizist?" Matteo hielt dem Blick stand, dann antwortete er mit einem einfachen Ja.

„Ich rate Ihnen, halten Sie ihr Versprechen! Der Hundesohn hat mein Juwel, meine Prinzessin getötet! Sie war ein gutes Mädchen, die Dorica. Sie haben uns in der dritten Klasse schon gesagt, dass die Dorica einmal studieren muss. Dass sie das Zeug dafür hat. Den Hof zu halten ist harte Arbeit, aber wir haben es geschafft, dass er noch so viel abwirft, dass sie in Zagreb studieren kann. Fleißig war das Mädchen, hat die besten Zensuren nach Hause gebracht … und dann kommt so ein Hundsfott …" Die Augen des Mannes füllten sich mit Tränen, die er verschämt mit dem Ärmel wegwischte.

„Hat Ihre Tochter Gedichte geschrieben?"

„Früher, als sie noch jünger war, ja, aber jetzt, ich weiß es nicht, die Dorica ist ja schon ein erwachsenes Mädchen", antwortete die Mutter.

„Was wissen Sie über Miran Horvat?"

„Ach", sagte die Mutter nur traurig.

„Ein Tunichtgut …" Der Vater hob unentschlossen die Hand und kniff die Lippen zusammen, als wollte er sagen, was kann man da schon machen. Matteo konnte sehen, wie ein Gedanke ganz von ihm Besitz ergriff. „Wieso hat er sie nicht beschützt? Was ist das für ein Mann, der seine Braut nicht beschützt?"

„Er hat sie gefunden", sagte Matteo neutral und beobachtete die beiden, während Kristina übersetzte.

„Ist er der Mörder?", knurrte der Vater lauernd wie ein Wolf.

„Wir ermitteln in alle Richtungen. Könnte er es denn sein?"

„Ich weiß nicht", sagte nach langem Schweigen der Vater, „Miran ist zwar jähzornig, aber er ist auch ein Schwätzer."

„Dorica wollte mit ihm Schluss machen …", testete Matteo.

„Was spielt das noch für eine Rolle? Bringen Sie den Mörder meiner Prinzessin zur Strecke, oder ich werde es tun. Mein Leben ist sowieso vorbei." Er stand auf, seine Frau tat es ihm gleich. Istvan Novak verabschiedete sich nicht von Matteo, nur von Kristina, und ging einfach, während seine Frau noch einen Abschiedsgruß murmelte und ihrem Mann folgte.

„Und was denken Sie?", wandte sich Matteo an Kristina.

„Istvan Novak ist ein Bauer aus Istrien. Er tut, was er sagt."

Schön, dachte Matteo sarkastisch, wenn er nicht schnell genug den Mörder fand, hätte er einen auf Rache sinnenden Vater im Nacken. Und dann beschlich ihn das Gefühl, das er nur zu gut kannte und das er abgrundtief hasste: den entscheidenden Hinweis übersehen zu haben.

Achtundsechzig

Nachdem er Kristina der Obhut Peter Kerschbaumers übergeben hatte, der sie wieder zurückfuhr, ging er zum Fenster und öffnete es, weil er dringend frische Luft brauchte.

„Wie kommt ihr voran", hörte er hinter sich eine wohlvertraute Stimme. Matteo wandte sich um: „Sonja?" Es machte ihn glücklich, sie zu sehen, so als brächte sie Heilung mit und alles würde wieder in Ordnung kommen. „Das Opfer war allseits beliebt, nicht reich. Auch Mord aus Habgier scheidet also aus. Wir haben nicht einmal die Ahnung eines Motivs."

„Also gar nichts." Matteo nickte.

„Und wie geht es deiner Einquartierung aus Rom?"

„Läuft zur großen Form auf." Sonja verzog das Gesicht. Sie wusste, was er damit meinte.

„Und sie gefährdet die Ermittlungen gegen Rossi."

„Logisch, sie will ja auch nicht Rossi, sondern dich drankriegen." In dieser brutalen Konsequenz, dass sie selbst einen Ermittlungserfolg opfern würde, wenn sie ihn dafür ans Messer liefern könnte, hatte er es noch nicht gesehen. Frauen, dachte er bewundernd, mit ihrem siebten Sinn.

„Mach mir einen Espresso und ich erzähle dir was."

Während Matteo an seiner Espressomaschine hantierte, die er liebte und die er in Sonjas Büro gestellt hatte, berichtete sie ihm, was ihr Katharina über Hanna und Hans Kofler erzählt hatte.

„Zumindest verstehe ich jetzt den Hof besser", sagte er und machte sie mit einer Geste auf die Kiste mit den persönlichen Habseligkeiten von Dorica Novak aufmerksam, die Sonja sogleich zu durchsuchen begann. Bei dem Gedicht blieb auch sie hängen. „Ich mach mir mal eine Kopie", sagte sie und ging mit dem Notizbuch zum Kopierer.

„Das Italienisch-Lehrbuch weist zumindest darauf hin, dass sie sich vorstellen konnte, in Italien zu leben und zu arbeiten. Auch in Südtirol." Etwas arbeitete in seinem Kopf, er spürte es, und konnte es dennoch nicht ganz fassen, eine Kleinigkeit, ein Detail. Sie hatte einen Namen genannt, einen Namen, den er kannte. „Wie hieß der Stiefvater vom Hans Kofler noch mal?"

„Josef Gasser."

Seine Gesichtszüge hellten sich auf. „Kannst du mir verraten, warum die Hanna Kofler den Stiefvater ihres Mannes als Erntehelfer einstellt und der Hans Kofler in der Befragung so tut, als würde er den Mann nicht kennen."

„Den Mann, dem er die Schuld am Tod seiner Mutter gibt", ergänzte Sonja.

Matteo zweifelte zwar, dass das irgendwas mit dem Fall zu tun hatte, doch wollte er am nächsten Tag Hans Kofler noch einmal dazu befragen.

„Vielleicht hat die Dorica gesehen, wer den Diesel über die Trauben gegossen hat, und musste deshalb sterben?", mutmaßte Sonja.

Matteo sprang begeistert auf. „Eccellente, endlich mal ein tragfähiges Motiv: Dorica hat beobachtet, wie Miran den Diesel über die Trauben gegossen hat."

„Das hat sie so wütend gemacht, dass sie Miran den Laufpass geben wollte."

„Vielleicht hat sie ihm auch gedroht, ihn anzuzeigen, wenn er sich nicht selber stellt. Das würde auch erklären, weshalb sie ihrer Freundin Kristina nichts von ihrer Beobachtung erzählt hat."

„Weil der Täter ihr Freund war, dem sie die Möglichkeit geben wollte, sich zu seiner Tat zu bekennen. Aber warum sollte Miran den Diesel über die Trauben gießen?"

„Um es den Ausbeutern, den Koflers, einmal richtig zu zeigen. Schließlich wiegelt der Neomarxist ja auch die Erntehelfer auf."

Das Wort *Neomarxist* aus Matteos Mund zu hören erheiterte sie kurz, doch wurde sie gleich wieder ernst und schüttelte den Kopf. In ihrem Gesicht stand der Zweifel mit Großbuchstaben geschrieben.

„Irgendetwas passt dir noch nicht? Ich weiß, ist noch ganz schön dünn, aber in der Not frisst der Teufel Fliegen", tastete sich Matteo vor.

Sie verzog den Mund wie ein Gourmet am Fast-Food-Stand. „Selbst, wenn ich mir vorstelle, dass Miran ein komplett durchgeknallter Politikwissenschaftsstudent ist, kann ich nicht recht glauben, dass er aus Lust am Klassenkampf den Diesel auf die Trauben kippt. Versucht doch mal rauszufinden, ob der Miran von Anfang an die Erntehelfer aufgehetzt hat oder ob er irgendwann damit angefangen hat."

„Trifft Zweiteres zu, dann hat sich etwas verändert …"

„… und wir müssen nur noch suchen, was sich verändert hat. Ich nehme das Gedicht mit", wedelte Sonja mit der Kopie. „Vielleicht fällt mir dazu etwas ein."

Als sie gegangen war, wusste er, wie sehr er sie vermisste. Wie sehr er es liebte, mit ihr zu ermitteln, sich mit ihr die Bälle zuzuwerfen. Bravo, Lorenzo Saffione, du hast ganze Arbeit geleistet, dachte er bitter. Und der liebe Gott soll deiner armen Seele nicht gnädig sein, die soll der Teufel holen und im zwölften Kreis der Hölle soll sie schmoren, und das bis in alle Ewigkeit, du mieser Schuft. Für dich soll es keine Erlösung geben, auch wenn du selbst in Mafiakreisen nur *der Erlöser* genannt wurdest.

Neunundsechzig

Sie wollte es sich nicht eingestehen, aber das gemeinsame Kombinieren mit Matteo Zanchetti hatte ihr Spaß gemacht und die Ausschüttung von Adrenalin, die das Jagdfieber bewirkte, empfand sie als berauschend, wie ein trockener Alkoholiker den ersten Schnaps nach seinem Entzug. Selbst den Nachmittagsverkehr mit seinen Staus, seiner Mühsal, den Stop-and-gos, den Autofahrern, die dem Aberglauben anhingen, durch die Lautstärke ihrer Hupen neue und natürlich sie bevorzugende Regeln durchzusetzen, alles, was sie sonst nervte, genoss sie heute. Dann jedoch schüttelte sie über sich den Kopf, denn sie war viel zu klug, um nicht zu wissen, dass die vermeintliche Pflichterfüllung, Matteo ihre Rechercheergebnisse mitzuteilen, was sie auch mit einer E-Mail hätte erledigen können, im Grunde eine Flucht aus ihrem Winzerinnendasein und vom Hof war. Doch sie beschloss, Gnade walten zu lassen, wenn sie sich selbst versprach, dass sich so ein Rückfall niemals wieder ereignen und sie sich nur noch konzentrierter an der Weinlese beteiligen würde.

Wenn sie geglaubt hatte, dass die Arbeit im Weinberg sie allmählich über den Verlust von Thomas hinwegtrösten würde, dann hatte sie sich gründlich getäuscht. Nichts und niemandem würde das gelingen. Doch sich nicht um das Weingut zu kümmern hieße, Thomas zu verraten und ihrer Tochter des Halts zu berauben, den sie so sehr benötigte.

Mit diesen Gedanken bog sie von der Landstraße in den Weg ein, der zu ihrem Hof führte. Eigentlich hatte die mit kleinen Steinen gepflasterte und von sandsteingelben Mauern und Zäunen flankierte kleine Straße etwas Idyllisches, doch nahm sie das nicht mehr so recht wahr, weil es inzwischen zu ihrem Alltag gehörte. Hin und wieder ging eine Gasse ab, die zu höher gelegenen Anwesen führte. Der Himmel machte ihr keinen Mut, der war grau wie ihre Stimmung. All ihre Gewissheiten waren äußerliche, innerliche vermochte sie nicht zu finden, dort fühlte es sich nur taub und leer an. „Ach Thomas", stöhnte Sonja auf, „du fehlst mir so sehr." Und sah plötzlich einen Mann, der wie ein Schlafwandler zielsicher aus einer kleinen Gasse in ihre Fahrbahn trat. Ihr blieb nur eine Vollbremsung, wenn sie ihn nicht über- oder auch nur anfahren wollte. Das Auto kam dicht vor ihm zu stehen, so dicht, dass die Stoßstange seine Hose berührte. Während sie sich noch von dem Schock erholte, riss der Mann bereits die gegenüberliegende Autotür auf und schwang sich auf den Beifahrersitz. Es war zu ihrer Überraschung Stefan Keller, aber ein Stefan Keller, wie sie ihn noch nie gesehen hatte, völlig außer sich, nervös, überreizt, in einem gefährlichen Zustand innerer Panik. Plötzlich überfiel sie Angst vor der Unberechenbarkeit, die Stefan Keller ausstrahlte. Der Mann war über das Limit hinaus und der Zustand, in dem er sich befand, ging bereits in Richtung Amok.

„Raus aus meinem Wagen!", schrie sie ihn an.

„Nein, nein, nein, erst hören Sie mir zu!", brüllte er zurück.

„Bevor Sie nicht aussteigen, höre ich überhaupt nicht zu", hielt sie in derselben Lautstärke dagegen, zog den Schlüssel ab und sprang aus dem Auto. Schnell zog sie ihr Handy aus ihrer Tasche. Keller kletterte aus dem Wagen und stand ihr augenverdrehend gegenüber. Nur die Motorhaube trennte sie voneinander.

„Ist ja gut, ist ja schon gut, beruhigen Sie sich", versuchte er zu beschwichtigen, was ihm allerdings kaum gelang, da er immer noch selbst sehr erregt war.

Sonja ließ ihr Handy sinken, den Finger auf der Kurzwahltaste. „Was wollen Sie denn nun?", fragte sie rau.

„Sie müssen meine Frau aus dem Knast holen! Sie stirbt dort. Man wird sie umbringen."

„Wer ist man?"

„Das wissen Sie doch. Ihr Kollege und die Dame aus Rom liefern sich einen Wettkampf darum, wer sie als Erster zu einer Aussage gegen Rossi bewegen kann."

„Ich kann dem Capo keine Vorschriften machen und auf die Ermittlungen der Anti-Mafia-Einheit habe ich erst recht keinen Einfluss. Aber ich geh davon aus, dass man Ihrer Frau Zeugenschutz anbieten wird."

Keller lachte nur irre auf. „Sie gehen davon aus. Toll! Meine Frau kriegt überhaupt nichts. So was ist für Kronzeugen reserviert, für Mafia-Aussteiger. Da hat meine Frau nicht genug zu bieten. Aber das wird Rossi nicht kümmern. Der geht kein Risiko ein. Der lässt sie umlegen."

Was wollte der eigentlich von ihr, was belästigte er sie mit seiner Frau? Hatte es Thomas nicht seiner Frau zu verdanken gehabt, dass er ins Gefängnis kam. Und wenn Sonja damals nicht unbeeindruckt weiter ermittelt hätte, hätte man Evelyns wahren Mörder nie gefasst, und was noch viel schlimmer war, er hätte weiter gemordet. Was wollte der eigentlich mit seiner Frau von ihr? Am liebsten hätte sie diesen Jammerlappen angebrüllt: Mein Mann ist tot, verstehen Sie das, *er ist tot*! Doch sie beherrschte sich und erwiderte nur kühl: „Das tut mir leid, aber wie gesagt: Das gehört in die Zuständigkeit der DIA. Darauf hab ich keinen Einfluss."

Ihre Worte versetzten Keller in einen Zustand der Raserei. Er umrundete den Wagen und stand nun dicht vor ihr. „Dann lassen Sie sich was einfallen! Holen Sie meine Frau aus dem Gefängnis. Sie sind doch schuld, dass sie da sitzt." Seine Stimme schlug in ein Heulen um und wie ein schlechter Schauspieler spuckte er beim Brüllen.

Sie hob wie ein Stoppschild beide Handflächen gegen ihn: „Das ist zu nah. Treten Sie zurück, zurück, sage ich." Keller schaute sie verdutzt an, denn er hatte gar nicht bemerkt, dass er ihr fast auf den Füßen stand, und ging auf Abstand.

„Ihre Frau sitzt in U-Haft, weil sie einen Regierungsbeamten bestochen und sich mit der Mafia eingelassen hat. Also, seien Sie mir nicht böse, wenn sich mein Mitleid in Grenzen hält." Sie riss die Fahrertür auf, stieg ein, ließ den Motor an, gab Gas und brauste an ihm vorbei. Im Rückspiegel sah sie noch, dass er unbewegt stehen blieb und ihr mit offenem Mund hinterherstarrte. Sie atmete tief ein und aus, um ihre Erregung zu drosseln. Einen Irren, der ihr nachstellte, konnte sie beim besten Willen nicht auch noch gebrauchen. Daran, wie sehr ihr diese Situation an die Nieren ging, erkannte sie, wie fertig sie mit den Nerven war.

Siebzig

Auf dem Koflerhof herrschte emsiges Treiben, als Matteo seinen Audi TT vor dem Haus abstellte und einen Erntehelfer nach Frau Kofler fragte. Der zeigte zum Haus. „Die Büros sind unten rechts."

„Ah, danke." Matteo ging über die Steinstufen und öffnete die schwere Holztür, nur um sich gleich darauf in einem Flur wiederzufinden, von dem links Türen abgingen, rechts eine Treppe in den oberen Stock führte, der in einem vornehmen Halbdunkel lag. Matteo ging an der Treppe vorbei und klopfte an einer rotbraunen kassettierten Holztür. Eine Frauenstimme forderte ihn zum Eintreten auf. Matteo öffnete die Tür und stand Hanna Kofler gegenüber.

„Herr Commissario?", rief sie verwundert aus.

„Ich habe noch ein paar Fragen", leitete er das Gespräch ein. Doch sie unterbrach ihn geschäftig: „Einen Kaffee oder Espresso?"

„Nein danke, nichts für mich", wehrte er ab. „Ich will nur reden, muss auch nicht lange dauern."

Sie führte ihn in den hinteren Raum, der durch einen Mauerdurchbruch mit dem vorderen verbunden war. Dort stand rechter Hand ihr massiver, schwarzer Schreibtisch mit den gedrechselten Säulen und dem fein gearbeiteten Schnitzwerk. Als Kontrast zu seinem altmodischen Stil thronte auf seiner Platte ein iMac.

„Ein Ungetüm, ich weiß", sagte sie lachend. Sie war seinem Blick gefolgt. „Aber ich habe immer noch das Bild im Kopf, wie mein seliger Vater dahinter gesessen hat, und da bringe ich es einfach nicht über mich, das Monstrum wegzutun. Erinnerungen sind stärker als alle Vernunft. Aber setzen wir uns doch da hin." Sie zeigte auf vier einfache Stühle, die einen runden Holztisch umstanden. Auf einem Teewagen aus der Zeit des Schreibtischs standen die Weine, die das Gut produzierte. Die Wände waren in einem sandgelben Farbton gehalten, der frisch und sauber wirkte. Vornehmlich Schwarz-Weiß-Bilder, die in schwarzen Rahmen akkurat an den Wänden hingen, erzählten in Momentaufnahmen von der Geschichte des Guts. Hannas Vorfahren hatten sich auf diesen Fotos verewigen lassen. Aber Matteo war nicht gekommen, um die Familiengeschichte der Koflers kennenzulernen.

Da Hanna Kofler sich auf dem Stuhl mit dem Rücken zum Fenster niederließ, wählte er den gegenüberliegenden Platz und hatte so einen Blick auf den Hinterhof, der vom Haus und dem flachen Anbau, in dem die Erntehelfer untergebracht waren, begrenzt wurde. Dort trafen gerade Hans Kofler und Josef Gasser aufeinander und gerieten in Streit, zumindest sah es so aus, als bedrängte Gasser den Winzer, der sich von Gasser freizumachen versuchte und ihn schließlich stehenließ.

„Kennen sich Ihr Mann und Josef Gasser gut?", fragte er.

„Da müssen Sie sich an meinen Mann wenden. Bedaure, aber ich kann Ihnen da nicht helfen."

„Aber Sie haben ihn doch eingestellt?"

„Wie alle anderen auch." Damit war für sie das Thema erledigt. Matteo spielte auf die Schwierigkeiten mit den Erntehelfern an und wollte wissen, ob sie von Anfang an Probleme hatten oder ob sie sich erst später einstellten.

Hanna Koflers Stirn legte sich in Falten. „Tja, wann fing das an? Irgendwann in den letzten Tagen ging das los. Wie aus dem Nichts."

„Können Sie sich den Stimmungswandel erklären?" Hanna Kofler verneinte und Matteo glaubte ihr. „War das, bevor oder nachdem der Diesel über die Trauben geschüttet wurde?"

Mit großer Geste winkte sie ärgerlich ab. „Erinnern Sie mich nicht daran, ich kämpfe immer noch mit den Versicherungen, Ausgang offen."

„Bitte denken Sie noch einmal nach, es ist wichtig." So leicht wollte er sich nicht abspeisen lassen, zumal er extra deshalb hierhergefahren war.

„Danach, kurz danach ging das Meckern los."

Das würde passen, stellte Matteo zufrieden fest. Miran versuchte die anderen Erntehelfer aufzuwiegeln, hatte damit aber wenig Erfolg. Schließlich kippte er den Diesel über die Trauben, die Stimmung verschlechterte sich und plötzlich verfing seine Agitation. Aber warum tat er das? Wäre wirklich Mirans *Neomarxismus*, sein Robin-Hood-Syndrom das Motiv, hätte er von Anfang an die Leute aufgehetzt. Sehr dünn, Signor Commissario, sagte er zu sich. „Könnten Sie sich vorstellen, dass Miran die Dorica erstochen hat? Wir nennen das eine Beziehungstat", klopfte er auf den Busch.

Hanna Kofler erhob sich und drehte sich zum Fenster. Ihr gespannter Körpergestus drückte Nachdenklichkeit aus. „Der Miran ist sehr reizbar und, ja, sehr jähzornig, würde ich sagen, aber dass er seine Verlobte … ich weiß nicht recht, andererseits im Affekt. Im Affekt sind wir ja nicht mehr wir selbst."

„Oder nur allzu sehr", wandte Matteo ein.

„Dafür sind Sie der Fachmann", schloss Hanan und wandte sich wieder vollkommen ausgeglichen dem Kommissar zu. „Wenn Sie weiter keine Fragen haben ..."

„Nur dies noch: Wo hat sich denn Ihr Mann die Verletzungen zugezogen?", versuchte Matteo durch einen abrupten Themenwechsel weiterzukommen, doch Hanna Kofler ließ sich nicht aus der Ruhe bringen. „Fragen Sie ihn", sagte sie überraschend freundlich, als wollte sie ein Gespräch unter Freunden vermitteln.

„Hab ich schon", erhob sich jetzt auch Matteo.

„Und was hat er gesagt?"

„Dass er gestürzt sei."

„Das hat er mir auch gesagt", beendete die Winzerin das Gespräch. Matteo bedankte sich, dann ging er auf den Hof. Er wollte mit Miran sprechen, doch dann hörte er einen Schrei, der ihm durch Mark und Bein ging. Auf dem Hof machte sich eine Unruhe breit. Er lief um das Haus herum, in die Richtung, aus der der Schrei gekommen war. Und stieß mit Kristina zusammen.

„Wissen Sie, was los ist?"

„Keine Ahnung, kommen Sie mit", rief ihm Kristina zu und führte ihn in den kleinen Hinterhof, den er vom Fenster aus gesehen hatte.

„Hier entlang", dirigierte sie ihn. Unter einem kleinen, runden Torbogen hindurch kam man in einen zweiten Hinterhof. Dort hatte sich vor dem Nebengebäude eine Menschentraube gebildet. Die Leute warfen sich aufgeregte Worte zu und Matteo schnappte nur den Namen Josef Gasser auf.

„Lassen Sie mich mal durch", sagte Matteo auf Italienisch und auf Deutsch. Kristina unterstütze ihn, indem sie auf Kroatisch rief, dass man Platz für den Herrn Kommissar machen solle. Die Menschenansammlung teilte sich. Neben der Tür des rückwärtigen Gebäudes lag Josef Gasser, sein Kopf, aus dem Blut floss, auf einem eisernen Fußabtreter. Matteo kniete sich nieder und suchte den Puls, umsonst. Josef Gasser war tot.

Einundsiebzig

Sonja hatte Katharina in der Küche geholfen und wollte sich umziehen, bevor sie in den Weinberg ging, blieb dann aber doch mit ihrem Blick an Doricas Gedicht hängen. Sie las die Zeilen, wieder und wieder, als ob sie eine Botschaft enthielten, doch fand sie keine. Die Verse waren keine große Dichtung, eher für das Poesiealbum geeignet, andererseits, wenn man bedachte, dass sie in einer fremden Sprache gedrechselt worden waren, nötigte es Sonja schon einen gewissen Respekt ab. Ihr Blick fiel aus dem Fenster, auf die Blätter der Eiche auf dem Hof, die grün, gelb und rot geworden waren, was Sonja nicht mitbekommen hatte. Auch die Kastanie im Garten vor dem Weinberg glühte bereits in den verschiedenen Facetten von Grün und Gelb. Der Herbst stellte sich mit seiner überreichen Palette an Farben gegen den nahenden Winter.

„Warum schreibst du ein Gedicht auf Deutsch für Miran, Dorica? Oder war es am Ende nicht für Miran bestimmt?", sprach sie nachdenklich zu sich.

Die Tür sprang auf, sie blickte auf und Laura betrat den Raum. Ihre Tochter kam aus dem Weinberg und wollte sich umziehen, um zur Schule zu fahren, die heute für sie wegen eines Stundenausfalls später begann. Verwundert blickte sie auf ihre Mutter. „Was wird das da? Eine Beschwörung?"

Sonja schüttelte den Kopf und hielt ihrer Tochter die Kopie entgegen. „Das hat die Dorica geschrieben, aber ich werde nicht schlau daraus." Laura setzte eine vorwurfsvolle Miene auf, die sagen sollte, Mama, du bist im Urlaub, nahm den Zettel trotzdem, schaute neugierig drauf und las laut:

„Herbst steht in vollen Trauben,

ach, könnt ich an deine Liebe glauben,

niemals mehr ohne dich sein,

sei bei mir und sag niemals nein.

Kannst jemals du ermessen

oder …"

Laura reagierte nicht weniger ratlos als ihre Mutter. „Nett, aber …"

„Ich habe gedacht, dass es irgendetwas zu bedeuten hat, wenn die Dorica auf Deutsch dichtet. Eine versteckte Botschaft, ein Hinweis oder so etwas." Resigniert wollte sie das Blatt wieder an sich nehmen, doch Laura hielt es fest und schaute gebannt darauf. „Warte mal. Ich hatte zwar keinen Deutsch-Leistungskurs, aber Vers-Müller hat uns mit Gedichten getriezt."

„Vers-Müller? Heißt der wirklich so?", fragte Sonja mit einem Anflug von Heiterkeit.

„Nö, wir haben Frank-Walter Müller nur so genannt, weil er Gedichte liebt und Verslehre mit uns gemacht hat. Ich sage dir, voll vergeblich. Hat keinen interessiert."

„Und was hast du nun bei Vers-Müller gelernt, was mir weiterhelfen könnte?", drängelte sie mit deutlicher Ungeduld.

„Warte doch mal."

Wie schön sie ist, dachte Sonja, die ihre Tochter betrachtete, in ihrer Konzentration. Auf einmal ging ein Leuchten über ihre Gesichtszüge. „He, genau das ist es. Es ist ein Akrostichon."

„Ein bitte was?"

„Ein Akrostichon ist ein Gedicht, das noch eine zweite Botschaft hat. Und diese Botschaft ist der Hammer!"

„Und wie findet man die raus?" Laura reichte ihr die Kopie zurück.

„Indem man die ersten Buchstaben, die Zeilenanfänge, die untereinander stehen, zusammenzieht. Die ergeben nämlich ein Wort, in diesem Fall einen Namen." Laura erklärte ihr, dass sie sich das nur gemerkt habe, weil sie in der Klasse eine Zeitlang wilden Unfug damit getrieben hatten. Doch Sonja hörte schon gar nicht mehr zu, sondern schaute gebannt auf das Gedicht, denn dort stand deutlich der Adressat, derjenige, für den das Gedicht bestimmt war:

„Herbst steht in vollen Trauben,
ach, könnt ich an deine Liebe glauben,
niemals mehr ohne dich sein,
sei bei mir und sag niemals nein.
Kannst jemals du ermessen
oder ..."

Das überraschte sie nun wirklich, deutlich stand da *HansKo*, also Hans Kofler, wenn es fertig geworden wäre. Hatte sie nur für ihn geschwärmt oder hatten sie ein Verhältnis miteinander? Ganz gleich, wie es war, wenn Miran bemerkt hatte, dass seine Verlobte in seinen Arbeitgeber verliebt war, wäre das ein sehr starkes Motiv, für die Agitation, für die Sabotage. Und wenn ihn Dorica für Letzteres auch noch zur Rede gestellt hatte, dann auch für einen Mord im Affekt.

„Du bist großartig, Tochter", deklamierte sie bühnenreif und beschloss, Vers-Müller eine Dankeskarte zu schicken. Es ging doch nichts über eine gediegene Bildung. Doch zuallererst musste sie Matteo informieren. Sie wählte seine Nummer, aber bei ihm war besetzt, so hinterließ sie nur einen dringenden Rückrufwunsch.

Zweiundsiebzig

Matteo hatte ganz andere Sorgen. Er hatte Jonas angerufen und ihn gebeten, zum Tatort zu kommen. Inzwischen waren Heidi Grüner und die Forensik eingetroffen.

„Stumpfes Schädeltrauma. Der Aufschlag auf den Fußabtreter hat ihm das Leben gekostet. Ich tippe mal, dass er brutal geschubst wurde und beim Stürzen auf die Kante dort aufgeschlagen ist."

Danach sah es auch für Matteo aus, der sich, nachdem die Spurensicherung den Tatort dokumentiert hatte, ein Gerät geben ließ, das wie eine metallene Hülse aussah und für dessen Verwendung er keine Erklärung besaß. Auf der Rückseite des Haupthauses in einiger Entfernung zu den Erntehelfern standen die Koflers, einander stützend. Er ging zu ihnen.

„Hört der Albtraum denn nie auf?", zeigte die beherrschte Hanna Kofler plötzlich Nerven. „Es ist wie ein böser Virus, der umgeht!"

„Warum haben Sie uns eigentlich nicht gesagt, dass der Josef Gasser Ihr Stiefvater ist?", wandte sich Matteo hart an ihren Mann.

„Weil es nicht wichtig war", sagte Hans Kofler dunkel. Matteo hielt ihm die Hülse, die sich in einem Beweismittelbeutel befand, vor die Nase. „Was ist das?"

„Mein Refraktometer", sagte er erstaunt.

„Und wozu braucht man das?"

„Zur Bestimmung des Mostgewichts bei Trauben. Wo haben Sie das her, ich hab es schon gesucht."

„Es lag neben dem Toten. Am besten, Sie begleiten mich auf die Questura!", sagte Matteo keinen Widerspruch duldend. Jonas Kerschbaumer, der gerade eingetroffen war, bahnte sich einen Weg durch die Menge zu ihnen.

„Nimmst du Herrn Kofler mit auf die Questura? Er hat uns doch einiges zu erklären."

„Aber das können Sie doch nicht machen. Jetzt mitten in der Ernte", ging Hanna Kofler den Polizisten an.

„Ich ermittle inzwischen in zwei Mordfällen, da kann ich auf Ihre Ernte keine Rücksicht nehmen." Und zu Kofler gewandt: „Mit oder ohne Handschellen, das entscheiden Sie!" Kofler senkte den Blick, dann folgte er Jonas willig zum Auto, während sich Matteo noch einmal Hanna Kofler zuwandte: „Wenn Ihr Mann unschuldig ist, werden wir das auch rausfinden. Haben Sie Vertrauen."

„Aber für unsere Existenz ist es dann vielleicht schon zu spät", antwortete sie bitter.

Matteo schaute sich nach Kristina um, die er mit zwei jungen Frauen in der hinteren Ecke des Hofs in ein erregtes Gespräch vertieft sah. Mit ein paar Schritten war er bei ihr. Kristinas Schilderung stimmte mit dem überein, was Hanna Kofler ihm erzählt hatte, dass sich die Unzufriedenheit nach dem Anschlag auf die Trauben zu äußern begonnen hatte.

„Hat der Miran schon vorher agitiert?"

„Ja, aber die Leute waren uneins."

„Und warum schlug die Stimmung um?"

„Weil Miran den anderen weismachte, dass die Koflers so viel für die verdorbenen Trauben auch der anderen Winzer zahlen müssten, dass er kein Geld mehr für den Lohn hätte."

„Und?"

„Er hat den Leuten eingeredet, auf eine Abschlagszahlung von achtzig Prozent zu drängen. Das haben die Koflers abgelehnt und das Misstrauen wurde immer stärker."

Langsam setzte sich das Puzzle zusammen. Er bedankte sich bei Kristina, wollte schon zum Wagen gehen, da fiel ihm noch etwas ein. „Weißt du, woher der Kofler die Verletzungen hat?"

„Die Leute sagen, der Miran hätte ihn verprügelt." Die Antwort wunderte ihn nicht.

Vor seinem Auto fing ihn Heidi Grüner ab: „Ich dachte, es könnte wichtig sein. Habe ich beim Opfer gefunden." Sie überreichte ihm eine Beweismitteltüte mit einer goldenen Medaille.

„Was ist das?"

„Das ist eine Münze, die man bei den Anonymen Alkoholikern bekommt."

Auf der Fahrt telefonierte er mit Peter Kerschbaumer und bat ihn, bei den Anonymen Alkoholikern Erkundigungen über Josef Gasser einzuziehen. Er hatte die Questura noch nicht erreicht, da rief ihn Peter Kerschbaumer bereits zurück und informierte ihn über seine Rechercheergebnisse.

In der Questura erwarteten ihn Jonas Kerschbaumer und Hans Kofler im Verhörraum. Diesmal jedoch war es anders, diesmal saßen sie nicht in lockerer Sitzordnung, sondern, wie bei einem Verhör üblich, die Polizisten auf der einen Seite vom Tisch und der Verdächtige auf der anderen. Matteo atmete, nachdem er Platz genommen hatte, tief aus. Er wirkte gequält und zutiefst enttäuscht. „Warum reden Sie nicht mit uns, Herr Kofler? Warum sagen Sie uns nicht die Wahrheit?"

„Ich rede doch mit Ihnen", ging Kofler in den Angriff über. „Aber Sie werden verstehen, dass ich andere Sorgen habe im Moment. Herrgott noch mal", fluchte Kofler. Matteo warf Jonas einen vielsagenden Blick zu.

„Sie haben uns verschwiegen, dass Josef Gasser Ihr Stiefvater war. Sie geben ihm die Schuld am Tod Ihrer Mutter", begann Matteo aufzuzählen, was Hans Kofler ihnen vorenthalten hatte.

„Deshalb bringe ich ihn doch nicht gleich um. Das habe ich nicht mal früher in Erwägung gezogen, als ich noch eine viel größere Wut auf ihn hatte."

„Das können wir nicht beurteilen, wie groß Ihre Wut früher war", sagte Matteo kalt. „Doch ich habe heute Morgen, als ich mich mit Ihrer Frau unterhalten habe, beobachtet, wie Sie sich mit Ihrem Stiefvater unterhalten haben – und da waren Sie sehr wütend auf ihn."

„Er hat mich genervt."

„Wollen Sie mir nicht endlich sagen, worum es ging?"

„So genau weiß ich das auch nicht. Ich habe ihm nicht zugehört, ich wollte ihn nur loswerden." Plötzlich verstand Matteo, dass die Begegnung mit seinem Stiefvater für Hans Kofler nicht lästig gewesen war, sondern hochgradigen emotionalen Stress bedeutet hatte. „Und da haben Sie ihn in Ihrer Wut weggestoßen, nur leider etwas zu derb."

Kofler raufte sich die Haare, er fühlte sich offensichtlich missverstanden. „Nein, nein, ich habe ihn gar nicht gestoßen, ich bin einfach gegangen, habe ihn einfach stehenlassen. Er hat irgendwas von Entschuldigung gebrabbelt, aber ich traue dem alten Gauner nicht. Im Lügen war er schon immer groß. Ich glaub, er wollte mich erpressen. Aber ich habe ihn weder umgebracht noch sonst was angetan."

Matteo nahm aus seiner Jackentasche die Beweismitteltüte mit der Münze, auf der eine große 1 prangte. Kofler schaute irritiert drauf. „Das haben wir bei Ihrem Stiefvater gefunden. Wissen Sie, was das ist?" Kofler schüttelte den Kopf. „Ihr Stiefvater war jetzt ein Jahr trocken. Und das ist die Nummer seines Betreuers, das sind Leute, die denen, die trocken werden oder bleiben wollen, in Krisen beistehen. In diesem Fall ist es eine Frau." Matteo musterte Kofler, der tatsächlich nicht wusste, worum es ging. „Sein Besuch bei Ihnen war Teil des Zwölf-Schritte-Programms. Dazu gehört, nicht nur Gott, sondern auch jene Menschen, denen man etwas angetan hat, um Verzeihung zu bitten. Er wollte Sie nicht erpressen oder Geld von Ihnen. Er wollte sich einfach nur entschuldigen."

Kofler benötigte eine Weile, um zu verstehen, was Matteo gesagt hatte. „Er wollte sich wirklich nur entschuldigen?", fragte er leise nach, in der geringen Hoffnung, sich verhört zu haben. Matteo nickte. Kofler starrte auf die Medaille und Tränen traten ihm in die Augen. In der Stille, die plötzlich den Raum beherrschte, nahm sich die Anrufmelodie von Jonas Kerschbaumers Handy deplatziert aus, kalt und lästig. Jonas nahm den Anruf an und hörte zu. Dann beendete er das Telefonat. „Heidi Grüner", setzte er Matteo in Kenntnis und wandte sich Kofler zu. „Das war die Gerichtsmedizinerin. Sie haben Blut auf der Jacke vom Gasser Josef gefunden."

„Sie brauchen nicht lange zu suchen, das Blut stammt von mir. Er hatte mir aufgeholfen …"

„Nachdem Sie von Miran Horvat verprügelt wurden."

„Ja."

„Derselbe, der Ihre Trauben mit dem Diesel verdorben hat und der Ihre Erntehelfer aufhetzt. Warum hat dieser Mann eine solche Wut auf Sie?"

Kofler schüttelte den Kopf und sagte so fest wie schicksalsergeben: „Das kann ich nicht sagen."

„Sie wissen schon, dass Sie das noch verdächtiger macht?", fragte Matteo weich.

„Ja, natürlich weiß ich das. Sperrens mich ruhig ein, aber ich kann es nicht sagen." Damit verstummte Hans Kofler.

Matteo wies Jonas an, alles Notwendige zur Überstellung von Hans Kofler in die Untersuchungshaft vorzunehmen, verließ den Raum und zückte sein Handy, auf dem er einen Anruf von Sonja fand, den er übersehen hatte. Er rief sie sofort an. Während Jonas mit Hans Kofler an ihm vorbeiging, berichtete ihm Sonja, was sie über das Gedicht herausgefunden hatte. Matteo fiel der Unterkiefer herunter. „Stopp, bring den Herrn Kofler noch mal in den Verhörraum. Ich habe noch ein paar Fragen", rief er Jonas hinterher.

„Danke, Sonja, du bist ein Genie", wollte er schon das Gespräch beenden, musste sich aber noch anhören, dass ihre Tochter der eigentliche Genius war. Matteo ging an den beiden vorbei, sagte, dass sie warten sollten, rannte die Treppen in Windeseile hoch in sein Büro, nahm das Gedicht und sagte zu Carla Pisani, die mit ihm reden wollte, dass er jetzt keine Zeit hätte, und war in wenigen Minuten zurück im Verhörraum. Triumphierend legte er dem Winzer das Gedicht vor, endlich hatte er den fehlenden Mosaikstein. „Dieses Gedicht hatte Dorica begonnen, auf Deutsch zu schreiben. Und ich habe mich immer gefragt, wieso auf Deutsch. Die Antwort steht im Gedicht." Hans Kofler schaute konzentriert auf den Text, dann wurde er blass.

„Sie erkennen in den ersten Buchstaben der Zeilenanfänge Ihren Namen, nicht wahr? *HansKo…* weiter kam sie nicht. Dorica hat Sie geliebt! Und Sie?" Jonas beugte sich voller Neugier über den Tisch und nun erkannte er es auch.

„Musste Dorica deshalb sterben? Hat das Mädchen Sie erpresst? Haben Sie, um die Affäre vor Ihrer Frau zu verheimlichen, Dorica Novak ermordet?", fragte Matteo stakkatoartig.

„Nein!", sprang Hans Kofler schreiend auf, doch dann sank er innerlich gebrochen auf seinen Stuhl und sagte kaum hörbar: „Ich hätte das nie gekonnt, ich liebe sie doch auch."

„Und Ihre Frau?"

„Die achte ich."

Matteo zog die Augenbrauen hoch. „Schöne Achtung, wenn man den anderen belügt, betrügt und hintergeht!"

Kofler starrte auf seine ineinandergelegten Hände. „So war das nicht. Warum ziehen Sie das in den Schmutz? Hanna war immer stark und klar. Und Dorica …" Er lächelte, während er das sagte, denn es war jetzt, als ob sie vor ihm stünde und er ihr nur die Hand zu reichen brauchte. „… und Dorica, das ist Fantasie, verstehen Sie, Jungsein, Anfang und Aufbruch, noch mal fliegen können. Es ist, als ob einen die Welt noch nicht hat, die einen ohnehin nur unter die Erde bringen will, als ob man noch einmal von vorn beginnen könnte. Noch einmal von vorn." Versonnen und glücklich wie ein Kind lächelte er bei dieser Vorstellung.

„Manchmal, Herr Kofler, ist es einfach nur Zeit, erwachsen zu werden", sagte Matteo prosaisch.

„Wollten Sie mit Dorica weggehen, sie heiraten?", wandte sich Jonas ihm zu.

„Gewollt hab ich schon, ich weiß nur nit, ob ich gekonnt hätt. Die Hanna und ich haben in den letzten zwanzig Jahren so viel aufgebaut, so viel gegen große Widerstände durchgesetzt. Das wirft man nicht einfach hin."

Matteo und Joans warfen sich einen Blick zu. Es gab einen, der ein sehr starkes Motiv besaß. „Hat der Verlobte von Dorica, der Miran Horvat, von Ihrem Verhältnis gewusst."

„Er hat es spitzgekriegt."

„Und den Diesel …"

„… hat er über die Trauben gegossen und die Erntehelfer hat auch er aufgewiegelt, aber ich konnte ja nichts sagen, wegen der Dorica."

„Und deshalb hat er Sie auch verprügelt. Warum?"

„Weil er sich nicht mehr beherrschen konnte, weil er eine mordsmäßige Wut auf mich hatte."

„Fahr mit ein paar Kollegen zum Kofler-Gut und verhafte den Miran Horvat", sagte Matteo zu Jonas.

Dreiundsiebzig

Matteo fluchte, als er erfuhr, dass Miran Horvat auf dem Hof nicht aufzufinden war, und schrieb ihn zur Fahndung aus. Dann rief er Sonja an – aus Hoffnung, aus Gewohnheit, er hätte es selbst nicht sagen können, warum –, um sie über den Stand der Ermittlungen zu informieren. Kaum hatte er aufgelegt, stand Carla Pisani vor ihm.

„Ich lasse mich nicht einfach so abservieren, Herr Commissario", sagte sie kühl zu ihm. Er antwortete nicht, weil er keine Lust auf eine Diskussion mit ihr verspürte, und wartete einfach ab. Sie ließ auch nicht lange auf sich warten, sondern kam gleich zum Thema. „Du weißt, dass es deine Pflicht ist, dich kooperativ zu verhalten. Ich kann dich auch suspendieren lassen, wenn ich den Eindruck habe, dass du meine Ermittlungen massiv behinderst. Was das bedeutet, ist dir klar?"

„Komm zur Sache, Carla", entgegnete er und hatte wieder den undurchdringlichen Gesichtsausdruck aufgesetzt.

„Ich brauche als Hilfe einen deiner Leute, den alten oder den jungen Kerschbaumer."

Matteo Zanchetti staunte nun doch. Das kam einem Friedensangebot gleich, um Unterstützung zu bitten, ein Deal, auf den er eingehen konnte. Aber es beunruhigte ihn auch, denn wenn Carla Pisani sich so friedfertig gab, hatte sie etwas in der Hinterhand.

Mit den beiden Kerschbaumers traf er sich in Peters kleinem Büro am Ende des Ganges und einigte sich mit den beiden, dass Jonas bei ihm bleiben und Peter Carla Pisani unterstützen sollte, zumal Peter Kerschbaumer, was heikle Angelegenheiten dieser Art betraf, die größere Erfahrung besaß, denn die Schwierigkeit bestand darin, Matteo Zanchetti gegenüber loyal zu bleiben, ohne Carla Pisani zu brüskieren. Anschließend ging er mit Jonas Kerschbaumer den Stand der Ermittlungen durch. Horvats Flucht fühlte sich wie ein Geständnis an. Dass er im Affekt seine Verlobte, die ihn betrogen und ihm den Laufpass geben hatte, erstochen hatte, schien ihnen mehr als wahrscheinlich zu sein. Der Zeitpunkt der Flucht sprach auch dafür, dass er mit Josef Gasser in Streit geraten war, vielleicht weil der Alte etwas gesehen hatte, was er nicht sollte, entweder dass Miran Horvat den Diesel auf die Trauben gekippt hatte oder dass er seine Verlobte getötet hatte, oder sogar beides.

„Fahr doch noch mal aufs Gut und rede mit den Erntehelfern, was die über den Josef Gasser wissen. Vergiss auch die Haushälterin nicht."

„Wird gemacht, Chef", salutierte Jonas und verließ den Raum. Matteo verabschiedete sich von Peter Kerschbaumer, wünschte ihm viel Glück bei Carla Pisani, dann folgte er schon dessen Sohn und holte ihn an der Treppe ein.

„Ach, Commissario Kerschbaumer", sagte Matteo und versuchte seine Verlegenheit zu unterdrücken. „Vielleicht fährst du bei Sonja vorbei. Liegt ja praktisch auf dem Weg." Jonas sah ihn erwartungsvoll an. „Wäre schön, wenn sie an der Vernehmung von Miran Horvat teilnehmen könnte."

Vierundsiebzig

Seit drei Tagen lief bereits die Fahndung nach Miran Horvat und immer noch ergebnislos, sodass Matteo erwog, ein Amtshilfeersuchen nach Zagreb zu schicken. Laura fiel auf, dass ihre Mutter immer wieder mit Jonas Kerschbaumer telefonierte, der sie ja auch vor drei Tagen auf dem Rückweg vom Koflerhof besucht hatte. Sie ahnte, dass ihre Mutter es sich selbst nicht eingestand, wie gern sie wieder die Polizeiarbeit wiederaufnehmen würde. Schließlich fasste sie sich ein Herz und entschloss sich, ihre Mutter darauf anzusprechen.

„Mit der Lese kommen wir besser voran als gedacht", begann sie beim Abendessen. Katharina nickte beifällig. „Der Andreas Mayn macht einen guten Job", fuhr sie fort und Sonja begann zu ahnen, dass Laura ein Ziel verfolgte, und zwar von hinten durch die kalte Küche.

„Den Thomas würd's freuen", sagte Katharina beklommen. Laura bekam feuchte Augen: „Ach Oma, ihn freut's doch. Der Papa schaut doch von oben zu", verbesserte Laura und zwang sich, gegen die Tränen anzugehen und bei ihrem Vorhaben zu bleiben. „Wir kommen auch ohne dich zurecht, Mama", entfuhr es ihr härter und anders, als sie es meinte.

Sonja sank unwillkürlich in sich zusammen. „Was ist los, Laura? Hab ich was falsch gemacht?", fragte sie ihre Tochter verunsichert, denn sie konnte sich den Vorwurf, den Laura ihr machte, nicht erklären.

„Verzeih, es war nicht bös gemeint, ganz im Gegenteil. Ich seh doch, dass dir die Arbeit im Weinberg fremd ist und dir auch keinen Spaß macht und dass du dich nach deinem Job zurücksehnst." Sonja staunte, ihre feinfühlige Tochter hatte den Nagel auf den Kopf getroffen. Doch was sollte sie dazu sagen? Dass sie ihre Familie lieber im Stich ließ, um Verbrecher zu jagen?

„Laura hat recht", klinkte sich Katharina ein, „wir müssen alle mit unserem Schmerz umgehen. Und wir tun es am besten, indem wir das tun, was wir glauben tun zu müssen. Laura liebt die Arbeit im Weinberg, für mich ist es mein Leben. Dir aber ist und bleibt es fremd."

Auch wenn die beiden recht hatten, konnte Sonja allein schon deshalb nicht darauf eingehen, weil sie sich vertrieben und vor allem ausgeschlossen fühlte. „Es tut mir gut, mit anzupacken", behauptete sie stur.

„Nein, tut es nicht, Mama", widersprach Laura energisch.

Katharina nahm Sonjas Hand in die ihre. „Die Laura meint es doch nur gut."

„Wirklich, Mama. Du weißt doch, dass ich dich liebe, aber ich glaube, dass du deine Arbeit brauchst, dass sie dir fehlt."

Unsicher wanderten Sonjas Augen von ihrer Tochter zu ihrer Schwiegermutter und wieder retour. Sie stand kopfschüttelnd auf und verließ die Küche, weil sie das Gefühl hatte, dass ihr die Decke auf den Kopf fiel. Sie hatte für sich einen Sinn und einen Halt darin gesucht, dass sie in Thomas' Fußstapfen treten und seine Arbeit weitermachen und hoffentlich zum Erfolg führen würde. Aber sie war anscheinend nicht zur Weinbäuerin bestimmt, die Arbeit blieb ihr fremd und sie lernte sie auch nicht zu lieben wie ihre Tochter. Vielleicht gab sie sich zu wenig Mühe, vielleicht benötigte sie auch nur mehr Zeit. Aufgeben kam für sie nicht infrage. Plötzlich fühlte sie sich sehr allein. Doch als sie vor die Tür trat, in den Abend mit seiner samtenen, doch würzigen Luft, die eine empfindliche Kühle mitbrachte, eintauchte, spürte sie, wie sich jemand von hinten vorsichtig bei ihr unterhakte. Es war Laura. „Fang wieder an zu arbeiten, Mama. Ich will, dass es dir gut geht."

„Lass uns gehen", erwiderte Sonja unbestimmt. Sie fühlte sich überrumpelt und wollte in Ruhe darüber nachdenken, denn sosehr sie auch ihre Arbeit vermisste, das hatte Laura richtig erkannt, so sehr fürchtete sie sich auch davor, das Weingut zu verlassen, das für sie wie eine Insel war, und sich mit ihrer ganzen Dünnhäutigkeit, ihrer fehlenden Mitte, wieder dem emotional harten Job einer Ermittlerin auszusetzen. War sie wirklich schon wieder in der Lage, eine professionelle Distanz einzunehmen? Natürlich könnte sie darüber mit einem Polizeipsychologen reden, doch das war in ihren Augen das Allerletzte.

Untergehakt schlenderten sie durch den Garten in Richtung Weinberg. „Ich denk drüber nach, okay?", sagte sie besänftigend zu ihrer Tochter. In ihrem Zimmer vibrierte währenddessen ihr Handy, weil eine SMS eingegangen war: *Wir haben Miran Horvat gefasst, lg jonas*

Fünfundsiebzig

Sonja Schwarz traf am nächsten Morgen gegen 9.30 Uhr in der Questura ein. Matteo und Jonas hatten sie in ihrem Büro erwartet und freuten sich, sie zu sehen, und vor allem, sie wieder bei sich zu wissen. Jonas hatte sogar einen riesigen Blumenstrauß auf ihren Schreibtisch gestellt. Während sie ihn zur Seite schob, um arbeiten zu können, fragte sie: „Hat jemand Geburtstag?" Matteo und Jonas grinsten sich nur an und Sonja schüttelte lächelnd den Kopf, denn ihre beiden Kollegen wirkten auf einmal wie die ewigen Buben, die nie erwachsen werden würden.

Draußen nieselte es, dennoch war das Fenster geöffnet, denn der Regen reinigte auch die Luft. Aus dem Büro des Capos kam Carla Pisani, die nur kühl bemerkte: „Na, wieder an Bord?" Die Frage erwischte Sonja auf dem falschen Fuß, da sie erst mal an den Verhören teilnehmen wollte, ansonsten sich vor jeglicher Entscheidungen drückte, auch wenn Katharina und Laura sie drängten. „Sieht so aus", antwortete sie vage. Matteo griff ein und dirigierte Sonja und natürlich auch Jonas in den Verhörraum. Unterwegs erkundigte sich Sonja nach Carla Pisanis Ermittlungen gegen Matteo, doch der wusste nur, dass sie überführte Straftäter der letzten Fälle wie Toni Mayerl und andere befragte.

„Solange sie sich nicht Rossi vornimmt, hat sie gegen dich nichts in der Hand", prognostizierte Sonja, vor der Tür des Verhörraums angekommen, die Matteo öffnete. „Dann bleiben wir mal wachsam", antwortete er, indem er Sonja hineinließ und vor Jonas den Raum betrat.

Bevor Miran Horvat gebracht wurde, trugen sie noch einmal zusammen, was sie wussten, und sprachen sich ab, eine Art Kreuzverhör zu führen.

Der junge Kroate wirkte wütend und aggressiv, als ihn zwei Polizisten ablieferten. Sie übergaben Matteo die Schlüssel zu den Handschellen, der sie sogleich öffnete. „Ich rufe Sie an, wenn Sie den Herrn wieder abholen können", verabschiedete er die beiden Polizisten.

Miran Horvat rieb sich die Handgelenke und schaute den Capo voller Zorn an. „Einsperren ist alles, was ihr könnt!", sagte er erregt. Doch Matteo lächelte nur jovial, forderte ihn auf, sich zu setzen, und meinte dann geheimnisvoll lächelnd: „Oh, wir können noch viel mehr. Auch freilassen übrigens."

„Ich weiß, ihr Bullen spielt euch gern als kleine Götter auf, dabei seid ihr nur Schergen des Systems", hob er mit einer Rede an, die Sonja brüsk unterbrach: „Hören Sie zu, ich habe weder Zeit noch Interesse, mir Ihren Politikwissenschaftsquatsch anzuhören. Erzählen Sie das Ihrer Gefängniswand, die hört Ihnen geduldig zu. Und wie lange Sie ihr das erzählen können, liegt ganz bei Ihnen. Haben Sie das verstanden, Miran Horvat?"

„Ja", gab er widerwillig, aber kooperationsbereit zurück.

„Wir wissen", eröffnete Matteo das Verhör, der Miran gegenüber zwischen Sonja und Jonas saß, „dass Sie den Diesel über die Trauben gekippt haben und auch, dass Sie die Erntehelfer aufwiegeln. Uns fehlte bisher nur das Motiv."

„Das Motiv liegt doch auf der Hand, Kofler ist ein schmieriger Ausbeuter, ein dreister Kapitalist …"

„Vor allem war er der Liebhaber Ihrer Braut", fiel ihm Matteo brutal ins Wort. Horvat blieb der Atem weg, der Schlag hatte gesessen.

„Haben Sie Hans Kofler deshalb verprügelt?", klinkte sich Jonas ein.

„Verprügelt? Es war eher eine kleine Rangelei", quetschte er ziemlich kleinlaut durch die Zähne.

„Eine kleine Rangelei, bei der Hans Kofler deutliche Blessuren davongetragen hat und Sie nicht eine einzige?", fragte Sonja rhetorisch nach. Matteo legte ein Tatortfoto mit dem toten Josef Gasser vor Horvat auf den Tisch. „Und mit Josef Gasser? War das auch nur eine kleine Rangelei?"

Unbehaglich rutschte Miran Horvat auf seinem Stuhl hin und her. „Dafür haben Sie keine Beweise", entfuhr es ihm. Matteo setzte ein breites Grinsen auf und Jonas bluffte: „O doch, die haben wir. Sie wurden nämlich beobachtet. Auf so einem Hof gibt es immer einen, der etwas sieht."

„So wie der Josef Gasser, der gesehen hat, dass Sie den Diesel über die Trauben geschüttet haben."

Miran Horvat fluchte lang und laut auf Kroatisch, dann sagte er voller Abscheu: „Der Alte schlich immer nur auf dem Hof herum, war wohl ein Spitzel vom Kofler."

„Haben Sie ihn deshalb umgebracht?", fragte Sonja neutral. „Musste der alte Mann sterben, weil er Sie bei der Sabotage erwischt hatte?", setzte Jonas erregt nach.

„Ich habe ihn nicht umgebracht, ich habe ihn doch nur…"

„… geschubst", setzte Sonja fort.

„Ja, es war ein Unfall. Bitte glauben Sie mir. Er ist gestolpert und mit dem Kopf auf das Eisen geschlagen", wurde Horvat langsam kleinlaut.

Matteo fixierte ihn mit den Augen und schlussfolgerte in vernichtendem Tonfall: „Wenn so etwas passiert, Herr

Horvat, dann ruft man den Notarzt und kümmert sich. Man besorgt sich nicht ein Beweisstück, um es jemand anderem in die Schuhe zu schieben. Was ist übrigens mit Ihrer Verlobten? War das auch ein *Unfall*?"

Miran Horvat wurde ganz hektisch und bekam weiße Flecken im Gesicht. „Das war ich nicht!", schrie er, „Das war der Kofler. Der Kofler war es!" Und sprang auf.

„Setzen!", brüllte Matteo. „Setzen Sie sich wieder hin. Sonst lasse ich Sie an den Stuhl fesseln."

Höchst widerwillig kam er der Aufforderung nach. „Jetzt wollt ihr mir noch den Mord an meiner Verlobten in die Schuhe schieben, Scheißbullen!" Die Polizisten warteten mit aufgesetztem Desinteresse, bis er sich wieder beruhigt hatte. „Ich habe Dorica nicht getötet", sagte er gequält, „ich habe sie geliebt." Mit flackerndem Blick schaute er auf.

„Es wird über Sie gesagt, dass Sie eigentlich nur sich selbst lieben", warf Sonja ein.

„Wer sagt denn das? Die Kristina etwa? Die ist doch nur sauer auf mich, weil sie bei mir nicht landen konnte", brauste er wieder auf.

Sonja legte neben das Foto vom toten Josef Gasser die Kopie von Doricas Gedicht. „Kennen Sie das?" Doch Horvat schien sich entschlossen zu haben, von nun an zu schweigen.

„Herr Horvat", mahnte Matteo, „wenn wir Ihnen glauben sollen, müssen Sie langsam anfangen, uns die Wahrheit zu sagen."

„Ich habe viel Zeit auf dem Hof verbracht und mich mit allen, die dort arbeiten, unterhalten und", ergänzte Jonas und holte aus seiner Tasche eine dicke Mappe hervor, „viele Aussagen gesammelt. Es sind ein paar Lücken drin, die Sie schließen können. Aber Achtung: Die Aussagen ergeben ein Raster, man sieht sofort, was hineinpasst und was nicht."

„Im Grunde müssen wir uns die Arbeit gar nicht machen, mit Ihnen zu reden, denn die Indizien genügen, Sie für beide Morde dranzukriegen. Ihre Entscheidung, Herr Horvat", schloss Sonja kühl.

Unschlüssig blickte er von einem zum andern. „Glauben Sie mir denn, wenn ich die Wahrheit sage?", fühlte er verunsichert vor.

„Wenn es die Wahrheit ist, ja", kam ihm Matteo entgegen.

„Wenn Sie lügen, ist Schluss", blieb Sonja in ihrer distanzierten, kühlen Haltung.

Schweiß trat ihm auf die Stirn. Er legte die Hände auf den Tisch, faltete sie und starrte beim Sprechen darauf. „Kurz nachdem wir angekommen waren, wurde sie kühler zu mir, sie tanzte abends, wenn wir feierten, mit jedem, auch mit dem Kofler, doch kaum mit mir. Ich wollte sie zur Rede stellen, doch sie behauptete, dass ich mir das alles nur einbilden würde. Wir haben uns früher auch schon mal zerkracht, von Trennung war dann die Rede, aber wir haben uns doch immer wieder vertragen. Immer wieder, das gehörte dazu. Aber diesmal war es anders. Ich konnte das fühlen. Sie wurde geradezu abweisend, wenn ich von unserer Hochzeit sprach, die wir doch schon geplant hatten."

„Haben Sie die gemeinsam geplant oder war es nur Ihre Planung?", fragte Sonja spitz.

Miran Horvat ging auf Sonjas Einwand nicht ein, sondern sprach weiter, als ob sie nichts gesagt hätte. „Ich hab in ihren Sachen gewühlt und das Gedicht gelesen."

„Sie wussten, dass es ein Akrostichon war?"

Miran lächelte hilflos. „Als wir frisch verliebt waren, haben wir uns solche Gedichte geschrieben. Von da an habe ich begonnen, Dorica zu beobachten."

„Und Ihr Verdacht wurde bestätigt?"

„Hm, sie betrog mich. Ich versuchte sie zur Rede zu stellen, doch sie wollte nicht mit mir sprechen. Ich kam irgendwie nicht mehr an sie ran."

„Das hat Sie so wütend gemacht, dass Sie Ihre Kollegen gegen den Kofler aufgehetzt haben?", vermutete Jonas.

„Ja, aber es klappte nicht, auch weil Dorica immer ausgleichend dazwischenging."

„Das hat Sie nur noch mehr in den Zorn getrieben, dass sich Ihre Verlobte gegen Sie stellte und zu ihrem Liebhaber hielt", sagte Sonja.

„Ja, verdammt noch mal", blickte Miran Horvat die Ermittler mit feurigen Augen an. „Und da habe ich dann den Diesel über die Trauben gekippt. Aus Zufall habe ich die Trauben erwischt, die Kofler abgab und die in der Kellerei mit den Weintrauben von anderen Winzern gemischt wurden, das hat den Schaden erst so richtig erhöht", sagte er mit bösem Lächeln. „Aber mir war es recht. Angesichts des Schadens fiel meine Agitation plötzlich auf fruchtbaren Boden, weil sich die anderen Sorgen um ihren Lohn machten."

„Aber die Dorica wusste, dass Sie der Saboteur waren?", fragte Matteo nach.

„Die Dorica war nicht nur schön, sie war auch schlau, dafür habe ich sie ja auch geliebt, weil sie so klug war. Sie hat von mir verlangt, dass ich dem Kofler die Wahrheit sage. Wenn ich es nicht tue, würde sie es tun. Ich hab's natürlich nicht getan."

„Und dann, Herr Horvat, was ist dann passiert?", fixierte Sonja den Erntehelfer.

„Sie hat mich im Weinberg beschimpft, dass ich ein Feigling sei, der nicht zu seinen Taten stünde, und mir gedroht, dass sie jetzt dem Kofler Bescheid sagen würde. Und ..."

Horvat brach ab, der Satz, den er sagen wollte, kam ihm nicht über die Lippen. Er schluckte, als schluckte er immer noch daran, was sie ihm gesagt hatte.

„Das war noch nicht das Schlimmste, Miran, oder?", fasste Matteo nach.

„Nein, sie teilte mir mit, dass sie nicht mehr mit nach Kroatien kommen würde, sondern in Südtirol beim Hans bleiben wollte. Was willst du denn bei dem, habe sich gefragt, aber sie hat mich nur ausgelacht. Heiraten will ich ihn, mit ihm eine Kellerei aufmachen, hat sie mir ins Gesicht gesagt. Sie hatte deshalb sogar schon angefangen, Italienisch zu lernen. Ich fühlte mich wie der letzte Trottel. Sie lief zum Haus und ließ mich einfach stehen, ich stand geschockt da …."

„Und da haben Sie gewusst, dass es endgültig aus ist?", blieb Sonja dran.

Horvat trommelte verzweifelt mit den Fäusten auf den Tisch: „Jaja, verdammt noch mal, da habe ich es geschnallt und bin ihr gefolgt …"

„Warum?", fragte Sonja hart und scharf wie ein Fallbeil.

Horvat wischte sich verzweifelt mit der rechten Hand die Augen, als könne er damit auslöschen, was er getan und gesehen hatte. „Ich weiß nicht, was ich gewollt habe, ich war nur in Panik und in Wut und auch traurig. Unter mir tat sich ein Abgrund auf. Dorica hatte mich nicht nur endgültig verlassen, sie würde mich auch verraten … Sie war plötzlich eine andere, meine kleine Dorica … Wissen Sie, wie das ist, wenn Sie wie ein Möbelstück für den Sperrmüll aussortiert werden?"

„Und das hat Sie so wütend gemacht, dass Sie im Weinkeller das Messer genommen und auf Dorica eingestochen haben", schlussfolgerte Sonja. Doch Miran Horvat besaß nicht mehr die Kraft zur Gegenwehr. „Vielleicht hätte ich das getan, ich weiß es nicht, aber sie war schon tot, als ich in den Keller kam, lag da in ihrem Blut, meine kleine Dorica, meine Braut." Miran Horvat brach zusammen. Sein Oberkörper fiel wie ein gefällter Baum auf den Tisch und er begann hemmungslos zu weinen.

Nachdem sie sich mit Blicken verständigt hatten, verließen die Ermittler den Verhörraum. Matteo schloss die Tür und sie atmeten erst einmal tief durch.

„Ich glaube ihm", sagte Sonja.

„Ich auch", stimmte Matteo zu.

„Aber wer ist dann der Mörder? Doch Kofler, wie Miran denkt, aus Furcht vor der Entdeckung seines Verhältnisses? Vielleicht hat die Dorica ihn erpresst?", mutmaßte Jonas. Sonjas Gesicht nahm eine schöne Konzentration an, die Matteo das Herz erwärmte. Er liebte die Augenblicke, wenn Nachdenklichkeit ihre Gesichtszüge modellierte.

„Miran Horvat hätte es tun können, so verletzt wie er war. Fragen wir doch mal anders: Wem würde denn das Liebesglück von Kofler und Dorica genauso wehtun, wen genauso verletzen wie Miran Horvat?"

„Die Hanna Kofler", schoss es aus Jonas heraus.

„Wir hatten sie nie im Kreis der Verdächtigen. Sie ist mit ihrem Mann durch dick und dünn gegangen, sie haben all die Jahre gerackert bis zum Umfallen, um das Weingut hochzubringen. Und haben es sich dabei weiß Gott nicht leichtgemacht", fasste Sonja zusammen.

Matteo strahlte. „Schön, dass du wieder da bist. Okay, Jonas, du überprüfst die Handyverbindungen von der Hanna Kofler, Sonja und ich gehen noch mal alle Zeugenaussagen mit Blick auf die Hanna Kofler durch."

Sechsundsiebzig

Sonja folgte mit ihrem Auto dem Dienstwagen, den Jonas fuhr. Matteo hatte taktvollerweise den Dienstwagen gewählt, denn er wollte Sonja nicht überfordern, auch wenn die Zusammenarbeit funktionierte, stand auf der persönlichen Ebene der Tod von Thomas zwischen ihnen. Und alles fühlte sich noch wund und äußerst zerbrechlich an. Matteo Zanchetti machte sich keine Illusionen darüber, dass sich das allzu schnell ändern würde. Weil ihm aber sehr viel an Sonja lag, würde er die Geduld aufbringen, die notwendig war, zumindest hatte er sich das fest vorgenommen.

Sie dachte beim Fahren darüber nach, welch sonderbaren Beruf sie ausübte, denn oftmals gefielen einem die Ermittlungsergebnisse nicht, hätte man sich einen anderen Täter gewünscht. In Frankfurt, wo es unpersönlicher zuging, hatte sie niemals einen solchen Gedanken gehegt. Im Grunde beschäftigte sie sich mit menschlichen Katastrophen, und sie fragte sich, ob sie damit wirklich ihr Leben verbringen wollte, zumindest motivierte sie die Lösung des Falls, wenn sich denn der Verdacht erhärten sollte, nicht, im Job zu bleiben. Früher hatte sie keine Zweifel gekannt, doch jetzt war ihre Zahl Legion.

Sie parkte ihren Wagen neben dem Dienst-VW. Es nieselte immer noch. Matteo und Sonja stiegen in den Weinkeller hinunter, während Jonas Hanna und Hans Kofler holte.

„Haben Sie den Mörder? War es der Horvat?", fragte Hanna Kofler kalt und mit mäßigem Interesse. „Wissen Sie, die Ereignisse haben uns doch sehr geschlaucht."

Sonja hatte auf ihre Fußspitzen geschaut, denn jetzt kam das Schwerste für sie. „Warum hast du einen Termin mit einem Scheidungsanwalt gemacht, Hanna? Wir haben deine Handydaten überprüft und in der Kanzlei Hirgl nachgefragt."

Kalt schaute sie Hanna Kofler an, so kalt wie jemand, der zu lange um etwas gekämpft hatte. „Ich hab den Termin wieder abgesagt." Hans Kofler blickte seine Frau durchdringend an, in der Hoffnung, dass sich die Ahnung, die sich in ihm regte, wieder verflüchtigte.

„Das beantwortet meine Frage nicht!"

Da Hanna schwieg, sagte Jonas: „Ihre Haushälterin hat ausgesagt, dass Sie gegen eins in den Weinberg gingen, das war kurz bevor Dorica ermordet wurde."

„Du hast den Streit zwischen Dorica und Miran mit angehört, nicht wahr?", fragte Sonja sanft.

„Was hast du getan?", stellte Kofler erbleichend seine Frau zur Rede. Ihm schauderte vor dem Abgrund, der sich vor ihm auftat. Unwillkürlich machte er einen Schritt auf sie zu, sie wich zurück, stieß mit dem Hintern an den Tisch, griff hinter sich und richtete das Messer, das sie ergriffen hatte, jetzt gegen ihren Mann. „Keinen Schritt näher, Hans!"

„Aber Hanna, du, ich ..." Er war offensichtlich mit der Situation überfordert.

„Ich sag dir was. Ich hab all die Jahre mit dir gekämpft. Deine neuen Methoden haben den Hof fast in den Ruin getrieben. Ich hab zu dir gehalten, wenn du im Ort alle gegen dich aufgebracht hast. Ich hab das gemacht, weil ich dich geliebt habe. Und dann, dann gehst du mit der Nächstbesten ins Bett. Ja, als ich das mitgekriegt hab, wollt ich mich scheiden lassen, dann hab ich beschlossen, um dich zu kämpfen. Um unser Gut, um unser Leben, verstehst das?"

Sie verteidigt nur ihr Leben, dachte Sonja, als sie Hanna Kofler so dastehen sah, so allein, so einsam, so hart und doch zugleich so zerbrechlich.

„Warum, Hans? Wir haben es geschafft, wir waren durch, wir haben deine Vorstellungen durchgesetzt. Warum, Hans?", fragte sie verstört.

„Weil's nur noch Routine war mit der Liebe, weil ich nur noch funktioniert hab, aber nicht mehr gelebt." Es war, als fiele das Herz von Hanna Kofler wie eine Amphore aus Bergkristall zu Boden und zerspränge in tausend Stücke.

„Ich hab im Weinberg den Streit von der Dorica mit dem Miran mit angehört und auch, dass die Dorica gesagt hat, sie geht nicht mehr zurück nach Kroatien, sondern bleibt in Südtirol, beim Hans. Da bin ich ihr nachgegangen in den Keller und hab sie zur Rede gestellt. Sie hat mir zu verstehen gegeben, dass ich mich damit abfinden müsse, dass der Hans und sie miteinander leben wollen, weil der Hans es mit mir nicht mehr aushält, dass er sich bei mir nur eingesperrt und wie tot fühlt. Wie tot, hat sie gesagt, da hab ich zugestochen. Ich weiß nicht, wie oft."

Es gelang Sonja nicht, Hanna zu verurteilen, wie sie vor den Trümmern ihres Lebens stand. Aber das verlangte auch niemand von ihr, schließlich war sie nur die Ermittlerin, nicht aber die Richterin.

Hanna ließ das Messer sinken und schaute mit erloschenem Blick ihren Mann an. „Hast du wirklich das Gefühl, bei mir wie tot zu sein, Hans? Hatte die Dorica recht? Hast du das wirklich gesagt?"

Hatte er sie wirklich vor der Jüngeren so erniedrigt und so verraten? Hatte er so abfällig über sie und über ihr gemeinsames Leben gesprochen? Als hätte er all die Jahre nur in einem Verlies geschmachtet, als wäre ihr Leben nur ein lebenslanger Strafvollzug gewesen. Sonja fühlte, dass dieser Verrat die eigentliche, die tiefe Verletzung ausmachte.

Hanna ließ ihren Mann nicht aus den Augen, ihre Körperhaltung zeigte nur eine einzige Forderung, dass er ihr die Wahrheit sagen würde. Und wie nichts auf dieser Welt hoffte sie auf ein Dementi. Und wenn er dafür lügen müsste, dann sollte er es tun, auch wenn sie ihn aufgefordert hatte, die Wahrheit zu sagen. Sie hatte alles verloren, sie würde ins Gefängnis gehen, doch damit käme sie zurecht, wie sie mit allem im Leben zurechtgekommen war, nur nicht mit dem Verrat. Selbst wenn er lügen müsste, um diese Ungeheuerlichkeit aus der Welt zu schaffen, dann sollte er sich anstrengen und es tun. Mit allem könnte sie leben, nur damit nicht.

„Ja, weißt du …", begann er mit deutlich schlechtem Gewissen zu stottern, „man sagt so manches …" Er begann auszuweichen. Das konnte sie ihm nicht durchgehen lassen. „Fühlst du dich bei mir wie tot, Hans?" In ihre Augen kehrte das Leben zurück. Doch wirkte sie jetzt nur noch wie ein kleines, verschrecktes Mädchen, das höllische Angst davor hatte, was es gleich zu hören bekommen würde. Tränen traten in ihre schönen schwarzen Augen. „Sag's, Hans", flehte sie.

„Ja", sagte er hilflos und nickte. „I hans gsagt …" Mit beiden Händen umfasste sie den Messergriff und richtete die Klinge gegen sich, auf ihr Herz, wie seine Worte gegen ihr Herz gerichtet waren.

„Nein!", schrie Sonja und sprang zu Hanna, doch zu spät, sie hatte die Klinge in ihre Brust gerammt, einmal, zweimal, dann fiel sie Sonja in die Arme. Jonas zückte sein Handy und rief den Notarzt, während Matteo Sonja half, Hannas

Körper sanft auf den Boden zu legen. „Verbandszeug! Kompressen!", brüllte Matteo Kofler an, der aus seiner Schockstarre erwachte, ins Haus rannte und mit Verbandszeug zurückkehrte.

Doch es war schon zu spät.

Siebenundsiebzig

Sie wollte weder Laura noch Katharina davon etwas erzählen, morgen schon, denn sie würden es ohnehin erfahren, doch heute würde es ihre Kräfte übersteigen, schließlich musste sie es selbst erst einmal verarbeiten. Wenn sie nur einen Wimpernschlag eher reagiert hätte, hätte sie es verhindern können. Aber sie machte sich keine Vorwürfe, und vielleicht dachte sie, war es auch so das Beste. Nach allem, was geschehen war. Dorica war tot wie Hanna, wie Josef Gasser, der sich nur entschuldigen wollte dafür, dass er Hans Kofler oder genauer Hans Girlaner so viel Leid angetan hatte. Miran Horvat würde man wegen Totschlags anklagen. Lange würde er nicht im Gefängnis bleiben, es würde auf eine Bewährungsstrafe hinauslaufen. Und Hans? Stand wieder, wie damals, als sich seine Mutter erhängt hatte, vor einem Trümmerhaufen, der sich sein Leben nannte. Wie sollte er so erwachsen werden? Sie wusste es nicht, sie würde ihm auch nicht helfen, sie könnte es auch nicht. Denn all das, das waren nicht ihre Probleme.

Als sie aus dem Auto stieg, spürte sie, dass der Nieselregen aufgehört hatte, und sie hörte Gitarrenklänge und Südtiroler Lieder aus den Kehlen älterer Männer, die aus dem Garten drangen. Man konnte es unpassend finden, dass so kurz nach Thomas' Tod auf dem Gut gefeiert wurde, doch es ging nicht an, den Erntehelfern ihre kleinen Freuden am Feierabend zu verwehren, schon gar nicht diesen hier, die aus Gefälligkeit halfen. Und vielleicht hätte es ihrem Mann ja auch gefallen, dass auf seinem Weingut Leben war. Ach Thomas, du fehlst mir, dachte sie wieder wie so oft am Tag mit Wehmut, doch empfand sie im gleichen Augenblick Dankbarkeit, dass sie einander geliebt hatten bis zum letzten Moment und dieses Gefühl bei ihnen nicht verloren gegangen war wie bei den Koflers, nicht in Enttäuschung und Verletzung umgeschlagen war.

Der Andreas Mayn brachte ihrer Tochter gerade ein Südtiroler Lied bei:

„Dann kommt mit seiner Herrlichkeit
der Herbst ins Land herein
und alle Keller füllen sich
mit Heimatfeuerwein.
Man sitzt beim vollen Glase dann
und singt ein frohes Lied,
wenn in des Abends Dämmerschein
der Rosengarten glüht."

Sie gönnte ihrer Tochter den unbeschwerten Moment und setzte sich neben sie. Auf den Tischen standen Weinflaschen, Becher und Jausenbrettl mit Käse und Speck und Brot. Heimat, ja, aber wo war ihre Heimat, mit Thomas hatte sie die erst einmal verloren.

Achtundsiebzig

Die Sonne kratzte mit ihren Strahlen den Mendelkamm. Sonja, die Weintrauben schnitt, unterbrach ihre Tätigkeit und streckte sich, um gleich darauf auf die Uhr zu schauen und sich zu wundern, wo Laura blieb. Eigentlich hätte sie schon längst da sein müssen. Hatte ihr Laura gesagt, dass sie heute später käme, und sie hatte es nur vergessen? Sie legte ihre Rebenschere weg. „Andreas, ich schau mal nach der Laura."

„Scho recht. Wir kommen auch allein klar", brummte er zurück.

Sie stapfte den Weg entlang, ließ ihre Blicke über den Hof streifen, entdeckte allerdings nirgendwo die Vespa ihrer Tochter. In ihrem Herzen breitete sich langsam wie ein schwarzes Tuch die Unruhe aus. Sie lief in die Küche, in der Katharina gerade das Abendessen vorbereitete.

„Hat die Laura zu dir gesagt, dass sie heute später kommt?"

„Nein, ist sie denn noch nicht da?", wunderte sich ihre Schwiegermutter.

Sonja überprüfte ihr Handy, ob sie einen Anruf von Laura überhört hatte, fand aber nichts. Jetzt versuchte sie klopfenden Herzens ihre Tochter anzurufen, kam aber nur auf die Sprachbox. „Warum gehst du nicht ans Telefon?", schimpfte sie. Und wünschte, ihr Vorhaltungen dafür machen zu können. Sie wählte noch einmal die Nummer ihrer Tochter und sprach dann auf die Sprachbox: „Laura, hier ist deine Mutter. Ruf mich bitte sofort an, wenn du diese Nachricht hörst!" Sie lief in ihr Zimmer und fuhr ihren Computer hoch, um die Adressenliste von Lauras Mitschülern zu öffnen. Von einer Marlen hatte sie öfter gesprochen, also wählte sie Marlens Nummer und hatte auch Glück, jedenfalls ging das Mädchen gleich ran: „Marlen Tedeschi hier."

„Hallo Marlen, hier ist Sonja Schwarz, die Mutter von Laura. Ich kann meine Tochter nicht erreichen. War noch etwas Besonderes in der Schule? Kannst du mir was sagen?"

„In der Schule war nichts, nur Laura …"

„Was ist mit Laura?", stieß Sonja hervor, doch sie zwang sich zur Ruhe. Aufgeregtheiten führten schließlich zu nichts.

„Na ja, sie ist kurz vor Ende der letzten Stunde aus dem Unterricht gerannt, weil sie die Tränen nicht mehr zurückhalten konnte?"

„Und dann?"

„Hab ich sie nicht mehr gesehen."

Ärger stieg in Sonja hoch. „Hat sich denn keiner um sie gekümmert?"

„Nein, Laura wollte das nicht." Sonja hörte deutlich die Verlegenheit aus den Worten der Mitschülerin. „Es passiert öfter mal, dass Laura mitten im Unterricht an ihren Vater denken muss. Sie rennt dann raus und schließt sich auf der Toilette ein, bis, wie sie es nennt, der Anfall vorüber ist."

„Das passiert also öfter?", fragte Sonja betroffen nach, denn ihre Tochter hatte ihr nichts von diesen Stimmungsschwankungen erzählt, sicherlich, um sie nicht zu belasten. Ach Laura, dachte sie in einem Anfall von Zärtlichkeit.

„Du hast sie danach nicht mehr gesehen?"

„Nein, dann war ja Schulschluss und jeder wollte nach Hause."

„Danke, Marlen, danke", sagte Sonja und beschloss, methodisch vorzugehen. Zunächst telefonierte sie alle Mitschüler ihrer Tochter durch, ob noch jemand sie nach dem Unterricht gesehen hatte. Doch alle verneinten. Dann informierte sie ihre Schwiegermutter, dass Laura nicht zu finden sei. Sie einigten sich darauf, dass Katharina zu Hause die Stellung hielt, während Sonja nach Bozen fuhr, um zu recherchieren, mit der Schule würde sie beginnen. Kurz darauf saß sie bereits im Auto und raste los. Sie machte sich Vorwürfe, dass sie sich zu wenig um Laura gekümmert hatte. Vielleicht hätten sie die Hilfe eines Psychologen annehmen sollen. Panikartig ergriff sie die Angst, dass sie sich etwas angetan haben könnte, verwarf den Gedanken aber, weil sie dafür zu erfüllt von der Aufgabe war, das Weingut zu halten, und sich zu stark in die Weinlese einbrachte. Sie fühlte, dass der Boden, auf dem sie stand, immer dünner wurde, und ermahnte sich, bloß professionell zu bleiben. Die Kumuluswolken am Himmel zeigten sich in einem neckischen Rosa, doch dafür hatte Sonja keinen Blick.

Auf dem Parkplatz hinter der Schule stand zwar die Vespa ihrer Tochter nicht mehr, doch sie wollte sichergehen. Erleichtert stellte sie fest, dass der Hausmeister in der Schule wohnte. Es war ein kleines Nebengebäude, an dessen Tür sie klingelte. Ein mittelgroßer Mann in Unterhemd, das sich über einen kugeligen Bauch wölbte, und Sporthose öffnete und sah sie verständnislos an. Er roch nach Bier und Zigaretten und aus der Wohnung drang die aufgeregte Stimme eines Reporters, der ein Fußballspiel kommentierte.

„Können Sie mir bitte die Schule aufschließen, ich will sehen, ob meine Tochter noch hier ist."

„Wär mir aufgefallen", sagte er und wollte schon wieder die Tür schließen, doch Sonja stellte ihren Fuß in den Türspalt. Der Hausmeister schaute sie verwundert an.

„Haben Sie auch die Mädchentoiletten kontrolliert?"

„Ich nicht, aber die Reinigungsfrauen."

„Bitte schließen Sie auf, ich will selbst nachschauen."

„Hören Sie, gnädige Frau, wenn Sie ihre Tochter nicht richtig erzogen haben, dann …"

„Das Kind hat vor Kurzem seinen Vater verloren, und wenn Sie nicht sofort die Schule aufschließen, dann erleben Sie ein Donnerwetter, an das Sie sich bis ans Ende Ihres Leben erinnern werden, und sie werden sich wünschen, es nie erlebt zu haben, es nie erlebt zu haben! Aber subito!"

„Ist ja schon gut", brummte der Hausmeister, der ohnehin meinte, dass durchgeknallter als die Schüler nur ihre Eltern waren und er leider mit dieser anstrengenden Spezies sein Leben verbringen musste. Er warf einen traurigen Blick in seine Wohnung, aus der weiter die überdrehte Stimme des Reporters drang, während er den Schlüsselbund mit den Schulschlüsseln nahm und die Tür hinter sich schloss.

Sonja durchsuchte alle Toiletten und alle Räume, konnte Laura aber nirgends finden. In der Schule war sie nicht mehr. Obwohl sie den Hausmeister um eine Stunde und um den Genuss des Fußballspiels gebracht hatte, ließ sie ihn ohne Dank stehen, weil sie bereits über ihre nächsten Schritte nachdachte.

Da Lauras Vespa nicht mehr auf dem Schulparkplatz stand, musste sie mit dem Motorroller losgefahren sein. So unangenehm der Gedanke auch war, sie klapperte alle Krankenhäuser und Rettungsstationen ab. Aber ihre Tochter war nirgends eingeliefert worden. Inzwischen brannte bereits die Straßenbeleuchtung, als sie die Questura betrat, in ihr Büro ging und den Computer hochfuhr. Sie wollte die Polizeiberichte des heutigen Tages einsehen, ob sie dort etwas fand, und erschrak, als sich die Tür von Matteos Büro öffnete und Carla Pisani herausschaute. „Was machen Sie hier?", fragte sie ehrlich erstaunt.

„Ich wollte mir nur noch ein paar Notizen über den Abschluss des Falls machen", log sie, denn sie verspürte nicht die geringste Neigung, der römischen Polizistin mitzuteilen, dass sie ihre Tochter suchte.

„Gratulation, ein sauberer Ermittlungserfolg. Frauen wie Sie können es zu etwas bringen in der italienischen Polizei. Ist allerdings nicht leicht, weil die Machos zusammenstehen wie Pech und Schwefel." Carla Pisani lächelte maliziös, bewegte sich jedoch nicht aus dem Türrahmen. „Wären Sie nicht der natürliche Nachfolger von Capo Burger gewesen, wenn man Ihnen nicht Zanchetti vor die Nase gesetzt hätte? Aber was nicht ist, kann ja noch werden, es ist alles eine Frage der richtigen Verbündeten. Doch", Carla Pisanis Gesichtsausdruck drückte große Sorge aus, „wenn man sich mit den Falschen zusammentut, wird man auch mit ihnen untergehen. Passen Sie auf, dass Zanchetti Sie nicht mitreißt. Es dauert nicht mehr lange, dann kann ich den Fall des schönen Matteo abschließen. Meine Tür steht Ihnen jedenfalls offen, aber, meine Liebe, warten Sie nicht zu lange." Carla Pisani nickte ihr zu, dann verschwand sie wieder in Matteos Büro.

Sonja dachte nicht über die Worte der Römerin nach, sondern vertiefte sich in den Computer. In all den Berichten fand sie keinen einzigen Hinweis auf Laura. Langsam wurde ihr mulmig. Bevor sie ins Auto stieg, rief sie erst Katharina an, die mittlerweile auch ein Nervenbündel war, weil Laura weder angerufen noch nach Hause gekommen war, dann wählte sie noch einmal die Nummer ihrer Tochter, doch als sie wieder nur das ewige *Hi, hier ist Laura, Nachrichten für mich nach dem Beep* hörte, sprach sie in einer Mischung aus

Sorge und Wut auf die Sprachbox: „Hallo Laura, hier ist deine Mutter. Wo bist du, geh doch endlich an dein Handy, ich mache mir Sorgen", und dann leiser, zärtlich: „Ruf bitte zurück, ich liebe dich."

Im Auto ging sie noch einmal alle Möglichkeiten durch, doch sie war am Ende mit ihrem Latein. Während der Fahrt rief sie Jonas an, der sie zu beruhigen versuchte. Schließlich wäre Laura fast achtzehn, da will man sich nicht ständig von seinen Eltern kontrollieren lassen. „Wirst sehen, morgen früh ist sie wieder da."

Sie drückte ihn, ohne sich zu verabschieden, einfach weg, denn was sie jetzt am allerwenigstens gebrauchen konnten, waren Beschwichtigungen und Weisheiten vom Schlage eines Dr. Sommer. In ihrer Verzweiflung wählte sie die Nummer von Matteo Zanchetti. Sie brauchte jemanden, der von außen möglichst kühl auf die Situation schaute, jemanden, dessen Professionalität nicht von Gefühlen, nicht von Angst und Sorge eingeschränkt wurde. Sie vereinbarten, sich gleich am Etschblick zu treffen, der für Sonja auf dem Weg lag und den Matteo, der inzwischen eine kleine Wohnung in Bozen-Süd hatte, schnell erreichen konnte.

Wie er das gemacht hatte, wusste sie nicht, aber als sie ankam, wartete er schon auf dem kleinen Platz neben einer Bank. Er stand im Lichtkegel einer Laterne und wirkte ungeduldig, als wartete er auf sein erstes Rendezvous. Sie schüttelte den unpassenden Gedanken ab und trat zu ihm.

„Bist du geflogen?"

„So in etwa. Erzähl!" Sonja zwang sich, möglichst sachlich zu berichten, was sie bereits unternommen hatte.

„Ich muss dich das fragen, Sonja, besteht Suizidgefahr?"

„Nein, ich weiß nicht, Matteo, ich glaube nicht", antwortete sie wenig überzeugend.

„Hat sie einen Freund?", dachte er in eine andere Richtung.

„Nein", kam es von ihr, wie aus der Pistole geschossen.

„Sicher? In dem Alter erzählen einem die Kinder nicht mehr alles", gab Matteo zu bedenken.

„Theoretisch wäre es möglich, dass sie einen Freund hat, von dem sie mir nichts gesagt hat, aber meinst du nicht, er wäre irgendwie in den letzten Tagen in Erscheinung getreten?" Matteo zuckte mit den Achseln. Sonja rief noch einmal Marlen Tedeschi an, doch auch die war sich sicher, dass Laura zurzeit keinen Freund hatte. Es gab da was, allerdings schon vor einem halben Jahr, mit Luca Zertelli aus der Parallelklasse. Über die Stadtpolizei besorgte sich Matteo die Telefonnummer der Familie Zertelli. Als er anrief, hatte er gleich Luca am Apparat, doch der junge Mann wusste nichts, zumal sie vor zwei Monaten endgültig Schluss gemacht hatte mit ihm.

„Okay, über diesen Weg kommen wir auch nicht weiter. Hat Laura irgendwelche Lieblingsplätze?"

Sie wusste, worauf er hinauswollte. „Den Weinberg. Aber sonst ..."

„Dann lass uns zum Weinberg fahren."

Katharina kam aus dem Haus gestürzt, als sie hörte, dass zwei Autos auf den Hof fuhren. „Habt ihr was?", rief sie ihnen entgegen.

„Noch nichts", antwortete Sonja matt. „Wir wollen den Weinberg durchsuchen, vielleicht hat sie sich nur zurückgezogen." Katharina sah ihre Schwiegertochter mit einem langen Blick an, der nur Skepsis verriet.

„Wir kommen nur im Ausschlussverfahren weiter", erklärte ihr Sonja.

„Ich komm mit." Sie rannte ins Haus und kam kurz darauf in Schuhen und mit Taschenlampen zurück. Im Schein der Lampe über dem Hauseingang zeichnete Katharina eine Skizze des Weinbergs, Matteo sollte den linken Teil übernehmen, Sonja die Mitte und Katharina den rechten, und dann ging es auch schon los.

In der Finsternis wirkte ihr guter alter Weinberg so ganz und gar nicht mehr vertraut, sondern unheimlich und als wäre er zu dieser Zeit für die Menschen verschlossen. Allerlei Mücken und Obstfliegen umtanzten den Lichtkegel von Sonjas Taschenlampe. Schnellen Schritts durchkämmte sie ihren Teil des Weinbergs. Doch ihre Suche verlief so ergebnislos wie die von Matteo und Katharina. Ratlos standen sie zu dritt auf dem Hof. „Wir werden morgen früh eine Großfahndung einleiten", sagte Matteo.

„Bekommst du das hin, Matteo? Wir machen das doch erst, wenn jemand seit achtundvierzig Stunden vermisst wird", fragte Sonja skeptisch nach.

„Und ob ich das hinbekomme! Niemand wird mich daran hindern, auch nicht Carla Pisani, nur Laura, wenn sie hoffentlich bis dahin wiederaufgetaucht ist", entgegnete er bestimmt. Er hätte gern mehr getan, auch weil er es auf verquere Art als Wiedergutmachung empfand, als Möglichkeit, etwas von seiner Schuld abzutragen. Er bat Sonja, sie noch mal kurz sprechen zu dürfen, was Katharina sofort verstand, sich von Matteo verabschiedete und ins Haus zurückging.

„Ich fahr noch mal hoch zu der Stelle, wo auf Thomas geschossen worden ist." Sonja schaute ihn fragend an. „Das ist zwar ziemlich absurd, aber wir wissen nicht, was in Laura alles vorgeht."

„Das ist ein ganz schön weiter Weg da hoch, ich komme mit!"

„Schau du lieber zum Friedhof, ich melde mich."

Doch auch am Grab ihres Mannes fand sie ihre Tochter nicht. Gegen Mitternacht meldete sich Matteo noch einmal, aber auch er war nicht fündig geworden.

Neunundsiebzig

Matteo hatte Wort gehalten, ihr Büro glich, als sie es übernächtigt gegen neun Uhr betrat, einem Ameisenhaufen oder einem Callcenter, jedenfalls hing auf dem Ermittlungsboard eine Einsatzkarte von Südtirol mit allen Straßen, Wegen und Stegen, über die ein dichtes Gitternetz gelegt war. Die beiden Kerschbaumers schienen um die Wette zu telefonieren. Außerdem saß vor ihrem Computer ein uniformierter Polizist, ein weiterer an einer mobilen Telefonanlage. Mittendrin stand Matteo und wirkte im Gegensatz zu ihr frisch.

„Morgen, Sonja", begrüßte er sie, „die Großfahndung läuft, alle Nachrichten laufen beim Kollegen Hofschneider zusammen." Matteo deutete mit dem Kopf auf den Polizisten an der mobilen Station. „Wir finden Laura, verlass dich drauf!"

„Ich habe versucht, das Handy von Laura zu orten. Aber sie hat sich seit gestern am frühen Nachmittag nicht mehr eingewählt. Entweder ist sie nicht mehr in Südtirol oder der Akku ist leer", sagte Jonas mit schlechtem Gewissen, als trüge er die Schuld daran, dass Lauras Handy nicht aufzuspüren war. Nur zu gern hätte er ein anderes Ergebnis ermittelt.

„Wo war sie denn zuletzt eingewählt?", fragte Matteo.

„In Eppan, also in der Nähe von Sonjas Weingut", antwortete er erstaunt.

„Das ist mehr als seltsam", sagte Sonja verunsichert.

Peter Kerschbaumer strahlte über das ganze Gesicht. „Wir kriegen einen Zug Polizisten extra zur Unterstützung!"

„Großartig", lobte Matteo, „dann wissen Sie ja, wo Sie mit der Suche beginnen. In Eppan. Und drehen Sie mir jeden Stein dreimal um, ich will Ergebnisse!"

„Zu Befehl", rapportierte Peter Kerschbaumer ungewohnt zackig und strebte schon zur Tür, als ihm Carla Pisani im eleganten, eng anliegendem Kostüm entgegenkam. „Wo wollen Sie hin? Ich brauche Sie jetzt gleich", fuhr sie ihn an.

„Geht nicht!", antwortete statt seiner Matteo. „Wir haben eine Großfahndung!"

„Nach wem?"

„Nach Sonjas Tochter!"

„Aber ..."

„Carla, du wirst mich nicht daran hindern, mit allen Kräften nach dem Kind einer Kollegin zu suchen, das verschwunden ist. Danach kannst du tun, was du willst."

„Okay, wenn ich helfen kann, sagt mir Bescheid", lenkte sie ein. Sonja spürte, dass es kein taktisches Zurückweichen der römischen Polizistin war, sondern dass sie es ernst gemeint hatte.

Obwohl sie Matteos Aktivität beeindruckte, fühlte sie sich wie das fünfte Rad am Wagen. Ihre Hilflosigkeit fiel ihm auf und dass sie unbedingt eine Aufgabe benötigte. „Fahr doch mal zur Schule, Sonja, und knöpf dir Lauras Klasse, Lauras Lehrer vor. Du weißt, jeder noch so kleine Hinweis ..."

Dankbar, eine Aufgabe zu haben, düste sie los.

Es war eigenartig für sie, aber sie erfuhr über ihre Tochter viel Neues und doch nichts Neues, Details, von denen sie nichts gewusst hatte, aber nichts, was sie zwang, das Bild, das sie von ihrer Tochter hatte, zu revidieren. Und wenn der Anlass nicht so bedrohlich gewesen wäre, hätte sie allen Grund gehabt, sich über das, was sie über Laura erfuhr, zu freuen. Darüber, dass sie im Grunde mit allen Mitschülern auskam, dass sie geachtet war und dafür bewundert wurde, mit wie viel Disziplin sie versuchte, den Tod ihres Vaters zu verarbeiten. Konnte es sein, dass sie sich mit dieser *Disziplin* überfordert hatte? Sie hatte Matteos Frage, ob Laura suizidgefährdet wäre, sehr schnell abgeschmettert, vielleicht zu schnell. Möglich, dass etwas in Laura zerrissen war, wie ein zu fest gespannter Gummi. Mit diesem sehr beunruhigenden Gedanken stieg sie in ihr Auto, hörte aber im nächsten Moment, wie die Hintertür aufgerissen wurde und jemand auf die Rückbank glitt. Sie drehte sich um und sah in die unsteten Augen von Stefan Keller.

„Was machen Sie hier? Sofort raus aus meinem Wagen oder ich lasse Sie festnehmen!", brüllte sie ihn wutentbrannt an. Ihre ganze Angst um Laura, ihre Unruhe, ihre Hilflosigkeit, die Empörung darüber, dass dieser Hänfling, diese Null ihr jetzt auch noch in die Quere kam, um ihr wieder etwas über seine Frau vorzujammern, machten sich in ihren Worten Luft.

„Sie haben mir gar nichts mehr zu sagen", zischte er und richtete den Lauf einer Pistole auf sie.

„Sind Sie jetzt komplett durchgedreht!", fuhr sie ihn an. Doch statt zu antworten, legte er ein silbernes Medaillon auf die Mittelkonsole und schaute sie kalt und mitleidslos wie ein Insekt an, das er gleich zerquetschen würde. Klopfenden Herzens nahm Sonja das Medaillon und öffnete es. Wie erwartet fand sie in ihm ein Bild von Thomas, das erste Passbild, das er sich in Deutschland hatte machen lassen. Es war das Medaillon, das sie Laura geschenkt hatte.

„Woher haben Sie das?", fragte sie scharf. Wenn er Laura nur das Geringste angetan hatte, würde ihm auch die Pistole nicht mehr helfen, die er auf sie gerichtet hatte.

„Von Laura", tat er erstaunt über die in seinen Augen blöde Frage.

„Wo ist meine Tochter?" Ihre Sinne waren aufs Äußerste gespannt.

„In Sicherheit, dort, wo sie niemand finden wird, wenn ich es Ihnen nicht verrate", spielte er ein wenig zu hektisch seinen Trumpf aus. Nein, Keller verhielt sich nicht routiniert, sondern unsicher und sichtlich überfordert. Sie sah ihm den Stress an, unter dem er stand, und das machte ihn unberechenbar und die Angelegenheit gefährlich, denn die geringste Irritation konnte zu einer Kette schlimmster Ereignisse führen.

„Geben Sie mir meine Tochter zurück und wir vergessen das Ganze, Herr Keller. Entführung ist doch nicht Ihr Geschäft, seien Sie vernünftig", sagte Sonja ruhig und gefasst, wozu sie aber ihre ganze Selbstbeherrschung benötigte. Doch Keller lachte nur laut und irre auf. „Ich habe gar kein Geschäft mehr. Sie haben doch alles kaputtgemacht. Sie haben mein Leben zerstört. Ich kann nicht mehr verlieren, ich kann nur noch gewinnen. Oder ganz untergehen."

„Herr Keller, Sie sind sehr erregt. Das sind alles große Worte, die für die Oper taugen, aber doch nicht für unser alltägliches Leben. Da geht's etwas einfacher zu."

„Nix da, und hören Sie gefälligst auf, mich zuzutexten. Sie sind weder mein Vater noch meine Mutter. Wenn Sie Ihre Tochter lebend wiedersehen wollen, halten Sie den Mund und hören mir zu, was ich Ihnen zu sagen habe, und wagen Sie es nicht, mich zu unterbrechen! Kriegen Sie das hin?"

Mittlerweile schwamm sein Gesicht völlig in Schweiß und seine Augen flackerten, während er sich immer wieder zwischendurch in seine Lippen biss. Vor ihr saß ein Nervenbündel, das Mühe hatte, seine Botschaft zu formulieren. Sie durfte ihn jetzt nicht reizen, nicht unterbrechen, musste ihn vielmehr reden lassen. Paradoxerweise hatte sie ihn zu beruhigen, statt ihn zu verunsichern.

„Ihre Tochter lebt und ihr geht es gut. Ohne mich würden Sie ihre Tochter nicht mehr lebend finden. Glauben Sie mir, sie wäre inzwischen verdurstet. Sie wissen, wie schnell das geht mit dem Dehydrieren. Also respektieren Sie mich. Tun Sie mir nichts. Lassen Sie mich einsperren, werde ich schweigen, so lange schweigen, bis für Ihre Tochter jede Rettung zu spät kommt. Sie können Ihre Zeit damit vergeuden, meine Handydaten zu überprüfen und was Sie sonst noch so machen. Oder Sie erfüllen meinen Wunsch, dann bekommen Sie Ihre Tochter zurück und alle sind glücklich!"

„Was wollen Sie?", fragte Sonja tonlos.

„Das wissen Sie doch: meine Frau. Das ist doch ganz einfach, Sie superschlaue Polizistin."

„Wie soll das gehen?"

„Holen Sie meine Frau aus dem Gefängnis! Ich tausche Ihre Tochter gegen meine Frau. Das ist der Deal."

„Sie sind ja verrückt. Wie soll ich das anstellen?"

Keller zuckte mit den Achseln und blickte sie blöde an, wie ein Teenager, der beschlossen hatte, über nichts mehr nachzudenken. „Ist mir doch egal!"

„Ich will mit meiner Tochter telefonieren."

„Wie gesagt, wenn meine Frau aus dem Gefängnis ist."

Er legte mit der linken Hand ein billiges Prepaidhandy auf die Armablage. Sie nahm es in die Hand und entdeckte einen Zettel mit einer Adresse.

„Wenn Sie meine Frau haben, schicken Sie mir eine Nachricht an die Adresse auf dem Zettel. Übrigens ist das nicht mein Account, Sie können die Adresse lesen, kommen aber darüber nicht an mich heran." Plötzlich wirkte Keller ruhiger, entspannter. Er hatte alles gesagt, was er wollte, nun musste er nur noch auf den erlösenden Anruf warten. Und dann würde er schon bald seine Frau zurückhaben. „Es klingt ein wenig absurd in Anbetracht dessen, dass Sie eine Polizistin sind: Keine Polizei, Frau Commissario!" Er musste über seinen Witz lachen. „Ich bin zwar wegen Ihnen inzwischen ein Niemand, aber so ein paar alte Kontakte habe ich noch, ich erfahre es postwendend, wenn Sie einem Ihrer Kollegen Ihr Herz ausschütten. Und dann ..." Keller tat, als zielte er mit seiner Waffe und drückte ab: „Pffff ... Rechnen Sie nicht damit, dass ich vor einem Mord zurückschrecke, es wär mal eine neue Erfahrung. Und vergessen Sie nicht, dass ich Sie hasse."

Keller steckte die Waffe ein, dann stieg er aus. Sonja ließ ihren Kopf auf den Lenker fallen. Sie war völlig fertig. Und ratlos. Sie stieg aus ihrem Auto, weil sie frische Luft und Bewegung brauchte, um sich zu sammeln. Sie versuchte, vom Positiven auszugehen, und das bestand darin, dass Laura lebte und dass der Entführer seine Bedingungen gestellt hatte, negativ war allerdings, dass diese unerfüllbar waren und er nicht bluffte. Sonja zweifelte nicht im Geringsten daran, dass er auch verwirklichen würde, was er angedroht hatte. Keller war vollkommen außer sich und handelte unter größtem Druck, doch völlig rational. Sie hatte die schwerste Entscheidung ihres Lebens zu treffen, ein Fehler – und Laura wäre tot.

Achtzig

Sie hatte gerade die Straße überquert, da wurde ihr siedend heiß bewusst, dass, wenn Keller auch nur einen einzigen Informanten bei der Polizei hatte, sie die Großfahndung so schnell wie möglich einstellen lassen musste. Sonja rannte zum Auto zurück und raste zur Questura, stellte den Wagen schief auf dem Parkplatz ab und rannte die Treppen hoch zu ihrem Büro. Vor der Tür zwang sie sich zu lächeln. Dann ging sie hinein. Alle Blicke richteten sich auf sie.

„Wir haben leider noch nichts!", sagte Matteo etwas beklommen. „Aber wir arbeiten dran."

„Nicht nötig", rief Sonja gespielt fröhlich. „Laura hat sich gemeldet. Sie ist bei einer Freundin und der Akku ist leer und das Ladekabel zu Hause. Du hast recht gehabt, Jonas, Teenager!"

Matteo musterte sie mit einem langen Blick, der ihr durch und durch ging.

„Großartig", freute sich Jonas.

„Tut mir leid, dass ich euch mit meiner Panik so viel Arbeit gemacht habe." Die Verlegenheit in ihrer Stimme war allerdings nicht gespielt, sondern echt. Dann ging sie in die Kantine, was sie sonst nie machte, und trank einen Espresso. Im Moment vermochte sie ihren Kollegen nicht unter die Augen zu treten. Nichts durfte sie ablenken, wenn sie über einen Plan nachdachte, und eines stand fest, ihre einzige Chance, Laura wiederzusehen, bestand darin, Kellers Forderungen zu erfüllen. Matteo einzuweihen schien ihr zu riskant, denn sie hatte ihn nicht unter Kontrolle, er würde sich nicht davon abhalten lassen zu tun, was er für richtig hielt, außerdem hatte er Carla Pisani im Genick, die ohne Rücksicht auf Verluste alles gegen Matteo benutzen würde, was sie fand. Sonja traute der Polizeirätin zu, auch Lauras Tod in Kauf zu nehmen, wenn sie dafür Matteo Zanchetti ans Messer liefern könnte. Außerdem wollte sie weder Matteo noch die Kerschbaumers mit hineinziehen, wenn ihr Plan nicht ganz gesetzeskonform geriet. Sie kam zu dem Schluss, dass sie vollkommen auf sich gestellt war. Dann kniff sie die Augen zusammen und begann, einen Plan zu entwickeln, der verrückt und absolut illegal war, ihr aber als einzige Möglichkeit erschien, ihre Tochter wiederzubekommen.

Zuerst rief sie Jonas Kerschbaumer an und bat ihn, für sie eine geheime Recherche durchzuführen. Er solle sich alle Bankunterlagen der Kellers vom letzten halben Jahr ansehen, was sie wem für welche Leistungen gezahlt hatten, von wem sie Gelder bekamen.

„Das wird ohne Gerichtsbeschluss nicht gehen, das weißt du doch", wunderte sich Jonas über Sonjas Ansinnen.

„Sag nicht, dass du keinen Weg findest!"

„Okay, ich habe einen alten Freund bei der Guardia die Finanza. Aber warum, Sonja?"

„Tu es einfach und frag nicht, es ist extrem wichtig. Und, Jonas, subito, es eilt."

Jonas versprach, sich an die Arbeit zu machen. Dann rief sie Carla Pisani an und bat sie um ein kurzes Gespräch, aber nicht im Revier. Sie verabreden sich in einem Café in der Venedigerstraße, zu dem sie zu Fuß hinging.

Sonja hatte gerade einen Platz in der hinteren Ecke des Cafés gefunden, in der das Halbdunkel zu nisten schien, als

Carla Pisani wie immer von sich überzeugt und siegessicher das Lokal betrat, sich kurz nach Sonja umsah und sich dann zu ihr setzte. „Ihre Tochter ist wieder da?", fragte sie, als handelte es sich um Small Talk.

„Ja, hatte vergessen, Bescheid zu sagen, dass sie bei einer Freundin übernachtet hat. Sie wissen ja, wie Teenager so sind", ließ sie sich auf den Ton ein.

„Nein, weiß ich nicht", antwortete Carla Pisani unbeeindruckt. „Was haben Sie denn so Wichtiges für mich?"

„Ich habe über das nachgedacht, was Sie letztens gesagt haben. Es stimmt, eigentlich hätte ich Capo Burgers Stelle bekommen müssen. Und, ja, es ärgert mich, zwar nicht so sehr, dass ich dafür Matteo belasten würde, aber doch immerhin genug, um nicht mit ihm untergehen zu wollen." Die Kriminalrätin verzog keine Miene, sie wartete erst einmal ab, ließ Sonja kommen. Ihr Misstrauen musste sie überwinden. Es entstand eine Pause, in der sich die beiden Frauen belauerten. Schließlich tat Sonja, als müsse sie sich überwinden. „Okay, ich sage Ihnen nicht, woher ich weiß …"

„Das werden Sie schon müssen, Ihre Karten vollständig auf den Tisch legen."

Sonja musterte die Kriminalrätin kalt und durchdringend. „Die Stelle des Capos!"

„Wenn Sie mir helfen, Matteo Zanchettis Machenschaften aufzudecken!", hielt sich Carla Pisani zurück. Sonja machte Anstalten aufzustehen.

„Gut, Sie sollen die Stelle bekommen. Was haben Sie mir zu sagen?"

„Ich habe mitbekommen, dass Matteo mit Charlotte Keller über den Hotelneubau gesprochen hat. Sieht so aus, als ob er als Vermittler für das Hotel fungierte. Warum musste Saffione wohl verschwinden? Was denken Sie?" Sonja schaute Carla Pisani an wie eine Lehrerin eine Schülerin, die ihre Hausaufgaben nicht gemacht hatte.

„Nett, aber wie wollen wir das beweisen?", ging Carla Pisani wieder in Deckung.

„Mit Frau Kellers Aussage."

„Mit der habe ich schon gesprochen. Geschlossen wie eine Auster."

„Raten Sie mal, wer außer Ihnen ständig Frau Keller besucht? Und die Auster geschlossen hält? Matteo Zanchetti! Und warum wohl?" Sonjas Argumentation zeigte langsam Wirkung bei ihr, dennoch blieb noch ein gehöriger Rest Misstrauen.

„Sie werden von Frau Keller nichts erfahren. Die hat vor Rossi und Zanchetti mehr Angst als vor Ihnen. Tut mir leid, das sagen zu müssen", fuhr Sonja gnadenlos fort. „Lassen Sie mich mit ihr sprechen!"

„Warum sollte diese Frau ausgerechnet Ihnen etwas sagen?! Sie hassen einander." Nun war Carla Pisani vollkommen überrascht. Entweder hatte Sonja Schwarz eine geniale Idee oder sie schnappte gerade vollständig über.

„Genau deshalb", grinste Sonja. „Sie weiß, dass ich sie hasse, dass ich ihren Mann verhaftet habe, dass ich sie hinter schwedische Gardinen gebracht habe und ich keine leeren Drohungen mache. Ich werde Charlotte Keller sagen, wir verbreiten in Mafiakreisen, dass sie mit uns kooperiert, dann ist sie tot. Oder sie kooperiert tatsächlich mit uns, dann schieben wir alles auf Zanchetti und sie bleibt aus der ganzen Sache draußen."

„Das könnte ich ihr auch sagen."

„Tun Sie es, wenn Ihre Eitelkeit größer ist als der Wunsch nach Erfolg. Charlotte Keller wird Ihnen nicht glauben. Wie wollen Sie denn Rossi eine Nachricht zuspielen, die er glaubt, wird sie denken. Und wenn das Pulver verschossen ist, war's das dann."

Carla Pisani wurde unruhig, denn die Taktik, die Sonja Schwarz vorschlug, konnte durchaus funktionieren, dennoch war alles viel zu einfach. „Das könnte funktionieren. Aber wissen Sie, was ich mich frage: warum Sie so hilfsbereit sind."

„Weil mein Mann an der Kugel gestorben ist, die für Matteo Zanchetti bestimmt war", antwortete Sonja mit Augen voller Hass.

Sie einigten sich darauf, dass die Befragung in einer Stunde in Carla Pisanis Dienstzimmer, das eigentlich dem Capo gehörte, stattfinden sollte. Sonja nutzte die Zeit, um Katharina anzurufen und sie zu bitten, dass sie sich um die Ernte kümmern sollte. „Was immer du zwischenzeitlich hören magst, ich bringe Laura wieder nach Hause. Vertrau mir."

Als sie das Handy wegsteckte, spürte sie, wie ihre Hände zitterten, sie ging auf die Toilette des Cafès, wusch sich das Gesicht mit kaltem Wasser und schaute in den Spiegel. Sie blickte in ein entschlossenes Gesicht.

Ein wenig später hatte sie bereits einen Mietwagen ausgeliehen und ihn an der Rückseite der Questura vor einer kleinen Tür geparkt.

Einundachtzig

Matteo sah von Sonjas Computer auf, den er benutzte, solange sein Dienstzimmer und sein PC von Carla Pisani mit Beschlag belegt wurden, und lächelte ihr zu. „Gut, dass alles wieder in Ordnung ist, ist es doch, oder?", fragte er locker, doch nicht ohne Skepsis.

„Ist es. Du kannst ganz beruhigt sein. Ich habe ein Gespräch mit Signora Pisani", sagte sie schicksalsergeben und ging ins Büro.

Sie schloss hinter sich die Tür, nahm ihr Handy, tippte eine Nummer ein und dann einen SMS-Text: *Müssen unbedingt miteinander reden, sofort, Matteo.* Dann ließ sie das Handy in ihrer Hosentasche verschwinden. Im nächsten Moment betraten Carla Pisani und Charlotte Keller das Zimmer. Die Vollzugsbeamtin blieb vor der Tür stehen. Als Charlotte Keller Sonja wahrnahm, reif sie wie vom Donner gerührt aus: „Was tut die denn hier?"

„Setzen Sie sich", sagte Carla Pisani grob. Und Charlotte Keller nahm sich einen Stuhl von Matteo Zanchettis Sitzgruppe.

„Frau Keller, Sie hatten im Zusammenhang mit der Finanzierung Ihres Hotel-Projekts unterhalb der Goswand Kontakt mit Francesco Rossi, der Ihnen Finanziers vermittelte", begann Sonja neutral und auf Zeit spielend.

„Auf Anraten meines Anwalts verweigere ich die Aussage", mauerte Charlotte Keller mit Hass in der Stimme.

„Hat Signore Rossi zu irgendeiner Zeit etwas über sein Verhältnis zu Commissario Capo Matteo Zanchetti gesagt?"

Charlotte Keller schaute Sonja verdutzt an, blieb jedoch eisern bei dem einzigen Statement, das sie bereit war abzugeben: „Auf Anraten meines Anwalts verweigere ich die Aussage."

„Schön, das wissen wir nun, doch versuchen wir mal dennoch weiterzukommen", ging Sonja auf Konfrontation.

Carla Pisani setzte sich zu Charlotte und sprach einfühlsam auf sie ein: „Frau Keller, mir ist bewusst, dass Sie sich in einer schwierigen, ja, gefährlichen Situation befinden. Doch Ihr Schweigen macht die Sache nicht einfacher. Was glauben Sie denn, wie lange Zanchetti oder Rossi sich auf Ihr Schweigen verlassen."

Währenddessen drückte Sonja auf die Taste ihres Handys, mit dem sie die SMS verschickte. Gleich darauf vibrierte Carla Pisanis Smartphone, sie schaute darauf und ein Lächeln ging über ihre Lippen. Dass sowohl Sonja Schwarz als auch Charlotte Keller in ihrem Büro saßen, schien den Druck auf den Capo so zu erhöhen, dass er offenbar zu retten versuchte, was zu retten war. Jetzt hatte sie ihn dort, wo sie ihn haben wollte. Sie verließ das Zimmer und schloss hinter sich die Tür. Sonja stellte einen Stuhl unter die Türklinke, zog ihre Waffe, richtete sie auf Charlotte Keller und sagte leise, aber nachdrücklich: „Mund halten und mitkommen."

„Was soll das?"

„Ihr Mann hat meine Tochter entführt, entweder Sie beeilen sich oder ich knall sie ab!"

Wie ein Springball sprang Charlotte Keller hoch, während Sonja eine Tür der Bürotür gegenüber öffnete und Charlotte in ein schmales Treppenhaus zog. Sie eilten die

Stufen hinunter und gelangten über einen Nebenausgang auf die Rückseite der Questura. Sonja schloss den Mietwagen, einen dunkelblauen Alfa Romeo, auf, legte ihr Handy vor den Vorderreifen, zwang Charlotte, auf der Beifahrerseite einzusteigen, und fuhr los. Das knirschende, splitternde Geräusch ihres Handys nahm sie nicht mehr wahr.

„Ich will meine Tochter wiederhaben!", erklärte sie Charlotte Keller.

Zweiundachtzig

Carla Pisani lächelte Matteo siegessicher an und fragte ihn, ob er sich hier oder woanders mit ihr unterhalten wolle. Matteo war über das Angebot erstaunt und sie wiederum über sein Erstaunen, ein Wort ergab das andere und Carla zeigte ihm die SMS, die sie erhalten hatte. Matteo lachte im ersten Moment laut auf. „Davon hast du dich reinlegen lassen? Die SMS habe ich niemals geschrieben, sie stammt von Sonja." Die Erkenntnis, dass sie sich hatte hinters Licht führen lassen, durchfuhr sie heiß und kalt. Sie konnte sich keinen Reim darauf machen, wollte sofort in ihr Zimmer zurück, konnte aber die blockierte Tür nicht öffnen.

„Machen Sie auf, Frau Schwarz! Was immer Sie vorhaben, das hat doch keinen Sinn!" Nicht nur, dass sie keine Antwort erhielt, es regte sich jenseits der Tür auch kein Laut.

„Aufbrechen!", schrie sie Matteo und Jonas an, die sich sofort gegen die Tür warfen, die erst nach wiederholtem Anrennen der beiden Männer nachgab. Matteos Dienstzimmer jedoch war leer, nur die Tür gegenüber stand wie zum Hohn offen.

„Wo geht es da hin?", fragte sie dumpf.

„Zu einem Nebenausgang", antwortete Jonas. Carla rannte gefolgt von den beiden Polizisten die Treppe hinunter, doch die Tür war verschlossen.

„Lass das Gebäude abriegeln!", brüllte sie Matteo an, der auf dem Weg nach oben beim Portier anrief und befahl, niemanden aus dem Gebäude zu lassen, niemanden außer ihn, Carla Pisani und Jonas Kerschbaumer. Er wusste zwar, dass diese Maßnahme vergeblich war, doch wollte er darüber mit Carla nicht streiten. Nun eilten sie die Haupttreppe hinunter, passierten die Wachen am Ausgang und liefen um das Gebäude herum zu dem kleinen Nebeneingang. Matteo fielen sofort die Reste von Sonjas Handy auf, es war für ihn wie ein Schlag in die Magengrube. Er verstand nicht, was sie tat, warum sie es tat und vor allem, dass sie ihn nicht ins Vertrauen gezogen hatte, nur war er, und das wusste er auch, der Letzte, der sich darüber beschweren durfte. In seinem Kopf hämmerte ein einziges Warum. Auf diese Frage musste er dringend noch vor Carla Pisani eine Antwort finden, wenn er Sonja helfen wollte, und dass sie dringend Unterstützung benötigte, war mehr als offensichtlich.

„Schreiben Sie Commissario Schwarz, Frau Keller und natürlich den Wagen von Frau Schwarz zur Fahndung aus", wandte sie sich an Jonas, den die Situation sichtlich überforderte.

„Ist das nicht ein bisschen übertrieben?", fragte er mit hilflosem Blick auf seinen nächsten Vorgesetzten, den Capo.

„Nein, wir haben es hier mit einer Gefangenenbefreiung zu tun."

„Die Polizeirätin hat recht, tu es, Jonas", bestätigte Matteo Zanchetti.

„Und wehe, Sie bummeln", fuhr Carla Pisani den Commissario an, „Sonja Schwarz ist jetzt keine Kollegin mehr, sondern eine dringend gesuchte Tatverdächtige, vielleicht sogar mit Kontakten zur Mafia." Als sie das sagte, schaute sie scharf zu Matteo hinüber.

„Das ist doch absurd, Carla. Sonjas Mann ist von der Mafia getötet worden!"

„Von Lorenzo Saffione, ja. Das heißt nicht automatisch von der Mafia. Weißt du was, Matteo, in deinem Revier herrscht eine große Unübersichtlichkeit. Ich frage mich, ob das Zufall oder Absicht oder bloße Unfähigkeit ist? Aber unfähig bist du nicht, Matteo, das wissen wir beide. Was meinst du, was ist es?"

„Es ist jetzt wirklich nicht die Zeit, akademische Fragen zu lösen", entgegnete er unbeeindruckt.

„Wir haben Sonjas Wagen", sagte Jonas. Carla Pisani und Matteo schauten überrascht zu dem jüngeren Kerschbaumer. „Er steht auf dem Parkplatz der Questura."

„Dann hat sie sich einen anderen Wagen besorgt, um uns in die Irre zu führen und Zeit zu gewinnen", schloss Carla Pisani und beauftragte den älteren Kerschbaumer damit, alle Autovermietungen in Bozen durchzutelefonieren, ob eine einen Pkw an Sonja Schwarz vermietet hatte.

Dreiundachtzig

Die Fahrt über Nebenstraßen ins Gebirge, die bald eher Waldwegen glichen, verlief in verbissener Stille, seitdem Charlotte Keller Sonja hysterisch gefragt hatte, wo sie denn hinfahren würden, und Sonja ihr kalt erwidert hatte: „Das müssen Sie Ihren Mann fragen, nicht mich! Und jetzt halten Sie den Mund!"

Rechts von der kleinen Straße ging jetzt ein Weg ab, der unter Tannen zu einem kleinen Platz führte. Sonja hielt den Alfa Romeo an. Und atmete erst mal durch. Friedlich sah es um sie herum aus, doch der Frieden war trügerisch, in ihrem Herzen tobte Krieg. Sie verbot sich jegliche Emotion und aktivierte ihre gesamte Erfahrung, denn sie durfte sich nicht nur keinen Fehler erlauben, sondern musste sowohl Kellers Überforderung als auch mögliche Zufälle mit einkalkulieren. Nichts im Leben verlief genau so, wie es geplant war. Sie hatte im Umgang mit Verbrechern gelernt, dass jedes Verbrechen das Resultat aus Fehlern und Zufällen war.

„Wir informieren jetzt Ihren Mann", sagte Sonja und sandte eine SMS an die entsprechende Adresse. Charlotte Keller musterte sie mit großen Augen, denn sie zweifelte noch immer daran, dass ihr Mann tatsächlich fähig sein sollte, einen Menschen zu entführen, sie hielt die ganze Aktion für einen Schwindel, einen Bluff, doch mochte sie sich auch noch so sehr den Kopf zerbrechen, sie konnte sich den Zweck der Aktion nicht erklären. Andererseits war Laura genau in dem Alter, in dem für gewöhnlich seine Gespielinnen waren, er kannte sich also mit Teenagern aus.

Wenig später klingelte das Prepaidhandy, das Stefan Keller Sonja gegeben hatte. „Ja?"

„Haben Sie meine Frau?", hauchte er aufgeregt.

„Sitzt neben mir."

„Ich will mit ihr sprechen!", forderte er bockig wie ein kleiner Junge.

„Nein, erst will ich mit meiner Tochter sprechen!", entgegnete Sonja kalt.

„Sie haben mir gar nichts zu sagen. Wenn Sie nicht machen, was ich sage, ist Ihre Tochter tot!", brüllte er.

„Ihre Frau dann aber auch", sagte Sonja kühl.

„Nun lass doch die Frau mit ihrer Tochter sprechen, Stefan!", schrie Charlotte Keller zum Telefon.

„Charlotte, bist du es, geht's dir gut?", rief er zurück.

„Noch geht es ihr gut. Kann ich mit meiner Tochter sprechen."

„Ja, ich rufe Sie in einer Stunde noch mal an, jetzt fahren Sie erst mal Richtung Brixen. Kapiert?! Und geben Sie mir meine Frau."

„Zwei Sätze, Keller, mit zwei Sätzen gehe ich in Vorleistung, doch als Nächstes will ich mit meiner Tochter reden, und dann können Sie weiter mit Ihrer Frau reden!" Sonja übergab ihr das Handy. Charlotte umklammerte es vorsichtig mit beiden Händen, aus Angst, es fallen zu lassen. „Stefan …"

„Charlotte, ich hole dich raus, wir …" Weiter kam er nicht, denn Sonja hatte Charlotte Keller das Handy bereits aus der Hand gerissen. „Zwei Sätze habe ich gesagt, das waren sie. Telefonischen Kontakt gibt es erst wieder, wenn ich mit meiner Tochter gesprochen habe. Ich mache mich auf den Weg Richtung Brixen. Kann etwas dauern, ich muss die

Nebenstraßen nehmen. Die werden alles absperren." Sie legte auf, dann fuhr sie langsam aus dem Wald, wieder auf die kleine Straße.

„Haben Sie eine Ahnung von Karten?"

„Ein bisschen", antwortete Charlotte Keller. Sonja griff ins Handschuhfach, nahm eine Karte heraus und warf sie ihr in den Schoß.

„Machen Sie unsere Position ausfindig. Wir müssen nach Norden, aber keine Hauptstraßen, nur Nebenstraßen. Bekommen Sie das hin?"

„Ich denke schon."

„Wenn Sie unsicher sind: Bevor Sie einen Fehler machen, fragen Sie mich!"

„Okay, vor uns geht's nach Tiers, wir müssen zurück, dann an der nächsten Kreuzung nach rechts."

Sonja gab Gas und fuhr los. Dafür, dass sie durch eine der landschaftlich schönsten Gegenden Südtirols fuhren, hatten sie keinen Blick. Sonja konzentrierte sich schon allein wegen der hohen Geschwindigkeit ganz aufs Fahren, während Charlotte Keller Landschaft und Hinweisschilder mit ihrer Karte abglich. Nachdem Sonja eine Vollbremsung hingelegt hatte, weil hinter einer Kurve ein Bauer mit Lederhose und Hut seine Kühe über die Straße trieb, blickte sie kurz zur spitznasigen Charlotte Keller hinüber und spürte nur eine unbezähmbare Wut. „Sollte meiner Tochter ein Haar gekrümmt werden von Ihrem Mann, werden Sie das nicht überleben …"

„Aber …", wollte Charlotte Keller etwas einwenden.

„Dann erleben Sie, was man in Mafiakreisen einen dreckigen Tod nennt", sagte sie kalt und gab wieder Gas. Charlotte Keller wurde schlecht, doch sie wagte es nicht einmal, sich zu übergeben.

Vierundachtzig

Matteo grübelte über Sonjas Motiv nach, ausgerechnet Charlotte Keller – die Frau, die sie so hasste – zu befreien. Die einzige Spur, die eine gewisse Plausibilität besaß, hing mit Lauras Verschwinden zusammen. Er sah zwar keine Zusammenhänge, aber die würden sich ohnehin erst zeigen, wenn er weiter ermittelte. Deshalb verließ er sein Büro, ging ins Foyer und rief Katharina Schwarz an. Sie klang, als sie seine Stimme hörte, bemüht freundlich. Als er darum bat, Laura sprechen zu dürfen, bedauerte Katharina, dass das nicht ginge, weil ihre Enkelin bei einer Freundin weile.

„Können Sie mir den Namen der Freundin geben?", hakte Matteo nach.

„Fragen Sie doch am besten Sonja, ich muss mich jetzt um die Erntehelfer kümmern", wiegelte Katharina ab und beendete das Gespräch.

Dass sie log, war offensichtlich. Lauras Entführer verlangten die Auslieferung von Charlotte Keller, im Gegenzug würden sie Laura Schwarz freilassen. Matteo war sich sicher, dass es nur so sein konnte, denn nur für ihre Tochter würde Sonja ein so hohes Risiko eingehen, Reputation, Stellung und vielleicht sogar ihre Freiheit und ihr Leben opfern. Nein, was Sonja veranstaltete, war kein Spiel mit dem Feuer, sondern der Kampf gegen das Feuer. Er hätte ihr beistehen, ihr helfen können, wenn sie ihn doch nur ins Vertrauen gezogen hätte, doch dann begriff er plötzlich, dass sie ihn damit mit hineingezogen hätte, wo ohnehin schon eine Ermittlerin aus Rom versuchte, ihn fertigzumachen. Er war schon gefährdet genug, mochte sie sich gedacht haben. Er fühlte sich überwältigt und entwaffnet. Wenn das stimmte, was er dachte, dann hatte Sonja ihn nicht eingeweiht, nicht weil sie ihm misstraute, sondern weil sie ihn nicht gefährden wollte. Er hatte das Gefühl, dass er in ihrer Schuld stand und es höchste Zeit war, diese zurückzuzahlen. Wenn er nur wüsste, wo sie sich gerade befand, wenn er nur Kontakt mit ihr aufnehmen könnte.

Er rief Peter Kerschbaumer an, der zwar unablässig am Telefonieren war, sich aber, als er auf dem Display Matteos Nummer sah, bei seinem Gesprächspartner entschuldigte, den Hörer beiseitelegte und an sein Handy ging.

„Kommen Sie sofort in die Herrentoilette im Parterre, sofort und unauffällig."

„Ich will nur das Telefonat …"

„Nein, legen Sie auf und kommen Sie sofort."

Peter Kerschbaumer hatte gerade sein Handy weggesteckt, „Ich melde mich später noch einmal bei Ihnen" in den anderen Hörer gerufen und aufgelegt, als Carla Pisani aus ihrem Dienstzimmer kam. „Haben Sie schon was?"

„Nein."

„Wohin dann?"

„Nur einmal kurz für kleine Königstiger!", antwortete Kerschbaumer und sah die Polizeirätin wie ein Schulbub an, bei dem es gleich in die Hose gehen würde. Jonas, der am Computer saß und bei Pisanis Erscheinen die Seite, die er gerade studierte, schnell weggeklickt hatte, was Carla Pisani aus den Augenwinkeln bemerkte, warf seinem Vater einen erstaunten Blick zu, weil er diesen Ausdruck nicht nur nicht benutzte, sondern sich auch über Männer, die ihn verwendeten, gern lustig machte.

„Dann gehen Sie, aber beeilen Sie sich", rief sie ihm angewidert hinterher, um sich gleich darauf Jonas zuzuwenden. „Haben Sie etwas?"

„Nein."

„Auch wenn Sie die Verdächtige Sonja Schwarz noch für Ihre Kollegin halten sollten, wäre etwas mehr Engagement durchaus angemessen!"

Wütend sprang Jonas auf und entgegnete heftig: „Wenn ich nicht engagiert wäre, dann wäre ich schon zu Hause. Ich habe eigentlich Dienstschluss und von den Überstunden will ich gar nicht erst reden."

„*Wenig belastbar* werde ich in Ihre Beurteilung schreiben", antwortete Carla Pisani pikiert.

„Schreibens doch, was Sie wollen."

Für Jonas drohte eine Welt zusammenzubrechen, denn er hatte Sonja als Polizistin verehrt, sich bemüht, von ihr zu lernen, ihr vertraut, umso weniger verstand er, was hier vorging.

Fünfundachtzig

Es entbehrte nicht einer gewissen Komik, wie sich die beiden Polizisten im Gang zwischen dem Pissoir und den Toilettenkabinen gegenüberstanden.

„Wollen wir nicht lieber so tun als ob, falls jemand reinkommt? Ich meine, damit kein falscher Eindruck entsteht", schlug Peter Kerschbaumer vor. Matteo lobte dessen Umsicht, und so standen sie an einem der gebräuchlichsten Orte für ein Gespräch unter Männern, nebeneinander vor einem Urinal.

„Hören Sie zu, Kerschbaumer, was ich Ihnen jetzt sage, habe ich nie gesagt, das, worum ich Sie bitte, darum habe ich Sie nie gebeten."

Der ältere Kerschbaumer grinste: „Sonst würden wir kaum in so entspannter Haltung hier stehen. Der einzige Ort, an dem wir Carla Pisani nicht begegnen werden."

„Unterschätzen Sie Carla nicht! Aber Spaß beiseite. Auf der einen Seite müssen wir schnellstens herausfinden, wo sich Sonja befindet, auf der anderen wäre es vielleicht gut, wenn sie einen gewissen Vorsprung hat. Wenn Sie herausgefunden haben, mit welchem Mietwagen …"

„Noch habe ich nicht alle Autovermietungen durch."

„Vielleicht stoßen Sie auch ganz zum Schluss auf die richtige. Manchmal läuft es halt blöd."

Peter Kerschbaumer zuckte zusammen, was der Capo von ihm erwartete, war rechtswidrig und strafbar. Doch er mochte seine Gründe haben. „Warum?", fragte er dumpf.

„Sonjas Verhalten hängt mit Lauras Entführung zusammen."

„Aber Laura ist doch wieder da."

„Nein, ist sie nicht."

„Großer Gott", stöhnte Peter Kerschbaumer auf.

„Wenn Sie Lauras Leben nicht gefährden wollen, sprechen Sie mit niemandem, mit wirklich niemandem und schon gar nicht mit Carla darüber!"

Matteo ging zum Waschbecken und wusch sich die Hände.

Sechsundachtzig

Sonja hatte das Auto in einer Haltebucht auf der Straße nach Völs am Schlern, dessen Massiv sich majestätisch vor ihnen erhob, geparkt. Die Schleier, die der Regen überall auslegte, kamen ihr zupass. Sie hatte die Nummer von Jonas gewählt und hoffte, dass er nicht zu seinen Vorgesetzten lief und das Gespräch mitschneiden oder sogar orten ließ, sondern sich nur einen stillen Winkel suchte. Da hörte sie schon seine flüsternde, aufgeregte Stimme. „Warum hast du das gemacht, Sonja?"

„Bist du allein?"

„Ja klar, aber du hast eine Gefangene befreit, und dann noch Charlotte Keller, ich versteh dich nicht, Sonja."

„Ich kann dir das jetzt nicht erklären, Jonas, aber ich brauche dich! Vertrau mir."

„Fällt schwer!"

„Hast du in der Sache, um die ich dich gebeten habe, schon etwas herausgefunden?"

„Nein, aber du musst dich stellen. Was immer du auch vorhast, du hast keine Chance. Hier ist die Hölle los. Jeder Polizist Südtirols sucht nach dir."

„Die Fahndung läuft?"

„Ja, aber das darf ich dir nicht sagen!"

„Sind Straßensperren errichtet?"

„Was glaubst du denn?"

„Wo?"

„Nein, Sonja, das kann ich nicht machen!"

„Jonas, bitte!"

„Stell dich, Sonja."

„Okay, bleib bitte an der Sache dran, es ist lebenswichtig, verstehst du! Ich melde mich wieder."

„Sonja?"

„Ja?"

„Die glauben, dass du dich nach Norden absetzt. Die österreichischen Behörden sind verständigt, alle Pässe, Mautstationen und Staatsstraßen werden kontrolliert."

„Danke, Jonas, bleib dran, ich melde mich."

Sonja legte das Handy weg und ließ den Motor an. „Okay, wir müssen uns beeilen." Und raste los. „Suchen Sie die kleinsten Straßen", rief sie zu Charlotte Keller rüber.

„Und das bei der Geschwindigkeit", fluchte diese. Aber was sollte sie machen, sie saß nun mal mit ihrer ärgsten Feindin in einem Boot, das hätte sich Charlotte Keller niemals träumen lassen. Stefan macht's möglich, dachte sie sarkastisch.

Siebenundachtzig

Jonas steckte gerade sein Handy wieder ein, da kam Matteo auf ihn zu und fragte, ob sich Sonja bei ihm gemeldet hätte. Jonas zögerte mit einer Antwort. Einerseits wollte er Matteo Zanchetti nicht belügen, andererseits hätte Sonja selbst mit dem Capo telefoniert, hätte sie ihn miteinbeziehen wollen. Dann entschloss sich Jonas für einen Mittelweg, er trat dich an ihn heran und flüsterte ihm ins Ohr: „Wenn, dann würd ich es dir nicht sagen. Du kannst gern mit deiner römischen Freundin Carla Pisani Jagd auf Sonja machen, aber ich kann das nicht. Krieg lieber raus, warum Sonja das getan hat."

Auch wenn das Verhalten seines jungen Commissarios in diesem Fall nicht hilfreich war, hatte Matteo doch vollstes Verständnis dafür. Wenn er mit Jonas zusammenarbeiten wollte, musste er ihm eine Brücke bauen. „Deine Frage kannst du dir selbst beantworten: Erst verschwindet Laura, dann behauptet sie, dass alles wieder in Ordnung sei, um kurz darauf Charlotte Keller zu befreien, die sie aus tiefster Seele hasst. Wonach sieht das für dich aus?"

Jonas hielt den Atem an. Plötzlich ergab alles einen Sinn, freilich einen, den er sich nicht wünschte. Er schlug vor, auf dem Schwarzhof anzurufen, um nach Laura zu fragen.

„Das habe ich schon gemacht. Laura ist nicht auf dem Hof. Sie ist nach wie vor verschwunden."

„Warum hat sie uns nichts gesagt?", fragte Jonas mit einer gewissen Enttäuschung in der Stimme.

„Wenn die Mafia dahintersteckt und die Bedingung lautet: keine Polizei, darf sie nicht darüber sprechen, denn sie weiß, dass die ehrenwerte Gesellschaft einen sehr langen Arm hat und sicher auch den einen oder anderen Spitzel in der Questura."

Jonas lachte bitter auf. „Ganz abgesehen davon weiß sie nicht, wie Carla Pisani damit umgeht, für die Lauras Leben keine Priorität hat. Aber ich glaube nicht, dass die Mafia dahintersteckt."

Matteo horchte auf und dann erzählte Jonas ihm doch, worum ihn Sonja gebeten hatte. „Dann hat Keller Laura entführt, um mit ihr seine Frau freizupressen", schlussfolgerte Matteo.

„Und Sonja denkt, dass wir auf diesem Weg vielleicht herausfinden, wo er sie versteckt hält."

„Bleib unter allen Umständen dran", befahl Matteo Zanchetti. Jonas nickte, denn in diesem Moment gab es wohl keinen Auftrag, den er lieber ausgeführt hätte. Doch dann verlangte er zu erfahren, in welchen Krieg er zwischen Matteo und der Dame aus Rom geraten war, wenn er schon seine Haut zu Markte trug. Matteo zögerte einen Moment, denn er hasste es, über Dinge zu reden, die ihn persönlich betrafen, doch Jonas hatte recht, auch wenn es in diesem Fall um eine Privatrache ging, hatte es die Grenzen des Persönlichen längst überschritten, es betraf mittlerweile seine ganze Abteilung. Deshalb zog er Jonas ins Vertrauen, erzählte ihm von der Zusammenarbeit zwischen Carla und ihm, davon, dass er instrumentalisiert worden sei, gefälschtes Material weiterzuleiten, dass er Carlas Integrität in Zweifel gezogen und beinah ihre Karriere zerstört hätte. „Auch mich hatte das Material damals überzeugt und ich habe sie verraten", schloss Matteo.

Achtundachtzig

Das Wetter klarte nicht auf. Die Nässe lag wie ein Film auf allem. Sie schien aus den Wäldern zu dampfen. Der Herbst ging langsam zur Neige, die Saison war vorbei, sodass die Nebenstraßen, über die sie sich Richtung Norden durchschlugen, wenig befahren waren. Sonja warf einen prüfenden Blick auf den Tank, es befand sich zum Glück noch genügend Benzin in ihm. Sie würde nur ungern an einer Tankstelle halten müssen. Sie griff nach ihrem Handy und rief Jonas an. Entdeckt in den Unterlagen der Kellers hatte er noch nichts, aber er versprach dranzubleiben, und zwar intensiv.

„Helfen Ihnen etwa Ihre Kollegen?", fragte Charlotte Keller spitz.

„Wie kommen Sie auf so einen abwegigen Gedanken?", blaffte sie nur.

Das Klingeln des Prepaidhandys, das Keller ihr gegeben hatte, durchfuhr sie wie ein Stromschlag. Laura, dachte sie nur, lenkte das Auto an den Straßenrand und bremste scharf. Keller meldete sich: „Sie können jetzt kurz mit Ihrer Tochter sprechen. Das Handy ist auf laut gestellt, fragen Sie also nicht nach dem Aufenthaltsort", sagte er herrisch, was er offensichtlich brauchte, um nicht zusammenzubrechen.

„Laura, mein Schatz, wie geht es dir?", fragte Sonja und kämpfte mit den Tränen.

„Bei mir ist alles okay. Mach dir keine Sorgen."

„Nein, nein, mein Schatz, ich … Hat er dir was getan?"

„Nein, wirklich nicht, Mama."

„Es tut mir so leid, dass ich dich …"

„Da kannst du doch nichts dafür, Mama."

„Ich hole dich raus, ich versprech es dir, ich hole dich raus …" Charlotte Keller stieß sie derb an und zeigte auf einen Polizeiwagen, der langsam an ihnen vorbeifuhr. Der Polizist auf der Beifahrerseite schaute zu ihnen herüber.

„Was ist los?", fragte Keller.

„Polizei, wir müssen später telefonieren."

„Okay, schlagen Sie sich irgendwie Richtung Brixen durch, aber bleiben Sie auf den Nebenstraßen! Ich melde mich wieder", sagte Keller geschäftsmäßig. Er hatte offensichtlich begriffen, dass die beiden Frauen sich jetzt aufs Fahren konzentrieren mussten. Und das mussten sie wirklich, der Polizeiwagen war zwar weitergefahren, hatte dann aber gewendet. Sonja trat das Gaspedal durch und schoss an dem Polizeiwagen vorbei. Der bremste scharf, wendete, stellte die Sirene an und nahm die Verfolgung auf. Sonja nahm die Kurven mit Vollgas, bremste, wenn es sein musste, und gab dann wieder Gas. Vor ihnen trödelte ein Traktor mit einem Anhänger voller Baumstämme dahin. Auf der Gegenfahrbahn kam ihnen ein Bus entgegen. Im Rückspiegel erkannte Sonja, dass sich der Polizeiwagen näherte. Der Bus hatte sie kaum passiert, da gab sie Vollgas und zog den Alfa auf die Gegenfahrbahn, die sie nicht einzusehen vermochte, weil die Straße sich gleich wieder in einer Linkskurve um den Berg zog. Vor ihr tauchte ein weiterer Bus auf. Sie legte eine Vollbremsung hin, der Bus ebenfalls, während der Traktor sie gemütlich überholte und sie anschließend die langen Gesichter der beiden Polizisten sehen konnte, die mit ihrem Wagen an ihr vorbeifuhren. Sie knallte den Rückwärtsgang rein, schlug den Lenker ein und zog den Wagen nach rechts, sodass die Hinterräder am Straßenrand, knapp bevor es in die Tiefe ging, zum Stehen kamen, wechselte in den Vorwärtsgang und trieb den Wagen in die nächste Kurve. Das Knirschen des Lacks verriet ihr, dass sie den Felsen touchiert hatte. Scheiß Alfa Romeo mit seinem Riesenwendekreis, fluchte sie bei sich. Dann gab sie wieder Gas, nur um im nächsten Moment den ersten Bus wieder vor sich zu haben. Sie drosselte die Geschwindigkeit nicht, sondern überholte ihn wieder auf gut Glück, was diesmal gelang.

„Suchen Sie nach einem Weg, der von der Straße abgeht und den wir nehmen können."

„Aber?"

„Fragen Sie nicht lange, wenn Sie nicht wollen, dass wir in eine Straßensperre rasseln", rief ihr Sonja zu. Charlotte suchte eifrig, allein die rasante Fahrt ließ die Karte immer wieder verrutschen. Die Sirene hinter ihnen wurde wieder lauter, was nichts anderes hieß, als dass die Polizisten immer näher kamen. Vor sich entdeckte Sonja einen Waldweg. Ganz gleich, wohin er führte, sie musste rasch von der Straße, trat auf die Bremse und lenkte gleichzeitig nach rechts, sodass der Alfa für einen kurzen, einprägsamen Moment auf seinem linken Vorder- und Hinterrad fuhr, während die rechten Räder in der Luft hingen. Instinktiv verlagerten Sonja und Charlotte ihr Gewicht nach rechts, sodass der Wagen aus der Schräglage wieder in seine normale Fahrposition zurückkippte. Charlotte Keller wischte sich den Schweiß von der Stirn, als hätte sie den Alfa gefahren, und atmete laut aus. „Damit sollten Sie im Zirkus auftreten", kommentierte sie sarkastisch.

Sie gerieten immer tiefer in den Wald, vermochten wegen der Bäume aber nicht zu wenden, Sonja fragte sich, ob sie überhaupt noch einen Weg entlangfuhren oder ob sie schon längst nur über Waldboden holperten. Vor ihnen versperrte ein geknickter Baum die Weiterfahrt, während das Anschwellen des Sirenentons ihnen verriet, dass der Rückweg, selbst wenn sie hätten wenden können, versperrt war.

„Los, raus", brüllte Sonja, steckte das Handy ein und stieß die Tür auf. „Vergessen Sie die Karte nicht!", ermahnte sie Charlotte Keller. Die griff danach und folgte Sonja. Dabei erforderte es ihre ganze Konzentration, nicht über Steine und Wurzeln zu stolpern.

„Los, machen Sie schon, beeilen Sie sich", trieb Sonja Charlotte Keller an, die zurückzubleiben drohte.

„Ich kann nicht so schnell!", japste sie vollkommen außer Atem.

„Doch, das können Sie!", sagte Sonja und zog ihre Dienstwaffe, richtete sie auf Charlotte Keller, bevor sie die Pistole wieder ins Holster steckte. Über kurz oder lang würden die Polizisten sie einholen, auch wenn Kellers Frau sich alle Mühe gab. Links vor ihnen lag ein weiterer umgestürzter Baum, dessen Krone über einer Vertiefung zu liegen schien. Sie packte Charlotte am Ärmel und zog sie mit sich. „Psst", zischte sie ihr zu. Tatsächlich, unter der vollen Krone lag ein kaum einsehbarer Graben, an dessen Grund allerdings Wasser stand. „Rein da", flüsterte Sonja. Charlotte schüttelte den Kopf, in diese Brühe würde sie sich in tausend kalten Wintern nicht begeben. Doch Sonja stieß sie einfach um, ohne weiter zu diskutieren, sodass sie auf den Hosenboden fiel, in den Graben hinunterrutschte und im Wasser an dessen Grund zum Sitzen kam. Sonja legte verschwörerisch den Finger auf die Lippen, drapierte ein paar herumliegende Zweige und Laub über den Rand des Grabens, sodass sie von oben nicht mehr zu erkennen waren, und kletterte auf der anderen Seite hinunter. Allerdings setzte sie sich nicht mit dem Hintern ins Wasser, sondern kniete sich hin. „Sollten Sie auch machen. Ist besser für die Blase, und jetzt kein Wort mehr, atmen Sie leise, kein Husten, kein Nichts, seien Sie mucksmäuschenstill."

Nun begann sich die Zeit zu dehnen wie Kaugummi. Sie hörten Schritte, die Polizisten, die sich ihnen näherten, sich umschauten, sich schließlich an den Baumstamm lehnten.

„Hier finden wir sie nie", sagte der eine.

„Wenn sie überhaupt noch hier sind", sagte der andere.

„Scheißjob, zwei damischen Weibern hinterherzulaufen."

„Hast recht und Feierabend ist auch bald."

„Und nass ist's auch."

„Weißt was, wir sichern das Auto, warten auf die Kollegen, dann fahren wir aufs Revier zurück."

„Und gehen nach Haus."

Die beiden Frauen hörten die Schritte der Polizisten im Laub, das Knacken von kleinen Hölzchen unter ihren Schuhen, Geräusche, die immer leiser wurden.

Nach einer Weile kletterten die Frauen aus dem Graben.

„Und wohin jetzt?", fragte Charlotte.

„Zeigen Sie mal die Karte!" Sonja schaute nachdenklich drauf.

„Ein Kompass wär jetzt nicht schlecht", moserte Charlotte.

„Tolle Erkenntnis, Sie Pfadfinderin!" Mit Charlotte Keller unterwegs sein zu müssen stellte für Sonja die Höchststrafe dar. „Okay, wir müssen eine Übernachtungsmöglichkeit finden und morgen früh werden wir ein Auto auftreiben müssen."

Schweigend marschierten sie los. Sonja hatte auf der Karte eine Alm entdeckt, zu ihr wollte sie hin. Nach einer Weile klingelte Kellers Prepaidhandy.

„Ja, hallo?", ging Sonja ran.

„Alles in Ordnung bei Ihnen?", fragte Keller mit hörbarer Sorge in der Stimme.

„Ja, wir sind noch einmal entkommen. Sind jetzt ein Stück hinter Villnöss irgendwo im Wald. Wir suchen eine Übernachtungsmöglichkeit und treiben morgen ein Auto auf. Zu Fuß schaffen wir es nie."

„Ich will endlich mit meiner Frau sprechen!", drängelte Keller.

„Ja, aber nur kurz. Wir wissen nicht, wie lange wir das Handy noch brauchen, wär doch zu blöd, wenn der Akku plötzlich leer wär", belehrte ihn Sonja.

„Weiß ich selber, meinen Sie, ich bin dämlich? Passen Sie gut auf meine Frau auf!"

„Und Sie lassen Ihre Finger von meiner Tochter."

„Ich bin doch nicht notgeil!", empörte sich Keller.

„Das will ich auch schwer für Sie hoffen!" Sonja übergab das Handy an Charlotte Keller, ließ sie kurz miteinander sprechen, hörte die Vorwürfe Charlotte Kellers und ahnte seine Beschwichtigungsversuche. Dann nahm sie ihr das Handy weg und stellte es aus. „Morgen ist auch noch ein Tag."

Zwei Stunden quälten sie sich durch den Wald, dann kamen sie auf eine Wiese. Zwischen der Alm und dem Wald lag eine kleine, verwitterte Scheune. Sie wateten durch das nasse Gras, öffneten die knarrende Brettertür und schauten in einen zugigen Raum, in dem Heu lag.

„Kein Sternehotel, aber auch keine Anmeldung. Los, rein", sagte Sonja. Charlotte suchte sich einen Platz an einer halbwegs heilen Bretterwand und bedeckte sich mit Heu, um nicht zu frieren, denn inzwischen wurde es in den Bergen in der Nacht schon empfindlich kühl. Sonja trat vor die Tür und rief mit ihrem Prepaidhandy Jonas an.

„Sie haben den Alfa Romeo gefunden", sagte Jonas, „und das Waldstück abgesucht, ohne Ergebnis."

„Ich weiß", sagte Sonja lächelnd.

Jonas schlug sich an den Kopf. „Klar, du weißt es ja am besten. Ich habe noch nichts gefunden, aber ich mache weiter und leg eine Nachtschicht ein."

„Werd ich dir nie vergessen, Jonas." Sie beendete das Gespräch, dann rief sie noch einmal vom anderen Handy Keller an. „Was wollen Sie schon wieder?", blaffte der sie an.

„Meiner Tochter Gute Nacht sagen."

„Spinnen Sie?", geriet Keller außer sich.

„Nein, aber ich habe heute eine Menge für Ihre Frau riskiert. Das will ich nicht umsonst getan haben", sagte sie kühl, obwohl sich ihr das Herz zusammenzog.

„Warten Sie, ich rufe gleich zurück", lenkte Keller ein.

Eine Viertelstunde später vibrierte das Handy wieder. „Mama", hörte sie Lauras Stimme und sie musste sich beherrschen, nicht zusammenzubrechen. „Schlaf gut, mein Mädchen. Morgen hole ich dich nach Hause." Nachdem ihr Laura noch einmal versichert hatte, dass ihr Keller nichts antat, legte sie auf. Und suchte sich in der Scheune ebenfalls einen Platz, doch sie schlief nicht, sondern döste nur immer wieder mal weg. Gegen Morgen begann sie zu frieren und auch Charlotte bibberte deutlich hörbar. „Scheißkälte", fluchte sie.

„Sobald es etwas heller ist, gehen wir los", sagte Sonja ruhig.

Obwohl auch Charlotte Keller kaum geschlafen hatte, hatten die Frauen die ganze Nacht sonst kein Wort gewechselt, keine von beiden empfand das Bedürfnis, zu tief saß die gegenseitige Abneigung. Sonja verachtete Kellers Frau dafür, dass sie immer die Drecksarbeit für ihren Mann gemacht hatte, nur um des persönlichen Aufstiegs willen, und Charlotte hasste Sonja dafür, dass sie alles, was sie sich aufgebaut hatte, zerstört hatte. Nein, zwischen diesen beiden Frauen bestand kein Wunsch nach Verständigung, nach einem Gespräch, zwischen ihnen standen Bitterkeit und Unversöhnlichkeit.

Charlotte verspürte Hunger, Sonja nicht weniger, doch wussten sie beide, dass sie nichts hatten und es zu gefährlich wäre, zur Alm hinüberzugehen, und keine wollte sich vor der anderen eine Blöße geben. Schließlich marschierten sie los, wieder in den Wald zurück und bergaufwärts. Nach einiger Zeit kamen sie zu einem kleinen Bach und der Lärm der Vögel nahm ohrenbetäubende Lautstärke an. Sie tranken aus dem Bach, das Quellwasser stärkte ihre Lebensgeister.

„Haben Sie überhaupt eine Idee, wo Sie hingehen?", stellte Charlotte Sonja zur Rede. Die wies nur zum Berghang, der durch die Bäume durchschimmerte. „Sehen Sie dort die Strommasten?"

„Und?"

„Stromleitungen führen immer zu menschlichen Ansiedlungen, Ansiedlungen zu Straßen. Mit etwas Glück finden wir ein Fahrzeug. Falls Sie an Gott glauben, beten Sie", sagte Sonja knapp, dann marschierte sie zielstrebig in die Richtung, in der sich der Wald zu lichten begann. Der Aufstieg gestaltete sich beschwerlich, trotz der empfindlichen Kühle gerieten sie schnell ins Schwitzen. Auf Charlottes Gesicht bildeten sich rote Flecke. Sie japste: „Ich brauche ein Pause."

„Reißen Sie sich zusammen, wir gehen weiter!"

Schließlich stießen sie unterhalb des Bergrückens auf einen Trampelpfad. „Hier lang", entschied Sonja, dem Pfad zu folgen. Der Pfad schmiegte sich an den Berg, links von ihm ging es steil bergab. Im Tal rauschte ein kleiner Fluss oder ein Bach. Es klang nach Wildwasser. Mittlerweile regnete es nicht mehr, doch die Sonne versteckte sich weiterhin hinter dem grauen Wolkenbrei und Gras, Kräuter, Blumen, der ganze Boden dampfte vor Nässe.

„Sind Sie schwindelfrei?", fragte Sonja.

„Eigentlich ja, aber ich kann nicht mehr."

„Das sagten Sie schon mal", entgegnete Sonja lakonisch.

Der Pfad ging in einen Graben über, der in die Tiefe führte, danach stieg er wieder etwas an, sodass Sonja dem Graben auswich, sich ganz links am Hang hielt und den Fuß vorsichtig in die überwachsene Stufe setzte, die nach oben führte. Sie wollte Charlotte schon warnen, als sie ein plumpsendes Geräusch hörte und gleich darauf einen Hilfeschrei. Blitzschnell wandte sie sich um und sah Charlotte, die ausgerutscht war und die Rinne hinunterzurutschen drohte. Mit viel Glück hatte sie den Rand der Abbruchkante zu fassen bekommen, sie hielt sich mit aller Kraft daran fest, obwohl ihr Körper bereits über der Tiefe hing und unerbittlich nach unten zog.

Neunundachtzig

Matteo hatte wenig geschlafen, doch wer noch weniger geschlafen hatte als er, war Jonas Kerschbaumer, der zerknittert und übernächtigt vor seinem Computer saß.

„Und?"

„Noch nichts, das uns weiterhilft, aber …"

Matteo wurde hellhörig. „Was aber?"

„Ich glaube, Keller hat allen Grund, sich schnell aus dem Staub zu machen", sagte Jonas gähnend.

Matteo machte für sich und seinen Mitarbeiter einen Espresso doppio. Jonas sog den frischen Geruch der Kaffeebohnen ein, roch an dem Espresso und trank vorsichtig. Seine Augen wurden wieder klarer.

„Er hat einen Weg gefunden, das Hotel an eine Schweizer Holding zu verkaufen."

Der Capo pfiff durch die Zähne. „Veräußert, bevor die Mafia zugreifen konnte. Dafür ziehen sie ihm die Haut in Streifen vom Körper."

„Wenn sie ihn kriegen."

Matteo begriff plötzlich, weshalb Keller seine Frau so schnell wie möglich aus dem Gefängnis bekommen musste, und dass er wohl einen Neuanfang irgendwo auf der Welt geplant hatte, und dazu benötigte er Startkapital.

„Gar nicht so blöd", sagte er anerkennend. „Jetzt müssen wir nur noch herausfinden, wo der Kerl steckt, möglichst vor der Mafia."

Jonas wurde plötzlich hektisch, weil er begriff, dass Sonja in eine doppelt gefährliche Situation geraten konnte, denn Rossi dürfte inzwischen von Charlotte Kellers Verschwinden und wahrscheinlich auch vom Hotelverkauf erfahren haben, jedenfalls dürften seine Leute nicht weniger emsig nach Charlotte und Stefan Keller suchen als sie.

„Bin schon wieder an der Arbeit, Chef!", sagte Jonas, trank den Espresso aus und machte weiter.

„Wenn du noch einen brauchst, sag Bescheid."

„Was brauchst?", fragte Carla Pisani spitz, die wie aus dem Nichts plötzlich in der Tür stand. Matteo ging ihr grinsend entgegen, sodass er mit seinem Körper Jonas und den Computer verdeckte, während Jonas die Seite wegklickte.

„Einen Espresso. Möchtest du auch einen, Carla?"

„Du weißt, was die alten Griechen sagen: Ich fürchte die Hyperboreer, wenn sie Geschenke bringen."

„Ach Carla, du wirst noch einmal an deinem Misstrauen zugrunde gehen. Kalte, einsame Welt. Übrigens, wer sind denn die Hyperboreer?", fragte er spöttisch nach.

„Weiß ich auch nicht", antwortete sie unwirsch, doch dann wollte sie ihm den Triumph nicht gönnen. „Beinah hätten wir sie gestern gehabt. Sie ist weniger weit gekommen, als ich vermutet habe, heute fassen wir sie! Aber natürlich darfst du mir einen Espresso machen, Matteo", sagte sie und ging in ihr Dienstzimmer, das eigentlich Matteos Dienstzimmer war, und Jonas setzte seine Recherche fort.

Allmählich füllte sich das Büro mit Polizisten, nur Peter Kerschbaumer erschien besonders spät zum Dienst. Im Nervenzentrum der Fahndung lief die Arbeit wieder auf Hochtouren an.

Neunzig

Sonja setzte sich auf die Felskante, stemmte sich mit den Füßen an dem schmalen Grat unter ihr ab, um Halt zu finden, dann beugte sie den Oberkörper vor, um erst die rechte Hand von Charlotte zu packen, dann die linke. Zugleich versuchte sie, den Oberkörper nach hinten zu strecken, um Charlotte so hochzuziehen, doch diese war schwer wie ein Mehlsack. Immer heftiger spürte sie, wie sie das Gewicht von Charlottes Körper in die Tiefe zog. Jetzt nur nicht mit den Füßen den Halt verlieren, dann wäre es um sie beide geschehen. Hektik half jetzt nicht. Sonja konzentrierte sich, dann zog sie langsam, aber unerbittlich die Arme an den Körper, wodurch Charlotte wenige Zentimeter nach oben gezogen wurde, die ihr genügten, um das rechte Knie in eine kleine Mulde zu drücken und sich nach oben zu stemmen. Sie schrie laut auf, als ein Schmerz wie eine lodernde Flamme ihren Körper durchfuhr, weil ihr ein spitzer, scharfer Stein ins Knie schnitt. Aber durch diese Mithilfe gelang es Sonja, Charlottes Körper über die Abbruchkante zu ziehen. Kurz darauf lagen sie schwer atmend nebeneinander. Sonja setzte sich auf und begutachtete Charlottes Wunde. „Sieht nicht gut aus.“

„Besser als tot“, antwortete sie lakonisch.

Ohne viel nachzudenken, zog Sonja ihre Jacke aus, riss Stoff vom linken und vom rechten Ärmel ihres Hemdes ab und verband die Wunde so gut es ging. Dann wies sie auf den schmalen Pfad zum Bergrücken. „Da hoch müssen Sie es allein schaffen, wenn der Weg oben breiter wird, können Sie sich auf mich stützten." Charlotte nickte. Sonja half ihr aufzustehen. Ihr Knie tat höllisch weh, langsam tastete Charlotte sich den Pfad hinauf. Endlich oben angekommen, stellten sie fest, dass sie sich auf einer Hochfläche befanden, die sich bis zu einem abermals ansteigenden Wald erstreckte, an dessen Rand sich ein Straße entlangschlängelte und sie ein Forsthaus entdeckten.

„Los, runter", befahl Sonja, die etwas bemerkt hatte. Sie pressten ihre Körper auf den nassen Boden und beobachtete in der Entfernung zwei Männer, die hinter einem kleinen Forstfahrzeug hervorkamen, an dessen Führerhäuschen sich eine Ladefläche anschloss. Sie nahmen eine große, schwarze Ledertasche von der Ladefläche und verschwanden im Wald.

„Das ist unsere Chance", flüsterte Sonja Charlotte zu und half ihr auf. Auch wenn sie sich auf Sonja stützte, ging es der Polizistin zu langsam voran, die Forstarbeiter konnten jeden Moment zurückkommen. Entschlossen stellte sich Sonja vor Charlotte. „Los, ich trage Sie." Charlotte zögerte. „Aus Liebe mach ich es nicht, jedenfalls nicht aus Liebe zu Ihnen oder zu Ihrem Mann", drängte Sonja. Charlotte folgte der Aufforderung und die Polizistin trug sie Huckepack im Laufschritt zu dem Forstfahrzeug, was alles andere als leicht war. Und in ihr den Vorsatz weckte, künftig wieder am Dienstsport teilzunehmen, weil sie so sehr an Kondition verloren hatte.

„Halten Sie Ausschau, ob die kommen", wies Sonja Kellers Frau an, während sie versuchte, den Anlasser kurzuschließen. Glücklicherweise war das Forstfahrzeug schon ein älteres Modell und die Drähte hingen unverkleidet unter dem

Schloss. Sie probierte einige Drähte aus, schließlich sprang der Motor an.

Sie waren schon einige Zeit unterwegs, als das Prepaidhandy klingelte. Sie ging blitzschnell ran.

„Wie sieht es aus?"

„Wir haben wieder einen fahrbaren Untersatz. Sagen Sie mir, wo die Übergabe stattfinden soll."

„Das ist noch zu früh. Erst, wenn Sie in der Gegend von Brixen sind."

„Mit dem Katz-und-Maus-Spiel ist es jetzt vorbei. Wir haben die Karte verloren und ich muss zusehen, wie wir zu Ihnen kommen, ohne dass ich in eine Kontrolle komme. Ist nicht gerade das schnellste Fluchtfahrzeug, das ich unterm Hintern habe." Charlotte gab ihr einen Wink, dass sie mit ihrem Mann sprechen wollte. Sonja gab ihr das Handy.

„Sag's mir, Stefan! Die Frau will ihre Tochter haben. Nichts weiter."

„Charlotte, ist alles okay? Bedroht sie dich?"

„Nein, Sie hat mir das Leben gerettet. Also, bevor der Akku leer ist. Wo treffen wir uns?"

„Franzensfeste. Hinter Brixen müsst ihr kurz auf die Brennerstraße, geht leider nicht anders, aber das müsst ihr riskieren. Die erste Abzweigung von der Brennerstraße ab, da fahrt ihr runter und stellt euch auf den nächsten Parkplatz. Ich sehe, wenn ihr da seid, und melde mich dann." Dann hörte sie von ihm noch ein zärtliches „Pass auf dich auf. Ich freue mich, wenn du endlich da bist." Er liebt mich, er liebt mich wirklich, dachte sie voller Freude und schüttelte den Kopf darüber, dass sie erst so spät, nachdem sie alles verloren hatten, wieder zusammenfinden sollten. Wie ungerecht doch das Leben war.

Einundneunzig

Jonas' müde Augen leuchteten, er klickte die Seite weg, sprang auf, nahm Matteo, der vor der Südtirol-Karte stand, am Ärmel und zog ihn mit auf den Flur. „Franzensfeste, Capo", sagte er kurz. Matteo schaute ihn fragend an, doch bevor Jonas berichten konnte, was und wie er es herausgefunden hatte, machte sich Matteos Handy bemerkbar. Mit einem Blick auf das Display entschied er, dass er den Anruf annehmen musste.

„Hallo Bruno, zurück aus Seattle, Sohn gut verheiratet? Sind eigentlich schon Kinder unterwegs?", frotzelte Matteo, doch dann wurde er sehr still und hörte dem Anrufer konzentriert zu. „Irrtum ausgeschlossen?", fragte er aufgeregt. „Das ist ja ein Ding!", entfuhr es ihm, bevor sich ein Strahlen in seinem Gesicht breitmachte und er sich bei Bruno Alfieri bedankte. „Da hast du was gut bei mir", sagte er, dann wandte er sich wieder Jonas zu. „Also Franzensfeste."

„Die Franzensfeste ist ein unübersichtliches Festungsareal mit vielen Tunneln, Gängen, Räumen. Ideal, wenn man jemanden verstecken will. Keller hat die Festung als Location für ein Event gemietet. Wollte die Buchung stornieren, aber da er schon gezahlt hatte, wurde die Stornierung nicht akzeptiert. Er kann momentan in der Festung veranstalten, was er will."

„Das ideale Versteck, besonders, wenn niemand weiß, dass man das Areal gemietet hat." Matteo klopfte Jonas auf die Schulter. In diesem Moment trat Carla Pisani mit maliziösem Lächeln auf den Flur. „Franzensfeste", sagte sie, „dorthin sind Sonja Schwarz und Charlotte Keller unterwegs."

„Wie kommst du da drauf?", mauerte Matteo.

„Ach komm, Matteo, verkauf mich nicht für dumm. Die Tochter von Commissario Schwarz ist verschwunden, dann taucht sie plötzlich wieder auf und wie aus heiterem Himmel begeht eine tadellose Polizistin eine schwere Straftat, indem sie Charlotte Keller befreit und mit ihr durch halb Südtirol flieht."

Matteo bat Jonas, sie beide allein zu lassen. Während der junge Polizist wieder ins Büro ging, redete Carla bereits weiter. „Gerade kam eine Meldung herein, dass ein Forstfahrzeug in der Nähe von Brixen gestohlen wurde. Die Richtung stimmt!"

„Okay, Carla, du hast recht. Aber wie bist du auf Franzensfeste gekommen?"

Sie erklärte ihm nicht ohne hämische Freude, dass sie einen Tracker an seinem Computer angebracht hatte, nachdem sie bemerkt hatte, dass Jonas heimlich recherchierte, so konnte sie in Echtzeit mitverfolgen, was er suchte. „Dass Kerschbaumer junior die Kontobewegungen von Stefan Keller durchforstete, bestärkte mich in dem Verdacht, dass Keller Laura Schwarz entführt hat."

Matteo verschränkte die Arme vor der Brust. „Wie gehen wir jetzt vor?"

„Wir fordern eine Einsatzgruppe an, stürmen die Festung und verhaften alle!", sagte sie im Befehlston.

„Dann ist Laura Schwarz tot!"

„Ich weiß, und deshalb machen wir das auch nicht. Wir heben die Straßensperren auf, sodass Sonja zur Festung kommt. Wir beide schwingen unsern Arsch jetzt in deinen Audi und düsen zur Franzensfeste." Matteo kam aus dem Staunen nicht mehr heraus.

„Haben wir beide nicht schon einmal eine Entführung unblutig beendet?", fragte sie keck. Sie ließ Matteo im Gang stehen und kehrte ins Büro zurück. Dort hörte er sie sagen: „Wir beenden die Fahndung. Heben Sie die Straßensperren auf! Kerschbaumer junior und senior sofort in mein Büro." Als sie spürte, dass Matteo den Raum betrat, ergänzte sie: „Und der Commissario Capo bitte auch." Matteo konnte Jonas die Verwunderung, mehr noch die Sorge, an der Nasenspitze ansehen.

„Schließen Sie die Tür, Jonas", rief sie diesem zu, als alle im Zimmer waren. Während sie ihre hochhackigen Schuhe gegen Sportschuhe tauschte, wies sie die Polizisten ein. „Wir wissen alle, worum es geht. Matteo und ich werden zur Franzensfeste fahren, um Keller dingfest zu machen. Die beiden Herren Kerschbaumer fahren im Eiltempo, aber bitte ohne Sirene und Blaulicht, zu dem kleinen Flugplatz Neustift. Dort wartet bereits eine Maschine auf Keller und seine Frau. Sollte uns Keller durch die Lappen gehen, stellen Sie ihn dort. Aber Vorsicht, der Mann ist bewaffnet und hat nicht mehr viel zu verlieren."

„Und er hat genügend Geld auf einer Schweizer Bank, um neu anzufangen. Also los", ergänzte Matte, der sich nicht das letzte Wort nehmen lassen wollte.

Zweiundneunzig

Grau, bullig hatte sich die Festung in der Landschaft breit-
gemacht, um die Verkehrsverbindung durch das Wipptal
über den Brenner nach Norden zu sichern. Sie saß wie eine
Bulldoge im Tal zwischen den steil aufragenden Bergen.
Kaiser Ferdinand I. von Österreich-Ungarn hatte sie in den
dreißiger Jahren des 19. Jahrhunderts errichten lassen und
nach seinem Vater, Kaiser Franz I., benannt, der als Kaiser
Franz II. auch der letzte Kaiser des Heiligen Römischen Rei-
ches deutscher Nation war, doch hatte sie ihre kriegerische
Bestimmung niemals unter Beweis stellen müssen. Das alles
hatte ihr auf der Fahrt dorthin Charlotte Keller erzählt, die
den offiziellen Start für das Hotel-Projekt unter der Goswand mit einem großen Event in der Franzensfeste feiern
wollte. Genügend politische Kontakte besaß Stefan Keller
noch, um die Anmietung der außergewöhnlichen Immobilie
zu bewerkstelligen.

„Dass eine kleine, übereifrige Polizistin diesen Plan zunichte machen würde, damit konnte niemand rechnen", gif-
tete Charlotte.

„Unrechtsbewusstsein ist Ihnen wohl völlig fremd", empörte sich Sonja.

„Ach hören Sie doch endlich auf mit Ihrer scheinheiligen
Tour. Wenn es um Ihre Familie geht, brechen auch Sie das
Gesetz. Was wollen Sie denn von mir?", winkte Charlotte
ab.

Jetzt standen sie auf dem Parkplatz, warteten auf den Anruf von Stefan Keller und Sonja wunderte sich, dass die letzte, kritische Etappe ihrer Flucht so problemlos verlaufen war, keine Kontrollen, keine Polizei, keine Straßensperren. Sie hätte gern Jonas angerufen, ob er etwas herausgefunden hatte, aber das war nun nicht mehr nötig, das, wonach er für sie suchen sollte, stand unübersehbar vor ihnen.

Sie brauchten nicht lange zu warten, bis Kellers Prepaidhandy klingelte. Sonja ging ran. „Ich kann Sie sehen, Frau Schwarz. Zuerst legen Sie Ihre Waffe weg."

„Das werde ich nicht tun!"

„Dann sehen Sie Ihre Tochter niemals wieder."

„Und Sie dürfen von Ihrem Logenplatz Ihrer Frau beim Sterben zusehen, bevor ich mir Sie hole."

„Gut, aber machen Sie keine Dummheiten, und jetzt geben Sie das Handy meiner Frau, die Sie instruieren wird. Und ich will nicht wieder darüber diskutieren müssen." Sonja überreichte das Handy Charlotte Keller, die sofort hineinsprach: „Sei vorsichtig, Stefan."

„Bin ich, Charlotte. Ihr geht jetzt zu Fuß zur Festung hoch. Wenn die Schwarz irgendetwas macht, zum Beispiel ihre Kollegen ruft, dann schreist du oder hebst die Arme, ich bekomme alles mit."

„Wir gehen jetzt zur Festung hoch", informierte Charlotte die Polizistin. „Und keine dummen Gedanken. In unser aller Interesse," sagte sie kalt.

Ein paar Minuten später passierten sie das große Tor zur Festung, das sperrangelweit offen stand wie eine Falle. Sonja zog ihre Waffe, trat hinter Charlotte, richtete den Lauf der Pistole auf deren Hinterkopf und sagte nur: „Los."

Der Hof vor ihnen war leer, aber rechter Hand stand ein weiteres Tor offen, durch das sie gingen. Dahinter das nächste Tor, und ein langer düsterer Gang gähnt sie an. „Los, da rein", befahl Sonja, die sich in dem Labyrinth, in das sie eintauchte, äußerst unwohl fühlte. Der Gang schien kein Ende zu nehmen und sie spürte, wie eine unbändige Wut in ihr aufbrandete, eine Wut auf Stefan Keller, auf diese arrogante Null, der seine Karriere dem simplen Umstand verdankte, dass er der Sohn einflussreicher und sehr vermögender Eltern war. Da entdeckte sie am Ende des Gangs ihre Tochter, und hinter ihr Keller, der den Lauf einer Pistole an ihren Kopf hielt, so wie sie die ihre an den Hinterkopf Charlotte Kellers.

„Halt, das ist nah genug!", brüllte er erregt. Er hatte Angst, das konnte sie spüren, und das machte die Situation höchst gefährlich, sie konnte jeden Moment aus dem Ruder laufen. Dafür, dass er ihre Tochter entführt hatte, dass er ihr Angst einjagte, ihr jetzt die Pistole an den Kopf hielt und ihr Leben bedrohte – dafür würde sie ihn fertigmachen.

„Wie soll das jetzt laufen?"

„Meine Frau und Ihre Tochter gehen gleichzeitig los."

„Gut. Gehen Sie", sagte Sonja, deren Nerven zum Bersten gespannt waren. Charlotte und Laura setzten sich in Bewegung. Sonja behielt sowohl Keller als auch seine Frau fest im Blick. Jeder Schritt, den ihre Tochter auf sie zu machte, kam ihr wie eine halbe Ewigkeit vor. Aber es schien gutzugehen. Nur noch ein Schritt, dann hatte sie endlich ihre Tochter wieder, nur noch ein Schritt. Doch Keller griff mit einer schnellen Bewegung rechts ins Mauerwerk und vor Laura rasselte ein Gitter herunter. Die Überraschung nutzte Keller, um seine Frau blitzschnell in eine Nische zu ziehen. Sonja sprang zum Gitter und berührte Lauras Hand.

„Mama!", schrie Laura auf und der Schrei traf Sonja mitten ins Herz. Zu gern hätte sie das Magazin ihrer Pistole auf

Keller und seine Frau leergeschossen, doch die beiden waren für ihre Kugeln unerreichbar.

„Was soll das, Keller?", rief sie.

„Nur eine kleine Vorsichtsmaßnahme, damit Sie uns nicht verfolgen. Wir nehmen die gute Laura mit und wenn wir in Sicherheit sind, bekommt sie ein Ticket und darf nach Hause zurück. In diesem Alter reist man doch gern, nicht wahr. In deinem Alter erlebt man doch gern etwas. Mama wird auch nicht böse sein. Und jetzt treten Sie zurück, legen die Waffe ab, aber so, dass ich sie sehen kann. Sie wollen doch nicht, dass ich nervös werde und aus Versehen das Goldkind erschieße. Ich kann so ein miserabler Schütze sein, wenn ich will."

Sonja dachte fieberhaft nach. Irgendetwas musste ihr einfallen.

„Na wird's bald!", brüllte Keller.

„Hier wird gar nichts! Sie legen jetzt mal schön die Waffe auf den Boden", hörte sie Matteo sagen, der jetzt im Gang weiter hinten zusammen mit Carla Pisani auftauchte, beide mit gezogener Waffe. Laura drehte sich erstaunt um und machte dabei einen Schritt zur Seite. Keller kam aus seiner Nische, schaute sich um, woher die Stimme kam, und entdeckte die beiden Polizisten ebenfalls.

„Sie kommen hier nicht mehr weg, Keller. Wir haben Ihre Sportmaschine auf dem Flugplatz von Neustift, mit der Sie fliehen wollten, beschlagnahmt."

„Idioten, mediokres Pack", schrie Keller und Geifer spritzte aus seinem Mund. Dann drehte er sich wieder um, richtete die Waffe auf Laura und spürte einen harten Schlag, etwas zutiefst Feindseliges, das … Keller ging in die Knie. Mitten auf seiner Stirn leuchtete rot das Einschussloch. Dann knallte sein Oberkörper auf den staubigen Boden.

Staub zu Staub, dachte Sonja lakonisch und ließ langsam ihre Waffe sinken, während Charlotte Keller mechanisch den Kopf schüttelte, wie über einen Unfug, den Teenager, die zum ersten Mal zu viel Alkohol getrunken hatten, anzustellen pflegten. „Ein Irsinn, das alles", stammelte sie fassungslos. Was da tot auf den Steinen der Festung lag, war nicht nur ihr Mann, es war ihr Leben, der Traum vom Aufstieg, vom Luxus, vom großen Reichtum, dem sie doch so nahe gekommen war, dass sie ihn fast schon zu greifen bekam.

Inzwischen hatten Carla Pisani und Matteo Zanchetti zu den Kellers aufgeschlossen. Während Matteo einer wie angewurzelt dastehenden Charlotte Keller Handschellen anlegte, drehte Carla Pisani das Gitter wieder hoch und Sonja konnte endlich ihre Tochter in den Arm nehmen. Laura zitterte am ganzen Körper. Vor Erregung kamen ihr nicht einmal die Tränen.

„Erledigt ihr das hier, ich muss dringend meine Tochter nach Hause bringen", sagte Sonja.

„Willst du nicht lieber auf die Kollegen warten?", fragte Matteo, der sich Sorgen um sie machte.

„Ich will sofort nach Hause. Schon wegen Laura." Sie fuhr ihrer Tochter zärtlich durchs Haar. Matteo reichte ihr die Schlüssel seines Audis. „Nimm den. Ich hole ihn nachher ab. Aber fahr vorsichtig, nicht wegen des Autos, sondern wegen Laura."

„Schon klar", sagte Sonja und nahm die Schlüssel. „Danke, Matteo!" Er erklärte ihr, wo sie den Wagen fand, dann brachen die beiden auf und Matteo, Carla Pisani und Charlotte Keller blieben mit Stefan Kellers Leiche zurück.

Es dauerte nicht lange, da trafen die beide Kerschbaumers, die Gerichtsmediziner und die Spurensicherung ein.

„Ich will aussagen. Ich will ins Zeugenschutzprogramm",
sagte Charlotte Keller, als sie abgeführt wurde.

„Wir werden sehen, was Ihre Aussage wert ist, Frau Keller", antwortete Carla Pisani kühl.

„Mein ganzes Leben habe ich hinter ihm aufgeräumt.
Aber das kriege ich wohl nicht mehr in Ordnung."

„Sieht nicht so aus, Frau Keller", sagte Matteo. „Abführen!", befahl er den Polizisten. Dann berührte er Carla
Pisani am Unterarm und dirigierte sie ins Freie. Wobei *ins
Freie* leicht übertrieben war, denn sie standen mitten auf einem der Festungshöfe, umgeben von dicken, grauen, feind-
seligen Mauern.

„Was passiert nun mit meiner Kollegin, Carla?", fragte er
sie direkt.

„Deine Kollegin wird Sonja Schwarz nicht mehr lange
sein. Gefangenenbefreiung ist kein Kavaliersdelikt", gab sie
kalt zurück, mit einem Unterton, als würde sie sagen: Das
weißt du doch selbst.

„Amtsanmaßung aber auch nicht." Verblüfft schaute sie
ihn an.

„Ich habe immer noch Freunde in der Einheit", genoss
Matteo seine Überlegenheit. „Und die haben mir gesagt, dass
du Urlaub hast. Dass keinerlei Ermittlungen gegen mich
eingeleitet wurden und dass du immer noch Commissario
und keine Polizeirätin bist."

Sie schaute ihn an wie eine getretene Natter. Über Matteos
Gesicht zog ein breites Grinsen. „Ich glaube, es verdient eine
Belobigung, dass du während deines Urlaubs in Südtirol geholfen hast, einen gefährlichen Verbrecher aus dem Verkehr
zu ziehen. Ohne deine brillante Idee mit der vorgetäuschten
Entführung hätten wir weder den Verbrecher geschnappt
noch das Leben des Entführungsopfers retten können."

Ihr blieb für einen Moment die Sprache weg. „Du willst die Gefangenenbefreiung als geplante Polizeiaktion darstellen?"

„Wem sonst als dir wäre so ein genialer Einfall gekommen. Uns Provinzpolizisten doch nicht. Und schließlich hast du im entscheidenden Augenblick die Fahndung abgeblasen."

„Okay, Matteo, ich bin einverstanden. Wir machen das so. Aber glaub ja nicht, dass ich schon fertig mit dir bin."

„Davon gehe ich aus. Schließlich arbeite ich zu gern mit dir."

Dreiundneunzig

Bis zum Ende der Ernte wurde Laura von der Schule befreit und Sonja hatte ihren Urlaub sehr zum Leidwesen von Matteo Zanchetti verlängert. Doch wenn er sie jemals zurückhaben wollte, musste er sich gedulden.

Laura brauchte ihre Mutter und Sonja ihre Tochter. Die Arbeit auf dem Gut forderte sie vollständig, aber das half auch, dass Laura den Schock schnell überwand und sich nur noch mehr bemühte, in die Tiefen und Geheimnisse des Winzerhandwerks einzutauchen. Die Ernte zumindest verlief zufriedenstellend. Die Existenz des Weinguts Schwarz war auch dank der ungewöhnlichen Erntehelfer fürs Erste gesichert.

Nur Sonja haderte weiter mit sich und wusste partout nicht, ob sie in den Polizeidienst zurückkehren sollte. So vieles stand dagegen.

Ende

Corrado Falcone
Herz-Jesu-Blut
Der Bozen-Krimi | Band 1
ISBN: 978-88-7283-591-3
ISBN E-Book: 978-88-7283-254-7
320 Seiten
Euro 12,90
www.raetia.com